El cuento número trece

El cuento número trece

Diane Setterfield

Traducción de
Matuca Fernández de Villavicencio

Lumen
narrativa

Título original: *The Thirteenth Tale*

Primera edición en U.S.A.: abril de 2007

Printed in Spain – Impreso en España

ISBN: 978-0-307-39156-8

Compuesto en Fotocomposición 2000, S. A.

Distributed by Random House, Inc.

BD 9 1 5 6 8

En memoria de Ivy Dora y Fred Harold Morris
Corina Ethel y Ambrose Charles Setterfield

Todos los niños mitifican su nacimiento. Es un rasgo universal. ¿Quieres conocer a alguien? ¿Su corazón, su mente, su alma? Pídele que te hable de cuando nació. Lo que te cuente no será la verdad: será una historia. Y nada es tan revelador como una historia.

VIDA WINTER, *Cuentos de cambio y desesperación*

Inicios

La carta

Era noviembre. Aunque todavía no era tarde, el cielo estaba oscuro cuando doblé por Laundress Passage. Papá había terminado el trabajo del día, apagado las luces de la tienda y cerrado los postigos; no obstante, para que yo no entrara en casa a oscuras, había dejado encendida la luz de la escalera que subía hasta el piso. A través del cristal de la puerta un rectángulo blanquecino de luz se proyectaba sobre la acera húmeda, y fue mientras me hallaba en ese rectángulo, a punto de dar vuelta a la llave en la cerradura, cuando vi la carta. Otro rectángulo blanco, justo en el quinto peldaño empezando por abajo, donde no pudiera pasarme inadvertida.

Cerré la puerta y dejé la llave de la tienda en el lugar acostumbrado, detrás de los *Principios avanzados de geometría*, de Bailey. Pobre Bailey. Nadie se ha interesado por su libro gordo y gris en treinta años. A veces me pregunto qué piensa de su papel de custodio de las llaves de la librería. Dudo mucho que sea el destino que tenía pensado para la obra maestra que tardó veinte años en escribir.

Una carta para mí. Todo un acontecimiento. La dirección del sobre de esquinas crujientes, hinchado por los gruesos pliegues de su contenido, estaba escrita con una letra que seguramente había dado algún quebradero de cabeza al cartero. Si bien el estilo de la caligrafía era desusado, con las mayúsculas excesivamente adornadas y recargadas florituras, mi primera impresión fue que la había escrito un niño. Las letras parecían balbucientes. Los irregulares trazos se desvanecían en la nada o dejaban una profunda marca en el papel. Las letras que componían mi nombre no daban sensación de fluidez. Habían sido trazadas separadamente —M A R G A R E T L E A—, como si cada una de ellas constituyera una nueva y colosal empresa. Pero yo no conocía a ningún niño. Fue entonces cuando pensé: «Es la letra de una persona enferma».

Me embargó una sensación extraña. Hacía uno o dos días, mientras estaba haciendo mis tareas con calma y en privado, un desconocido —un extraño— se había tomado el trabajo de escribir mi nombre en ese sobre. ¿Quién era esa persona que había estado pensando en mí sin que yo hubiera albergado la más mínima sospecha?

Todavía con el abrigo y el sombrero puestos, me dejé caer en un peldaño de la escalera para leer la carta. (Nunca leo sin antes estar segura de que me hallo en una posición estable. Conservo esta costumbre desde que tenía siete años, cuando, sentada sobre un muro alto leyendo *Los niños del agua*, tan cautivada me tenía la descripción de la vida submarina que inconscientemente relajé los músculos. En lugar de flotar en el agua que con tanta nitidez me rodeaba en mi imaginación, caí de bruces al suelo y perdí el conocimiento. Todavía se me nota la cicatriz debajo del flequillo. Leer puede ser peligroso.)

Abrí la carta y saqué media docena de hojas, todas ellas escritas con la misma letra laboriosa. Debido a mi trabajo poseo experiencia en leer manuscritos difíciles. No tiene mucho secreto. Solo se requiere paciencia y práctica. Eso y una buena disposición para educar el ojo interior. Cuando lees un manuscrito dañado por el agua, el fuego, la luz o sencillamente el paso de los años, la mirada necesita estudiar no solo la forma de las letras, sino también otras marcas. La velocidad de la pluma. La presión de la mano sobre el papel. Pausas e intensidad en el ritmo. Hay que relajarse. No pensar en nada. Hasta que finalmente despiertas en un sueño donde eres al mismo tiempo la pluma que vuela sobre la vitela y la vitela misma, y sientes la caricia de la tinta haciéndote cosquillas en la superficie. Es entonces cuando puedes leerlo. La intención del escritor, sus pensamientos, sus titubeos, sus deseos y su significado. Puedes leer con la misma claridad que si fueras la vela que alumbra el papel mientras la pluma se desliza por él.

Esta carta no representaba en absoluto semejante desafío. Comenzaba con un seco «Señorita Lea»; de ahí en adelante, los jeroglíficos se transformaban por sí solos en caracteres, luego en palabras, después en frases.

He aquí lo que leí:

En una ocasión concedí una entrevista al *Banbury Herald*. Debería ponerme a buscarla un día de estos, para la biografía. Me enviaron un tipo extraño. En realidad, solo un muchacho. Alto como un hombre, pero con mofletes de adolescente. Incómodo dentro de su traje nuevo, que era marrón y feo, pensado para un hombre mucho mayor. El cuello, el corte, la tela, todo era desacertado. Era la clase de traje que una madre compraría a su hijo cuando este deja el colegio para incorporarse a su primer empleo, segura de que el muchacho acabará llenándolo. Pero los muchachos no dejan atrás la niñez en cuanto dejan de vestir el uniforme del colegio.

Había algo peculiar en su actitud. Intensidad. Nada más posar mis ojos en él, pensé: «Hummm…, ¿qué habrá venido a buscar?».

No tengo nada en contra de las personas que aman la verdad, salvo el hecho de que resultan ser una compañía tediosa. Mientras no les dé por hablar de la sinceridad y terminen contando embustes —eso, lógicamente, me irrita— y siempre y cuando me dejen tranquila, nunca pretendo hacerles ningún daño.

Mi queja no va dirigida a los amantes de la verdad, sino a la Verdad misma. ¿Qué auxilio, qué consuelo brinda la Verdad en comparación con un relato? ¿Qué tiene de bueno la Verdad a medianoche, en la oscuridad, cuando el viento ruge como un oso en la chimenea? ¿Cuando los relámpagos proyectan sombras en la pared del dormitorio y la lluvia repiquetea en la ventana con sus largas uñas? Nada. Cuando el miedo y el frío hacen de ti una estatua en tu propia cama, no ansíes que la Verdad pura y dura acuda en tu auxilio. Lo que necesitas es el mullido consuelo de un relato. La protección balsámica, adormecedora, de una mentira.

Hay escritores que detestan las entrevistas. Se indignan. Las mismas preguntas de siempre, se quejan. ¿Y qué esperan? Los periodistas son meros gacetilleros. Nosotros, los escritores, escribimos de verdad. El hecho de que ellos hagan siempre las mismas preguntas no significa que tengamos que darles siempre las mismas respuestas, ¿o sí? Bien mirado, nos ganamos la vida inventando historias. Así que concedo docenas de entrevistas al año. Centenares en el transcurso de una vida, pues nunca he creído que el talento deba mantenerse guardado bajo llave, fuera de la vista, para que prospere. Mi talento no es tan frágil como para encogerse frente a los sucios dedos de los reporteros.

Durante los primeros años hacían cualquier cosa para sorprenderme. Indagaban, se presentaban con un retazo de verdad escondido en el bolsillo, lo extraían en el momento oportuno y confiaban en que yo, debido al sobresalto, hablara más de la cuenta. Así que tenía que actuar con tiento. Conducirles poco a poco en la dirección que yo quería, utilizar mi cebo para arrastrarlos suave, imperceptiblemente, hacia una historia más bella que aquella en la que tenían puesto el ojo. Una maniobra delicada. Sus ojos empezaban a brillar y disminuía la fuerza con que sujetaban el pedazo de papel, hasta que les resbalaba de las manos y quedaba ahí, tirado y abandonado en el borde del camino. Nunca fallaba. Sin duda, una buena historia deslumbra mucho más que un pedazo de verdad.

Más adelante, cuando me hice famosa, entrevistar a Vida Winter se convirtió en una suerte de rito de iniciación para los periodistas. Como ya sabían más o menos qué podían esperar, les habría decepcionado marcharse sin una historia. Un recorrido rápido por las preguntas de rigor («¿Cuál es su fuente de inspiración?», «¿Basa sus personajes en gente real?», «¿Qué hay de usted en el personaje principal?»), y cuanto más breves eran mis respuestas, más me lo agradecían. («Mi cabeza», «No», «Nada».) Luego les daba un poco de lo que estaban esperando, aquello que habían venido a buscar en realidad. Una expresión soñadora, expectante, se apoderaba de sus rostros. Como niños a la hora de acostarse. «Y ahora usted, señorita Winter —decían—, cuénteme cosas de usted.»

Y yo contaba historias; historias breves y sencillas, nada del otro mundo. Unos pocos hilos entretejidos en un bonito patrón, un adorno memorable aquí, un par de lentejuelas allá. Meras migajas sacadas del fondo de mi bolsa de retales. Hay muchas más en ella, centenares. Restos de relatos y novelas, tramas que no llegué a terminar, personajes malogrados, escenarios pintorescos a los que nunca encontré una utilidad narrativa. Piezas sueltas que descartaba cuando revisaba el texto. Luego solo es cuestión de limar las orillas, rematar los cabos y ya está. Otra biografía completamente nueva.

Y se marchaban contentos. Apretando la libreta con sus manazas como niños cargados de caramelos al final de una fiesta de cumpleaños. Ya tenían algo que contar a sus nietos. Un día conocí a Vida Winter y me contó una historia.

En fin, el muchacho del *Banbury Herald*. Me dijo: «Señorita Winter, cuénteme la verdad». ¿Qué clase de petición es esa? He visto a tantas personas tramar toda suerte de estratagemas para hacerme hablar que puedo reconocerlas a un kilómetro de distancia, pero ¿qué era eso? Era ridículo. ¿Qué esperaba ese muchacho?

Una buena pregunta. ¿Qué esperaba? En sus ojos había un brillo febril. Me observaba con detenimiento. Buscando. Explorando. Perseguía algo muy concreto, estaba segura. Tenía la frente húmeda de sudor. Quizá estuviera incubando algo. «Cuénteme la verdad», dijo.

Tuve una sensación extraña por dentro, como si el pasado estuviese cobrando vida. El remolino de una vida anterior revolviendo en mi estómago, generando una marea que crecía dentro de mis venas y lanzaba pequeñas olas frías para lamerme las sienes. Una agitación desagradable. «Cuénteme la verdad.»

Consideré su petición. Le di vueltas en mi cabeza, sopesé las posibles consecuencias. Me inquietaba ese muchacho, con su rostro pálido y sus ojos ardientes.

«De acuerdo», dije.

Una hora más tarde se marchó. Un adiós apagado, distraído, sin una sola mirada atrás.

No le conté la verdad. ¿Cómo iba a hacerlo? Le conté una historia. Una cosita pobre, desnutrida. Sin brillo, sin lentejuelas, únicamente unos pocos retales insulsos y descoloridos toscamente hilvanados y con los bordes deshilachados. La clase de historia que parece extraída de la vida real. O, mejor dicho, de lo que la gente supone que es la vida real, lo cual es muy diferente. No es fácil para alguien de mi talento crear esa clase de historias.

Lo contemplé desde la ventana. Se alejaba por la calle arrastrando los pies, los hombros caídos, la cabeza gacha, y cada paso le suponía un esfuerzo fatigoso. Nada quedaba de su energía, de su empuje, de su brío. Yo había acabado con ellos, pero no tengo toda la culpa. Debería haber sabido que no debía creerme.

No volví a verle.

La sensación, la marea en el estómago, en las sienes, en las yemas de los dedos, me acompañó durante mucho tiempo. Subía y bajaba al recordar las palabras del muchacho. «Cuénteme la verdad.» «No», decía yo una y otra vez. No. Pero la marea se negaba a aquietarse. Me aturdía; peor aún, era un peligro. Al final le propuse un trato. «Todavía no.» Suspiró, se retorció, pero poco a poco se fue calmando. Tanto que prácticamente me olvidé de ella.

Hace tanto tiempo de eso. ¿Treinta años? ¿Cuarenta? Tal vez más. El tiempo pasa más deprisa de lo que creemos.

Últimamente el muchacho me ha estado rondando por la cabeza. «Cuénteme la verdad.» Y estos días he vuelto a sentir ese extraño remolino interno. Algo está creciendo dentro de mí, dividiéndose y multiplicándose. Puedo notarlo en el estómago, algo redondo y duro, del tamaño de un pomelo. Me roba el aire de los pulmones y me roe la médula de los huesos. El largo letargo lo ha cambiado; de dócil y manejable ha pasado a ser peleón. Rechaza toda negociación, paraliza los debates, exige sus derechos. No acepta un no por respuesta. La verdad, repite una y otra vez, llamando al muchacho, contemplando su espalda mientras se aleja. Luego se vuelve hacia mí, me estruja las tripas, las retuerce. ¿Hicimos un trato, recuerdas?

Ha llegado el momento.

Venga el lunes. Enviaré un coche a la estación de Harrogate para que la recoja del tren que llega a las cuatro y media.

VIDA WINTER

¿Cuánto tiempo permanecí sentada en la escalera después de leer la carta? No lo sé, porque estaba hechizada. Las palabras tienen algo especial. En manos expertas, manipuladas con destreza, nos convierten en sus prisioneros. Se enredan en nuestros brazos como tela de araña y en cuanto estamos tan embelesados que no podemos movernos, nos perforan la piel, se infiltran en la sangre, adormecen el pensamiento. Y ya dentro de nosotros ejercen su magia. Cuando, transcurrido un buen rato, finalmente desperté, tan solo pude suponer qué había estado sucediendo en las profundidades de mi inconsciencia. ¿Qué me había hecho la carta?

Yo sabía muy poco de Vida Winter. Lógicamente estaba al corriente del surtido de epítetos que solían acompañar su nombre: la escritora más leída de Gran Bretaña; la Dickens de nuestro siglo; la autora viva más famosa del mundo, etcétera. Sabía, desde luego, que era popular, pero aun así, cuando más adelante hice algunas indagaciones, las cifras representaron para mí toda una sorpresa. Cincuenta y seis libros publicados en cincuenta y seis años; sus libros habían sido traducidos a cuarenta y nueve idiomas; la señorita Winter había sido nombrada en veintisiete ocasiones la autora más solicitada en las bibliotecas británicas; existían diecinueve películas basadas en sus novelas. Desde el punto de vista estadístico, la pregunta que generaba más controversia era esta: ¿había vendido o no más ejemplares que la Biblia? La dificultad no radicaba tanto en calcular los libros que había vendido la señorita Winter (una cifra millonaria siempre variable), sino en obtener cifras fidedignas con respecto a la Biblia: independientemente de las creencias de cada cual en la palabra de Dios, los datos relativos a sus ventas eran muy poco fiables. El número que más me había interesado mientras continuaba sentada en la escalera era el veintidós. Era el número de biógrafos que, bien por falta de información o de ánimo, bien por estímulos o amenazas procedentes de la propia señorita Winter, habían arrojado la toalla en su intento de descubrir la verdad sobre ella. Pero aquella tarde yo no sabía nada de eso. Solo conocía una cifra, una cifra que parecía pertinente: ¿cuántos libros de Vida Winter había leído yo, Margaret Lea? Ninguno.

Sentada en la escalera, me estremecí, bostecé y me desperecé. Después de volver en mí, me di cuenta de que mientras estaba abstraída, mis pensamientos habían cambiado de fecha. Rescaté dos detalles en concreto del desatendido limbo de mi memoria.

El primero era una breve escena con mi padre que había tenido lugar en la tienda. Una caja de libros que estamos desembalando, procedente de una liquidación de una biblioteca privada, contiene algunos ejemplares de Vida Winter. En la librería no nos dedicamos a la novela contemporánea.

—Los llevaré al centro de beneficencia a la hora de comer —digo, dejándolos en un extremo del mostrador.

Pero antes de que termine la mañana tres de los cuatro libros ya no están. Se han vendido. Uno a un sacerdote, otro a un cartógrafo, el tercero a un historiador militar. Los rostros de nuestros clientes —con el aspecto grisáceo y la aureola de satisfacción características del bibliófilo— parecen iluminarse cuando vislumbran los vivos colores de las cubiertas en rústica. Después de comer, cuando ya hemos terminado de desembalar, catalogar y colocar los libros en los estantes, y no tenemos clientes, nos sentamos a leer, como de costumbre. Estamos a finales de otoño, llueve y las ventanas se han empañado. A lo lejos suena el silbido de la estufa de gas; mi padre y yo lo oímos sin oírlo, sentados uno junto al otro pero a kilómetros de distancia, pues estamos enfrascados en nuestros respectivos libros.

—¿Preparo el té? —le pregunto regresando a la superficie.

No responde.

De todos modos preparo el té y le dejo una taza cerca, sobre el mostrador.

Una hora más tarde el té, intacto, ya está frío. Preparo otra tetera y coloco otra taza humeante junto a él, sobre el mostrador. Papá no percibe mis movimientos.

Con delicadeza levanto el libro que sostiene en las manos para ver la cubierta. Es el cuarto libro de Vida Winter. Lo vuelvo a colocar en su posición original y estudio el rostro de mi padre. No me oye. No me ve. Está en otro mundo y yo soy un fantasma.

Ese es el primer recuerdo.

El segundo es una imagen. De medio perfil, tallada a gran escala jugando con las luces y las sombras, una cara se eleva por encima de los viajeros que, empequeñecidos, aguardan debajo. Es solo una fotografía publicitaria pegada a una valla en una estación de tren, pero para mí posee la grandeza imperturbable de las reinas y deidades esculpidas en paredes rocosas por antiguas civilizaciones, olvidadas hace mucho tiempo. Al contemplar el exquisito arco de las cejas, la curva despejada y suave de los pómulos, la línea y las proporciones impecables de la nariz, no puedo dejar de admirar el hecho de que la combinación aleatoria de unos genes humanos llegue a producir algo tan sobrenaturalmente perfecto. Si los arqueólogos del futuro hallaran esos huesos, les parecerían una escultura, un producto de la máxima expresión del empeño artístico y no de las herramientas romas de la naturaleza. La piel que cubre esos extraordinarios huesos posee la luminosidad opaca del alabastro, y parece aún más pálida en contraste con los cuidados rizos y tirabuzones cobrizos dispuestos con suma precisión en torno a las delicadas sienes y por debajo del cuello fuerte y elegante.

Como si este derroche de belleza no fuera suficiente, ahí están los ojos. Intensificados por algún acto de prestidigitación fotográfica hasta un verde nada natural, como el verde de la vidriera de una iglesia, de las esmeraldas o de los caramelos, miran, totalmente inexpresivos, por encima de las cabezas de los viajeros. No sé si ese día el resto de la gente sintió lo mismo que yo al ver la fotografía; ellos habían leído sus libros, de modo que es posible que tuvieran una perspectiva diferente de las cosas. Pero en mi caso, la contemplación de esos enormes ojos verdes enseguida me trajo a la memoria la popular expresión de que los ojos son el espejo del alma. «Esta mujer —recuerdo que pensé mientras miraba fijamente sus ojos verdes y su mirada perdida— no tiene alma.»

La noche en que leí la carta no tenía más información sobre Vida Winter. No era mucho; aunque, pensándolo bien, quizá fuera cuanto se podía saber de ella, pues si bien todo el mundo conocía a Vida Winter —conocía su nombre, conocía su cara, conocía sus libros—, al mismo tiempo nadie la conocía. Tan famosa por sus secretos como por sus historias, Vida Winter era un completo misterio.

Ahora, si debía dar crédito a lo que decía la carta, Vida Winter quería contar la verdad sobre sí misma. Si eso ya era de por sí curioso, más curiosa fue la pregunta que me hice de inmediato: ¿por qué quería contármela a mí?

La historia de Margaret

Me levanté de la escalera y me interné en la oscuridad de la librería. No necesitaba encender la luz para orientarme. Conozco la tienda como se conocen los lugares de la infancia. Al instante el olor a cuero y papel viejo me calmó. Deslicé las yemas de los dedos por los lomos de los libros, como un pianista por su teclado. Cada libro tiene su particularidad: el lomo granulado, forrado de lino, de la *History of Map Making* de Daniels; el cuero agrietado de las actas de Lakunin de las reuniones de la Academia Cartográfica de San Petersburgo; una carpeta muy gastada que contiene sus mapas trazados y coloreados a mano. Si me vendarais los ojos y me situarais en un lugar cualquiera de las tres plantas que conforman la librería, podría deciros dónde estoy por el tacto de los libros bajo las yemas de mis dedos.

Tenemos pocos clientes en Libros de Viejo Lea, apenas media docena al día como promedio. La actividad aumenta en septiembre, cuando los estudiantes vienen a buscar ejemplares de los textos que necesitarán ese curso, y en mayo, cuando los devuelven después de los exámenes. Mi padre los llama libros migratorios. En otras épocas del año podemos pasarnos días sin ver a un solo cliente. Los veranos traen algún que otro turista que, habiéndose desviado de la ruta habitual empujado por la curiosidad, decide abandonar la luz del sol y entrar en la tienda, donde se detiene un instante, parpadeando mientras sus ojos se adaptan a la oscuridad. Según lo harto que esté de comer helado y contemplar las bateas del río, se quedará o no un rato a disfrutar de un poco de sombra y tranquilidad. Casi siempre, quienes visitan la librería han oído hablar de nosotros a un amigo de un amigo, y como están cerca de Cambridge se desvían de su camino a propósito. Entran en la tienda con la expectación dibujada en el rostro, y no es raro que se disculpen por molestarnos. Son buena gente, tan silenciosos y amables como los libros. Pero la mayor parte del tiempo solo estamos papá, los libros y yo.

¿Cómo consiguen llegar a final de mes?, os preguntaríais si vierais los pocos clientes que entran y salen. El caso es que la tienda, económicamente, es solo un complemento. El verdadero negocio transcurre en otro lugar. Vivimos de aproximadamente una media docena de transacciones al año. Papá conoce a todos los grandes coleccionistas y todas las grandes colecciones del mundo. Si os dedicarais a observarlo en las subastas y ferias de libros a las que suele asistir, os percataríais de la frecuencia con que se le acercan individuos que, discretos tanto en su forma de hablar como de vestir, se lo llevan a un rincón para mantener con él una conversación también discreta. La mirada de esos individuos podría calificarse de todo menos de discreta. «¿Ha oído hablar de…?», preguntan, y «¿Tiene idea de si…?». Y mencionan el título de un libro. Papá responde en términos muy vagos. No conviene crearles demasiadas esperanzas. Estas cosas, por lo general, no conducen a nada. En cambio, en el caso de que oyera algo… Y si no la tiene ya, anota la dirección de la persona en cuestión en una libretita verde. No sucede nada durante una buena temporada. Entonces —unos meses después, o muchos, es imposible saberlo— en otra subasta o feria de libros papá ve a otra persona y le pregunta con suma cautela si… y vuelven a mencionar el título del libro. Y ahí suele terminar el asunto. Pero a veces, después de las conversaciones comienza un carteo. Papá dedica mucho tiempo a redactar cartas. En francés, en alemán, en italiano, incluso alguna que otra en latín. Nueve de cada diez veces la respuesta es una amable negativa de dos líneas. Pero a veces —media docena de veces al año— la respuesta es el preludio de un viaje. Un viaje en el que papá recoge un libro aquí y lo entrega allá. En contadas ocasiones se ausenta más de cuarenta y ocho horas. Seis veces al año. Así nos ganamos la vida.

La librería en sí apenas genera dinero. Es un lugar para escribir y recibir cartas. Un lugar donde matar las horas a la espera de la siguiente feria internacional del libro. Según el director de nuestro banco es un lujo, un lujo al que el éxito de mi padre le da derecho. Pero en realidad —la realidad de mi padre y la mía, no pretendo que la realidad sea la misma para todo el mundo— la librería es el alma del negocio. Es un depósito de libros, un refugio para todos los volúmenes escritos en otras épocas con mucho cariño, que hoy en día nadie parece querer.

Y es un lugar para leer.

A de Austen, B de Brontë, C de Charles y D de Dickens. Aprendí el alfabeto en esta librería. Mi padre se paseaba por las estanterías conmigo en brazos, enseñándome el abecedario al mismo tiempo que me enseñaba a deletrear. También aquí aprendí a escribir, copiando nombres y títulos en fichas que todavía sobreviven en nuestro archivador, treinta años más tarde. La librería era mi hogar y mi lugar de trabajo. Para mí fue la mejor escuela, y, años después, mi universidad privada. La librería era mi vida.

Mi padre nunca me puso un libro en las manos, pero tampoco me prohibió ninguno. Me dejaba deambular y acariciarlos, elegir uno u otro con más o menos acierto. Leía cuentos sangrientos de memorable heroísmo que los padres del siglo XIX consideraban apropiados para sus hijos e historias góticas de fantasmas que decididamente no lo eran; leía relatos de mujeres solteras vestidas con miriñaques que emprendían arduos viajes por tierras plagadas de peligros, y leía manuales sobre decoro y buenos modales dirigidos a señoritas de buena familia; leía libros con ilustraciones y libros sin ilustraciones; libros en inglés, libros en francés, libros en idiomas que no entendía, pero que me permitían inventarme historias basándome en unas cuantas palabras cuyo significado intuía. Libros. Libros. Y más libros.

En el colegio no hablaba de mis lecturas en la librería. Los retazos de francés arcaico que había ojeado en viejas gramáticas se reflejaban en mis redacciones y, aunque mis maestros los tachaban de faltas de ortografía, nunca lograron erradicarlos. De vez en cuando una clase de historia tocaba una de las profundas pero aleatorias vetas de conocimiento que yo había ido acumulando mediante mis caprichosas lecturas en la librería. «¿Carlomagno? —pensaba—. ¿Mi Carlomagno? ¿El Carlomagno de la librería?» En esas ocasiones permanecía muda, pasmada por la momentánea colisión de dos mundos que no tenían nada más en común.

Entre lectura y lectura ayudaba a mi padre en su trabajo. A los nueve años ya me dejaba envolver libros en papel de embalar y escribir en el paquete la dirección de nuestros clientes más lejanos. A los diez, papá me dio permiso para llevar los paquetes a la oficina de correos. A los once reemplacé a mi madre en su única tarea en la tienda: la limpieza. Con un pañuelo en la cabeza y una bata para enfrentarme a la mugre, los gérmenes y la malignidad general inherente a los «libros viejos», mi madre recorría las estanterías con su exigente plumero, apretando los labios y procurando no inhalar ni una mota. De vez en cuando las plumas levantaban una nube de polvo invisible y mi madre retrocedía tosiendo. Inevitablemente se enganchaba las medias en el cajón que, dada la conocida malevolencia de los libros, se hallaba justo detrás de ella. Así pues, me ofrecí a limpiar el polvo. Mi madre se alegró de quitarse de encima esa tarea; después de eso ya no necesitó aparecer por la librería.

A los doce años papá me puso a buscar libros extraviados. Un libro recibía la etiqueta de «extraviado» cuando, según los archivos, figuraba en existencias pero no se hallaba en su correspondiente estantería. Aunque cabía la posibilidad de que lo hubieran robado, lo más probable era que algún curioso despistado lo hubiera dejado en el lugar erróneo. Había siete salas en la librería, todas ellas forradas desde el suelo hasta el techo de libros, miles de volúmenes.

«Y ya que los buscas, comprueba que estén en orden alfabético», decía papá.

Aquello era interminable; ahora me pregunto si papá me confiaba esa tarea realmente en serio. En realidad poco importa, porque yo sí me la tomaba en serio.

La búsqueda me ocupaba las mañanas de todo el verano, pero a principios de septiembre, cuando empezaba el colegio, ya había encontrado todos los libros extraviados y había devuelto a su estante cada tomo cambiado de sitio. No solo eso, sino que —y mirando atrás ese parece el detalle importante de verdad— mis dedos habían estado en contacto, aunque fuera únicamente un instante, con todos y cada uno de los libros de la tienda.

Cuando alcancé la adolescencia, ya prestaba tanta ayuda a mi padre que por las tardes apenas nos quedaba nada por hacer. Concluidas las tareas de la mañana, colocada la nueva mercancía en las estanterías, redactadas las cartas y terminado nuestros sándwiches frente al río, después de haber alimentado a los patos, regresábamos a la librería a leer.

Poco a poco mis lecturas fueron menos azarosas. Cada vez deambulaba más por la segunda planta. Novelas, biografías, autobiografías, memorias, diarios y cartas del siglo XIX.

Mi padre se daba cuenta de hacia dónde apuntaban mis gustos. Regresaba de las ferias y subastas a las que asistía cargado con libros que pensaba que podían interesarme. Libros muy gastados, en su mayoría manuscritos, hojas amarillentas ligadas con cinta o cordel, a veces encuadernadas a mano. Las vidas corrientes de gente corriente. No me limitaba a leerlos; los devoraba. Aunque mi apetito por la comida decrecía, mi hambre por los libros era constante.

No soy una biógrafa propiamente dicha. De hecho, apenas tengo nada de biógrafa. Principalmente por placer, he escrito algunas biografías breves de personajes insignificantes de la historia de la literatura. Siempre me ha interesado escribir biografías de los perdedores; personas que vivieron toda su vida persiguiendo la sombra de la fama y que a su muerte quedaron sumidas en el más profundo de los olvidos. Me gusta desenterrar vidas que han estado sepultadas en diarios sin abrir colocados en estanterías de archivos durante cien años o más; reavivar memorias que hace décadas que nadie publica es quizá lo que más me gusta.

Como de vez en cuando uno de mis sujetos es lo bastante importante para despertar el interés de un editor exquisito de la zona, he publicado algunas cosas con mi nombre. No me refiero a libros, nada tan ambicioso, solo opúsculos, en realidad, un puñado de papel grapado a una tapa en rústica. Uno de mis trabajos —*La musa fraternal*, un texto sobre los hermanos Landier, Jules y Edmond, y el diario que escribieron conjuntamente— atrajo la atención de un editor especializado en historia y fue incluido en una compilación de ensayos en tapa dura sobre la creación literaria y la familia en el siglo XIX. Probablemente sea ese el texto que atrajo la atención de Vida Winter, por más que su presencia en la compilación resulte bastante engañosa. Descansa rodeado de trabajos de académicos y escritores profesionales, como si yo fuera una biógrafa de verdad, cuando, en realidad, no soy más que una diletante, una aficionada con algo de talento.

Las vidas —las de los fallecidos— son solo un pasatiempo. Mi auténtico trabajo está en la librería. Mi tarea no consiste en vender libros —eso es responsabilidad de mi padre—, sino en cuidar de ellos.

De vez en cuando saco un volumen y leo una o dos páginas. Después de todo estoy aquí para cuidar de los libros y, en cierto sentido, leer es cuidar. Aunque no son ni lo bastante viejos para ser valiosos exclusivamente por su antigüedad ni lo bastante importantes para despertar el interés de los coleccionistas, los libros a mi cargo significan mucho para mí, aun cuando la mitad de las veces resulten tan aburridos por dentro como por fuera. Por muy banal que sea el contenido, siempre consigue conmoverme, pues alguien ya fallecido en su momento consideró esas palabras tan valiosas para merecer ser plasmadas por escrito.

La gente desaparece cuando muere. La voz, la risa, el calor de su aliento, la carne y finalmente los huesos. Todo recuerdo vivo de ella termina. Es algo terrible y natural al mismo tiempo. Sin embargo, hay individuos que se salvan de esa aniquilación, pues siguen existiendo en los libros que escribieron. Podemos volver a descubrirlos. Su humor, el tono de su voz, su estado de ánimo. A través de la palabra escrita pueden enojarte o alegrarte. Pueden consolarte, pueden desconcertarte, pueden cambiarte. Y todo eso pese a estar muertos. Como moscas en ámbar, como cadáveres congelados en el hielo, eso que según las leyes de la naturaleza debería desaparecer se conserva por el milagro de la tinta sobre el papel. Es una suerte de magia.

Como quien cuida de las tumbas de los muertos, yo cuido de los libros. Los limpio, les hago pequeños arreglos, los mantengo en buen estado. Y cada día abro uno o dos tomos, leo unas líneas o páginas, permito que las voces de los muertos olvidados resuenen en mi cabeza. ¿Nota un escritor fallecido que alguien está leyendo su libro? ¿Aparece un destello de luz en su oscuridad? ¿Se estremece su espíritu con la caricia ligera de otra mente leyendo su mente? Eso espero. Pues estando muertos deben de sentirse muy solos.

Hablando de mis cosas, me doy cuenta de que he estado dando largas a lo esencial. No soy dada a las revelaciones personales, y creo que con el firme propósito de superar mi reticencia he acabado escribiendo sobre eso y lo otro para evitar escribir lo más importante. Pero voy a escribirlo. «El silencio no es el entorno natural para las historias —me dijo en una ocasión la señorita Winter—. Las historias necesitan palabras. Sin ellas palidecen, enferman y mueren. Y luego te persiguen.»

Qué razón tiene. Así pues, he aquí mi historia.

Tenía diez años cuando descubrí el secreto que guardaba mi madre. Y el secreto era importante no porque fuera suyo, sino porque era mío.

Mis padres habían salido esa noche. No solían salir, y cuando lo hacían me enviaban a casa de la vecina, a sentarme en la cocina de la señora Robb. Su casa era exactamente igual a la nuestra pero al revés, y esa inversión me producía mareos. Así pues, cuando llegó la noche en cuestión, la noche en que mis padres iban a salir, volví a asegurarles que ya era lo bastante mayor y responsable para quedarme en casa sin una canguro. En realidad no esperaba salirme con la mía, pero mi padre estuvo de acuerdo. Mamá se dejó convencer poniendo como única condición que la señora Robb asomara la cabeza a las ocho y media.

Se marcharon de casa a las siete en punto, y lo celebré sirviéndome un vaso de leche y bebiéndomelo en el sofá mientras me admiraba a mí misma por lo mayor que ya era. Margaret Lea, tan mayor que podía quedarse en casa sin una canguro. Después de tomarme la leche me asaltó inesperadamente el aburrimiento. ¿Qué podía hacer con esa libertad? Me puse a deambular por la casa marcando el territorio de mi nueva libertad: el comedor, la sala, el lavabo de la planta baja. Todo estaba como siempre. Sin razón aparente, me vino a la memoria uno de los mayores terrores de mi infancia, el del lobo y los tres cerditos. «¡Soplaré, soplaré y la casa derribaré!» El lobo no habría tenido ningún problema para derribar la casa de mis padres. Las paredes de las habitaciones, blancas y espaciosas, eran demasiado endebles para poder resistir, y los muebles, con su quebradiza fragilidad, se desmoronarían como una pila de cerillas solo con que un lobo se parara a mirarlos. Sí, ese lobo podría derribar la casa con un simple silbido y los tres nos convertiríamos al instante en su desayuno. Empecé a echar de menos la librería, donde nunca tenía miedo. El lobo podría soplar y vociferar cuanto quisiera: con todos esos libros duplicando el grosor de las paredes papá y yo estaríamos tan a salvo como en una fortaleza.

Subí las escaleras y me miré en el espejo del cuarto de baño. Para tranquilizarme, para ver mi aspecto de chica mayor. Ladeando la cabeza, primero hacia la izquierda, luego hacia la derecha, examiné mi reflejo desde todos los ángulos, deseando ver a otra persona. Pero era solo yo mirándome a mí misma.

Mi cuarto no abrigaba distracción alguna. Lo conocía al dedillo, él me conocía a mí, éramos viejos camaradas. Así pues, abrí la puerta de la habitación de invitados. El ropero de puertas lisas y el desnudo tocador prometían solo de boquilla que allí podías vestirte y cepillarte el pelo, pero en el fondo sabías que detrás de las puertas y en los cajones no había nada. La cama, con sus sábanas y mantas perfectamente remetidas y alisadas, no invitaba a tumbarse. Parecía que a las delgadas almohadas les hubieran chupado la vida. Siempre la llamábamos la habitación de invitados, pero nosotros nunca teníamos invitados. Era la habitación donde dormía mi madre.

Perpleja, salí del cuarto y me detuve en el rellano.

De modo que era eso. El rito de iniciación. Quedarme sola en casa. Estaba entrando a formar parte de las filas de los niños mayores; al día siguiente podría decir en el patio: «Anoche no vino ninguna canguro a cuidar de mí. Me quedé sola en casa». Las demás niñas me mirarían boquiabiertas. Llevaba mucho tiempo esperando ese momento, pero cuando llegó no sabía qué pensar. Había imaginado que crecería y crecería para encajar con soltura en esa experiencia de mayores, que por primera vez podría entrever la persona que estaba destinada a ser. Había imaginado que el mundo abandonaría su aspecto infantil y familiar para mostrarme su cara adulta y secreta. En lugar de eso, rodeada de mi nueva independencia, me sentí más pequeña que nunca. ¿Tenía algún problema? ¿Encontraría alguna vez la forma de hacerme mayor? Jugueteé con la idea de ir a casa de la señora Robb. No. Existía un lugar mejor. Debajo de la cama de mi padre.

El espacio entre el suelo y el somier había encogido desde la última vez que estuve allí. La maleta de las vacaciones, tan gris a la luz del día como aquí dentro, en la penumbra, me presionaba un hombro. Esa maleta contenía todo nuestro equipo de verano: gafas de sol, carretes de fotos, el traje de baño que mi madre nunca se ponía y nunca tiraba. A mi otro lado había una caja de cartón. Mis dedos palparon las tapas arrugadas, abrieron una solapa y hurgaron. El ovillo enmarañado de las luces de Navidad. Las plumas que cubrían la falda del ángel del arbolito. La última vez que había estado debajo de esa cama creía en Papá Noel. En aquel momento ya no. ¿Era eso una prueba de que me estaba haciendo mayor?

Al salir culebreando de debajo del somier arrastré conmigo una vieja lata de galletas. Allí estaba, medio asomada por debajo de la colcha. Me acordaba de ella: había estado ahí toda la vida. La fotografía de unos riscos y abetos escoceses sobre una tapa tan apretada que era imposible abrirla. Traté distraídamente de levantarla, y cedió con tanta facilidad bajo mis dedos más grandes y fuertes, que di un respingo. Dentro estaba el pasaporte de papá y papeles de diversos tamaños. Impresos, unos escritos a máquina, otros a mano; una firma aquí, otra allá.

Para mí, ver significa leer. Siempre ha sido así. Hojeé los documentos. El certificado de matrimonio de mis padres, sus respectivas partidas de nacimiento, mi partida de nacimiento. Letras rojas sobre papel crema. La firma de mi padre. Volví a doblarla con cuidado, la puse con los demás documentos que ya había leído y pasé al siguiente. Era idéntico. Lo miré extrañada. ¿Por qué tenía dos partidas de nacimiento?

Entonces lo vi. Mismo padre, misma madre, misma fecha de nacimiento, otro nombre.

¿Qué me ocurrió en ese momento? Dentro de mi cabeza todo se hizo pedazos y se recompuso de otra manera, en una de esas reorganizaciones calidoscópicas de que el cerebro es capaz.

Tenía una hermana gemela.

Desoyendo el tumulto en mi cabeza, mis dedos curiosos desdoblaron otra hoja de papel.

Un certificado de defunción.

Mi hermana gemela había muerto.

Entonces supe qué era lo que me había marcado.

Aunque el descubrimiento me dejó estupefacta, no estaba sorprendida. Siempre había tenido una sensación, la certeza —demasiado familiar para haber necesitado palabras— de que había algo. Una cualidad diferente en el aire a mi derecha, una concentración de luz. Algo en mí que hacía vibrar el espacio vacío. Mi sombra blanca.

Apretando las manos contra mi costado derecho, agaché la cabeza, la nariz casi pegada al hombro. Era un antiguo gesto, un gesto que siempre hacía en momentos de dolor, de turbación, de cualquier clase de tensión. Demasiado familiar para haberlo analizado hasta ese momento, el hallazgo desveló su significado. Buscaba a mi gemela donde debería haber estado, a mi lado.

Cuando vi los dos documentos y cuando el mundo se hubo calmado lo suficiente para volver a girar sobre su lento eje, pensé: «Entonces es esto». Pérdida. Tristeza. Soledad. Había una sensación que me había mantenido alejada de la gente —y me había acompañado— durante toda la vida, y al haber encontrado los certificados sabía qué causaba esa sensación. Era mi hermana.

Al cabo de un largo rato oí abrirse la puerta de la cocina. Presa de un fuerte hormigueo en las pantorrillas, llegué hasta el rellano y la señora Robb apareció al pie de la escalera.

—¿Va todo bien, Margaret?

—Sí.

—¿Necesitas algo?

—No.

—Ven a casa si necesitas cualquier cosa.

—Vale.

—Papá y mamá no tardarán en llegar.

Y se marchó.

Devolví los documentos a la lata y la guardé debajo de la cama. Salí del dormitorio y cerré la puerta. Delante del espejo del cuarto de baño sentí el impacto del contacto al fundirse mis ojos en los de otra persona. Mi rostro se estremeció bajo su mirada. Podía notar el esqueleto bajo mi piel.

Al cabo de un rato, oí los pasos de mis padres en la escalera.

Abrí la puerta del cuarto de baño y papá me dio un abrazo en el rellano.

—Buen trabajo —dijo—. Sobresaliente.

Mamá estaba pálida y parecía cansada. Seguro que la salida le había provocado una de sus jaquecas.

—Sí —dijo—, buena chica.

—¿Qué tal te ha ido estar sola en casa, cariño?

—Muy bien.

—Ya lo sabía —dijo papá. Luego, incapaz de contenerse, me dio otro achuchón, exultante, con los dos brazos, y me plantó un beso en la coronilla—. Hora de acostarte. Y no te quedes leyendo hasta muy tarde.

—No.

Después oí a mis padres preparándose para ir a la cama. Papá abría el botiquín para coger las pastillas de mamá y llenaba un vaso de agua. Su voz decía, como tantas otras veces: «Te sentirás mejor después de una buena noche de sueño». Luego la puerta de la habitación de invitados se cerró. Instantes después la cama del otro cuarto crujió y oí el click del interruptor de la luz al apagarse.

Yo sabía algo sobre los gemelos. Una célula que en principio debe convertirse en una persona se convierte, inexplicablemente, en dos personas idénticas.

Yo era una gemela.

Mi gemela estaba muerta.

¿En qué me convertía eso ahora?

Bajo las sábanas, apreté mi mano contra la media luna de color rosa plateado que tenía en el torso. La sombra que mi hermana había dejado atrás. Como una arqueóloga de la carne, exploré mi cuerpo en busca de pruebas de su historia pasada. Estaba fría como un cadáver.

Con la carta todavía en la mano, salí de la librería y subí a mi casa. La escalera se iba estrechando a medida que subía las tres plantas de libros. Por el camino, mientras iba apagando luces a mi paso, empecé a preparar frases para escribir una amable carta de rechazo. Yo, podía decirle a la señorita Winter, no era la biógrafa que necesitaba. La literatura contemporánea no me interesaba. No había leído ni uno solo de sus libros. Me sentía cómoda en las bibliotecas y los archivos y jamás había entrevistado a un escritor vivo. Estaba más a gusto con los muertos y, a decir verdad, los vivos me daban miedo.

Aunque probablemente no hacía falta que escribiera esto último.

No tenía ganas de ponerme a cocinar. Bastaría con una taza de chocolate.

Mientras aguardaba a que la leche se calentara miré por la ventana. En el cristal de la noche había una cara tan pálida que a través de ella podía verse la negrura del cielo. Uní mi mejilla a su mejilla fría y vítrea. Si nos hubierais visto habríais sabido que, de no ser por el cristal, no había nada que nos diferenciara.

Trece cuentos

«Cuénteme la verdad.» Las palabras de la carta estaban atrapadas en mi cabeza, atrapadas, se diría, bajo el techo inclinado de mi buhardilla, como un pájaro que se ha colado por la chimenea. Era lógico que la petición del muchacho me hubiera afectado; a mí, a quien nunca habían contado la verdad y habían dejado que la descubriera sola y a escondidas. «Cuénteme la verdad.» Bien dicho.

Pero decidí borrar las palabras y la carta de mi cabeza.

Se acercaba la hora. Me moví con rapidez. En el cuarto de baño me lavé la cara con jabón y me cepillé los dientes. A las ocho menos tres minutos ya estaba en zapatillas y camisón, esperando a que el agua rompiera a hervir. Vamos, vamos. Un minuto para las ocho. Mi bolsa de agua caliente estaba lista y llené un vaso con agua del grifo. El tiempo era de vital importancia, pues a las ocho en punto el mundo se detenía. Era la hora de la lectura.

Las horas comprendidas entre las ocho de la noche y la una o las dos de la madrugada siempre han sido mis horas mágicas. Sobre la colcha de chenilla azul, las páginas blancas de mi libro, alumbradas por el círculo de luz de la lámpara, constituían la puerta de entrada a otro mundo. Pero esa noche la magia falló. Los hilos argumentales que había dejado suspendidos la noche anterior se habían destensado a lo largo del día y me di cuenta de que no conseguía interesarme por cómo acabarían entrecruzándose. Me esforzaba por agarrarme a una hebra del argumento, pero en cuanto lo conseguía aparecía una voz —«Cuénteme la verdad»— que deshacía el nudo y la dejaba otra vez suelta.

Mi mano revoloteó entonces por los favoritos de siempre: *La dama de blanco*, *Cumbres borrascosas*, *Jane Eyre*...

Pero fue en vano. «Cuénteme la verdad...»

Hasta entonces la lectura nunca me había fallado; siempre había sido mi única seguridad. Apagué la luz, apoyé la cabeza en la almohada y traté de conciliar el sueño.

Ecos de una voz. Fragmentos de una historia. En la oscuridad podía oírlos con más fuerza. «Cuénteme la verdad...»

A las dos de la madrugada me levanté, me puse unos calcetines, abrí la puerta del piso y, abrigada con mi bata, descendí con sigilo por la escalera estrecha y entré en la librería.

En la parte trasera hay un cuarto diminuto, apenas mayor que un armario, que utilizamos cuando tenemos que embalar libros para enviarlos por correo. En el cuarto hay una mesa y un estante con pliegos de papel de embalar, tijeras y un rollo de cordel. También hay un sencillo armario de madera que contiene alrededor de una docena de libros.

El contenido del armario apenas varía. Si hoy asomarais la cabeza veríais lo mismo que yo vi esa noche: un libro sin tapa tumbado y, al lado, un feo tomo estampado en piel; un par de libros en latín colocados verticalmente; una Biblia vieja; tres volúmenes de botánica; dos de historia y un libro desbaratado de astronomía; un libro en japonés, otro en polaco y algunos poemas en inglés antiguo. ¿Por qué guardamos esos libros aparte? ¿Por qué no están con el resto de sus compañeros, en las estanterías cuidadosamente etiquetadas? El armario es el lugar donde guardamos lo esotérico, lo valioso, lo raro. Esos libros valen tanto como el contenido del resto de la tienda junto o incluso más.

El libro que yo iba buscando —un pequeño ejemplar de tapa dura, de unos diez centímetros por quince, editado hacía apenas cincuenta años— desentonaba al lado de todas esas antigüedades. Había aparecido en el armario dos meses atrás, imaginaba que por un despiste de papá, y era mi intención preguntarle uno de esos días por él y asignarle otro lugar. No obstante, por si las moscas, me puse los guantes blancos. Siempre tenemos guantes blancos en el armario para utilizarlos cuando manipulamos los libros porque, por una extraña paradoja, si bien los libros adquieren vida cuando los leemos, la grasa de nuestras yemas los destruyen cuando pasamos las páginas. En cualquier caso, con su cubierta en rústica impecable y las esquinas intactas, el libro, parte de una popular serie bastante bien editada por un sello ya desaparecido, se encontraba en buen estado. Un atractivo ejemplar y una primera edición, pero no la clase de libro que podría considerarse un tesoro. En los mercadillos benéficos y las ferias de los pueblos se venden otros ejemplares de esa misma serie por solo unos peniques.

La cubierta en rústica era verde y crema: un dibujo uniforme que semejaba las escamas de un pez formaba el fondo, y encima había dos rectángulos lisos, uno para la silueta de una sirena y otro para el título y el nombre de la autora. *Trece cuentos de cambio y desesperación*, de Vida Winter.

Cerré el armario, devolví la llave y la linterna a su lugar y regresé a la cama con el libro en mi mano enguantada.

No pretendía leerlo, y lo digo en sentido literal. Unas cuantas frases era cuanto necesitaba. Algo que fuera lo bastante impactante, lo bastante fuerte para acallar las palabras de la carta que seguían resonando en mi cabeza. Un clavo saca otro clavo, dice la gente. Un par de frases, quizá una página, y podría conciliar el sueño.

Retiré la sobrecubierta y la guardé en el cajón que tengo destinado a ese fin. Incluso con guantes toda precaución es poca. Abrí el libro e inspiré. El olor de los libros viejos, tan afilado y seco que puedes notar su sabor.

El prólogo. Solo unas palabras.

Pero mis ojos, al peinar la primera línea, quedaron atrapados.

Todos los niños mitifican su nacimiento. Es un rasgo universal. ¿Quieres conocer a alguien? ¿Su corazón, su mente, su alma? Pídele que te hable de cuando nació. Lo que te cuente no será la verdad: será una historia. Y nada es tan revelador como una historia.

Fue como sumergirse en el agua.

Campesinas y príncipes, alguaciles e hijos de panaderos, mercaderes y sirenas, los personajes enseguida se volvían familiares. Había leído esas historias cien veces, mil veces. Todo el mundo conocía esas historias. Pero poco a poco, a medida que leía, su familiaridad se iba desvaneciendo. Se convertían en seres extraños; se convertían en seres nuevos. Esos personajes no eran los maniquíes coloreados que yo recordaba de los libros ilustrados de mi infancia que representaban mecánicamente la historia una y otra vez. Eran personas. La sangre que manó del dedo de la princesa cuando tocó la rueca era húmeda, y le dejó en la lengua un sabor acerado cuando se lamió el dedo antes de dormirse. Cuando le mostraron a su hija comatosa, las lágrimas del rey dejaron surcos de sal en su rostro. Las historias transcurrían a una velocidad pasmosa en un clima desconocido. Todos veían cumplidos sus deseos: el beso de un extraño devolvía la vida a la hija del rey, la bestia era despojada de su pelaje y quedaba desnuda como un hombre, la sirena caminaba; pero solo cuando ya era demasiado tarde se daban cuenta del precio que debían pagar por eludir su sino. Cada final feliz quedaba empañado. El destino, al principio tan comprensivo, tan razonable, tan dispuesto a negociar, terminaba imponiendo una cruel venganza.

Los cuentos eran brutales, severos y desgarradores. Me encantaron.

Fue mientras leía *El cuento de la sirenita* —el cuento número doce— cuando empecé a sentir una ansiedad que no guardaba relación con el relato. Estaba distraída; mis dedos pulgar e índice me estaban enviando un mensaje: «Quedan pocas páginas». La idea siguió atormentándome hasta que finalmente incliné el libro para comprobarlo. Era cierto. El cuento número trece debía de ser muy corto.

Seguí leyendo, terminé el cuento número doce y pasé la página.

En blanco.

Retrocedí, avancé de nuevo. Nada.

No había cuento número trece.

Sentí en la cabeza el nauseabundo mareo del submarinista que sube a la superficie demasiado deprisa.

Algunos detalles de mi habitación aparecieron de nuevo ante mí, uno a uno. La colcha, el libro que sostenían mis manos, la lámpara todavía brillando en la luz que empezaba a filtrarse por las delgadas cortinas.

Era de día.

Había estado leyendo toda la noche.

No había cuento número trece.

Mi padre se encontraba en la librería, sentado ante el mostrador con la cabeza hundida entre las manos. Me oyó bajar y levantó la vista. Estaba pálido.

—¿Qué ocurre? —pregunté, entrando como una flecha.

La conmoción le impedía hablar; alzó las manos en un gesto mudo de desesperación antes de volver a dejarlas lentamente sobre sus ojos horrorizados. Se le escapó un gemido.

Mi mano revoloteó sobre su hombro, pero como no tengo costumbre de tocar a la gente, finalmente cayó sobre la chaqueta que papá había echado en el respaldo de la silla.

—¿Puedo hacer algo por ti? —le pregunté.

Cuando papá habló, su voz sonó cansada y trémula.

—Tenemos que llamar a la policía. Enseguida. Enseguida…

—¿La policía? Papá, ¿qué ha ocurrido?

—Nos han robado. —Lo dijo como si fuera el fin del mundo.

Desconcertada, miré a mi alrededor. Todo estaba en orden. Los cajones no estaban forzados, ni las estanterías revueltas, ni la ventana rota.

—El armario —dijo, y entonces empecé a comprender.

—Los *Trece cuentos* —declaré con firmeza—. Arriba, en casa. Lo tomé prestado.

Papá levantó los ojos. Su mirada era una mezcla de alivio y estupefacción.

—¿Lo tomaste prestado?

—Sí.

—¿Que lo tomaste prestado?

—Sí. —Le miré extrañada. Yo siempre tomaba prestados libros de la librería, y él lo sabía de sobra.

—Pero ¿Vida Winter…?

Entonces comprendí que le debía una explicación.

Yo leo novelas antiguas. La razón es simple: prefiero un desenlace como es debido. Matrimonios y muertes, sacrificios nobles y recuperaciones milagrosas, separaciones trágicas y reencuentros inesperados, grandes caídas y sueños cumplidos; he ahí, en mi opinión, desenlaces que hacen que la espera merezca la pena. Deben producirse después de aventuras, riesgos, peligros y dilemas, y tener una conclusión clara, sin cabos sueltos. Y como esa clase de desenlaces es más frecuente en las novelas antiguas que en las modernas, solo leo novelas antiguas.

La literatura contemporánea es un mundo casi desconocido para mí. Mi padre me lo ha reprochado a menudo en nuestras charlas diarias sobre libros. Él lee tanto como yo, pero su lectura es más variada, y sus opiniones me merecen un gran respeto. Con palabras precisas, cuidadosamente elegidas, me ha descrito la bella desolación que siente al terminar una novela cuyo mensaje es que el sufrimiento humano no tiene fin, que solo queda resistir. Me ha hablado de finales discretos que, sin embargo, permanecen más tiempo en la memoria que desenlaces más llamativos y arrebatados. Me ha explicado por qué la ambigüedad le llega más al corazón que los finales de muerte y matrimonio que yo prefiero.

Durante estas charlas escucho con suma atención y asiento con la cabeza, pero no abandono mis viejas costumbres. Papá no me lo reprocha. Hay algo en lo que sí estamos de acuerdo: hay demasiados libros en el mundo para poder leerlos todos en el transcurso de una vida, de manera que hay que trazar una línea en algún lugar.

En una ocasión papá hasta me habló de Vida Winter.

—He ahí una escritora viva que podría gustarte.

Pero yo nunca había leído un libro de Vida Winter. ¿Por qué iba a hacerlo cuando había tantos escritores muertos aún por descubrir?

Salvo que había bajado en mitad de la noche para coger los *Trece cuentos* del armario. Mi padre, con toda la razón del mundo, se estaba preguntando por qué.

—Ayer recibí una carta —comencé.

Asintió con la cabeza.

—De Vida Winter.

Papá enarcó las cejas, pero me dejó continuar.

—Se trata de una invitación para que vaya a verla. Con la idea de escribir su biografía.

Sus cejas se elevaron unos milímetros más.

—No podía dormir, así que bajé a buscar su libro.

Esperé para ver si mi padre decía algo, pero no abrió la boca. Estaba pensando. Tenía el ceño ligeramente arrugado. Pasado un rato, hablé de nuevo.

—¿Por qué lo guardas en el armario? ¿Qué lo hace tan valioso?

Papá salió de su ensimismamiento para responder.

—En parte porque es la primera edición del primer libro de la escritora viva más famosa en lengua inglesa. Pero, sobre todo, porque es defectuoso. Las ediciones posteriores se titulan *Cuentos de cambio y desesperación*. No figura ningún número trece. Imagino que ya habrás reparado en que solo hay doce historias.

Asentí con la cabeza.

—Al principio, es de suponer, debían de haber sido trece. Luego decidieron editar solo doce, pero hubo una confusión con el diseño de la cubierta y el libro se imprimió con el título original y tan solo doce historias. Tuvieron que retirarlos.

—Pero tu ejemplar…

—Se les escapó. Pertenece a un lote enviado por error a una librería de Dorset, donde un cliente compró un ejemplar antes de que la tienda recibiera la orden de embalarlos y devolverlos. Hace treinta años el cliente cayó en la cuenta de que podía ser valioso y se lo vendió a un coleccionista. El patrimonio del coleccionista se subastó en septiembre y compré el ejemplar con las ganancias del trato de Aviñón.

—¿El trato de Aviñón?

Papá había tardado dos años en negociar el trato de Aviñón. Era uno de sus éxitos más lucrativos.

—Te pusiste los guantes, ¿verdad? —preguntó con timidez.

—¿Por quién me has tomado?

Sonrió antes de proseguir.

—Tanto esfuerzo para nada.

—¿A qué te refieres?

—A la retirada de todos esos libros por el error en el título. La gente sigue llamándolo *Trece cuentos* aun cuando hace medio siglo que se edita como *Cuentos de cambio y desesperación*.

—¿Y por qué?

—Es consecuencia del halo de fama y misterio que la envuelve. Dado lo poco que se sabe de Vida Winter, anécdotas como la historia de la primera edición retirada adquieren una importancia desmesurada. Ha pasado a formar parte de la mitología de Vida Winter. El misterio del cuento número trece. Así la gente tiene algo sobre lo que hacer conjeturas.

Se produjo un breve silencio. Luego, con la mirada un poco perdida y hablando en voz baja para permitirme atender a sus palabras o dejarlas pasar, papá murmuró:

—Y ahora una biografía… Qué sorpresa.

Recordé la carta, mi miedo a que su autora no fuera de fiar. Recordé la insistencia de las palabras del joven: «Cuénteme la verdad». Recordé los *Trece cuentos* que me atraparon desde la primera línea y me mantuvieron cautiva toda la noche. Estaba deseando ser secuestrada de nuevo.

—No sé qué hacer —le dije a mi padre.

—Es diferente de lo que has hecho hasta ahora. Vida Winter está viva. Tendrías que hacer entrevistas en lugar de perderte por los archivos.

Asentí.

—Pero tú quieres conocer a la persona que escribió los *Trece cuentos*.

Asentí de nuevo.

Mi padre descansó las manos en sus rodillas y suspiró. Él conoce el poder de la lectura. La forma en que te atrapa.

—¿Cuándo quiere que vayas?

—El lunes —dije.

—Te llevaré a la estación, ¿vale?

—Gracias. Y…

—¿Sí?

—¿Puedo tomarme unos días libres? Debería leer un poco más antes de presentarme allí.

—Sí —dijo papá con una sonrisa que no logró ocultar su inquietud—. Por supuesto.

A renglón seguido tuvo lugar uno de los períodos más maravillosos de mi vida adulta. Por primera vez tenía en mi mesita de noche una montaña de libros en rústica brillantes, sin estrenar, comprados en una librería normal. *Ni una cosa ni otra*, de Vida Winter; *Dos veces es para siempre*, de Vida Winter; *Obsesiones*, de Vida Winter; *Fuera del arco*, de Vida Winter; *Reglamento de la aflicción*, de Vida Winter; *La niña del cumpleaños*, de Vida Winter, y *La función de marionetas*, de Vida Winter. Las cubiertas, todas ellas del mismo artista, irradiaban fuerza y poder: naranjas y escarlatas, dorados y violetas intensos. También había comprado un ejemplar de *Cuentos de cambio y desesperación*; el título parecía desnudo sin el «Trece» que convierte el ejemplar de mi padre en un libro tan valioso. Ya lo había devuelto al armario.

Como es lógico, siempre esperamos algo especial cuando leemos por primera vez a un autor, y los libros de la señorita Winter producían en mí el mismo estremecimiento que había sentido cuando descubrí los diarios de los Landier, por poner un ejemplo. Pero se trataba de algo más. Siempre he sido lectora; en todas la etapas de mi vida he leído y nunca ha habido un momento en que leer no fuera mi mayor dicha. Y, sin embargo, no puedo decir que lo que he leído de adulta haya tenido el mismo impacto en mí que lo que leí de niña. Hoy día todavía creo en las historias. Aún me olvido de mí misma cuando estoy leyendo un buen libro, pero ya no es lo mismo. Los libros son para mí, ya lo he dicho, lo más importante; lo que no puedo olvidar es que hubo un tiempo en que fueron a la vez más banales y más fundamentales. De niña los libros lo eran todo. Por tanto, siempre existe en mí un anhelo nostálgico por ese gusto perdido por los libros. No espero ver satisfecho mi anhelo algún día. Y, sin embargo, durante este período, esos días en que leía todo el día y la mitad de la noche, en que dormía bajo una colcha cubierta de libros, en que mi sueño era negro y tranquilo, pasaba como un rayo y despertaba para seguir leyendo, recuperé el placer perdido por la lectura compulsiva e ingenua. La señorita Winter me devolvió la virginidad del lector novato y luego, con sus historias, me cautivó.

De vez en cuando mi padre llamaba a la puerta de lo alto de la escalera. Se quedaba mirándome fijamente. Yo debía de tener esa mirada aturdida que te da la lectura apasionada.

—No olvides que debes comer, ¿de acuerdo? —decía mientras me tendía una bolsa con comida o una botella de leche.

Me habría gustado quedarme para siempre en mi buhardilla con esos libros. Pero si quería ir a Yorkshire para conocer a la señorita Winter, debía emprender otra tarea. Abandoné la lectura durante un día para ir a la biblioteca. En la sala de lectura de prensa busqué reseñas de las últimas novelas de la señorita Winter en la sección de libros de los periódicos nacionales. Con cada nuevo libro que salía al mercado la señorita Winter convocaba a varios periodistas en un hotel de Harrogate, donde los recibía uno a uno y les daba, por separado, lo que ella llamaba la historia de su vida. Debía de haber docenas de esas historias, puede que centenares. Encontré unas veinte sin buscar demasiado.

Tras la publicación de *Ni una cosa ni otra*, la señorita Winter se convirtió en la hija secreta de un sacerdote y una maestra; un año después, en el mismo periódico, promocionó *Obsesiones* contando que era la hija clandestina de una cortesana parisina. Para *La función de marionetas*, en diferentes periódicos, fue una huérfana criada en un convento suizo, una golfilla de los barrios pobres del East End y la hermana oprimida de una familia de diez bulliciosos varones. Me gustó especialmente aquella en que, tras ser separada por error de sus padres misioneros escoceses en la India, sobrevivió en las calles de Bombay ganándose la vida como contadora de cuentos. Contaba historias sobre pinos que olían a cilantro fresco, montañas tan bellas como el Taj Mahal, *haggi* más sabrosos que las *pakora* de cualquier puestecillo y gaitas. ¡Oh, el sonido de las gaitas! Tan hermoso que era imposible describirlo. Cuando muchos años después consiguió regresar a Escocia —país del que se había marchado siendo un bebé— se llevó una gran decepción. Los pinos no olían a cilantro. La nieve era fría. Los *haggi* no sabían a nada. En cuanto a las gaitas…

Irónica y sentimental, trágica y mordaz, cómica y pícara, cada una de esas historias era una obra maestra en miniatura. Para otra clase de escritor podrían ser el mayor logro de su carrera; para Vida Winter eran simples historias de usar y tirar. Creo que nadie se habría confundido creyendo que era verdad.

La víspera de mi partida era domingo y pasé la tarde en casa de mis padres. Su casa nunca cambia: una sola exhalación lobuna podría reducirla a escombros.

Mi madre, tensa, esbozaba una sonrisa con la boca pequeña y hablaba animadamente mientras nosotros bebíamos té. El jardín de los vecinos, las obras en la ciudad, un perfume nuevo que le había provocado un sarpullido. Una conversación ligera, insustancial, generada para mantener el silencio a raya; el silencio donde moraban sus demonios. Su actuación era buena: nada que revelara que a duras penas soportaba salir de casa, que el más mínimo acontecimiento inesperado le provocaba migraña, que no podía leer un libro por temor a las emociones que pudiera despertarle.

Papá y yo esperamos a que mamá se marchara a preparar otra tetera para hablar de la señorita Winter.

—No es su verdadero nombre —le dije—. Si lo fuera sería más fácil investigar sobre ella. Toda la gente que lo ha intentado ha desistido por falta de datos. Nadie conoce el más mínimo detalle sobre Vida Winter.

—Qué extraño.

—Es como si no procediera de ningún lugar, como si no hubiera existido antes de convertirse en escritora, como si se hubiera inventado a sí misma cuando escribió su primer libro.

—Conocemos el nombre que eligió como pseudónimo. Seguro que eso ya dice algo —dijo mi padre.

—Vida. Del latín *vita*. Aunque no puedo evitar pensar también en francés.

Vide en francés significa «vacío». El vacío. La nada. Pero en casa de mis padres no pronunciábamos palabras como esa, de modo que dejé que papá llegara solo a esa conclusión.

—Efectivamente. —Asintió con la cabeza—. ¿Y qué me dices de Winter?

Winter. «Invierno» en inglés. Miré por la ventana en busca de inspiración. Detrás del fantasma de mi hermana se extendían oscuras ramas desnudas sobre el cielo crepuscular y los arriates eran tierra negra y pelada. El cristal no nos aislaba del frío; pese a la estufa de gas, la estancia parecía inundada de una cruda desesperación. ¿Qué representaba el invierno para mí? Solo una cosa: muerte.

Se produjo un silencio. Cuando fue necesario decir algo para no cargar el último intercambio de palabras con un peso intolerable, dije:

—Es un nombre punzante. V y W. Vida Winter. Muy punzante.

Mi madre regresó y siguió hablando mientras colocaba las tazas en los platillos al servir el té. Su voz se movía por su parcela de vida estrechamente controlada con la misma desenvoltura que si midiera tres hectáreas.

Mi mente empezó a vagar. Sobre la repisa de la chimenea descansaba el único objeto de la habitación que podía considerarse decorativo: una fotografía. De vez en cuando mi madre dice que la guardará en un cajón para protegerla del polvo. Pero a mi padre le gusta verla, y dado que rara vez le lleva la contraria, mi madre cede en esto. Es la fotografía de una joven pareja de recién casados. Papá está igual: discretamente atractivo, de ojos oscuros y pensativos, los años no pasan para él. La mujer resulta casi irreconocible. Una sonrisa espontánea, risa en los ojos, ternura en la mirada que dirige a mi padre. Parece feliz.

Las tragedias lo cambian todo.

Yo nací y la mujer recién casada de la foto desapareció.

Miré por la ventana el jardín muerto. Contra la luz menguante, mi sombra rondaba en el cristal mirando la habitación muerta. ¿Qué pensará de nosotros?, me pregunté. ¿Qué opinará de nuestros esfuerzos por convencernos de que eso era vida y que la estábamos viviendo de verdad?

La llegada

Salí de casa un día de invierno como cualquier otro y durante kilómetros mi tren viajó bajo un cielo blanco y translúcido. Después cambié de tren y las nubes se agruparon. A medida que avanzaba hacia el norte se iban tornando más cargadas y oscuras, cada vez más hinchadas. Esperaba oír en cualquier momento el primer repiqueteo de gotas en el cristal, pero no llovió.

En Harrogate, el chófer de la señorita Winter, un hombre moreno con barba, no tenía ningunas ganas de darme conversación. Me alegré, pues su silencio me permitió estudiar el paisaje, totalmente nuevo para mí, que se desplegó ante mis ojos en cuanto dejamos atrás la ciudad. Nunca había estado en el norte. Mis investigaciones me habían llevado a Londres, y en una o dos ocasiones había cruzado el canal de la Mancha para visitar bibliotecas y archivos de París. Conocía el condado de Yorkshire exclusivamente por las novelas que, para colmo, eran de otro siglo. En cuanto salimos de la ciudad casi desaparecieron los signos del mundo moderno, así que sentí que estaba adentrándome en el pasado al mismo tiempo que me internaba en la campiña. Con sus iglesias, sus tabernas y sus casitas de piedra los pueblos me resultaban pintorescos, y cuanto más nos alejábamos menor era su tamaño y mayor la distancia entre ellos, hasta que la continuidad de los campos pelados propios del invierno solo se vio interrumpida por alguna que otra granja apartada. Finalmente también las granjas quedaron atrás y anocheció. Los faros del coche iluminaban franjas de un paisaje incoloro e indefinido: sin cercas, sin muros, sin setos, sin edificios. Tan solo una carretera desprovista de arcén y, a cada lado, borrosas ondulaciones de oscuridad.

—¿Estamos en los páramos? —pregunté.

—Sí —contestó el chófer, y me arrimé un poco más a la ventanilla, pero únicamente pude distinguir el cielo cargado de agua ejerciendo una presión claustrofóbica sobre la tierra, sobre la carretera, sobre el coche. Unos metros más allá se extinguía hasta la luz de nuestros faros.

En un cruce sin señales abandonamos la carretera y avanzamos dando tumbos a lo largo de tres kilómetros de camino pedregoso. Después de parar dos veces para que el chófer abriera y cerrara una verja, seguimos dando botes y sacudidas durante otro kilómetro.

La casa de la señorita Winter descansaba entre dos suaves lomas que se alzaban en la oscuridad, casi dos colinas que parecían confluir y que solo después de salvar la última curva del camino desvelaban la presencia de un valle y una casa. Bajo el cielo, que para entonces irradiaba tonos en morado, añil y pólvora, la casa descansaba agazapada, larga, baja y muy oscura. El chófer me abrió la portezuela del coche y al salir comprobé que ya había bajado mi maleta y se disponía a marcharse, dejándome sola frente a un porche sin luz. Las ventanas quedaban ocultas detrás de postigos de listones y no se veía rastro alguno de presencia humana. Cerrado en sí mismo, el lugar parecía rechazar las visitas.

Llamé a la puerta. El timbre sonó extrañamente sordo atravesando la humedad del aire. Mientras aguardaba contemplé el cielo. El frío trepaba por las suelas de mis zapatos. Llamé de nuevo. Tampoco me respondieron.

A punto de llamar por tercera vez, me sobresalté cuando, sin hacer ruido alguno, se abrió la puerta.

La mujer que me miraba desde el umbral sonrió con profesionalidad y se disculpó por haberme hecho esperar. A primera vista parecía una mujer muy normal. Su cabello, corto y cuidado, era tan paliducho como su piel, y era difícil definir el color de sus ojos, entre azul, gris y verde. No obstante, su aspecto anodino no se debía tanto a la ausencia de colorido como a la falta de expresión. Me figuré que con una pizca de emoción en ellos sus ojos podrían haber irradiado vida, y mientras su mirada escrutadora rivalizaba con la mía, creí sentir que mantenía esa inexpresividad haciendo un gran esfuerzo deliberado.

—Buenas noches —dije—. Soy Margaret Lea.

—La biógrafa. La estábamos esperando.

¿Qué es lo que permite a los seres humanos ver más allá del fingimiento del otro? Porque en ese momento advertí con claridad que la mujer estaba nerviosa. Quizá las emociones tengan olor o sabor, quizá las transmitamos, sin saberlo, mediante vibraciones en el aire. Fuera como fuese, supe también que lo que la inquietaba no era un aspecto concreto de mí, sino simplemente el hecho de que había ido y era una extraña para ella.

Me invitó a pasar y cerró la puerta. La llave giró dentro de la cerradura sin hacer ruido y tampoco se oyó el más mínimo chirrido cuando los cerrojos perfectamente engrasados volvieron a su sitio.

De pie en medio del vestíbulo, con el abrigo todavía puesto, experimenté por primera vez la profunda singularidad de ese lugar. La casa de la señorita Winter era completamente silenciosa.

La mujer me dijo que se llamaba Judith y que era el ama de llaves. Me preguntó por mi viaje y me informó de los horarios de las comidas y los mejores momentos para poder contar con agua caliente. Su boca se abría y se cerraba; en cuanto las palabras abandonaban sus labios eran sofocadas por el manto de silencio que caía sobre ellas. Ese mismo silencio engullía nuestras pisadas y amortiguaba el abrir y cerrar de las puertas mientras el ama de llaves me mostraba, uno tras otro, el comedor, el salón y la sala de música.

No había nada mágico detrás de ese silencio, pues se debía simplemente al mullido mobiliario de la casa: orondos sofás aparecían cubiertos de almohadones de terciopelo; había sillones, divanes y escabeles tapizados; había tapices colgando de las paredes y utilizados como echarpes sobre muebles forrados. Cada centímetro cuadrado de suelo estaba enmoquetado, y cada centímetro cuadrado de moqueta estaba alfombrado. El damasco que cubría las ventanas también envolvía las paredes. Del mismo modo que el papel secante absorbe la tinta, también toda esa lana y ese terciopelo absorbían el ruido, pero si el papel secante solo embebe el exceso de tinta, los tejidos de la casa parecían succionar hasta la mismísima esencia de las palabras.

Seguí al ama de llaves. Doblamos tanto a izquierda y derecha, a derecha e izquierda, subimos y bajamos tantas escaleras, que me desorienté por completo. Enseguida dejé de entender la relación entre el intrincado interior de la casa y su simplicidad externa. Supuse que el edificio había sido reformado en distintas ocasiones, añadiendo estancias por aquí y por allá; probablemente nos hallábamos en un ala o una extensión invisible desde la fachada.

—Ya se acostumbrará —articuló el ama de llaves sin que apenas se la oyera al verme la cara, y la entendí como si yo supiera leer los labios.

Finalmente dejamos atrás un pequeño rellano y nos detuvimos. La mujer abrió una puerta que daba a una sala de estar, de la que salían otras tres puertas.

—El cuarto de baño —dijo abriendo una—, el dormitorio —abriendo otra— y el estudio.

Estas habitaciones estaban tan abarrotadas de cojines, cortinas y tapices como el resto de la casa.

—¿Quiere que le sirva sus comidas aquí o en el comedor? —preguntó el ama de llaves señalando la mesita y la silla junto a la ventana.

Yo ignoraba si las comidas en el comedor significaban comer con la anfitriona, y dudosa de mi posición en la casa (¿era una invitada o una empleada?), vacilé, preguntándome qué sería más cortés. Al adivinar la causa de mi titubeo, el ama de llaves añadió con esfuerzo, como si tuviera que superar su acostumbrada reserva:

—La señorita Winter siempre come sola.

—En ese caso, si a usted no le importa, comeré aquí.

—Ahora mismo le traigo sopa y unos sándwiches. Después del viaje en tren debe de estar hambrienta. Aquí encontrará todo lo necesario para preparar té y café.

Abrió un armario situado en un rincón del dormitorio para mostrarme un hervidor de agua y demás accesorios para preparar bebidas; había incluso una pequeña nevera.

—Le ahorrará tener que andar bajando y subiendo de la cocina —añadió, y creí advertir que, a modo de disculpa por no quererme en su cocina, sonrió algo avergonzada.

Me dejó a solas para que deshiciera el equipaje.

En el dormitorio tardé apenas un minuto en sacar mis contadas prendas de vestir, los libros y el neceser. Aparté los utensilios para preparar té y café y los sustituí por el paquete de cacao que me había llevado de casa. Luego dispuse del tiempo justo para probar la cama alta y antigua —tan generosamente colmada de cojines que por muchos guisantes que hubiera habido debajo del colchón no los habría notado— antes de que el ama de llaves regresara con una bandeja.

—La señorita Winter la invita a reunirse con ella en la biblioteca a las ocho en punto.

Hizo lo posible por que sonara como una invitación, pero no cabía duda, y así lo comprendí, de que era una orden.

El encuentro

No sé si encontré la biblioteca por suerte o por casualidad, pero el caso es que llegué veinte minutos antes de la hora a la que se me había citado. No me importó. ¿Qué mejor lugar para matar el rato que una biblioteca? Y en concreto para mí, ¿qué mejor manera de conocer a alguien que a través de su colección de libros y el trato que les dispensa?

Lo primero que me sorprendió al ver la habitación en su conjunto fue lo notablemente diferente que era con respecto al resto de la casa. En las demás estancias se apiñaban los restos de palabras ahogadas; aquí, en la biblioteca, podías respirar. En vez de tela, esa habitación estaba hecha de madera. Había tablas en el suelo y postigos en los ventanales, y las paredes estaban forradas de estanterías de roble macizo.

Era una habitación de techos altos y mucho más larga que ancha. En un lado, cinco ventanales arqueados se extendían desde el techo hasta casi tocar el suelo, donde se situaban algunos asientos. Frente a ellos había cinco espejos de forma similar, colocados para que reflejaran la vista del exterior, si bien esa noche devolvían la imagen de la madera labrada de los postigos. Las estanterías arrancaban de las paredes y proyectaban su anchura formando huecos; en cada hueco había una lámpara de color ámbar sobre una mesita. No había más iluminación que la que irradiaba el fuego que ardía en el fondo de la estancia, creando cálidos y suaves focos de luz en cuyos contornos hileras de libros se fundían con la penumbra.

Caminé despacio hasta el centro de la habitación, echando un vistazo a los anaqueles a mi derecha e izquierda. Después de echar dos o tres vistazos me descubrí asintiendo con la cabeza. Era una biblioteca bien cuidada. Clasificada, ordenada alfabéticamente y limpia, exactamente como yo la tendría. Todos mis libros favoritos estaban ahí, la mayoría eran volúmenes raros y valiosos, pero el resto eran ejemplares usados y más corrientes. No solo *Jane Eyre, Cumbres borrascosas* y *La dama de blanco*, sino *El castillo de Otranto, El secreto de lady Audley, La novia del espectro*. Me estremecí al tropezar con un *Doctor Jekyll y mister Hyde* tan raro que mi padre había llegado a dudar de su existencia.

Admirando la extensa colección de libros que cubría los estantes de la señorita Winter, avancé hacia la chimenea, situada en el fondo de la sala. En el último tramo de la derecha, unos estantes en concreto me llamaron la atención a pesar de hallarme a cierta distancia de ellos: en lugar de las rayas tenues y predominantemente marrones de los lomos de los libros más antiguos, esa columna exhibía los azules plateados, los verdes salvia y los beiges rosados de décadas más recientes. Eran los únicos libros modernos de la estancia: las obras de las señorita Winter. Con los primeros títulos en la parte superior y las novelas más recientes en la parte inferior, todas las obras contaban con ejemplares de las diferentes y numerosas ediciones impresas e incluso había volúmenes en idiomas diferentes. No vi ningún ejemplar de *El cuento número trece*, el libro de título errado que había leído en la librería; en cambio, había más de una docena de ediciones distintas en las que figuraba su otro título, *Cuentos de cambio y desesperación*.

Escogí un ejemplar de la última novela de la señorita Winter. En la primera página una monja entrada en años llega a una pequeña casa situada en un barrio humilde de una ciudad cuyo nombre no se precisa pero que parece estar en Italia; la invitan a entrar en una habitación donde un joven arrogante, seguramente inglés o estadounidense, la recibe algo sorprendido. Pasé la página. Del mismo modo que había sido atrapada cada vez que había abierto uno de sus libros, los primeros párrafos de esa obra me atraparon, y sin pretenderlo empecé a leer en serio. Al principio el joven no es consciente de algo que el lector ya ha comprendido: que la monja ha acudido con una grave misión que le cambiará la vida de una forma imposible de prever para él. Ella comienza su explicación y tolera pacientemente (pasé la página; ya me había olvidado de la biblioteca, me había olvidado de la señorita Winter, me había olvidado de mí misma) que él la trate con la frivolidad de un joven consentido...

De repente algo se coló en mi lectura y me arrancó del libro. Sentí un hormigueo en la nuca.

Alguien me estaba observando.

Sé que esa sensación en la nuca no es nada inusual, pero era la primera vez que yo la sentía. Como le ocurre a mucha gente solitaria, mis sentidos perciben intensamente la presencia de otras personas, y en una habitación estoy más acostumbrada a ser la espía invisible que a ser la espiada. En ese momento alguien me estaba observando, y no solo eso, sino que llevaba haciéndolo un buen rato. ¿Cuánto tiempo llevaba notando ese inconfundible cosquilleo? Repasé los últimos minutos, tratando de reconstruir el recuerdo de aquella presencia en relación con el avance de la lectura. ¿Fue desde que la monja empezó a hablar al joven? ¿Desde que la invitaron a entrar en la casa? ¿O fue antes? Sin mover un solo músculo, con la cabeza todavía inclinada sobre la página como si nada hubiese notado, intenté hacer memoria.

Entonces lo supe.

Lo había notado antes incluso de coger el libro.

Necesitaba un momento para reponerme, así que volví la página y seguí fingiendo que leía.

—No puede engañarme.

Imperiosa, declamatoria, magistral.

Nada podía hacer salvo levantarme darme la vuelta y mirarla.

El aspecto de Vida Winter no estaba planeado para pasar inadvertido. Ella era una reina, una hechicera, una diosa de la Antigüedad. Su rígida figura descollaba majestuosamente sobre una profusión de esponjosos almohadones rojos y morados. Acomodados sobre los hombros, los generosos pliegues de tela turquesa y verde que la envolvían no lograban suavizar la rigidez de su cuerpo. Su cabello brillante y cobrizo lucía un elaborado peinado de rizos y bucles. La cara, con tantas rayas como un mapa, estaba cubierta de polvos blancos y retocada con un carmín rojo intenso. Sobre el regazo, las manos eran un racimo de rubíes, esmeraldas y nudillos blancos y huesudos; solo desentonaban las uñas, cortas, cuadradas y sin esmaltar, como las mías.

Con todo, lo que más me desconcertó fueron las gafas de sol. No podía verle los ojos, pero al recordar el anuncio, el verde sobrenatural de sus iris, los oscuros cristales parecieron adquirir la fuerza de un reflector; sentí que a través de las lentes los ojos de Vida Winter me estaban atravesando la piel para observarme por dentro.

Corrí un velo sobre mí, me cubrí el rostro con una careta neutra, me oculté detrás de mi aspecto.

Creo que durante un instante la señorita Winter se sorprendió de que yo no fuera transparente, de no poder ver con claridad a través de mí, pero se repuso deprisa, más deprisa de lo que yo me había repuesto.

—Muy bien —dijo con aspereza, esbozando una sonrisa no tanto dirigida a mí como a ella misma—. Al grano. En su carta da a entender que tiene sus reservas en cuanto al encargo que le estoy ofreciendo.

—Bueno, sí, es decir…

Continuó hablando como si no hubiera advertido la interrupción:

—Podría proponerle un incremento de su salario mensual y de la cantidad final.

Me humedecí los labios, en búsqueda de las palabras adecuadas. Antes de siquiera poder hablar, las gafas oscuras de la señorita Winter ya habían subido y bajado, absorbiendo mi lacio flequillo castaño, mi falda recta y mi rebeca azul marino. Después de dirigirme una sonrisa leve y compasiva, pasó por alto mi intención de hablar.

—Pero es evidente que a usted no le mueve el interés pecuniario. Qué curioso. —Su tono era seco—. He escrito sobre personas a las que no les importa el dinero, pero nunca creí que llegara a conocer a ninguna. —Se reclinó sobre los almohadones—. Por consiguiente, deduzco que su problema tiene que ver con la integridad. Quienes no compensan los desequilibrios de sus vidas con una saludable afición por el dinero suelen estar muy obsesionados con la cuestión de la integridad personal.

Agitó una mano, desestimando mis palabras antes de que salieran de mis labios.

—Le asusta aceptar el encargo de una biografía autorizada por miedo a que su independencia corra peligro. Sospecha que deseo ejercer el control sobre el contenido final de la obra. Sabe que me he resistido a los biógrafos en el pasado y se está preguntando qué me ha hecho cambiar de parecer. Pero, sobre todo —otra vez la oscura mirada de esas gafas—, teme que le mienta.

Abrí la boca para protestar, pero no supe qué decir. Tenía razón.

—¿Lo ve? No sabe qué decir. ¿Le avergüenza acusarme de querer mentirle? No es nada agradable acusarse unos a otros de mentirosos. Y por lo que más quiera, siéntese.

Me senté.

—No la acuso de nada —empecé a decir con tacto, pero enseguida me interrumpió.

—No sea tan cortés. Si hay algo que no soporto es la cortesía.

Su frente tembló y una ceja asomó por el borde superior de las gafas, una curva negra y firme que no guardaba parecido alguno con una ceja natural.

—La cortesía. He ahí la más triste virtud del hombre donde las haya. Me gustaría saber qué tiene de admirable ser inofensivo. Después de todo, es fácil. No se necesita ningún talento especial para ser cortés. Todo lo contrario, lo único que te queda cuando has fracasado en todo es ser amable. A las personas ambiciosas les trae sin cuidado lo que otras piensen de ellas. Dudo mucho de que Wagner no pudiera conciliar el sueño porque le preocupara haber herido los sentimientos de nadie. Pero claro, él era un genio.

Por más que su voz siguió fluyendo sin descanso, repasando un caso tras otro de genios y el egoísmo de sus parejas, los pliegues de su chal no se movieron en ningún momento mientras hablaba. «Debe de estar hecha de acero», pensé.

Finalmente terminó su charla con estas palabras:

—La cortesía es una virtud que ni poseo ni valoro en los demás. A usted y a mí no debe preocuparnos en absoluto. —Y como quien ya ha dicho la última palabra, calló.

—Ha planteado el tema de la mentira —dije—. Quizá eso sí deba preocuparnos.

—¿En qué sentido? —A través de los oscuros cristales podía vislumbrar los movimientos de las pestañas de la señorita Winter. Estas se agazapaban y temblaban alrededor del ojo como las largas patas de una araña.

—En los últimos dos años ha dado a los periodistas diecinueve versiones diferentes sobre su vida. Y esas son solo las que encontré en una búsqueda apresurada, pero debe de haber muchas más, probablemente centenares.

Se encogió de hombros.

—Es mi profesión. Soy narradora.

—Y yo soy biógrafa. Trabajo con hechos reales.

La señorita Winter asintió con la cabeza y sus tiesos bucles se movieron a una.

—Qué aburrido. Yo no podría haber sido biógrafa. ¿No cree que la verdad se puede contar mucho mejor con un relato?

—Con los relatos que le ha contado al mundo hasta ahora, no.

La señorita Winter cedió asintiendo con la cabeza.

—Señorita Lea —comenzó con una voz más pausada—, tenía mis razones para crear una cortina de humo en torno a mi pasado, pero le aseguro que esas razones ya no son válidas.

—¿Qué razones?

—La vida es el abono.

Parpadeé.

—Sé que mis palabras le extrañan, pero es así. Toda mi vida y todas mis experiencias, las cosas que me han sucedido, la gente que he conocido, todos mis recuerdos, sueños y fantasías, cuanto he leído, todo eso ha sido arrojado al montón de abono que, con el tiempo, se ha ido descomponiendo hasta convertirse en un humus orgánico oscuro y fértil. El proceso de descomposición celular vuelve todo irreconocible. Otros lo llaman imaginación. Yo lo veo como un montón de abono. Cada cierto tiempo tomo una idea, la planto en el abono y espero. La idea se alimenta de esa materia negra que en otros tiempos fue una vida, absorbe su energía. Germina, echa raíces, produce brotes. Y así hasta que un día tengo un relato o una novela.

Asentí dándole mi aprobación a la analogía.

—Los lectores —prosiguió la señorita Winter— son ingenuos. Creen que todo lo que se escribe es autobiográfico. Y lo es, pero no como ellos creen. La vida del escritor necesita tiempo para descomponerse antes de que pueda ser utilizada para alimentar una obra de ficción. Hay que dejar que se pudra. Por eso no podía tener a periodistas y biógrafos hurgando en mi pasado, recuperando retazos y fragmentos, conservándolos mediante sus palabras. Para escribir mis libros necesitaba dejar tranquilo mi pasado a fin de dejar que el tiempo hiciera su trabajo.

Después de meditar su respuesta, le pregunté:

—¿Y qué ha sucedido para que ahora desee cambiar las cosas?

—Ya soy vieja. Estoy enferma. Una esos dos hechos, biógrafa, ¿y qué obtiene? El final de la historia, creo yo.

Me mordí el labio.

—¿Y por qué no escribe usted el libro?

—Lo he ido dejando y ya es demasiado tarde. Además, ¿quién iba a creerme? Ya he gritado que viene el lobo demasiadas veces.

—¿Tiene intención de contarme la verdad? —pregunté.

—Sí —respondió, pero aunque apenas duró una fracción de segundo, advertí con claridad su titubeo.

—¿Y por qué quiere contármela a mí?

Hizo una pausa.

—¿Sabe una cosa? Llevo un cuarto de hora haciéndome exactamente esa misma pregunta. ¿Cómo es usted, señorita Lea?

Me ajusté la careta antes de contestar.

—Soy dependienta. Trabajo en una librería especializada en libros antiguos. Soy biógrafa aficionada. Supongo que leyó mi trabajo sobre los hermanos Landier.

—No es suficiente para empezar, ¿no le parece? Si vamos a trabajar juntas necesitaré saber un poco más sobre usted. No esperará que desvele los secretos de toda una vida a una persona de la que no sé nada. Así pues, hábleme de usted. ¿Cuáles son sus libros preferidos? ¿Con qué sueña? ¿A quién ama?

Me sentía demasiado ofendida para responder.

—¡Por lo que más quiera, conteste de una vez! ¿Debo tener a una extraña viviendo bajo mi techo?, ¿a una extraña trabajando para mí? No me parece razonable. Dígame una cosa, ¿cree en los fantasmas?

Dominada por algo más fuerte que la razón, me levanté.

—¿Qué hace? ¿Adónde va? ¡Espere!

Di un paso y después otro, esforzándome por no correr, consciente del martilleo de mis pies contra las tablas del suelo, mientras ella me llamaba con una voz que rayaba el pánico.

—¡Vuelva! —gritó—. Voy a contarle una historia. ¡Una historia maravillosa!

Seguí andando.

—Érase una vez una casa habitada por fantasmas…

Llegué hasta la puerta. Mis dedos se aferraron al pomo.

—Érase una vez una biblioteca…

Abrí la puerta y me dispuse cruzar hacia el vacío cuando, con la voz enronquecida por algún temor, la señorita Winter lanzó las palabras que lograron detenerme en seco.

—Érase una vez dos gemelas…

Aguardé a que las palabras dejaran de resonar en el aire y luego, a mi pesar, me di la vuelta. Vi la parte posterior de una cabeza y unas manos que se alzaban, temblorosas, hacia el rostro invisible.

Tímidamente, di un paso adelante.

Al oír mis pies, los rizos cobrizos se volvieron.

Me quedé estupefacta. Las gafas habían desaparecido. Unos ojos verdes, brillantes como el cristal e igual de reales, parecían estar rogándome que me quedara. Durante un instante me limité a devolverles la mirada. Entonces dijo:

—Señorita Lea, siéntese, por favor —dijo una voz trémula, una voz que era y no era la de Vida Winter.

Atraída por algo que escapaba a mi control, caminé hasta la butaca y me senté.

—No le prometo nada —dije cansinamente.

—No estoy en situación de poder exigírselo —respondió con un hilo de voz.

Una tregua.

—¿Por qué me ha elegido a mí? —pregunté de nuevo, y esa vez la señorita Winter contestó.

—Por su trabajo sobre los hermanos Landier. Porque sabe de hermanos.

—¿Y me contará la verdad?

—Le contaré la verdad.

Las palabras eran suficientemente claras, pero advertí el temblor que las debilitaba. No dudé de que la señorita Winter tenía intención de contarme la verdad. Había decidido contarla. Tal vez hasta deseara contarla, pero no acababa de creérselo. Su promesa de sinceridad había sido pronunciada tanto para convencerse a sí misma como para persuadirme a mí, y ella había escuchado su falta de convicción en el fondo de esa promesa con la misma claridad que yo.

De modo que le hice una propuesta.

—Le preguntaré tres cosas. Cosas de las que hay constancia escrita. Cuando me vaya de aquí, podré comprobar lo que me ha contado. Si descubro que me ha dicho la verdad, aceptaré el trabajo.

—Ah, la regla de tres… El número mágico. Tres pruebas antes de que el príncipe obtenga la mano de la bella princesa. Tres deseos concedidos al pescador por el pez mágico que habla. Tres osos para Ricitos de Oro y las tres cabras de Billy Gruffs. Señorita Lea, si me hubiera propuesto dos preguntas o cuatro habría sido capaz de mentir, pero habiendo dicho tres…

Deslicé el lápiz por la espiral de mi libreta y la abrí.

—¿Cuál es su verdadero nombre?

La señorita Winter tragó saliva.

—¿Está segura de que esa es la mejor manera de proceder? Podría contarle una historia de fantasmas, bastante buena por cierto, aunque no esté bien que sea yo quien lo diga. Probablemente sea una forma mejor de llegar al fondo de las cosas…

Negué con la cabeza.

—Dígame su nombre.

El batiburrillo de nudillos y rubíes se agitó en su regazo; las piedras centellearon con la luz del fuego.

—Mi nombre es Vida Winter. Cumplimenté todos los trámites necesarios para poder llamarme así de forma legal y honesta. Lo que usted desea saber es el nombre con el que se me conocía antes del cambio. Ese nombre era…

Necesitaba vencer un obstáculo en su interior, así que mantuvo silencio, pero cuando pronunció el nombre lo hizo con una neutralidad extraordinaria, con una ausencia total de entonación, como si se tratara de una palabra en un idioma extranjero que nunca se había esmerado en aprender.

—Ese nombre era Adeline March.

Como si deseara frenar en seco la más mínima vibración que el nombre pudiera lanzar al aire, continuó con aspereza.

—Espero que no me pregunte mi fecha de nacimiento. A mi edad resulta más adecuado haberla olvidado.

—Puedo arreglármelas solo con su lugar de nacimiento.

La señorita Winter soltó un suspiro irritado.

—Podría contárselo todo mucho mejor si deja que lo haga a mi manera…

—Hemos hecho un trato. Tres hechos de los que exista constancia.

Apretó los labios.

—Encontrará constancia de que Adeline March nació en el hospital Saint Bartholomew de Londres. Supongo que no esperará que le garantice yo misma la veracidad de ese detalle. Aunque soy una persona excepcional, no lo soy tanto como para poder recordar mi propio nacimiento.

Lo anoté.

Y era el momento de la tercera pregunta. Confieso que no tenía una tercera pregunta preparada. La señorita Winter no quería decirme su edad, pero yo no necesitaba su fecha de nacimiento. Conociendo su larga trayectoria editorial y la fecha de su primer libro, no podía tener menos de setenta y tres o setenta y cuatro años, y a juzgar por su aspecto, por más que la enfermedad le hubiera afectado y el maquillaje pudiera confundirme, no podía tener más de ochenta. En cualquier caso, esa cuestión no me importaba; con el nombre y el lugar de nacimiento podía averiguar la fecha por mi cuenta. Las dos primeras preguntas ya me habían facilitado la información que necesitaba para poder asegurar si una persona con el nombre de Adeline March había existido en realidad. Entonces, ¿qué podía preguntarle? Aunque deseara escuchar a la señorita Winter contar una historia, cuando llegó el momento de utilizar mi tercera pregunta como comodín, lo aproveché.

—Cuénteme —comencé despacio, con cautela. En las historias de magos es siempre el tercer deseo el que hace que los éxitos alcanzados después de haber corrido peligro se pierda trágicamente—. Cuénteme algo que le ocurrió antes del cambio de nombre, algo de lo que haya constancia. Estaba pensando en buenas calificaciones, en los logros deportivos en el colegio, esos pequeños triunfos que los padres, orgullosos, suelen guardar para la posteridad.

Durante el silencio que siguió sentí que la señorita Winter se concentró de tal manera que incluso ante mis propios ojos consiguió ausentarse de sí misma; empecé a entender por qué, al entrar en la biblioteca, no había reparado en ella. Observé su caparazón, maravillada ante la imposibilidad de saber qué estaba pasando bajo la superficie.

Entonces emergió.

—¿Sabe por qué mis libros tienen tanto éxito?

—Por muchas razones.

—Quizá. Fundamentalmente, porque tienen una introducción, un nudo y un desenlace. En el orden correcto. Todas los relatos tienen, naturalmente, una introducción, un nudo y un desenlace, pero lo que importa es que sigan el orden correcto. Por eso gustan mis libros.

Suspiró y jugueteó con las manos.

—Voy a responder a su pregunta. Voy a contarle algo acerca de mí, algo que me ocurrió antes de que me hiciera escritora y me cambiara el nombre, algo de lo que hay constancia. Es lo más importante que me ha sucedido en la vida, pero no esperaba contárselo tan pronto. Para hacerlo tendré que romper una de mis reglas. Tendré que contarle el desenlace de mi historia antes de haberle contado la introducción.

—¿El desenlace de su historia? ¿Cómo puede ser si ocurrió antes de que empezara a escribir?

—Sencillamente porque mi historia, mi historia personal, terminó antes de que comenzara a escribir. La literatura solo ha sido una manera de estar ocupada desde que todo terminó.

Aguardé. La señorita Winter inspiró como el ajedrecista que descubre que su pieza clave está acorralada.

—Preferiría no tener que contárselo, pero se lo he prometido, ¿no es cierto? La regla de tres. Es inevitable. Por mucho que el mago suplique al muchacho que no pida un tercer deseo porque sabe que terminará en desastre, el muchacho pedirá un tercer deseo y el mago tendrá que concedérselo porque las reglas de la narración así lo exigen. Me pidió que le contara la verdad sobre tres cosas, y por la regla de tres debo hacerlo, pero permítame que primero le pida algo a cambio.

—¿Qué?

—Después no habrá más saltos en la historia. A partir de mañana le relataré mi historia empezando por la introducción, continuando con el nudo y terminando con el desenlace. Todo en el orden correcto. Nada de trampas. Nada de adelantarse. Nada de preguntas. Nada de miradas furtivas a la última página.

¿Tenía ella derecho a imponer condiciones al trato que ya habíamos cerrado? En realidad no. Así y todo, asentí con la cabeza.

—De acuerdo.

La señorita Winter no podía mirarme cuando empezó a hablar.

—Yo vivía en Angelfield.

Su voz tembló al pronunciar el nombre del lugar y se frotó nerviosamente la palma de la mano en un gesto inconsciente.

—Tenía dieciséis años.

Su voz sonaba cada vez más forzada y terminó perdiendo completamente la soltura.

—Hubo un incendio.

Las palabras salían de su garganta duras y secas como piedras.

—Lo perdí todo.

Y antes de poder detenerse, lanzó un grito:

—¡Oh, Emmeline!

Hay culturas que creen que el nombre contiene el poder místico de la persona que lo posee; que el nombre solo debería conocerlo Dios, dicha persona y unos pocos privilegiados. Pronunciar un nombre, ya sea el propio o el de otro, es llamar al peligro. Sentí que aquel era uno de esos nombres.

La señorita Winter apretó los labios, pero lo hizo demasiado tarde. Un temblor le recorrió los músculos bajo la piel.

En aquel momento supe que yo ya estaba atada a la historia. Había dado con el corazón del relato que me habían encargado contar. Era amor, y era pérdida. ¿Pues qué otro dolor podía provocar esa exclamación salvo la pérdida de un ser querido? De repente vi más allá de sus exóticos ropajes y su máscara empolvada. Durante unos segundos creí ver el corazón de la señorita Winter, sus pensamientos. Reconocí su esencia: ¿cómo no iba a reconocerla siendo mi propia esencia? Ella y yo éramos dos gemelas solas. Con esa revelación el lazo de la historia me ató las muñecas y mi entusiasmo se vio de repente atravesado por el miedo.

—¿Dónde puedo encontrar constancia de ese incendio? —pregunté procurando que mi voz no desvelara mi desazón.

—En el periódico local. El *Banbury Herald.*

Asentí con la cabeza, anoté la información en mi libreta y la cerré.

—Aunque hay otra prueba que puedo enseñarle ahora.

Enarqué una ceja.

—Acérquese.

Me levanté y di un paso al frente, reduciendo a la mitad la distancia que nos había separado hasta entonces.

La señorita Winter levantó lentamente el brazo derecho y me tendió un puño cubierto en sus tres cuartas partes por piedras preciosas con engarces que semejaban garras. Con un movimiento que parecía exigirle un gran esfuerzo, giró la mano y la abrió, como si ocultara en ella un regalo sorpresa y se dispusiera a ofrecérmelo.

Pero dentro no había ningún regalo. La sorpresa era la propia mano.

Su palma no se parecía en absoluto a ninguna otra. Sus montes pálidos y sus surcos morados no guardaban semejanza alguna con la loma rosada de la base de mis dedos, ni con el valle blanco de la palma de mi mano. Fundida por el fuego, su carne había terminado configurando un paisaje irreconocible, como un escenario alterado para siempre por el paso de un torrente de lava. El tejido cicatrizado había encogido los dedos, de manera que en lugar de abiertos estaban contraídos en una garra. En el centro de la palma, entre decenas de pequeñas cicatrices y quemaduras, había una marca grotesca. Era tan profunda que con una repentina sensación de náusea me pregunté qué había sido del hueso que hubiera debido estar allí. Eso explicaba el extraño ángulo de su muñeca, la forma en que parecía colgar inerte del brazo. La marca consistía en un círculo incrustado en la palma del que partía, en dirección al pulgar, una línea corta.

La cicatriz tenía más o menos la forma de «Q», pero en aquel momento, conmocionada por la inesperada y dolorosa revelación, no caí en la cuenta, pues me perturbó tanto como me habría inquietado la aparición en un texto en inglés de un símbolo desconocido de una lengua olvidada e ilegible.

Me embargó un vértigo repentino y eché el brazo hacia atrás buscando mi butaca.

—Lo lamento —le oí decir—. Nos acostumbramos tanto a nuestros propios horrores que olvidamos el efecto que pueden tener en otras personas.

Tomé asiento y poco a poco recuperé la visión.

La señorita Winter cerró los dedos sobre la palma herida, giró la muñeca y devolvió a su regazo el puño cargado de pedrería. En un gesto protector, lo rodeó con los dedos de la otra mano.

—Es una pena que no quisiera escuchar mi historia de fantasmas, señorita Lea.

—La escucharé en otra ocasión.

Nuestra entrevista había terminado.

Mientras regresaba a mis dependencias pensé en la carta que la señorita Winter me había enviado, en esa letra tirante y esmerada distinta a todas las que había leído hasta entonces. Había atribuido esa caligrafía a una enfermedad. Artritis, tal vez. Ahora estaba claro: desde su primer libro y a lo largo de toda su carrera, la señorita Winter había escrito sus obras maestras con la mano izquierda.

En mi estudio las cortinas eran de terciopelo verde y un satén con fi-
ligranas de color dorado pálido cubría las paredes. Pese a su confuso
silencio, la habitación me gustaba, pues el efecto en general quedaba
mitigado por el amplio escritorio de madera y la silla de respaldo recto que había frente a la ventana. Encendí la lámpara del escritorio y
extendí los pliegos de papel que había llevado conmigo y mis doce lápices por estrenar, columnas rojas y romas, justo el material con el
que me gusta empezar un proyecto nuevo. Lo último que saqué de la
bolsa fue el sacapuntas. Lo atornillé como un torno al borde del escritorio y coloqué la papelera exactamente debajo de él.

Movida por un impulso, me subí al escritorio y alargué un brazo
por detrás de la recargada cenefa hasta alcanzar la barra de las cortinas. Mis dedos buscaron a tientas al borde de las cortinas y los gan-
chos que las sujetaban. Esa tarea exigía contar con más de una persona; las cortinas caían hasta el suelo, tenían doble forro y su peso, aco-
modado sobre mis hombros, era aplastante, pero en unos minutos ya
había doblado y metido en un armario las cortinas. Me detuve en medio de la habitación y contemplé el resultado de mi esfuerzo.

La ventana era una vasta extensión de cristal oscuro y en el centro mi fantasma, con su oscura transparencia, me estaba mirando.
Su mundo no se diferenciaba del mío —el contorno claro de un escritorio al otro lado del cristal y, detrás, un mullido sillón con botones incrustados, colocado en el círculo de luz que proyectaba una
lámpara de pie—, pero mi silla era roja y la suya era gris; mi silla descansaba sobre una alfombra india, rodeada de paredes de luz dorada, la suya flotaba espectralmente en un plano oscuro, indefinido e
interminable, donde formas vagas, como olas, parecían moverse y
respirar.

Juntas emprendimos el pequeño ritual de preparar nuestros es-
critorios. Dividimos los pliegos de papel en montones más pequeños
y pasamos las hojas para airearlas y separarlas. Uno a uno, sacamos

punta a nuestros lápices, girando la manivela y observando las largas virutas rizarse y prolongarse hasta caer en la papelera que tenían justo debajo. Después de sacar una punta afilada al último lápiz, en lugar de colocarlo junto a los demás lo retuvimos en la mano.

—Bien —le dije—. Listas para trabajar.

Ella abría la boca, parecía estar hablándome. Yo no podía oír lo que decía.

Como no sé taquigrafía, confiaba en que transcribiendo las palabras clave que había ido anotando durante nuestra entrevista nada más terminarla bastaría para refrescarme la memoria. Y así fue desde ese primer encuentro. Consultando de vez en cuando mi libreta y evocando su imagen, su voz y sus gestos, escribí, dejando amplios márgenes, unos cuantos folios en los que transcribía las mismas palabras de la señorita Winter. Al cabo de un rato prácticamente me olvidé de la libreta y era ella quien, desde mi cabeza, me las dictaba.

En el margen de la izquierda anotaba los gestos, las expresiones y los ademanes que parecían añadir algo a lo que la señorita Winter quería decir. Dejaba el margen derecho en blanco para poder anotar ahí, después de releer lo escrito, mis propias ideas, comentarios y preguntas.

Tenía la sensación de que había trabajado durante horas. Salí del estudio para prepararme una taza de chocolate, pero el tiempo parecía detenerse sin alterar en absoluto el curso de mi recreación; volví a mi trabajo y retomé el hilo como si no hubiera habido interrupción.

«Nos acostumbramos tanto a nuestros propios horrores que olvidamos el efecto que pueden tener en otras personas», escribí finalmente en centro del folio, y en el margen izquierdo añadí una nota que describía la forma en que la señorita Winter había colocado los dedos de la mano sana sobre el puño encogido de la mano herida.

Tracé una doble línea debajo de la última frase y me desperecé.

En la ventana, mi otro yo también se desperezó. Cogió los lápices cuya punta había gastado y se puso a afilarlos.

Estaba a mitad de un bostezo cuando algo empezó a sucederle en la cara. Primero fue una deformación repentina en medio de la frente, como una ampolla. Le apareció otra marca en la mejilla, luego otra debajo de un ojo, otra en la nariz y otra en los labios. Cada mancha nueva iba acompañada de un ruido sordo, una percusión cada vez más rápida. A los pocos segundos parecía que todo el rostro se le hubiera descompuesto.

Mas no era obra de la muerte. Tan solo era lluvia, la tan esperada lluvia.

Abrí la ventana, dejé que se me empapara la mano y me pasé el agua por la cara y los ojos. Tuve un escalofrío; era hora de acostarse.

Dejé la ventana entornada para poder oír la lluvia, que seguía cayendo con una suavidad uniforme y sorda. Continué oyéndola mientras me desvestía, mientras leía y mientras dormía. Acompañó mis sueños como una radio mal sintonizada que dejan encendida toda la noche, emitiendo un confuso ruido blanco debajo del cual, apenas audibles, se suceden susurros de otros idiomas y fragmentos de melodías desconocidas.

Y por fin empezamos...

A las nueve en punto del día siguiente la señorita Winter mandó que me llamaran y fui a reunirme con ella en la biblioteca.

De día la estancia era muy diferente. Con los postigos retirados, los altos ventanales dejaban entrar a raudales la luz de un cielo claro. El jardín, todavía empapado por el aguacero de la noche, resplandecía con el sol de la mañana. Las exóticas plantas que descansaban junto a los poyos laterales de las ventanas parecían tocar con sus hojas a sus primas más resistentes, más húmedas, del otro lado del cristal, y los delicados marcos que sujetaban los cristales no parecían más sólidos que las hebras fulgurantes de una tela de araña desplegada entre dos ramas sobre la senda del jardín. La biblioteca propiamente dicha, de aspecto más liviano, más reducida que la noche anterior, semejaba un espejismo en forma de libros surgido del húmedo jardín invernal.

En contraste con el azul claro del cielo y el sol blanquecino, la señorita Winter era toda fuego y calor, una exótica flor de estufa en un invernadero del norte. Esa mañana no llevaba puestas las gafas de sol, pero se había pintado los párpados de color violeta y se los había perfilado con una raya de kohl a lo Cleopatra, ribeteados con las mismas pestañas negras y pobladas del día anterior. A la luz del día advertí un detalle que se me había pasado por alto por la noche: a lo largo de la rectísima línea que dividía en dos los rizos cobrizos de la señorita Winter transcurría una raya muy blanca.

—¿Recuerda nuestro trato? —comenzó mientras me sentaba en la butaca, al otro lado de la chimenea—. Introducción, nudo y desenlace, todo en el orden correcto. Nada de trampas. Nada de adelantarse. Nada de preguntas.

Me sentía cansada. Una cama extraña en una casa extraña; además, me había despertado con una melodía monótona y atonal resonando en mi cabeza.

—Empiece por donde quiera —dije.

—Empezaré por la introducción. Aunque, naturalmente, la introducción nunca está donde uno cree. Le damos tanta importancia a nuestra propia vida que tendemos a creer que su historia comienza con nuestro nacimiento. Primero no había nada, entonces nací yo… Pero no es así. Las vidas humanas no son pedazos de cuerda que podemos separar del nudo que forman con otros pedazos de cuerda para enderezarnos. Las familias son tejidos. Resulta imposible tocar una parte sin hacer vibrar el resto. Resulta imposible comprender una parte sin poseer una visión del conjunto.

»Mi historia no es solo mía, es la historia de Angelfield. El pueblo de Angelfield. La casa de Angelfield. Y la propia familia Angelfield. George y Mathilde; sus hijos, Charlie e Isabelle; las hijas de Isabelle, Emmeline y Adeline. Su casa, sus vicisitudes, sus miedos, y su fantasma. Siempre deberíamos prestar atención a los fantasmas, ¿no cree, señorita Lea?

Me lanzó una mirada afilada, pero fingí no verla y continuó:

—Un nacimiento no es, en realidad, una introducción. Nuestra vida, cuando empieza, no es realmente nuestra, sino la continuación de la historia de otro. Pongamos, por ejemplo, mi caso. Viéndome ahora, seguro que piensa que mi nacimiento fue especial, ¿verdad? Acompañado de extraños presagios y atendido por brujas y hadas madrinas. Pues no, ni mucho menos. De hecho, cuando nací no era más que un argumento secundario.

»Pero cómo puede conocer esta historia que precede a mi nacimiento, advierto que se está preguntando. ¿Cuáles son mis fuentes? ¿De dónde proviene la información? Bien, ¿de dónde proviene la información en una casa como Angelfield? De los sirvientes, naturalmente, en especial del ama. No quiero decir que fue ella quien me lo contó todo, si bien es cierto que a veces rememoraba el pasado cuando se sentaba a limpiar la plata y parecía olvidarse de mi presencia mientras hablaba. Fruncía el entrecejo al recordar rumores y chismes que corrían por el pueblo. Sucesos, conversaciones y episodios salían de sus labios y parecían representarse de nuevo sobre la mesa de la cocina. Sin embargo, tarde o temprano, el hilo de la historia la conducía a episodios no aptos para una niña —sobre todo no aptos para mí— y de repente recordaba que yo estaba allí, suspendía su relato en mitad de una frase y se ponía a frotar con energía la cubertería, como si así pudiera borrar todo el pasado, pero en una casa donde hay niños no puede haber secretos. Así pues, reconstruí la historia de otra manera. Cuando el ama conversaba con el jardinero frente al té de la mañana, yo aprendía a interpretar los silencios repentinos que interrumpían conversaciones aparentemente inocentes. Fingiendo no notar nada, reparaba en las palabras concretas que les hacían mirarse en silencio. Y cuando creían que estaban solos y podían hablar con libertad… en realidad no estaban solos. De esa forma fui comprendiendo la historia de mis orígenes. Y más tarde, cuando el ama envejeció y se le soltó la lengua, sus divagaciones confirmaron la historia que yo había estado años tratando de adivinar. Es esta historia —la que me llegó en forma de insinuaciones, miradas y silencios— la que voy a vestir de palabras para usted.

La señorita Winter se aclaró la garganta, preparándose para comenzar.

—Isabelle Angelfield era extraña.

La voz pareció abandonarla y, sorprendida, guardó silencio. Cuando habló de nuevo su tono fue cauto.

—Isabelle Angelfield nació durante una tormenta.

Otra vez la brusca pérdida de voz.

Tan acostumbrada estaba la señorita Winter a esconder la verdad que se le había atrofiado en su interior. Hizo un comienzo fallido, luego otro. No obstante, como un músico de talento que después de años sin tocar toma de nuevo su instrumento, finalmente se abrió camino.

Me contó la historia de Isabelle y Charlie.

❦

Isabelle Angelfield era extraña.

Isabelle Angelfiel nació durante una tormenta.

Es imposible saber si esos dos hechos guardan relación. No obstante, cuando veinticinco años después Isabelle se marchó de casa por segunda vez, los vecinos echaron la vista atrás y recordaron la interminable lluvia que cayó el día de su nacimiento. Algunos recordaron como si fuera ayer que el médico llegó tarde, pues tuvo que enfrentarse a las inundaciones causadas por el desbordamiento del río. Otros recordaron, sin sombra de duda, que el cordón umbilical había permanecido enrollado en el cuello de la pequeña hasta casi estrangularla antes de poder nacer. Sí, fue un parto muy complicado, pues al dar las seis, justo cuando el bebé estaba saliendo y el médico tocaba la campana, ¿no había abandonado la madre este mundo y pasado al siguiente? Así que si el tiempo hubiera sido apacible y el médico hubiera llegado antes y si el cordón no hubiera privado a la niña de oxígeno y si la madre no hubiera muerto… Y si, y si, y si… De nada sirve ese tipo de razonamiento. Isabelle era como era y no hay nada más que decir al respecto.

La recién nacida, un bultito blanco de furia, era huérfana de madre. Y al principio, en la práctica, también fue huérfana de padre, pues George Angelfield se hundió. Se encerró en la biblioteca y se negó a salir. Quizá parezca algo excesivo; por lo general, diez años de matrimonio bastan para curar el afecto conyugal, pero Angelfield era un tipo extraño, como demostró en aquel momento. Había amado a su esposa, a su malhumorada, perezosa, egoísta y preciosa Mathilde. La había querido más de lo que quería a sus caballos, más incluso que a su perro. En cuanto a su hijo Charlie, un niño de nueve años, a George jamás se le ocurrió preguntarse si lo quería más o menos que a Mathilde, porque ni siquiera pensaba en Charlie.

Desconsolado, medio enloquecido por el dolor, George Angelfield pasaba los días sentado en la biblioteca, sin comer, sin ver a nadie. Y también pasaba allí las noches, en el diván, sin dormir, contemplando la luna con los ojos enrojecidos. Esa situación se prolongó varios meses. Sus mejillas, ya pálidas de por sí, empalidecieron aún más, adelgazó y dejó de hablar. Hicieron llamar a especialistas de Londres. El párroco fue y se marchó. El perro languidecía por falta de afecto y cuando pereció, George Angelfield apenas se percató.

Finalmente el ama perdió la paciencia. Levantó a la pequeña Isabelle de la cuna del cuarto de los niños y la llevó abajo. Pasó ante el mayordomo desoyendo sus advertencias y entró en la biblioteca sin llamar. Caminó hasta el escritorio y puso al bebé en los brazos de George Angelfield sin decir ni una palabra. A renglón seguido giró sobre sus talones y se marchó dando un portazo.

El mayordomo hizo ademán de entrar con la idea de recuperar a la niña, pero el ama alzó un dedo y espetó entre dientes:

—¡Ni se te ocurra!

El mayordomo se quedó tan pasmado que obedeció. Los sirvientes de la casa se congregaron frente a la biblioteca, mirándose unos a otros, sin saber qué hacer, pero la firme determinación del ama los tenía paralizados, de modo que no hicieron nada.

Fue una tarde larga y al anochecer una criada corrió hasta el cuarto de los niños.

—¡Ha salido! ¡El señor ha salido!

Con su paso y su porte habituales, el ama bajó para que le explicaran lo sucedido.

Los sirvientes se habían pasado horas en el vestíbulo, pegando la oreja a la puerta y mirando por el ojo de la cerradura. Al principio el señor se había limitado a contemplar al bebé con el rostro embobado y perplejo. El bebé se retorcía y gorjeaba. Cuando George Angelfield empezó a responder con gorgoritos y arrullos, los sirvientes se miraron atónitos, pero mayor fue su pasmo cuando al rato le escucharon cantar una nana. El bebé se durmió y se hizo el silencio. El padre, informaron los sirvientes, no apartó los ojos de la cara de su hija ni un segundo. Luego la pequeña despertó hambrienta y comenzó a llorar. Los berridos fueron ganando volumen e intensidad hasta que, finalmente, la puerta se abrió de par en par.

Y ahí estaba mi abuelo, con su hija en los brazos.

Al ver a los sirvientes rondando ociosos, los fulminó con la mirada y bramó:

—¿Es que en esta casa se deja a los bebés morir de hambre?

A partir de ese día George Angelfield cuidó personalmente de su hija. Le daba de comer y la bañaba, trasladó la cuna a su habitación por si se sentía sola y se ponía a llorar por las noches, confeccionó un cabestrillo para poder montar a caballo con ella, le leía (cartas comerciales, páginas de deportes y novelas románticas) y compartía con ella todos sus pensamientos y proyectos. En pocas palabras, se comportaba como si Isabelle fuera una compañera sensata y agradable y no una niña rebelde e ignorante.

Quizá su padre la adorara por su físico. Charlie, el hijo a quien no prestaba atención, nueve años mayor que Isabelle, era el vivo retrato de su padre: recio, pálido y pelirrojo, de andar patoso y semblante alelado. Isabelle, en cambio, había heredado rasgos de sus dos progenitores. El cabello pelirrojo que compartían su padre y su hermano se le fue oscureciendo hasta adquirir un castaño rojizo intenso y vivo. En ella la blanca tez de los Angelfield se extendía sobre bellas facciones francesas. Poseía el mejor mentón, el paterno, y la mejor boca, la materna. Tenía los ojos almendrados y las pestañas largas de su madre, pero cuando las levantaba dejaba ver los asombrosos iris de color verde esmeralda distintivos de los Angelfield. Isabelle era, físicamente al menos, la mismísima perfección.

La casa se adaptó a esa situación tan insólita. Sus moradores vivían con el acuerdo tácito de actuar como si fuera del todo normal que un padre sintiera adoración por su hija pequeña. No debían considerar impropio de un hombre, impropio de un caballero, ni ridículo, que no se separara de ella ni un momento.

Pero ¿y Charlie, el hermano de la pequeña? Charlie era un muchacho corto de entendederas que no dejaba de dar vueltas a sus cuatro obsesiones y era imposible enseñarle cosas nuevas o que pensara con lógica. Hacía caso omiso del bebé y agradecía los cambios que su llegada había supuesto en el funcionamiento de la casa. Antes de Isabelle había tenido dos padres a quienes el ama podía informar de su mala conducta, dos padres cuyas reacciones eran difíciles de prever. Su madre le había impuesto una disciplina contradictoria: unas veces lo zurraba por su mal comportamiento y otras simplemente se reía. Su padre, aunque severo, era tan despistado que solía olvidar los castigos que le había impuesto. No obstante, cuando se encontraba con el muchacho, le asaltaba la vaga sensación de que podía haber una fechoría que enmendar y le propinaba una zurra pensando que si no la merecía en ese momento bien valdría para la próxima ocasión. Eso enseñó al muchacho una buena lección: no debía cruzarse con su padre.

Con la llegada de la niña Isabelle todo eso cambió. Mamá ya no estaba y papá era como si no estuviese, demasiado ocupado con su pequeña Isabelle para interesarse por las quejas histéricas de las criadas sobre ratones cocinados con el asado del domingo o alfileres hundidos en el jabón por manos malintencionadas. Charlie podía hacer lo que le viniera en gana, y lo que más le tentaba era arrancar tablas de los escalones del desván y observar cómo las criadas tropezaban y se torcían el tobillo.

El ama podía regañarle, pero a fin de cuentas solo era el ama, y en esa nueva vida de libertad Charlie podía mutilar y herir cuanto le apeteciera con la certeza de que saldría impune. Dicen que la conducta congruente en los adultos es buena para los niños, pero asimismo la desatención congruente decididamente sentaba bien a ese niño, porque durante esos primeros años siendo medio huérfano Charlie Angelfield fue muy feliz.

La adoración de George Angelfield por su hija superó todas las pruebas que un hijo es capaz de imponer a un padre. Cuando Isabelle comenzó a hablar George descubrió que era una superdotada, un auténtico oráculo, así que empezó a consultárselo todo, hasta que la casa acabó funcionando según los caprichos de una niña de tres años.

Recibían pocas visitas, que todavía se redujeron más cuando la casa pasó de la excentricidad al caos. Después los sirvientes empezaron a comentar sus quejas entre ellos. El mayordomo se marchó antes de que la niña cumpliera dos años. La cocinera soportó un año más los irregulares horarios de comidas que exigía la niña, y finalmente llegó el día en que también ella se despidió. Cuando se marchó se llevó a la pinche, de manera que al final la responsabilidad de garantizar el suministro de bizcocho y jalea a horas extrañas del día recayó en el ama. Las criadas no se sentían en la obligación de realizar sus tareas; opinaban, no sin razón, que sus reducidos sueldos a duras penas compensaban los cortes y los moretones, las torceduras de tobillo y las descomposiciones de estómago que padecían como consecuencia de los sádicos experimentos de Charlie. Se marcharon, fueron reemplazadas por una sucesión de empleadas por horas —ninguna de las cuales duró demasiado—, hasta que al final incluso se prescindió de ellas.

Al cumplir Isabelle los cinco años la casa había quedado reducida a George Angelfield, los dos niños, el ama, el jardinero y el guardabosques. El perro había muerto y los gatos, temerosos de Charlie, vivían fuera de la casa y se refugiaban en el cobertizo del jardinero cuando el frío arreciaba.

Si George Angelfield reparaba en su aislamiento, en la mugre en que vivían, no lo lamentaba. Tenía a Isabelle y era feliz.

Quien sí echaba de menos a los sirvientes era Charlie. Sin ellos carecía de sujetos para hacer sus experimentos. Buscando alguien a quien hacer daño su mirada se posó, como estaba destinado a suceder tarde o temprano, en su hermana.

Charlie no podía hacerla llorar en presencia de su padre y, dado que Isabelle raras veces se separaba de él, se enfrentaba a un problema. ¿Cómo alejarla de allí?

Con un señuelo. Susurrándole promesas de algo mágico y sorprendente, Charlie sacó a Isabelle por la puerta lateral y la condujo por los largos arriates, el jardín de las figuras y la avenida de hayas hasta alcanzar el bosque. Charlie conocía allí un lugar apropiado: una vieja caseta húmeda y sin ventanas, el sitio perfecto para los secretos.

Lo que Charlie buscaba era una víctima, y su hermana, que caminaba detrás de él más menuda, más joven y débil, debió de parecerle idónea. Pero ella era extraña e inteligente, así que las cosas no sucedieron exactamente como él esperaba.

Charlie le subió la manga a su hermana y le pasó un trozo de alambre, naranja por el óxido, a lo largo de la parte interna del antebrazo. Isabelle miró fijamente las gotas rojas que brotaban de la línea morada de sus venas y levantó la vista hacia su hermano. Tenía los ojos verdes muy abiertos por la sorpresa y por algo cercano al placer. Cuando alargó la mano para exigir el alambre, Charlie se lo entregó sin rechistar. Isabelle se subió la otra manga, se perforó la piel y deslizó diligentemente el alambre por el brazo hasta tocar casi la muñeca. Como su corte era más profundo que el que le había hecho su hermano, la sangre brotó al instante y empezó a correr. Isabelle dejó escapar un suspiro de satisfacción contemplándola y, acto seguido, la chupó con la lengua. Devolvió el alambre a su hermano y le indicó con un gesto que se subiera la manga.

Charlie estaba perplejo. Pero se clavó el alambre en el brazo porque ella así lo deseaba y rió mientras notaba el dolor.

En lugar de una víctima, Charlie había dado con la más extraña de las cómplices.

La vida transcurría para los Angelfield sin fiestas, sin cacerías, sin criadas y sin la mayoría de las cosas que las personas de su clase daban por sentadas por aquel entonces. No se relacionaban con sus vecinos, permitían que la finca fuera administrada por los aparceros y dependían de la buena voluntad del ama y el jardinero para aquellas transacciones cotidianas con el mundo que eran necesarias para la supervivencia.

George Angelfield se olvidó del mundo y durante un tiempo el mundo se olvidó de él, pero volvieron a recordárselo. El motivo fue algo relacionado con el dinero.

Había otras mansiones en las inmediaciones. Otras familias más o menos aristocráticas. Entre esas familias había un hombre que cuidaba mucho de su dinero; buscaba el mejor asesoramiento, invertía grandes sumas allí donde dictaba la prudencia y especulaba con pequeñas cantidades allí donde el riesgo de pérdida era mayor pero las ganancias, si la cosa salía bien, cuantiosas. En un determinado momento perdió todas las grandes sumas y, aunque las pequeñas subieron, si bien moderadamente, se vio en apuros. Para colmo, tenía un hijo holgazán y despilfarrador y una hija de ojos saltones y tobillos gruesos. Tenía que hacer algo.

George Angelfield nunca veía a nadie, por consiguiente nadie le ofrecía consejos financieros. Cuando su abogado le enviaba alguna recomendación, la desoía, y cuando su banco le enviaba alguna carta, ni la contestaba. En consecuencia, el dinero de los Angelfield, en lugar de menguar a fuerza de perseguir un negocio tras otro, holgazaneaba en la cámara acorazada del banco y solo hacía que aumentar.

Todo se sabe, y más si se trata de dinero. La voz corrió.

—¿George Angelfield no tenía un hijo? —preguntó la esposa del vecino al borde de la ruina—. ¿Qué edad tendrá ahora? ¿Veintiséis?

Y si el hijo no podía ser para su Sybilla, ¿por qué no la muchacha para Roland?, se preguntó. Ya casi debía de estar en edad de casarse. Y de todos era sabido que el padre la adoraba; no iría con las manos vacías.

—Un tiempo agradable para una merienda al aire libre —dijo, y su esposo, como suele suceder con los maridos, no vio la relación.

La invitación languideció durante dos semanas en la repisa de la ventana del salón y habría permanecido allí hasta que el sol se hubiera comido el color de la tinta de no haber sido por Isabelle. Una tarde, sin saber qué hacer, bajó al salón, resopló de aburrimiento, cogió la carta y la abrió.

—¿Qué es? —preguntó Charlie.

—Una invitación —respondió ella—. Para una merienda al aire libre.

¿Una merienda al aire libre? Charlie pensó. Le parecía extraño. Pero se encogió de hombros y lo olvidó.

Isabelle se levantó y caminó hasta la puerta.

—¿Adónde vas?

—A mi cuarto.

Charlie hizo ademán de seguirla, pero ella le detuvo.

—Déjame tranquila —dijo—. No me apetece.

Él protestó, la agarró del pelo y le deslizó los dedos por la nuca, todavía con los moretones que le había hecho la última vez, pero ella se retorció hasta liberarse, echó a correr escaleras arriba y cerró su puerta con llave.

Una hora más tarde Charlie la oyó bajar y salió al vestíbulo.

—Ven a la biblioteca conmigo —dijo él.

—No.

—Entonces vamos al parque de ciervos.

—No.

Charlie advirtió que se había cambiado.

—¿Qué haces con esa pinta? —dijo—. Estás ridícula.

Isabelle lucía un vestido de verano, de una tela blanca muy ligera con un ribete verde, que había pertenecido a su madre. En lugar de sus habituales zapatillas de tenis con los cordones deshilachados calzaba unas sandalias de raso verde un número demasiado grande —también de su madre— y se había prendido una flor en el pelo con una peineta. Llevaba carmín en los labios.

El corazón de Charlie se ensombreció.

—¿Adónde vas? —preguntó.

—A la merienda.

La agarró del brazo, le hincó los dedos y la arrastró hacia la biblioteca.

—¡No!

La arrastró con más fuerza.

—¡Charlie, he dicho que no! —repitió Isabelle entre dientes.

La soltó. Sabía que cuando ella decía que no de ese modo, quería decir no. Lo tenía más que comprobado. El mal humor podía durarle varios días.

Isabelle se volvió y abrió la puerta.

Enfadadísimo, Charlie buscó algo que golpear, pero ya había roto todo cuanto era rompible y el resto de objetos le harían más daño a sus nudillos que el destrozo que él pudiera causarles. Relajó los puños, cruzó la puerta y siguió a Isabelle hasta la merienda al aire libre.

De lejos, la juventud reunida a orillas del lago formaba un bonito cuadro con sus vestidos de verano y sus camisas blancas. Las copas que sostenían en la mano contenían un líquido que centelleaba con la luz del sol y la hierba que pisaban parecía tan suave que invitaba a caminar descalzo por ella, pero lo cierto era que los invitados estaban asfixiándose bajo sus ropas, que el champán estaba caliente y que si alguien hubiera tenido la ocurrencia de descalzarse, habría pisado excrementos de oca. Aun así estaban dispuestos a fingir alegría, con la esperanza de que su actuación terminara siendo real.

Un joven algo separado de la multitud vislumbró movimiento cerca de la casa: una chica con un atuendo extraño acompañada de un hombre con pinta de pelmazo. Había algo especial en ella.

El joven no rió el chiste de su compañero; este se volvió para ver qué era eso que había atraído su atención y también calló. Un grupo de chicas, siempre pendientes de los movimientos de los muchachos incluso cuando los tenían detrás, se volvieron para conocer la causa del repentino silencio. A partir de ahí, por una suerte de efecto dominó, todos los comensales se volvieron hacia los recién llegados y enmudecieron al verlos.

Por la vasta extensión de césped avanzaba Isabelle.

Llegó hasta el grupo. Este se abrió para ella como el mar se abrió para Moisés, e Isabelle caminó directamente por el centro hasta la orilla del lago. Se detuvo sobre una piedra lisa que despuntaba por encima del agua. Alguien se acercó a ella con una copa y una botella, pero Isabelle lo rechazó con un gesto de la mano. El sol pegaba fuerte, el paseo había sido largo y haría falta algo más que champán para refrescarla.

Se quitó los zapatos, los colgó de un árbol y extendiendo los brazos se dejó caer en el agua.

La multitud soltó un gritito ahogado, y cuando Isabelle emergió a la superficie, con el agua corriéndole por la silueta de una forma que recordaba al nacimiento de Venus, soltó otro gritito.

Esa zambullida fue otra de las cosas que la gente recordó años más tarde, cuando Isabelle se marchó de casa por segunda vez. La gente recordó y meneó la cabeza con una mezcla de lástima y desaprobación. La muchacha siempre había sido así, pero aquel día en concreto los invitados lo atribuyeron a su espíritu alegre y se lo agradecieron. Sin ayuda de nadie, Isabelle animó la fiesta.

Uno de los jóvenes, el más osado, rubio y con una risa llamativa, se descalzó, se quitó la corbata y se tiró al lago. Tres de sus amigos siguieron su ejemplo. En un abrir y cerrar de ojos todos los muchachos estaban en el agua buceando, llamando a los demás, gritando y rivalizando en saltos y zambullidas.

Las chicas reaccionaron con rapidez y comprendieron que solo tenían un camino. Colgaron sus sandalias de las ramas, pusieron sus caras más animadas y se tiraron al agua lanzando gritos que esperaban sonaran desinhibidos en tanto que hacían todo lo posible por impedir que se les mojara el pelo.

Sus esfuerzos fueron en vano. Los hombres solo tenían ojos para Isabelle.

Charlie no imitó a su hermana lanzándose al agua, sino que se mantuvo algo alejado y se dedicó a observar. Pelirrojo y blanco de piel, era un hombre hecho para la lluvia y los pasatiempos de interior. Tenía la cara sonrosada por el sol y el sudor que le caía de la frente le irritaba los ojos, pero apenas parpadeaba. No quería apartar sus ojos de Isabelle.

¿Cuántas horas habían pasado cuando volvió a encontrarse con ella? Le pareció una eternidad. Animada por la presencia de Isabelle, la merienda se había alargado mucho más de lo previsto. No obstante, los invitados tenían la sensación de que el tiempo había pasado volando y de haber podido se habrían quedado un poco más. La fiesta terminó con la consolación de que se celebrarían más meriendas, con promesas de otras invitaciones y con besos húmedos.

Cuando Charlie se acercó, Isabelle tenía la americana de un muchacho sobre los hombros y al joven en cuestión en el bolsillo. No muy lejos merodeaba una chica que no estaba segura de si su presencia sería bienvenida. Aunque regordeta, feúcha y mujer, el gran parecido que guardaba con el joven evidenciaba que era su hermana.

—Nos vamos —dijo bruscamente Charlie a su hermana Isabelle.

—¿Tan pronto? Había pensado que podríamos dar un paseo. Con Roland y Sybilla. —Isabelle sonrió gentilmente a la hermana de Roland, quien sorprendida por la inesperada amabilidad le devolvió la sonrisa.

Si bien Charlie a veces conseguía, lastimándola, que Isabelle le obedeciera en casa, en público no se atrevía, de modo que cedió.

¿Qué ocurrió durante ese paseo? Nadie fue testigo de lo que sucedió en el bosque, así que no hubo rumores. Al menos al principio. Mas no hace falta ser un genio para deducir, por los acontecimientos posteriores, lo que pasó esa noche bajo el dosel del follaje estival.

Más o menos esto fue lo que sucedió:

Isabelle seguramente encontró un pretexto para deshacerse de los hombres.

—¡Mis zapatos! ¡Me los he dejado en el árbol!

Y probablemente envió a Roland a buscarlos y a Charlie a por un chal o cualquier otra cosa para Sybilla.

Las muchachas se sentaron sobre el suelo mullido. Ausentes los hombres y ya en la creciente oscuridad, comenzaron a esperarlos adormiladas por el champán, aspirando los restos del calor del sol y con estos el principio de algo más oscuro, el bosque y la noche. El calor que desprendían sus cuerpos fue evaporando la humedad de los vestidos, y a medida que se secaban, los pliegues de la tela se iban separando de la carne y les hacían cosquillas.

Isabelle sabía lo que quería: tiempo a solas con Roland; pero para conseguirlo tenía que deshacerse de su hermano.

Empezó a hablar mientras se recostaban en un árbol.

—Y dime, ¿quién es tu pretendiente?

—La verdad es que no tengo pretendiente —reconoció Sybilla.

—Pues deberías tener uno.

Isabelle se tendió sobre un costado, cogió la hoja liviana de un helecho y se la pasó por los labios. Luego la deslizó por los labios de su compañera.

—Hace cosquillas —murmuró Sybilla.

Isabelle lo hizo de nuevo. Sybilla sonrió. Tenía los ojos entornados y no detuvo a Isabelle cuando le deslizó la suave hoja por el cuello y el escote del vestido, prestando especial atención a la ondulación de sus senos. Sybilla dejó escapar una risita un poco gangosa.

Cuando la hoja descendió hasta la cintura y siguió bajando, Sybilla abrió los ojos.

—Has parado —protestó.

—No he parado —dijo Isabelle—, pero no puedes notarlo a través del vestido. —Levantó el borde del vestido de Sybilla y jugueteó con la hoja a lo largo de los tobillos—. ¿Mejor así?

Sybilla volvió a cerrar los ojos.

Desde su tobillo algo grueso la pluma verde se abrió paso hasta su contundente rodilla. Un murmullo nasal escapó de los labios de Sybilla, aunque no se retorció hasta que la hoja le alcanzó la frontera de los muslos y no suspiró hasta que Isabelle sustituyó la hoja por sus delicados dedos.

Isabelle no apartó ni una sola vez su mirada afilada del rostro de la muchacha, y cuando los párpados de Sybilla mostraron el primer indicio de un parpadeo, retiró la mano.

—Lo que necesitas en realidad —dijo con total naturalidad— es un pretendiente.

Arrancada contra su voluntad de su éxtasis inconcluso, Sybilla la miró sin entender.

—Por las cosquillas —tuvo que explicarle Isabelle—. Es mucho mejor con un pretendiente.

Y cuando Sybilla preguntó a su nueva amiga:

—¿Cómo lo sabes?

Isabelle tenía la respuesta preparada:

—Por Charlie.

Cuando los chicos regresaron, zapatos y chal en mano, Isabelle ya había conseguido su objetivo. Sybilla, con la falda y la enagua algo revueltas, contempló a Charlie con mucho interés.

Charlie, ajeno al escrutinio, estaba mirando a su hermana.

—¿Te has dado cuenta de cuánto se parecen Isabelle y Sybilla? —preguntó despreocupadamente Isabelle. Charlie la fulminó con la mirada—. Me refiero a como suenan los dos nombres. Son casi intercambiables, ¿no crees? —Lanzó una mirada afilada a su hermano, obligándole a comprender—. Roland y yo vamos a caminar un poco más, pero Sybilla está cansada. Quédate con ella. —Isabelle cogió a Roland del brazo.

Charlie miró fríamente a Sybilla y reparó en el desorden de su vestido. Ella le miró a su vez, tenía los ojos como platos y la boca ligeramente abierta.

Cuando Charlie se volvió hacia Isabelle, ya había desaparecido. Desde la oscuridad solo le llegaba su risa, su risa y el murmullo quedo de la voz de Roland. Se desquitaría más tarde. Juró que lo haría. Le haría pagar por eso mil veces.

Entretanto, tenía que desahogarse de algún modo.

Se volvió hacia Sybilla.

El verano fue una sucesión de meriendas al aire libre. Y para Charlie fue una sucesión de Sybillas. Pero para Isabelle solo hubo un Roland. Cada día burlaba la vigilancia de Charlie, escapaba de sus garras y desaparecía con su bicicleta. Él nunca conseguía averiguar dónde se encontraba la pareja, era demasiado lento para seguir a su hermana cuando se daba a la fuga pedaleando a toda velocidad, con el cabello ondeando al viento. En ocasiones Isabelle no regresaba hasta que caía la noche, y a veces ni siquiera entonces. Cuando él la reprendía, ella se reía y le daba la espalda, como si no existiera. Él intentaba hacerle daño, lesionarla y, mientras ella escapaba una y otra vez, escurriéndosele de los dedos como el agua, cayó en la cuenta de lo mucho que sus juegos habían dependido del consentimiento de su hermana. Por mucha fuerza que él tuviera, la rapidez y la inteligencia de Isabelle siempre le permitían huir de él. Como un jabalí encolerizado por una abeja, Charlie se sentía impotente.

De vez en cuando, apaciguadora, Isabelle cedía a sus súplicas. Durante una hora o dos se entregaba a su voluntad, permitiéndole disfrutar de la ilusión de que había vuelto para quedarse y que entre ellos todo volvía a ser como antes; pero Charlie no tardaba en comprobar que era una ilusión, y sus renovadas ausencias después de esos paréntesis le resultaban todavía más desesperantes.

Charlie olvidaba su dolor con una u otra Sybilla, aunque solo durante un tiempo. Al principio su hermana le preparaba el terreno, pero cuando creció su entusiasmo por Roland, Charlie tuvo que encargarse de conseguir sus propias citas. No poseía la sutileza de su hermana, e incluso hubo un incidente que podría haber terminado en escándalo; Isabelle, indignada, le dijo que si así era como pensaba comportarse, tendría que buscarse otra clase de mujeres. Entonces

Charlie pasó de las hijas de pequeños aristócratas a las hijas de herreros, granjeros y guardabosques. Personalmente no notaba la diferencia, pero por lo menos a la gente parecía importarle menos.

Aunque frecuentes, esos momentos de olvido eran breves. Los ojos espantados, los brazos magullados, los muslos ensangrentados, eran borrados de su memoria en cuanto se volvía. Nada rozaba siquiera la gran pasión de su vida: su amor por Isabelle.

Una mañana, hacia el final del verano, Isabelle pasó las hojas en blanco de su diario y contó los días. Cerró el libro y lo devolvió al cajón con aire pensativo. Cuando lo decidió, bajó al estudio de su padre.

Su padre levantó la vista.

—¡Isabelle!

Se alegraba de verla. Desde que había empezado a salir con tanta frecuencia, se sentía muy complacido cuando lo buscaba de ese modo.

—¡Querido papá! —Isabelle le sonrió. Él percibió un destello extraño en sus ojos.

—¿Estás tramando algo?

Ella deslizó la mirada hasta un recodo del techo y sonrió. Sin desviar los ojos de ese oscuro recodo, comunicó a su padre que se marchaba.

Al principio apenas entendió lo que su hija le había dicho. Notó un pulso palpitante en los oídos. Se le nubló la vista; cerró los ojos, pero dentro de su cabeza solo había volcanes, lluvias de meteoritos y explosiones. Cuando las llamas se extinguieron y en su mundo interior ya no quedó nada salvo un paisaje arrasado y mudo, abrió los ojos.

¿Qué le había hecho?

En su mano había un mechón de pelo con un pedazo de piel sanguinolenta en un extremo. Isabelle estaba de espaldas a la puerta, con las manos detrás del cuerpo, un hermoso ojo verde inyectado de sangre, una mejilla enrojecida y ligeramente hinchada. De su cuero cabelludo brotaba un hilo de sangre que descendía hasta la ceja y le rodeaba el ojo.

Él estaba horrorizado tanto por él como por ella. Se volvió en silencio e Isabelle salió de la habitación.

George permaneció en su estudio durante horas, enroscando una y otra vez el cabello castaño que había encontrado en su mano alrededor del dedo; una y otra vez, alrededor del dedo, apretando, apretando, hasta que el pelo se le clavó en la carne, hasta que formó tal maraña que fue imposible desenroscarlo. Y finalmente, cuando la sensación de dolor hubo completado su lento viaje desde el dedo hasta la conciencia, lloró.

Charlie no estaba en casa aquel día y no llegó hasta medianoche. Cuando vio vacío el cuarto de Isabelle, recorrió toda la casa intuyendo, por un sexto sentido, que había ocurrido una catástrofe. Como no dio con su hermana se dirigió al estudio de su padre. Un vistazo al rostro ceniciento del hombre se lo dijo todo. Padre e hijo se miraron un instante, pero compartir su pérdida no hizo que se unieran. Nada podían hacer el uno por el otro.

En su habitación, Charlie se sentó en la butaca situada frente a la ventana, donde permaneció quieto durante horas; una silueta contra un rectángulo de luz lunar. En determinado momento abrió un cajón, cogió el revólver que había conseguido mediante extorsión de un cazador furtivo de la zona y se lo llevó a la sien en dos o tres ocasiones, pero la fuerza de la gravedad lo devolvió al regazo en cada ocasión.

A las cuatro de la madrugada guardó el revólver y cogió la larga aguja que había robado del costurero del ama hacía diez años y al que tantos usos había dado desde entonces. Se levantó la pernera del pantalón, bajó el calcetín y se hizo una nueva punción en la piel. Los hombros le temblaban, pero su mano se mantuvo firme mientras en la tibia grababa una única palabra: Isabelle.

En ese momento Isabelle llevaba muchas horas ausente. Había regresado a su cuarto y había salido minutos después, tomando la escalera que bajaba a la cocina. Tras darle al ama un abrazo extraño, fuerte, inusitado en ella, se escurrió por la puerta lateral y echó a correr por el huerto hasta la puerta del jardín abierta en un muro de piedra. La vista del ama había ido empeorando con el tiempo, pero había desarrollado la capacidad de captar los movimientos de la gente detectando las vibraciones en el aire, y, durante un brevísimo instante, antes de cerrar la puerta del jardín tras de sí tuvo la impresión de que Isabelle titubeaba.

Cuando George Angelfield comprendió que Isabelle se había marchado, se metió en su biblioteca y cerró la puerta con llave. No aceptó comida ni visitas. A esas alturas ya solo iban a verle el párroco y el médico, pero los echó con cajas destempladas. «¡Dígale a su Dios que puede irse al infierno!» y «¡Deje a este animal herido morir en paz!» fue cuanto obtuvieron como bienvenida.

Cuando ambos regresaron unos días más tarde, llamaron al jardinero para que echara la puerta abajo. George Angelfield había muerto. Bastó un breve examen para determinar que el hombre había fallecido de una septicemia causada por el aro de cabello humano que tenía profundamente incrustado en la carne del dedo anular.

Charlie no murió, aunque no comprendía cómo podía seguir vivo. Se pasaba el día deambulando por la casa. Dibujó en el polvo una senda de pisadas y la recorría cada día, empezando en el piso superior y terminando en la planta baja. Los dormitorios del desván, vacíos desde hacía años, las dependencias de la servidumbre, las habitaciones de la familia, el estudio, la biblioteca, la sala de música, el salón, la cocina. Su búsqueda era inquieta, interminable, desesperanzada. De noche salía a vagar por la finca, las piernas lo empujaban incansablemente hacia delante, hacia delante, hacia delante. Entretanto sus dedos jugueteaban con la aguja del ama que tenía en el bolsillo. Las yemas eran un pegote sanguinolento y postilloso.

Charlie vivió así varios meses, septiembre, octubre, noviembre, diciembre, enero y febrero. Isabelle regresó a principios de marzo.

Charlie se encontraba en la cocina, siguiendo sus huellas, cuando oyó ruidos de cascos y ruedas que se aproximaban a la casa. Con expresión ceñuda, se acercó a la ventana. No quería visitas.

Una figura familiar bajó del vehículo y su corazón se detuvo en seco.

En apenas un instante alcanzó la puerta, los escalones y el carruaje, y allí estaba Isabelle.

La miró de hito en hito.

Isabelle rompió a reír.

—Toma —dijo—, coge esto. —Y le tendió un paquete pesado envuelto en una tela. Metió un brazo en la parte trasera del carruaje y sacó algo—. Y esto. —Y Charlie se lo colocó obediente debajo del brazo—. Y ahora, daría cualquier cosa por una enorme copa de coñac.

Aturdido, Charlie siguió a Isabelle hasta la casa y el estudio. Ella fue directa al mueble bar, de donde sacó dos copas y una botella. Vertió un generoso chorro en una de ellas y lo apuró de un trago exhibiendo la blancura de su cuello; luego volvió a llenar su copa y también la segunda, que le ofreció a su hermano. Entretanto él la miraba petrificado, mudo, con las manos ocupadas con los fardos bien envueltos con tela. La risa de Isabelle resonó una vez más en sus oídos y creyó estar demasiado cerca de un enorme campanario. La cabeza empezó a darle vueltas y los ojos se le llenaron de lágrimas.

—Suelta los paquetes —le ordenó Isabelle—. Vamos a brindar. —Él cogió la copa e inhaló los gases del aguardiente—. ¡Por el futuro! —Charlie bebió el coñac de un trago y al sentir su ardor rompió a toser.

—No has reparado en ellos, ¿verdad? —preguntó ella.

Él frunció el entrecejo.

—Mira.

Isabelle se volvió hacia los paquetes que él había dejado encima del escritorio, retiró el mullido envoltorio y dio un paso atrás. Él volvió lentamente la cabeza y miró. Los dos fardos eran bebés; dos bebés, gemelos. Parpadeó. Detectó vagamente que la situación exigía alguna reacción por su parte, pero no sabía qué debía decir o hacer.

—¡Oh, Charlie, por lo que más quieras, despierta!

Su hermana lo cogió de las manos y lo arrastró en una danza disparatada por toda la estancia. Le hizo dar vueltas y más vueltas, hasta que el movimiento empezó a despejarle la cabeza. Cuando se detuvieron Isabelle le tomó la cara entre las manos y habló:

—Roland ha muerto, Charlie. Ahora estamos solo tú y yo, ¿comprendes?

Él asintió.

—Bien. Veamos, ¿dónde está papá?

Cuando Charlie se lo dijo, Isabelle enloqueció. El ama, que salió de la cocina al oír los chillidos, la acostó en su antiguo dormitorio; cuando finalmente se calmó, le preguntó:

—¿Cómo se llaman los bebés?

—March —respondió Isabelle.

Pero el ama ya lo sabía; la noticia de la boda le había llegado hacía unos meses, y también la del parto (aunque no le había hecho falta contar los meses con los dedos, lo hizo de todos modos y apretó los labios). Se enteró de que Roland había muerto de neumonía hacía unas semanas; asimismo sabía que el señor y la señora March, destrozados por la muerte de su único hijo varón y espantados por la demencial indiferencia de su nueva nuera, evitaban calladamente a Isabelle y a sus hijas, deseando solo llorar la pérdida de Roland.

—Me refiero a sus nombres de pila.

—Adeline y Emmeline —respondió Isabelle, somnolienta.

—¿Y cómo las distingues?

Antes de poder contestar la niña viuda cayó dormida. Mientras soñaba en su antigua cama, olvidados ya su aventura y su marido, recuperó su nombre de soltera. Cuando despertara por la mañana sentiría que su matrimonio no había existido y vería a las pequeñas no como hijas suyas —no tenía instinto maternal alguno—, sino como meros espíritus de la casa.

Las pequeñas también dormían. En la cocina, el ama y el jardinero se inclinaron sobre sus caritas suaves y pálidas, hablando en voz baja.

—¿Quién es quién? —preguntó él.

—No lo sé.

Las observaron, cada uno a un lado de la vieja cuna: dos pares de pestañas como medias lunas, dos bocas fruncidas, dos cabezas sedosas. Uno de los bebés agitó ligeramente las pestañas y entreabrió un ojo. El jardinero y el ama contuvieron la respiración, pero el ojo volvió a cerrarse y el bebé siguió durmiendo.

—Quizá esta sea Adeline —susurró el ama.

De un cajón sacó un paño de cocina de rayas y cortó varias tiras. Con ellas hizo dos trenzas, ató la roja a la muñeca del bebé que se había movido y la blanca a la muñeca del que permanecía quieto.

Ama de llaves y jardinero, cada uno con una mano sobre la cuna, continuaron contemplándolas, hasta que el ama volvió su rostro satisfecho y tierno hacia el jardinero y habló de nuevo:

—Dos bebés. Hay que ver, Dig. ¡A nuestra edad!

Cuando él levantó la vista reparó en las lágrimas que empañaban los ojos castaños del ama.

Extendió una mano morena y tosca por encima de la cuna. Ella quiso borrar esa sensación tan insensata y, sonriendo, unió su mano menuda y regordeta a la de él. Dig notó en los dedos la humedad de las lágrimas del ama.

Bajo el arco de sus manos entrelazadas, bajo la línea trémula de sus miradas, los bebés soñaban.

❧

Cuando terminé de transcribir la historia de Isabelle y Charlie era muy tarde. El cielo estaba oscuro y la casa estaba en silencio. Durante toda la tarde y parte de la noche había permanecido inclinada sobre mi escritorio, siguiendo de nuevo la narración de esa historia mientras mi lápiz escribía un renglón tras otro a su dictado. Un texto apretado atestaba mis folios, el torrente de palabras de la propia señorita Winter. De vez en cuando mi mano se deslizaba hacia la izquierda y anotaba algo en el margen izquierdo, cuando su tono de voz o un gesto suyos constituían un elemento más del relato.

Aparté la última hoja, solté el lápiz y estiré y encogí mis doloridos dedos. Durante horas la voz de la señorita Winter había evocado otro mundo, había hecho revivir a los muertos para mí, y mientras la escuchaba yo no había visto nada salvo la función de marionetas que sus palabras iban representando. Pero cuando su voz dejó de sonar en mi cabeza, su imagen siguió presente y me acordé del gato gris que había aparecido en su regazo como por arte de magia. Sentado en silencio bajo las caricias de la señorita Winter, me había mirado fijamente con sus redondos ojos amarillos. Si veía mis fantasmas, si veía mis secretos, no parecían perturbarle lo más mínimo, se limitaba a parpadear y seguía mirándome con indiferencia.

—¿Cómo se llama? —le había preguntado.

—Sombra —respondió distraídamente la señorita Winter.

Al fin en la cama, apagué la luz y cerré los ojos. Todavía podía notar el lugar en la yema del dedo donde el lápiz me había hecho una estría en la piel. El nudo que se había formado en mi hombro derecho mientras escribía se resistía a deshacerse. Aunque reinaba la oscuridad y tenía los ojos cerrados, continué viendo una hoja de papel escrita con renglones de mi propia letra con amplios márgenes a los lados. El margen derecho atrajo mi atención. Intacto, inmaculado, de un blanco deslumbrante, los ojos me escocieron al mirarlo. Era la columna reservada a mis comentarios, observaciones y preguntas.

En la oscuridad, mis dedos envolvieron un lápiz fantasma y temblaron como respuesta a las preguntas que se colaban en mi sopor. Me pregunté sobre el tatuaje secreto de Charlie, el nombre de su hermana grabado en el hueso. ¿Cuánto tiempo habría sobrevivido la inscripción? ¿Podía un hueso vivo recomponerse solo? ¿O su secreto lo acompañó hasta la muerte? En el ataúd, bajo tierra, cuando la carne se descompuso, ¿apareció el nombre de Isabelle en la oscuridad? Roland March, el marido muerto, tan pronto caído en el olvido… Isabelle y Charlie. Charlie e Isabelle. ¿Quién era el padre de las gemelas? Y más allá de mis pensamientos, la cicatriz de la palma de la mano de la señorita Winter apareció ante mi vista. La letra «Q», de *question*, pregunta, incrustada en su carne.

Cuando en sueños me dispuse a escribir mis preguntas, el margen del papel pareció expandirse. La hoja irradiaba luz; creció y me envolvió, y me di cuenta, con una mezcla de temor y sorpresa, que estaba atrapada en el grano del papel, enterrada en el interior blanco de la propia historia. Ingrávida, deambulé toda la noche por el relato de la señorita Winter demarcando el paisaje, midiendo los contornos y escudriñando, de puntillas, los misterios al otro lado de sus muros.

Jardines

Me desperté temprano, demasiado temprano. La repetición del estribillo de una melodía me estaba arañando el cerebro. Con más de una hora por delante antes de que Judith llamara a la puerta con el desayuno, me preparé una taza de chocolate, lo bebí todavía hirviendo y salí al jardín.

El jardín de la señorita Winter era bastante desconcertante. Para empezar, su tamaño resultaba abrumador. Lo que a primera vista había tomado por la linde del jardín —el seto de tejos situado al otro lado de los arriates convencionalmente dispuestos— no era más que una suerte de muro interno que separaba esa parte del jardín de otras. Y el jardín estaba lleno de esas separaciones. Había setos de espinos, alheñas y hayas rojas, muros de piedra engullidos por la hiedra, crespillos y los tallos desnudos y revueltos de los rosales trepadores, así como cercas peladas o con sauces enredados en las tablas.

Siguiendo los senderos, fui pasando de una sección a otra, pero no conseguí entender el trazado. Setos que parecían compactos vistos de frente revelaban un pasillo si se miraban por la diagonal. En los macizos de arbustos era fácil adentrarse, pero salir resultaba casi imposible. Fuentes y estatuas que creía haber dejado atrás reaparecían. Permanecí mucho rato inmóvil, mirando perpleja a mi alrededor, meneando la cabeza. La naturaleza se había convertido en un laberinto cuya intención era desconcertarme.

Al doblar una esquina tropecé con el hombre barbudo y reservado que me había recogido en la estación.

—La gente me llama Maurice —dijo presentándose de mala gana.

—¿Cómo se las arregla para no perderse? —quise saber—. ¿Existe algún truco?

—Solo es cuestión de tiempo —respondió sin levantar la vista de su trabajo.

Maurice estaba arrodillado sobre una parcela, allanando la tierra revuelta y apretándola alrededor de las raíces de las plantas.

Advertí que no le complacía mi presencia en el jardín, pero como yo también soy un alma solitaria, no me molestó. A partir de aquel día, cuando nos encontrábamos, procuré tomar un sendero en la otra dirección; creo que él compartía mi discreción, pues en una o dos ocasiones, intuyendo algún movimiento por el rabillo del ojo, levanté la vista y vi a Maurice retroceder sobre sus pasos o volverse con brusquedad. De ese modo conseguíamos dejarnos en paz; sobraba espacio para poder evitarnos sin sentirnos constreñidos.

Más tarde, ese mismo día, fui a ver a la señorita Winter y me contó más cosas sobre los miembros de la casa de Angelfield.

❦

El ama se llamaba señora Dunne, pero para los niños de la familia siempre había sido el ama. Daba la impresión de que llevaba en la casa toda la vida, lo cual era algo excepcional; el personal se presentaba y no tardaba en irse de Angelfield y, dado que las partidas eran más frecuentes que las llegadas, llegó el día en que el ama fue la única sirvienta que quedaba en la casa. Teóricamente era el ama de llaves, pero en la práctica lo hacía todo. Fregaba ollas y encendía fuegos como una criada, cuando llegaba la hora de preparar la comida era la cocinera y a la hora de servirla ejercía de mayordomo. No obstante, cuando nacieron las gemelas los años ya empezaban a pesarle. Estaba mal del oído y peor de la vista, y aunque no le gustaba reconocerlo, había muchas tareas que ya no podía hacer.

El ama sabía cómo se debía criar a un niño: un horario para las comidas, un horario para acostarse y otro para bañarse. Isabelle y Charlie habían crecido tan consentidos como desatendidos, y le rompía el corazón ver en qué se habían convertido. Confiaba en que su indiferencia hacia las gemelas era su oportunidad para romper ese patrón; de hecho, tenía un plan. Delante de sus narices, en medio del caos en que vivían, tenía intención de criar a dos niñas normales: tres comidas decentes al día, a las seis en la cama y misa los domingos.

Pero llevar a la práctica su plan resultó más difícil de lo que había imaginado.

Para empezar, se sucedían las peleas. Adeline se abalanzaba sobre su hermana agitando puños y pies, tirándole del pelo y propinándole golpes por donde podía. La perseguía blandiendo brasas candentes con las tenazas de la chimenea y cuando la alcanzaba le chamuscaba el pelo. El ama no sabía decir qué la inquietaba más, si las constantes y despiadadas agresiones de Adeline o la continua e incondicional aceptación de ellas por parte de Emmeline, porque Emmeline, aunque le suplicaba a su hermana que dejara de atormentarla, nunca se defendía. En lugar de hacerle frente, agachaba la cabeza y esperaba a que pararan los golpes asestados sobre sus hombros y espalda. El ama nunca había visto a Emmeline levantar una mano contra Adeline; en su interior guardaba la bondad de dos niñas, y el interior de Adeline acogía la maldad de dos. En cierto modo, razonó el ama para sí, todo encajaba.

Además, el ama tenía que enfrentarse a la controvertida cuestión de la comida. La mayoría de las veces, cuando llegaba la hora de comer las niñas no aparecían por ningún lado. A Emmeline le encantaba comer, pero su pasión por la comida nunca se traducía en una ingesta ordenada. Su apetito no podía adaptarse a tres comidas al día, pues parecía sobrevenirle un hambre voraz, caprichosa. Asomaba la cabeza diez, veinte, cincuenta veces al día, reclamando alimento con apremio, y una vez satisfecho con unos cuantos bocados de lo que fuera se marchaba y la comida volvía a ser irrelevante para ella. La redondez de Emmeline se mantenía gracias a un bolsillo colmado siempre de pan y pasas, un festín portátil del que picoteaba cuando y donde le apetecía. Se acercaba a la mesa únicamente para llenarse de nuevo el bolsillo y un segundo después se marchaba para apoltronarse ante la chimenea o tumbarse en un prado.

Su hermana era muy diferente. Adeline parecía un trozo de alambre con nudos por rodillas y codos. Su combustible no era el del resto de los mortales. Las comidas no eran cosa suya. Nadie la veía comer; como la rueda de movimiento continuo, era un circuito cerrado que funcionaba con energía procedente de una milagrosa fuente interna. Pero la rueda que gira eternamente no es más que un mito, y cuando el ama reparaba por la mañana en un plato vacío donde había habido una loncha de jamón fresco la noche antes, o una rebanada de pan a la que le faltaba un pedazo, se imaginaba adónde habían ido a parar y suspiraba. ¿Por qué sus pequeñas no podían comer de un plato como los demás niños?

Tal vez se las habría apañado mejor si hubiese sido más joven o si las niñas hubieran sido una en lugar de dos, pero la sangre de los Angelfield poseía un código que ni la alimentación infantil ni la rutina estricta podían reescribir. El ama no quería verlo, trató de no verlo durante mucho tiempo, pero al final no le quedó más remedio que aceptarlo: las gemelas eran raras, no cabía duda. Eran extrañas hasta la médula, hasta lo más profundo de su ser.

La forma en que hablaban, por ejemplo, era extraña. El ama las veía desde la ventana de la cocina, veía dos formas borrosas cuyas bocas parecían conversar como cotorras. Cuando se acercaban a la casa captaba fragmentos de sus murmullos, y a renglón seguido entraban en silencio. «¡Hablad más alto!», les decía constantemente, pero ella estaba cada vez más sorda y las gemelas eran reservadas; sus charlas eran solo para ellas, los demás estaban excluidos de sus asuntos.

—No seas ridículo —repuso cuando Dig le comentó que las niñas no sabían hablar bien—. Cuando se ponen no hay quien las pare.

Lo descubrió un día de invierno. Por una vez las dos niñas estaban dentro de casa; Emmeline había convencido a Adeline de que se quedaran junto al fuego, calentitas y al abrigo de la lluvia. El ama se había acostumbrado a vivir en una especie de neblina, pero aquel día en concreto amaneció con una vista inesperadamente clara, con una agudeza de oído desconocida, de modo que al pasar ante la puerta del salón captó un fragmento de los murmullos de las gemelas y se detuvo. Los sonidos iban y venían entre ellas como pelotas en un partido de tenis; sonidos que les hacían sonreír, desternillarse de risa o lanzarse miradas maliciosas. Sus voces se alzaban en chillidos y descendían a susurros. A cualquier distancia te habría parecido la charla animada y fluida de unos niños normales, pero al ama se le cayó el alma a los pies; jamás había escuchado un idioma como ese. No era inglés, y tampoco el francés al que se había acostumbrado cuando vivía Mathilde, la mujer de George, un idioma que Charlie e Isabelle todavía utilizaban entre ellos. John tenía razón. Las gemelas no hablaban bien.

Aquel descubrimiento la dejó petrificada en el umbral. Y como suele suceder, una revelación dio paso a otra. El reloj que descansaba en la repisa de la chimenea dio la hora y, como de costumbre, el mecanismo bajo el cristal sacó un pajarito de una jaula para que hiciera un recorrido mecánico agitando las alas antes de regresar a la jaula por el otro lado. En cuanto oyeron la primera campanada, las niñas levantaron la vista hacia el reloj. Dos pares de enormes ojos verdes observaron sin parpadear cómo el pájaro recorría el interior de la campana, alas arriba, alas abajo, alas arriba, alas abajo.

Aunque no había nada especialmente frío ni inhumano en sus miradas, pues solo era la forma en que los niños contemplan los objetos inanimados en movimiento, al ama se le heló la sangre: era exactamente la forma en que la miraban a ella cuando las reñía, reprendía o exhortaba a hacer algo.

«No comprenden que estoy viva —pensó—. No saben que además de ellas también el resto de las personas están vivas.»

Dice mucho sobre su bondad que no las considerara unos monstruos, y que en lugar de eso sintiera lástima por ellas.

«Deben de sentirse muy solas. Terriblemente solas.»

Se apartó del umbral y se alejó arrastrando los pies.

A partir de ese día el ama se replanteó sus expectativas. Un horario fijo para las comidas y el baño, misa los domingos, dos niñas agradables, normales, todos esos sueños salieron volando por la ventana. Ya solo tenía una misión: mantener a las niñas a salvo.

Después de darle muchas vueltas, creyó entender por qué se comportaban así. Gemelas, siempre juntas, siempre dos. Si en su mundo era normal ser dos, ¿qué pensaban de las personas que no venían de dos en dos, sino de una en una? Debemos de parecerles mitades, consideró el ama. Y recordó una palabra, una palabra que se le había antojado extraña en su momento, que hacía referencia a los seres que habían perdido partes de sí mismos. Mutilados. Eso es lo que somos para ellas. Mutilados.

¿Normales? No. Las niñas no eran y nunca serían normales. Pero, se dijo en tono tranquilizador, dada la situación, dado que eran gemelas, tal vez su rareza solo fuera natural.

Lógicamente, todos los mutilados anhelan alcanzar la condición de gemelos. Las personas corrientes, sin par, buscan su alma gemela, tienen amantes, se casan. Atormentadas por ser incompletas, luchan por formar una pareja. El ama no era diferente del resto de la gente a ese respecto. Y ella tenía su otra mitad: John-the-dig.

No eran una pareja en el sentido convencional. No estaban casados, ni siquiera eran amantes. Doce o quince años mayor que él, el ama no era tan mayor como para ser su madre, pero era mayor de lo que él habría esperado en una esposa. Cuando se conocieron ella ya no esperaba casarse a su edad, mientras que él, un hombre en la flor de la vida, sí confiaba en contraer matrimonio, pero nunca lo hizo. Además, una vez que empezó a trabajar con el ama, a beber té con ella todas las mañanas y sentarse todas las noches a la mesa de la cocina para cenar lo que ella preparaba, abandonó la costumbre de buscar la compañía de mujeres jóvenes. Quizá con un poco más de imaginación habrían podido superar los límites que les marcaban sus expectativas; tal vez habrían llegado a reconocer la verdadera naturaleza de sus sentimientos: un amor enteramente profundo y respetuoso. Puede ser que en otra época, en otra cultura, él le habría propuesto matrimonio y ella habría aceptado. O, como mínimo, habría podido esperarse que algún que otro viernes por la noche, después del pescado y el puré de patatas, después de la tarta de frutas con crema, él le cogiera la mano —o ella a él— y la condujera hasta su cama en un silencio tímido. Pero esa idea jamás rondó por la cabeza de ninguno de los dos, de modo que se hicieron amigos y, como suele ocurrir en los matrimonios mayores, terminaron disfrutando de la dulce lealtad que aguarda a los afortunados cuando la pasión ya es historia, pero en su caso sin haber vivido esa pasión.

Él se llamaba John-the-dig. John Digence para quienes no le conocían. Poco dado a escribir, transcurridos sus años en el colegio (y lo hicieron deprisa, pues fueron muy pocos) se acostumbró a prescindir de las últimas letras de su apellido para ahorrar tiempo. Las tres primeras letras le parecían más que suficientes; ¿acaso no indicaban quién era y qué hacía de manera más sucinta, más precisa, que su apellido completo? De modo que firmaba como John Dig y para las niñas se convirtió en John-the-dig, el hombre que cava.

Era un ser pintoresco. Tenía unos ojos azules como dos fragmentos de vidrio azul iluminados por el sol, un pelo blanco que crecía tieso sobre su cabeza, como plantas tratando de alcanzar el sol, y unas mejillas que se teñían de un rosa intenso cuando cavaba. Nadie cavaba como él; tenía una forma especial de cultivar el jardín, con las fases de la luna: plantaba cuando la luna estaba creciente, medía el tiempo por sus ciclos. Por la noche se inclinaba sobre tablas llenas de números, calculando el mejor momento para cada tarea. Así había cultivado el jardín su bisabuelo, también su abuelo y su padre, transmitiendo sabiduría.

Los hombres de la familia de John-the-dig siempre habían trabajado como jardineros en la casa de los Angelfield. En los viejos tiempos en que la casa tenía un primer jardinero y siete ayudantes, su bisabuelo había arrancado de raíz un seto de boj que crecía bajo una ventana y, para no desaprovecharlo, había apartado algunos centenares de esquejes de varios centímetros de largo. Los plantó en un vivero, y cuando alcanzaron los veinticinco centímetros los trasladó al jardín. A unos les dio forma de seto bajo con los cantos rectos, a otros los dejó crecer a sus anchas y, cuando fueron lo bastante vastos, les hincó las tijeras de podar y creó esferas. Algunos, advirtió, deseaban ser pirámides, conos, chisteras. A fin de esculpir su verde material, aquel hombre de manos grandes y toscas aprendió la delicadeza paciente y meticulosa de un encajero. No creaba animales, ni figuras humanas; tampoco le iban los pavos reales, los leones o los ciclistas de tamaño natural que se veían en otros jardines. A él le gustaban perfectas figuras geométricas o formas desconcertantemente abstractas.

En sus últimos años solo le importaba el jardín de las figuras.

Siempre estaba impaciente por terminar sus demás tareas de la jornada; solo deseaba estar en «su» jardín y deslizar las manos por las superficies de las formas que había creado en tanto que imaginaba el momento, de ahí a cincuenta, cien años, en que su jardín alcanzaría la madurez.

A su muerte, sus tijeras de podar pasaron a manos de su hijo, y décadas después a su nieto. Y cuando este falleció, fue John-the-dig, que había trabajado como aprendiz en un vasto jardín a unos cincuenta kilómetros de allí, quien regresó a casa para ocupar el puesto que le pertenecía por derecho. Aunque no entró más que como segundo jardinero, el jardín de las figuras fue su responsabilidad desde el principio. No habría podido ser de otro modo. Así que John-the-dig cogió las tijeras de podar, cuyos mangos de madera se habían desgastado hasta adquirir la forma de las manos de su padre, y notó que sus dedos encajaban en los surcos. Ya estaba en casa.

Cuando George Angelfield perdió a su esposa y el personal de la casa empezó a disminuir de manera drástica, John-the-dig se quedó. Los jardineros se iban marchando y no eran reemplazados, así que siendo todavía joven se convirtió, a falta de otras alternativas, en primer y único jardinero. El volumen de trabajo era enorme, su patrono no mostraba interés alguno y trabajaba sin que nadie se lo agradeciera. Había otros empleos, otros jardines. Le habrían ofrecido cualquier puesto que hubiera solicitado: solo había que verlo una vez para confiar en él. Pero John nunca se marchó de Angelfield; no podía hacerlo. Cuando trabajaba en el jardín de las figuras, cuando guardaba las tijeras de podar en su funda de cuero al caer la tarde, no necesitaba decirse que los árboles que estaba podando eran los mismos árboles que había plantado su bisabuelo, que los procedimientos que seguía, los movimientos que hacía eran los mismos que habían llevado a cabo las tres generaciones de su familia anteriores; lo sabía de sobras, no necesitaba pensarlo, lo daba por sentado. John, al igual que sus árboles, estaba arraigado a Angelfield.

¿Qué sintió el día en que entró en su jardín y lo encontró destrozado? Por los tajos profundos que habían asestado en los costados de los tejos se exhibía la madera marrón de sus corazones. Las hortensias decapitadas, con sus copas esféricas yaciendo a sus pies. El perfecto equilibrio de las pirámides estaba torcido; los conos, abiertos a machetazos; las chisteras, acuchilladas y despedazadas. Contempló las largas ramas, todavía verdes, todavía frescas, cubriendo el césped. El marchitamiento lento, el tortuoso resecamiento y la última agonía estaban aún por llegar.

Estupefacto, presa de un temblor que pareció bajarle desde el corazón hasta las piernas y de ahí al suelo que se extendía bajo sus pies, trató de entender qué había sucedido. ¿Había sido un rayo caído del cielo, que había elegido su jardín para llevar a cabo su destrucción? Pero ¿qué tormenta golpea en silencio?

No. Alguien lo había hecho.

Al doblar una esquina encontró la prueba: abandonadas sobre la hierba húmeda, abiertas las hojas, las tijeras de podar, y junto a ellas, la sierra.

Cuando no apareció a la hora de comer, el ama, preocupada, salió en su búsqueda. Al llegar al jardín de las figuras se llevó una mano a la boca, horrorizada, y agarrándose el delantal aceleró el paso.

Cuando dio con él, lo levantó del suelo. John se apoyó pesadamente sobre el ama mientras esta lo conducía con suma dulzura hasta la cocina y lo sentaba en una silla. Preparó té, dulce y bien caliente, mientras él parecía contemplar el vacío. Sin pronunciar una palabra, sosteniéndole la taza en los labios, el ama le vertió sorbos del líquido hirviente en la boca. Finalmente los ojos de él buscaron la mirada del ama, y cuando ella advirtió en los ojos de John el dolor de la pérdida, sintió que también los suyos se llenaban de lágrimas.

—¡Oh, Dig! Lo sé. Lo sé.

Las manos de John-the-dig se posaron en los hombros del ama y la convulsión del cuerpo de él se fundió con la del cuerpo de ella.

Las gemelas no aparecieron esa tarde y el ama no fue a buscarlas. Por la noche, cuando entraron en la cocina, John seguía en la silla, blanco y ojeroso. Al verlas se estremeció. Curiosos e indiferentes, los ojos verdes de las gemelas pasaron por alto su cara como habían pasado por alto el reloj del salón.

Antes de acostar a las gemelas, el ama les vendó los cortes de las manos que se habían hecho blandiendo la sierra y las tijeras de podar.

—No toquéis las cosas del cobertizo de John —rezongó—. Son afiladas, os haréis daño.

Y luego, sin esperar que la tuvieran en cuenta, les preguntó:

—¿Por qué lo hicisteis? Oh, ¿por qué lo hicisteis? Le habéis roto el corazón.

Notó el contacto de una mano menuda en su mano.

—Ama triste —dijo la niña. Era Emmeline.

Sobresaltada, el ama parpadeó para ahuyentar la niebla de sus lágrimas y la miró fijamente.

La niña habló de nuevo.

—John-the-dig triste.

—Sí —susurró el ama—. Los dos estamos tristes.

La niña sonrió. Era una sonrisa sin malicia alguna, sin remordimiento. Era, sencillamente, una sonrisa de satisfacción por haber observado algo y haberlo identificado correctamente. Había visto lágrimas. Las lágrimas la habían desconcertado, y había resuelto el enigma: era tristeza.

El ama cerró la puerta y bajó. Habían avanzado un paso. Se habían comunicado, y quizá era el principio de algo más importante. ¿Cabía la posibilidad de que algún día la niña pudiera llegar a comprender?

Abrió la puerta de la cocina y entró para volver a unirse en su desesperación a John.

❦

Esa noche tuve un sueño.

Estaba paseando por el jardín de la señorita Winter y me encontraba con mi hermana.

Radiante, desplegaba sus grandes alas doradas como si quisiera abrazarme y la dicha me embargaba, pero al acercarme advertía que sus ojos estaban ciegos, que no podían verme, y la desesperación se apoderaba de mi corazón.

Al despertarme, me hice un ovillo hasta que el calor punzante en mi costado amainó.

Merrily y el cochecito

La casa de la señorita Winter estaba tan aislada y sus habitantes llevaban una vida tan solitaria, que durante mi primera semana allí me sorprendió oír un vehículo avanzar por la grava hasta detenerse ante la casa. Desde la ventana de la biblioteca vi abrirse la portezuela de un gran coche negro y divisé fugazmente la figura de un hombre alto y moreno. El hombre desapareció en el porche y escuché un timbrazo corto de la puerta.

Volví a verlo al día siguiente. Me encontraba en el jardín, a unos tres metros del porche, cuando oí el crepitar de unos neumáticos sobre la grava. Me quedé muy quieta, replegada en mí misma. Si alguien se hubiera tomado la molestia de mirar, me habría visto perfectamente; pero cuando la gente espera no ver nada, no suele ver, así que el hombre no me vio.

Su rostro era serio. La gruesa línea de las cejas proyectaba una sombra sobre sus ojos, mientras que el resto de su cara destacaba por una inmovilidad pétrea. Se inclinó para recoger el maletín del coche, cerró la portezuela y subió los escalones para tocar el timbre.

Oí la puerta. Ni él ni Judith dijeron una palabra y el hombre desapareció dentro de la casa.

Más tarde, ese mismo día, la señorita Winter me contó la historia de Merrily y el cochecito.

A medida que la gemelas crecían se alejaban cada vez más en sus exploraciones, y no tardaron en conocerse todas las granjas y los jardines del lugar. Como no sabían de límites ni tenían sentido de la propiedad, se colaban por donde les venía en gana. Abrían verjas y no siempre las cerraban; trepaban vallas cuando se interponían en su camino; probaban puertas de cocinas, y cuando estas cedían —casi siempre, pues la gente no solía echar la llave en Angelfield—, entraban. Cogían cualquier exquisitez que hubiera en la despensa, se echaban una hora en las camas de las habitaciones superiores si les vencía el cansancio y se llevaban cacerolas y cucharas para espantar a los pájaros en los campos.

Las familias vecinas empezaron a inquietarse, pero por cada acusación que se hacía, había alguien que había visto a las gemelas justo ese momento en otro lugar remoto, o por lo menos había visto a una de ellas, o así lo creía. Y fue entonces cuando les dio por recordar todas las viejas historias de fantasmas. No hay una vieja casa que no tenga sus historias; no existe una vieja casa que no tenga sus fantasmas. Y el hecho de que las niñas fueran gemelas resultaba ya de por sí escalofriante. Todos creían que había algo raro en esas niñas, y ya fuera por ellas o por alguna otra razón, tanto adultos como niños se mostraban cada vez más reacios a acercarse a esa vieja casa grande por temor a lo que pudieran ver.

No obstante, finalmente las molestias generadas por las incursiones pudieron más que las emocionantes historias de fantasmas y las mujeres perdieron la paciencia. En varias ocasiones pillaron a las niñas con las manos en la masa y gritaron. El enojo les deformaba el rostro y sus bocas se abrían y cerraban tan deprisa que las niñas se morían de risa. Las mujeres no entendían de qué se reían. No sabían que era la velocidad y el revoltijo de las palabras que brotaban de sus bocas lo que las confundía. Al creer que reían de pura maldad, las mujeres aún gritaban más. Las gemelas se quedaban un rato observando la rabieta de las aldeanas, después se daban la vuelta y se iban.

Cuando los maridos llegaban a casa de los campos, sus mujeres se quejaban, decían que había que hacer algo, y ellos respondían: «Olvidas que son las hijas de la casa grande». Y las mujeres replicaban: «Casa grande o no, no se debe permitir que los niños corran a su antojo como hacen esas dos muchachas; no está bien. Hay que hacer algo». Y los hombres guardaban silencio sobre su plato de carne con patatas, meneaban la cabeza y nunca se hacía nada.

Hasta el incidente del cochecito.

En el pueblo había una mujer llamada Mary Jameson. Era la esposa de Fred Jameson, jornalero de la propiedad, y vivía con su marido y sus suegros en una de las casitas. La pareja acababa de casarse. Como el nombre de soltera de la mujer era Mary Leigh, las gemelas le habían inventado otro nombre en su propio lenguaje, Merrily, que le iba muy bien. A veces, al final del día, Merrily iba a buscar a su marido a los campos y se sentaban juntos al abrigo de un seto mientras él disfrutaba de un cigarrillo. El marido era un hombre alto y moreno, de pies grandes, y solía rodearle la cintura con el brazo, hacerle cosquillas y soplarle en el escote del vestido para hacerla reír. Para fastidiarle ella intentaba contener la risa, pero como en el fondo quería reír, siempre terminaba riéndose.

De no ser por esa risa, Merrily habría sido una mujer anodina. Tenía el pelo de un color indefinido, demasiado oscuro para ser rubio, el mentón grande y los ojos pequeños, pero el sonido de su risa era tan bello que cuando lo oías creías verla a través de tus oídos y Merrily se transformaba: sus ojos desaparecían por encima de las mejillas redondas como lunas y de repente, en su ausencia, reparabas en su boca: labios carnosos de color guinda, dientes blancos y uniformes —nadie en Angelfield tenía unos dientes como los suyos—, y una lengua rosada que recordaba a la de un gatito. Y el sonido; la bella, melodiosa e imparable música que borboteaba de su garganta como agua de manantial. Era el sonido de la alegría. Él se había casado con ella por eso; cuando ella reía él suavizaba la voz, apretaba los labios contra su cuello y pronunciaba su nombre, Mary, una y otra vez. La vibración de la voz de su marido en la piel le producía cosquillas y le hacía reír y reír y reír.

Durante el invierno, mientras las gemelas limitaban sus exploraciones a los jardines y el parque, Merrily dio a luz un niño. Los primeros días cálidos de la primavera la encontraron en su jardín colgando la ropita en el tendedero; detrás de ella había un cochecito negro. A saber de dónde había salido, pues un cochecito no era un objeto propio de una aldeana; sin duda era de segunda o tercera mano, la familia lo habría adquirido barato (si bien su aspecto indicaba que era muy caro) para celebrar la importancia de ese primer hijo y nieto. El caso es que cuando Merrily se agachaba para coger otra camisetita u otra camisita, para colgarlas en el tendedero, acompañada por los trinos de un pájaro, no dejaba de cantar, y su canción parecía dirigida al bello cochecito negro. Sus ruedas eran plateadas y muy altas, de manera que aunque el vehículo era grande, negro y redondeado, daba la impresión de velocidad e ingravidez.

El jardín trasero se abría a unos prados; un seto dividía los dos espacios. Merrily ignoraba que al otro lado del seto había dos pares de ojos verdes clavados en el cochecito.

Los bebés ensucian mucha ropa, y Merrily era una madre trabajadora y abnegada; todos los días salía al jardín a tender y recoger colada. Desde la ventana de la cocina, mientras lavaba pañales y camisetas en el fregadero, vigilaba el cochecito que descansaba al sol en el jardín. Cada cinco minutos hacía una escapada para ajustar la capota, remeter otra mantita o simplemente cantarle al niño.

Merrily no era la única persona que sentía devoción por el cochecito. A Emmeline y Adeline les encantaba.

Un día Merrily salió del porche trasero con una cesta de ropa bajo el brazo y el cochecito no estaba allí. Se detuvo en seco; abrió la boca y sus manos viajaron hasta las mejillas; la cesta cayó sobre el parterre, volcando cuellos y calcetines sobre los alhelíes. Merrily no miró ni una sola vez hacia la valla y las zarzas. Meneaba la cabeza a izquierda y derecha, como si no pudiera dar crédito a sus ojos, a izquierda y derecha, a izquierda y derecha, a izquierda y derecha, mientras el pánico crecía dentro de ella, hasta que finalmente dejó escapar un aullido, un sonido agudo que horadó el cielo como si pudiera rasgarlo en dos.

El señor Griffin levantó la vista de su huerto y se acercó a su valla, tres puertas más abajo. La abuela Stokes, la vecina de al lado, frunció el entrecejo ante su fregadero y salió al porche. Pasmados, miraron a Merrily mientras se preguntaban si verdaderamente su risueña vecina era capaz de emitir semejante alarido, y ella les miraba a su vez con los ojos desorbitados, estupefacta, como si su grito hubiese agotado la provisión de palabras de toda una vida.

Finalmente lo dijo:

—Mi hijo ha desaparecido.

Y en cuanto pronunció esas palabras, reaccionaron. El señor Griffin saltó tres vallas a la velocidad de un rayo, agarró a Merrily del brazo y la condujo hasta la parte delantera de la casa, diciendo:

—¿Que ha desaparecido? ¿Adónde se lo han llevado?

La abuela Stokes se esfumó del porche trasero de su casa y un segundo después su voz estaba perforando el aire en el jardín delantero, pidiendo ayuda.

El barullo fue en aumento.

—¿Qué pasa? ¿Qué ha ocurrido?

—¡Se lo han llevado! ¡Del jardín! ¡Con el cochecito!

—Vosotros dos id por allí y vosotros por allá.

—Que alguien vaya a buscar a su marido.

Todo el ruido, todo el alboroto, delante de la casa.

Detrás todo estaba en silencio. La colada de Merrily ondeaba bajo el perezoso sol, la pala del señor Griffin descansaba plácidamente sobre la tierra removida, Emmeline acariciaba extasiada los radios plateados y Adeline le daba patadas para que se apartara y pudieran echar el trasto a rodar.

Le habían puesto un nombre. Era el vuum.

Arrastraron el cochecito por las partes traseras de las casas. Era más difícil de lo que habían imaginado. Para empezar, era más pesado de lo que aparentaba y, para colmo, iban empujándolo por un terreno desnivelado. La linde del prado tenía una ligera pendiente que forzaba al cochecito a circular ladeado. Podrían haber colocado las cuatro ruedas sobre la parte plana, pero la tierra, recién removida, era más blanda allí, y las ruedas se hundían en los terrones. Los cardos y las zarzas se enganchaban a las ruedas, frenándolas, y fue un milagro que después de los primeros metros pudieran seguir avanzando, pero las gemelas estaban en su elemento. Empujaban con todas sus fuerzas para llevar ese cochecito hasta su casa, ponían todo su empeño y apenas parecían acusar el esfuerzo. Los dedos les sangraban de arrancar los cardos de las ruedas, pero no cejaban en su propósito, Emmeline todavía entonando su balada al cochecito, acariciándolo furtivamente con los dedos, besándolo.

Por fin llegaron donde terminaban los prados y ante sus ojos apareció la casa, pero en lugar de dirigirse a ella, giraron hacia las laderas del parque de ciervos. Querían jugar. Tras empujar el cochecito hasta la cima de la ladera más larga con su infatigable energía, lo colocaron en la posición debida. Sacaron al bebé, lo dejaron en el suelo y Adeline se subió al vehículo. Con las rodillas pegadas al mentón y las manos aferradas a los lados, tenía la cara blanca. Obedeciendo a una señal de sus ojos, Emmeline empujó el cochecito con todas sus fuerzas.

Al principio el cochecito avanzó despacio; el suelo era escabroso y la ladera, allí arriba, arrancaba en suave pendiente, pero poco a poco fue ganando velocidad. El vehículo negro lanzaba destellos bajo el sol de la tarde mientras las ruedas giraban cada vez más deprisa, hasta que los radios fueron una mancha borrosa y luego incluso dejaron de verse. La pendiente se hizo más pronunciada y los baches del suelo hacían que el cochecito diera bandazos de un lado a otro, amenazando con alzar el vuelo.

Un sonido inundó el aire.

—¡Aaaaaaaaaaaaaaaaaaaaaah!

Era Adeline, aullando de placer mientras el cochecito se precipitaba colina abajo sacudiéndole los huesos y zarandeándole todos los sentidos.

De repente se vio claro lo que iba a suceder.

Una de las ruedas golpeó una roca que sobresalía del suelo. Se produjo una chispa en el momento en que el metal arañó la piedra y de pronto el cochecito ya no iba colina abajo, sino por el aire, volando en dirección al sol con las ruedas hacia arriba. El cochecito trazó una curva nítida sobre el azul del cielo, hasta el momento en que el suelo se elevó violentamente para arrebatárselo y se oyó el sonido escalofriante de algo haciéndose añicos. Con el eco de la euforia de Adeline resonando todavía en el cielo, el silencio lo cubrió todo.

Emmeline echó a correr colina abajo. La rueda que apuntaba al cielo estaba combada y medio arrancada; la otra seguía girando lentamente, perdido todo su brío.

Un brazo blanco asomó por la cavidad aplastada del cochecito negro y cayó en un ángulo extraño sobre el suelo pedregoso. En la mano había manchas moradas de zarzamora y arañazos de cardo.

Emmeline se arrodilló. Dentro del cochecito reinaba la oscuridad.

Pero había movimiento. Dos ojos verdes le devolvieron la mirada.

—¡Vuum! —exclamó, y sonrió.

El juego había terminado. Ya era hora de volver a casa.

❧❦

Aparte de contar la historia propiamente dicha, la señorita Winter hablaba poco durante nuestras reuniones. Los primeros días le preguntaba: «¿Qué tal?» al entrar en la biblioteca, pero ella se limitaba a responder: «Enferma. ¿Qué tal usted?», con un dejo malhumorado en la voz, como si fuera boba por preguntar. Nunca respondía a su pregunta y ella tampoco lo esperaba, de modo que pronto cesaron tales intercambios. Entraba con sigilo, exactamente un minuto antes de la hora, ocupaba mi lugar en la butaca instalada al otro lado de la chimenea y sacaba mi libreta de la bolsa. A renglón seguido, sin preámbulos, ella retomaba la historia donde la había dejado. El final de esas sesiones no estaba regido por el reloj. A veces la señorita Winter hablaba hasta alcanzar una pausa natural al término de un episodio. Pronunciaba las últimas palabras y el carácter irrevocable del cese de su voz resultaba inconfundible. Seguidamente se producía un silencio tan elocuente como el espacio en blanco al final de un capítulo. Yo hacía una última anotación en mi libreta, la cerraba, recogía mis cosas y me marchaba. Otras veces, sin embargo, la señorita Winter callaba de forma inesperada, en ocasiones en mitad de una frase, y yo levantaba la vista y veía su pálido rostro tenso por el esfuerzo de contener el dolor.

—¿Puedo hacer algo por usted? —le pregunté la primera vez que la vi así, pero ella se limitó a cerrar los ojos y despedirme con un gesto de la mano.

Cuando terminó de contarme la historia de Merrily y el cochecito, guardé el lápiz y la libreta en la bolsa y mientras me levantaba dije:

—Voy a ausentarme unos días.

—No. —Su tono era severo.

—Me temo que no me queda más remedio. Esperaba pasar solo unos días y ya llevo más de una semana. No he traído todo lo necesario para una estancia prolongada.

—Maurice puede llevarla a la ciudad para que compre todo lo que necesita.

—Necesito mis libros…

La señorita Winter señaló las estanterías de su biblioteca.

Negué con la cabeza.

—Lo siento, pero debo irme.

—Señorita Lea, se diría que piensa que tenemos todo el tiempo del mundo. Quizá usted sí, pero permítame recordarle que yo soy una mujer muy ocupada. No quiero volver a escuchar que tiene que irse. Asunto zanjado.

Me mordí el labio y por un momento me acobardé, pero enseguida me repuse.

—¿Recuerda nuestro acuerdo? ¿Tres verdades? Necesito comprobar algunos datos.

Vaciló.

—¿No me cree?

Pasé por alto su pregunta.

—Tres verdades que pudiera comprobar. Me dio su palabra.

La señorita Winter apretó los labios con rabia, pero cedió.

—Puede irse el lunes. Tres días. Ni uno más. Maurice la llevará a la estación.

Estaba escribiendo la historia de Merrily y el cochecito cuando llamaron a mi puerta. Como no era la hora de cenar, me sorprendió, pues Judith nunca había interrumpido antes mi trabajo.

—¿Le importaría bajar al salón? —me preguntó—. El doctor Clifton ha venido y le gustaría comentarle algo.

Cuando entré en el salón el hombre al que ya había visto llegar a la casa se levantó. No se me dan bien los apretones de mano, de modo que me alegré cuando el hombre pareció optar por no ofrecerme la suya, si bien por un momento no supimos de qué otra manera empezar.

—Si no me equivoco usted es la biógrafa de la señorita Winter.

—No estoy segura.

—¿No está segura?

—Si me está contando la verdad, entonces soy su biógrafa; de lo contrario, no soy más que una amanuense.

—Hummm. —Hizo una pausa—. ¿Importa eso?

—¿A quién?

—A usted.

No me lo había planteado, pero consideré que su pregunta era impertinente, de modo que no contesté.

—Por lo que veo, usted es el médico de la señorita Winter.

—Sí.

—¿Por qué quería verme?

—En realidad ha sido la señorita Winter quien me ha pedido que la vea. Quiere que me asegure de que usted es totalmente consciente de su estado de salud.

—Entiendo.

Con científica e impávida claridad, procedió con sus explicaciones. En pocas palabras me dijo el nombre de la enfermedad que estaba matando a la señorita Winter, los síntomas que padecía, el grado de su dolor y aquellas horas del día en que los fármacos enmascaraban el dolor con mayor y menor eficacia. Mencionó otras afecciones que la señorita Winter padecía, todas ellas lo bastante graves para poder matarla si no fuera porque la otra enfermedad se adelantaría a todas. Y expuso, hasta donde pudo, la posible progresión de la enfermedad, la necesidad de racionar los incrementos de las dosis a fin de contar con una reserva para más adelante, cuando, según sus palabras, lo necesitara de verdad.

—¿Cuánto tiempo? —pregunté en cuanto terminó con su explicación.

—No puedo decírselo. Otra persona ya habría perecido. La señorita Winter posee una naturaleza fuerte. Y desde que usted está aquí… —Se detuvo como quien sin querer está a punto de desvelar una confidencia.

—¿Desde que yo estoy aquí…?

Me miró y pareció dudar. Finalmente se decidió a hablar.

—Desde que usted está aquí parece encontrarse un poco mejor. Ella dice que es el poder anestésico de la narración.

No supe qué pensar. Antes de poder hacerlo, el médico prosiguió:

—Tengo entendido que se marcha…

—¿Por eso le pidió que hablara conmigo?

—Solo quiere que entienda que el tiempo es de vital importancia.

—Puede decirle que lo comprendo perfectamente.

Finalizada la entrevista, me sostuvo la puerta y cuando pasé por su lado, se dirigió a mí una vez más, en un susurro inesperado:

—¿El cuento número trece? Me pregunto si…

En su rostro por lo demás impasible capté un destello de la impaciencia febril del lector.

—No ha dicho nada al respecto —dije—, pero aunque lo hubiera hecho, no estaría autorizada a contárselo.

Los ojos del médico se enfriaron y un temblor viajó desde su boca hasta el recodo de la nariz.

—Buenas tardes, señorita Lea.

—Buenas tardes, doctor.

El doctor y la señora Maudsley

En mi último día, la señorita Winter me habló del doctor y la señora Maudsley.

❦

Dejar verjas abiertas y entrar en casas ajenas era una cosa, pero llevarse un cochecito con un bebé dentro era algo muy diferente. El hecho de que el bebé, cuando lo encontraron, no se hallara en peor estado como consecuencia de su desaparición temporal no cambiaba las cosas. La situación se les había ido de las manos, y era preciso actuar.

Los aldeanos no se veían con ánimos de plantear el asunto directamente a Charlie. Tenían entendido que las cosas en la casa eran extrañas y les producía cierto temor acercarse a ella. Es difícil determinar si era Charlie o Isabelle o el fantasma lo que les instaba a mantenerse alejados, así que decidieron ir a hablar con el doctor Maudsley. Este no era el médico cuya tardanza pudo ser la causa o no de la muerte en el parto de la madre de Isabelle, sino otro doctor que llevaba ocho o nueve años ejerciendo en el pueblo.

Aunque ya no era joven, pues mediaba los cuarenta años, el doctor Maudsley irradiaba juventud. No era alto ni demasiado musculoso, pero parecía vital y fuerte. En comparación con el cuerpo, sus piernas eran largas y solía caminar con paso rápido sin esfuerzo aparente. Como andaba más deprisa que nadie, ya se había acostumbrado a descubrirse a sí mismo hablando al aire y a volverse para encontrar a su compañero de paseo unos metros más atrás, resoplando en su esfuerzo por no quedar rezagado. Su energía física rivalizaba con su gran actividad mental. Se podía escuchar el poder de su cerebro en su voz, que era queda pero rauda, con facilidad para encontrar las palabras justas para la persona justa en el momento adecuado. Su inteligencia se advertía en los ojos: castaños y muy brillantes, como los de un pájaro, observadores, penetrantes, coronados por una cejas fuertes y cuidadas.

Maudsley tenía el don de contagiar su energía, una virtud muy buena para un médico. Al oír sus pisadas en el camino y su llamada a la puerta, los pacientes ya empezaban a encontrarse mejor. Y además caía bien. La gente decía que él ya era de por sí un tónico. Se preocupaba por que sus pacientes vivieran o murieran, y si vivían —y así era casi siempre— deseaba que vivieran bien.

Al doctor Maudsley le apasionaban los desafíos a su inteligencia. Cada enfermedad era un enigma para él y no podía descansar hasta resolverlo. Los pacientes terminaban acostumbrándose a que apareciera en sus casas a primera hora de la mañana, después de haberse pasado la noche dando vueltas a sus síntomas, para hacerles una pregunta más; y una vez que acertaba con el diagnóstico, tenía que determinar el tratamiento. Por supuesto, consultaba todos los libros, y conocía a fondo todos los tratamientos comunes, pero su peculiar inteligencia le hacía volver una y otra vez sobre algo tan sencillo como un dolor de garganta desde un ángulo diferente, tratando de encontrar el pedacito de información que le permitiría no solo curar el dolor de garganta, sino comprender el fenómeno de ese dolor desde una perspectiva completamente nueva. Enérgico, inteligente y afable, era un médico excelente y mejor hombre que la media, pero, como todos los hombres, tenía su punto flaco.

La delegación de los hombres del pueblo estaba constituida por el padre del bebé, el abuelo del bebé y el tabernero, un hombre de aspecto cansado al que no le gustaba quedar excluido de ningún asunto. El doctor Maudsley saludó al trío y escuchó atentamente mientras dos de sus integrantes contaban una vez más su relato. Empezaron por el problema de las verjas que quedaban abiertas, siguieron con el controvertido tema de las ollas desaparecidas y después de unos minutos llegaron al clímax de la narración: el rapto del niño en el cochecito.

—Se comportan como salvajes —dijo finalmente el Fred Jameson más joven.

—Nadie las controla —añadió el Fred Jameson mayor.

—¿Y qué opina usted? —preguntó el doctor Maudsley al tercer hombre. Wilfred Bonner, algo apartado, aún no había abierto la boca.

El señor Bonner se quitó la gorra e hizo una inspiración lenta y sibilante.

—Bueno, yo no soy médico, pero a mí me parece que esas niñas no están bien. —Acompañó sus palabras con una mirada de lo más elocuente. Luego, por si alguien no había captado su mensaje, propinó a su calva cabeza uno, dos y hasta tres golpecitos.

Los tres hombres se miraron los zapatos con gravedad.

—Déjenlo en mis manos —dijo el médico—. Hablaré con la familia.

Y los hombres se marcharon. Ellos habían puesto su granito de arena. Ahora le tocaba al médico, el sabio del pueblo.

Aunque había dicho que hablaría con la familia, el médico en realidad habló con su esposa.

—Dudo de que lo hicieran con mala intención —dijo ella cuando él terminó de relatarle el suceso—. Ya sabes cómo son las niñas. Es mucho más divertido jugar con un bebé que con una muñeca. No le habrían hecho daño. Así y todo, hay que decirles que no vuelvan a hacerlo. Pobre Mary. —Levantó la vista de su costura y volvió el rostro hacia su marido.

La señora Maudsley era una mujer sumamente atractiva. Sus ojos era grandes y castaños, con unas pestañas largas que se rizaban coquetas; recogía hacia atrás su cabello, moreno y sin un solo mechón gris, en un estilo tan sencillo que solo una auténtica belleza podía lucirlo sin parecer anodina. Cuando se movía, su figura adquiría una elegancia armónica y femenina.

El doctor sabía que su esposa era bonita, pero llevaban demasiado tiempo casados para reparar en su belleza.

—En el pueblo creen que las niñas son retrasadas.

—¡Imposible!

—Por lo menos eso es lo que opina Wilfred Bonner.

La señora Maudsley negó con la cabeza con estupefacción.

—Les tiene miedo porque son gemelas. Pobre Wilfred. Es la ignorancia de las personas mayores. Por fortuna, la siguiente generación es más abierta.

El médico era un hombre de ciencias. Aunque sabía que estadísticamente resultaba improbable que existiera una anormalidad mental en las gemelas, no quería descartar esa posibilidad hasta haberlas examinado. Con todo, no le sorprendía que su esposa, cuya religión le prohibía pensar mal de las personas, diera por hecho que el rumor era un chisme infundado.

—Estoy seguro de que tienes razón —murmuró con una vaguedad que indicaba que estaba seguro de que no era así.

El médico había dejado de intentar que su esposa creyera exclusivamente aquello que era verdad; ella había sido educada en una religión que no permitía aceptar distinciones entre lo que era verdad y lo que era bueno.

—Entonces, ¿qué piensas hacer? —preguntó la señora Maudsley.

—Iré a ver a la familia. Charles Angelfield es algo ermitaño, pero tendrá que verme si me persono en la casa.

La señora Maudsley asintió con la cabeza, que era su manera de disentir de su marido, aunque él no lo sabía.

—¿Y la madre? ¿Qué sabes de ella?

—Muy poco.

El médico siguió cavilando en silencio, la señora Maudsley siguió cosiendo, y transcurrido un cuarto de hora el médico dijo:

—Quizá deberías ir tú, Theodora. Seguramente la madre esté más dispuesta a ver a una mujer que a un hombre. ¿Qué dices?

Así pues, tres días más tarde la señora Maudsley llegó a la casa y llamó a la puerta principal. Sorprendida de que nadie le abriera, frunció el entrecejo —después de todo, había enviado una nota para anunciar su visita— y rodeó la casa. La puerta de la cocina estaba entornada, de modo que dio un suave empujón y entró. No había nadie. La señora Maudsley miró a su alrededor. Tres manzanas sobre la mesa, marrones y arrugadas y a punto de pudrirse por el contacto, un paño de cocina negro junto a un fregadero con varias pilas de platos sucios y una ventana tan roñosa que desde dentro apenas podías distinguir si era de día o de noche. Su nariz blanca y refinada olisqueó el aire y supo cuanto necesitaba saber. Apretó los labios, enderezó los hombros, asió con firmeza el asa de concha de su bolso y emprendió su cruzada. Fue de estancia en estancia buscando a Isabelle, absorbiendo por el camino el olor de la mugre, el desorden y la dejadez que acechaba por todas partes.

El ama se cansaba fácilmente, las escaleras se le hacían pesadas y estaba perdiendo vista; solía creer que había limpiado cosas que no había limpiado, o quería limpiarlas y se olvidaba, y la verdad, sabía que a nadie le importaba, de modo que concentraba sus esfuerzos en alimentar a las niñas, que tenían suerte de que el ama todavía pudiera ocuparse de preparar las comidas. Por tanto, la casa estaba sucia y tenía polvo;

cuando alguien torcía un cuadro, torcido se pasaba una década, y el día en que Charlie no pudo encontrar la papelera de su estudio simplemente arrojó el papel al suelo hacia el lugar donde había estado hasta entonces la papelera, y al poco tiempo se le ocurrió que era menos engorroso vaciar la papelera una vez al año que una vez a la semana.

A la señora Maudsley le disgustó sobremanera aquel panorama. Frunció el entrecejo ante las cortinas medio corridas, suspiró ante la plata deslustrada y meneó la cabeza con asombro ante las ollas de la escalera y las partituras desparramadas por el suelo del vestíbulo. En el salón se agachó automáticamente para recuperar un naipe, el tres de espadas, que descansaba caído o desechado en el suelo, pero era tal el desorden que cuando miró a su alrededor buscando el resto de la baraja se sintió perdida. Al volver su impotente mirada al naipe, reparó en el polvo que lo cubría y, como era una mujer maniática con guantes blancos, la abrumó el deseo de dejarlo en algún lado. Pero ¿dónde? Durante unos segundos quedó paralizada por la angustia, dividida entre el deseo de poner fin al contacto entre su inmaculado guante y el naipe polvoriento y algo pegajoso, y su renuencia a dejar la carta en un lugar que no fuera el correcto. Finalmente, con un visible estremecimiento de los hombros, lo colocó sobre el brazo de una butaca de piel y salió aliviada de la estancia.

La biblioteca ofrecía mejor aspecto. Tenía polvo, por supuesto, y la alfombra estaba raída, pero los libros estaban en su sitio, y eso ya era algo. Pero incluso en la biblioteca, justo cuando estaba preparándose para creer que aún quedaba cierto sentido del orden enterrado en esta familia roñosa y caótica, tropezó con una cama improvisada. Empotrada en un rincón oscuro entre dos estanterías, tan solo era una manta invadida por las pulgas y una almohada mugrienta, de manera que al principio pensó que era la cama de un gato. Entonces miro de nuevo y vislumbró la esquina de un libro asomando por debajo de la almohada. Tiró de él, era *Jane Eyre*.

De la biblioteca pasó a la sala de música, donde encontró el mismo desorden que había visto en las demás estancias. El mobiliario tenía una distribución extraña, ideal para jugar al escondite. Había un diván vuelto hacia la pared y una silla semioculta detrás de un arcón que había sido arrastrado de su lugar debajo de la ventana —detrás del arcón había un trozo de moqueta donde el polvo era menos denso y el color verde se filtraba con mayor claridad—. Sobre el piano descansaba un jarrón con unos tallos renegridos y quebradizos, rodeado en la base por un círculo uniforme de pétalos apergaminados que semejaban cenizas. La señora Maudsley alargó una mano y levantó uno; el pétalo se desmenuzó, dejando una desagradable mancha gris amarillenta entre sus blancos dedos enguantados.

La señora Maudsley pareció hundirse en el banco del piano.

La esposa del médico no era una mala mujer, pero estaba tan convencida de su propia importancia que creía que Dios observaba todo lo que hacía y escuchaba todo lo que decía, de manera que estaba demasiado ocupada tratando de erradicar el orgullo que tenía inclinación a sentir por su santidad para reparar en sus otros defectos. Ella era una hacedora de buenas obras, así que todo el daño que pudiera hacer lo hacía sin darse cuenta.

¿Qué pasó por su cabeza mientras permanecía sentada en el banco del piano con la mirada perdida? Esa gente no era capaz ni de poner agua a sus jarrones. ¡Con razón sus niñas se portaban mal! El alcance del problema parecía habérsele revelado a través de las flores muertas, y de una forma distraída, ausente, se quitó los guantes y extendió sus dedos sobre las teclas grises y negras del piano.

El sonido que retumbó en la estancia fue el ruido más áspero y menos musical imaginable. En parte, eso se debía a que el piano llevaba muchos años sumido en el abandono, sin nadie que lo tocara o afinara, y en parte a que a la vibración de las cuerdas del instrumento se había sumado casi instantáneamente otro sonido asimismo disonante: una especie de bufido furioso, un chillido desaforado e irritado, como el maullido de un gato al que le han pisado la cola.

La señora Maudsley salió bruscamente de su ensimismamiento. Al oír el aullido, contempló el piano con incredulidad y se levantó con las manos en las mejillas. En medio de su desconcierto apenas tuvo un instante para darse cuenta de que no estaba sola.

Pues allí, emergiendo del diván, había una figura delgada vestida de blanco…

Pobre señora Maudsley.

No tuvo tiempo de advertir que la figura vestida de blanco estaba empuñando un violín y que este caía con gran fuerza y rapidez sobre su cabeza. Antes de que pudiera asimilar aquella escena, el violín chocó contra su cráneo, la envolvió la oscuridad y se desplomó en el suelo inconsciente.

Con los brazos extendidos de cualquier manera y el impecable pañuelo blanco todavía remetido en la correa del reloj, parecía que no quedaba una sola gota de vida en ella. Las pequeñas bocanadas de polvo que había despedido la alfombra cuando la señora Maudsley se derrumbó regresaron suavemente a su lugar.

Allí yació una buena media hora, hasta que al ama, a su regreso de la granja donde había estado recogiendo huevos, se le ocurrió asomar la cabeza por la puerta y vio una silueta oscura donde antes no había ninguna.

La figura de blanco se había esfumado.

❧

Mientras transcribía de memoria, la voz de la señorita Winter pareció llenar mi habitación con el mismo grado de realismo con que había llenado la biblioteca. Esa mujer tenía una forma de hablar que quedaba grabada en mi memoria y resultaba tan fidedigna como una grabación fonográfica. Pero al llegar a este punto, después de decir «La figura de blanco se había esfumado», se había detenido, así que yo también me detuve, dejé el lápiz flotando sobre la hoja y medité sobre lo que había sucedido después.

Había estado concentrada en el relato y, por tanto, tardé unos instantes en trasladar mis ojos del cuerpo tendido de la esposa del médico a la narradora. Cuando lo hice, me sentí consternada. La palidez habitual de la señorita Winter había adquirido un tono gris amarillento y el cuerpo, aunque siempre rígido, parecía en ese momento estar preparándose para una agresión invisible. El contorno de la boca le temblaba tanto que supuse que estaba a punto de perder la batalla por mantener los labios en una línea firme y que una mueca de dolor contenida se disponía a declararse vencedora.

Me levanté de la butaca alarmada, pero no tenía ni idea de qué debía hacer.

—Señorita Winter —exclamé impotente—, ¿qué le pasa?

—Mi lobo —creí oírle decir, pero el esfuerzo de hablar bastó para hacer que sus labios empezaran a tiritar.

Cerró los ojos, parecía luchar por regular la respiración. Justo cuando me disponía a echar a correr en busca de Judith, la señorita Winter recuperó el control. La agitación de su pecho amainó, los temblores de su cara cesaron y, aunque todavía estaba blanca como la muerte, abrió los ojos y me miró.

—Mejor… —dijo débilmente.

Despacio, regresé a mi butaca.

—Creo que dijo algo sobre un lobo —comencé.

—Sí. La bestia negra que me roe los huesos cada vez que se le presenta la oportunidad. Pasa la mayor parte del tiempo merodeando por los rincones y detrás de las puertas porque tiene miedo de ellas —dijo señalando las pastillas blancas que había en la mesa, a su lado—, pero no son eternas. Se acercan las doce y están perdiendo su efecto. El lobo me está olisqueando el cuello. A las doce y media estará clavándome los dientes y las garras; hasta la una, que es cuando podré tomarme otra pastilla y tendrá que regresar a su rincón. Vivimos pendientes del reloj, él y yo. Día a día se adelanta cinco minutos, pero no puedo tomar mis pastillas cinco minutos antes. Eso nunca cambia.

—Pero imagino que su médico…

—Naturalmente. Una vez a la semana o una vez cada diez días me ajusta la dosis, pero nunca es suficiente. No quiere ser él quien me mate, de modo que cuando llegue el momento, será el lobo el que acabe conmigo.

Me miró con dureza y después se aplacó.

—Las pastillas están aquí, mírelas; y el vaso de agua. Si lo deseara, yo misma podría precipitar mi final. En el momento que yo quisiera. Así que no se compadezca de mí. He elegido este otro camino porque tengo cosas que hacer.

Asentí.

—De acuerdo.

—Entonces sigamos con lo nuestro y hagamos esas cosas, ¿le parece? ¿Por dónde íbamos?

—La esposa del médico. En la sala de música. Con el violín.

Y continuamos con nuestro trabajo.

Charlie no estaba acostumbrado a enfrentarse a los problemas.

Y tenía problemas, un montón de problemas: agujeros en el tejado, ventanas rotas, palomas descomponiéndose en las habitaciones del desván, pero los ignoraba. O quizá vivía tan retirado del mundo que, sencillamente, no reparaba en ellos. Cuando la filtración de agua empezaba a resultar excesiva en una habitación, se limitaba a cerrarla y se trasladaba a otra. La casa, después de todo, era enorme. Me pregunto si, dentro de su torpeza mental, se daba cuenta de que otras personas mantenían sus hogares con esfuerzo, pero como el deterioro era su entorno natural, se sentía cómodo en él.

Aun así, la esposa de un médico aparentemente muerta en la sala de música era un problema que no podía pasar por alto. Si hubiera sido uno de nosotros... Pero una persona de fuera. Eso era otra cosa. Había que hacer algo, si bien no tenía la más mínima idea de qué podía ser ese algo, y cuando la esposa del médico se llevó una mano a la dolorida cabeza y gimió, la miró acongojado. Tal vez fuera estúpido, pero sabía lo que eso significaba: se avecinaba una catástrofe.

El ama envió a John-the-dig a por el médico y este llegó a su debido tiempo. Durante un rato el presentimiento de una catástrofe pareció infundado, pues se descubrió que el estado de la esposa del médico no era grave, pues tan solo sufría una conmoción leve. La mujer rechazó una copita de coñac, aceptó té y al rato estaba como nueva.

—Fue una mujer —dijo—. Una mujer de blanco.

—Tonterías —repuso el ama, tranquilizadora y desdeñosa a la vez—. En esta casa no hay ninguna mujer de blanco.

Las lágrimas brillaron en los ojos castaños de la señora Maudsley, pero se mantuvo firme.

—Sí, una mujer delgada tumbada en el diván. Oyó el piano, se levantó y...

—¿La viste detenidamente? —preguntó el doctor Maudsley.

—No, solo un momento...

—¿Lo ve? No puede ser —le interrumpió el ama, y aunque su voz era compasiva también fue firme—. No hay ninguna mujer de blanco. Debió de ver un fantasma.

Entonces la voz de John-the-dig se oyó por primera vez:

—Dicen que la casa tiene fantasmas.

El grupo contempló el violín roto abandonado en el suelo y se fi-

jó en el chichón que estaba formándose en la sien de la señora Maudsley, pero antes de que alguien pudiera opinar sobre la veracidad de
esa teoría Isabelle apareció en el umbral. Espigada y esbelta, lucía un
vestido de color amarillo claro; tenía el moño desarreglado y sus ojos,
aunque bellos, eran salvajes.

—¿Podría ser ella la persona que viste? —le preguntó el médico
a su esposa.

La señora Maudsley comparó a Isabelle con la imagen que retenía en su mente. ¿Cuántos tonos separan el blanco del amarillo claro? ¿Dónde está exactamente la frontera entre delgada y espigada?
¿Hasta qué punto un golpe en la cabeza puede afectar a la memoria
de una persona? Vaciló. Luego, reparando en los ojos de color esmeralda y encontrando su pareja exacta en su recuerdo, tomó una decisión:

—Sí, es ella.

El ama y John-the-dig evitaron mirarse.

A partir de ese momento, olvidándose de su esposa, el médico dirigió toda su atención a Isabelle. La miró detenida y amablemente,
con preocupación en el fondo de sus ojos, al tiempo que le hacía una
pregunta detrás de otra. Cuando Isabelle se negaba a responder se
mantenía impertérrito, pero cuando se dignaba contestar —malicio-
sa, impaciente o disparatada— escuchaba con atención, asintiendo
con la cabeza al tiempo que hacía anotaciones en su bloc de médico.
Al cogerle la muñeca para tomarle el pulso, reparó, alarmado, en los
cortes y cicatrices que marcaban la parte interna de su antebrazo.

—¿Se los hace ella misma?

Franca a su pesar, el ama murmuró:

—Sí.

El médico apretó los labios, preocupado.

—¿Puedo hablar un momento con usted, señor? —preguntó, volviéndose hacia Charlie. Él le miró sin comprender, pero el médico le

cogió del codo—. ¿Puede ser en la biblioteca? —Y lo sacó con firmeza de la estancia.

El ama y la esposa del médico esperaron en el salón fingiendo no prestar atención a los sonidos que llegaban de la biblioteca. Había un murmullo, no de voces, sino de una sola voz, serena y comedida. Cuando la voz calló escuchamos «No», y otro «¡No!», con la voz elevada de Charlie, y de nuevo el tono suave del médico. Estuvieron ausentes un buen rato, y se oyeron las reiteradas protestas de Charlie antes de que la puerta se abriera y el médico saliera con el semblante grave y agitado. Detrás de él estalló un alarido de desesperación e impotencia, pero el doctor simplemente hizo una mueca y cerró la puerta tras de sí.

—Hablaré con el hospital —le dijo el médico al ama—. Yo me encargaré del transporte. ¿Le parece bien a las dos en punto?

Desconcertada, el ama asintió con la cabeza y la esposa del médico se levantó para irse.

A las dos en punto tres hombres llegaron a la casa y acompañaron a Isabelle hasta una berlina que aguardaba fuera. Se entregó a ellos como un cordero, se instaló obediente en el asiento, en ningún momento miró por la ventanilla mientras los caballos trotaban despacio por el camino, en dirección a la verja de la casa del guarda.

Las gemelas, indiferentes, estaban dibujando círculos en la grava del camino con los dedos de los pies.

Charlie estaba en la escalinata, viendo empequeñecerse la berlina. Parecía un niño al que estaban arrebatando su juguete favorito y no podía creer —del todo no, todavía no— que aquello estuviera ocurriendo de verdad.

El ama y John-the-dig le observaban nerviosos desde el vestíbulo, esperando su reacción.

El carruaje alcanzó la verja y desapareció tras ella. Charlie se quedó mirando la verja abierta tres, cuatro, cinco segundos más. Luego su boca se abrió en un amplio círculo, espasmódico y trepidante, que dejó ver su lengua trémula, la rojez carnosa de su garganta, los hilos de baba cruzando la oscura cavidad. Nosotros le mirábamos hipnotizados, a la espera de que el espantoso sonido emergiera de su boca, pero el sonido no estaba preparado aún para salir. Durante unos segundos eternos siguió creciendo, amontonándose dentro de Charlie, hasta que todo su cuerpo pareció querer estallar de sonido contenido. Finalmente cayó de rodillas sobre la escalinata y el grito salió de su cuerpo. No fue el bramido de elefante que habíamos estado esperando, sino un bufido húmedo y nasal.

Las niñas levantaron la vista un momento, después volvieron impasibles a dibujar círculos. John-the-dig apretó los labios, se dio la vuelta y regresó al jardín y a su trabajo. No había nada que él pudiera hacer ahí. El ama se acercó a Charlie, colocó una mano consoladora en su hombro y trató de convencerle de que entrara en casa, pero él hacía oídos sordos a sus palabras y se limitaba a sorber y gimotear como un niño enrabietado.

Y eso fue todo.

※

¿Eso fue todo? Un final curiosamente discreto para la desaparición de la madre de la señorita Winter. Estaba claro que la señorita Winter no tenía muy buena opinión de las aptitudes maternales de Isabelle; de hecho, la palabra madre no parecía formar parte de su léxico. Supongo que era comprensible; por lo que había podido ver, Isabelle era la menos maternal de las mujeres. Así y todo, ¿quién era yo para juzgar las relaciones de otras personas con sus madres?

Cerré la libreta, metí el lápiz en la espiral y me levanté.

—Estaré fuera tres días —le recordé—. Regresaré el jueves.

Y la dejé a solas con su lobo.

El estudio de Dickens

Terminé de pasar a limpio las notas de esa jornada. Los doce lápices ya no tenían punta, de modo que me puse a afilarlos. Uno a uno, los introduje en el sacapuntas. Si giras la manivela de forma lenta y regular, a veces puedes conseguir que la viruta de madera con carboncillo se rice y cuelgue de una sola pieza hasta la papelera, pero esa noche estaba cansada y se quebraban constantemente bajo su propio peso.

Pensé en la historia. El ama y John-the-dig me inspiraban simpatía. Charlie e Isabelle me inquietaban. El médico y su esposa tenían la mejor de las intenciones, pero sospechaba que su intervención en la vida de las gemelas no iba a traer nada bueno.

Las gemelas me tenían desconcertada. Sabía lo que otra gente pensaba de ellas. John-the-dig pensaba que no podían hablar bien; el ama creía que no comprendían que las demás personas estaban vivas; los vecinos opinaban que estaban mal de la cabeza, pero desconocía —y eso resultaba más que curioso— qué pensaba la narradora. Cuando contaba su relato, la señorita Winter era una luz que lo ilumina todo salvo a sí misma. Era el punto que se perdía en el corazón de la narración. Hablaba de «ellos», últimamente había hablado de «nosotros», pero lo que me tenía perpleja era la ausencia del yo.

Si se lo preguntara, sé lo que me diría: «Señorita Lea, hicimos un trato». Ya le había hecho preguntas sobre uno o dos detalles de la historia, y aunque a veces contestaba, cuando no quería hacerlo me recordaba nuestro primer encuentro. «Nada de trampas. Nada de adelantarse. Nada de preguntas.»

De momento me resigné a vivir en la intriga. No obstante, esa misma noche sucedió algo que arrojó cierta luz sobre el asunto.

Había ordenado mi escritorio y estaba haciendo la maleta cuando llamaron a la puerta. Abrí y encontré a Judith en el pasillo.

—La señorita Winter desea saber si dispone de un momento para ir a verla. —No me cabía duda de que era la traducción cortés de Judith de un seco «Tráigame a la señorita Lea».

Terminé de doblar una blusa y bajé a la biblioteca.

La señorita Winter estaba sentada en su lugar de siempre y el fuego ardía en la chimenea, pero, por lo demás, en la estancia reinaba la oscuridad.

—¿Quiere que encienda algunas luces? —pregunté desde la puerta.

—No —fue su fría respuesta, y eché a andar por el pasillo hacia ella. Los postigos estaban abiertos y el cielo oscuro, bañado de estrellas, se reflejaba en los espejos.

Cuando llegué a su lado la luz danzarina del fuego me permitió advertir que la señorita Winter estaba absorta en sus pensamientos. Me senté en mi sitio y, arrullada por el calor del fuego, contemplé en silencio el cielo nocturno. Transcurrió un cuarto de hora mientras ella rumiaba y yo esperaba.

Entonces habló.

—¿Ha visto alguna vez el retrato de Dickens en su estudio? Lo pintó un hombre llamado Buss, creo. Tengo una reproducción por ahí, ya se la buscaré. En el retrato Dickens ha empujado la silla del escritorio hacia atrás y está dormitando con los ojos cerrados y su barbudo mentón sobre el pecho. Lleva puestas las zapatillas. Alrededor de su cabeza flotan personajes de sus libros como si fueran

humo de cigarrillo; algunos se apiñan sobre los papeles del escritorio, otros se han deslizado detrás de él o han descendido, como si se
creyeran capaces de caminar con sus pies por el suelo. ¿Y por qué
no? Sus trazos son tan fuertes como los del propio escritor, así que
¿por qué no deberían ser tan reales como él? Son más reales que los
libros de las estanterías, esbozados con una línea apenas visible y
discontinua que en algunos lugares se desvanece en una nada fantasmagórica.

»Se estará preguntando por qué recordar ahora ese retrato. Si lo
recuerdo con tanta precisión es porque refleja perfectamente la forma en que yo he vivido mi propia vida. He cerrado la puerta de mi estudio al mundo y me he recluido con mis personajes. Durante casi sesenta años he escuchado a hurtadillas y con total impunidad las vidas
de seres imaginarios. He mirado descaradamente en corazones y re-
tretes. Me he arrimado a sus hombros para seguir el movimiento de
plumas que escribían cartas de amor, testamentos y confesiones. He
observado a enamorados amarse, a asesinos matar, a niños jugar con
la imaginación. Cárceles y burdeles me han abierto sus puertas; ga-
leones y caravanas de camellos han cruzado mares y desiertos conmigo; siglos y continentes se han esfumado a mi antojo. He espiado las
fechorías de los poderosos y he sido testigo de la nobleza de los su-
misos. Tanto me he inclinado sobre personas que dormían en sus le-
chos que es posible que hayan notado mi aliento en sus caras. He visto sus sueños.

»Mi estudio está abarrotado de personajes que están esperando a
ser escritos. Personas imaginarias, deseosas de una vida, que me tiran
de la manga, gritando: "¡Ahora yo! ¡Venga! ¡Me toca a mí!". Tengo
que elegir. Y en cuanto ya he elegido, el resto calla durante diez meses o un año, hasta que llego al final de una historia y el clamor se rea-
nuda.

»Y de vez en cuando, a lo largo de todos estos años, he levantado la cabeza de la hoja (al final de un capítulo, al detenerme para pensar con calma después de una escena de muerte o simplemente buscando la palabra justa) y he visto una cara detrás de la multitud. Una cara familiar. Tez clara, cabello pelirrojo, ojos verdes. Sé perfectamente quién es, pero nunca deja de sorprenderme verla. Siempre me pilla desprevenida. Muchas veces ha abierto la boca para hablarme, pero durante décadas estuvo demasiado lejos para que yo pudiera oírla y, además, en cuanto me percataba de su presencia, yo desviaba la mirada y fingía no haberla visto. Creo que no se dejaba engañar.

»La gente se pregunta por qué soy tan prolífica. Pues bien, el motivo es ella. Si he empezado un libro nuevo cinco minutos después de haber terminado el último se debe a que levantar la vista del escritorio significaría encontrarme con su mirada.

»Los años han pasado; el número de mis libros en los estantes de las librerías ha crecido y, por consiguiente, la multitud de personajes que flotan por mi estudio ha menguado. Con cada libro que he escrito el murmullo de las voces se ha hecho más quedo, la sensación de ajetreo en mi cabeza ha disminuido. El número de rostros reclamando mi atención ha bajado, y siempre, detrás del grupo pero un poco más próxima con cada libro, ahí está ella. La niña de los ojos verdes. Esperando.

»Llegó el día en que terminé la versión final de mi último libro. Escribí la última frase y puse el punto final. Ya sabía lo que iba a ocurrir. La estilográfica se me resbaló de la mano y cerré los ojos. "Ahora —le oí decir, o puede que lo dijera yo—, ya sólo quedamos tú y yo."

»Discutí un rato con ella. "No saldrá bien —le dije—. Ha pasado mucho tiempo, yo era solo una niña, lo he olvidado todo." En realidad hablaba por hablar. "Pero yo no lo he olvidado —dice ella—. Recuerdas cuando…"

»Hasta yo reconozco lo inevitable cuando lo tengo delante. Sí, lo recuerdo.

La tenue vibración en el aire se detuvo. Mi mirada viajó desde las estrellas hasta la señorita Winter. Sus ojos verdes estaban clavados en un punto de la habitación como si en ese preciso instante estuvieran viendo a la niña de ojos verdes y pelo cobrizo.

—La niña es usted.

—¿Yo? —La señorita Winter desvió la mirada de la niña fantasma y se volvió hacia mí—. No, no soy yo. Ella es… —titubeó—. Es alguien que fue yo. Esa niña dejó de existir hace mucho, mucho tiempo. Su vida terminó la noche del incendio con la misma certeza que si hubiera perecido entre las llamas. La persona que tiene ahora delante no es nada.

—Pero su carrera… las historias…

—Cuando no somos nada, inventamos. Llenamos un vacío.

Guardamos silencio y contemplamos el fuego. De vez en cuando la señorita Winter se frotaba distraídamente la palma de la mano.

—Su ensayo sobre Jules y Edmond Landier —comenzó al cabo de un rato.

Me volví hacia ella con recelo.

—¿Por qué los eligió como tema? ¿Sentía por ellos un interés especial, una atracción personal?

Negué con la cabeza.

—Por nada en particular.

Y a partir de ese momento solo existió la quietud de las estrellas y el chisporroteo del fuego.

Aproximadamente una hora después, cuando las llamas estaban más bajas, habló por tercera vez.

—Margaret. —Creo que era la primera vez que me llamaba por mi nombre de pila—. Mañana, cuando se vaya…

—¿Sí?

—Volverá, ¿verdad?

Era difícil evaluar la expresión de su cara con la luz parpadeante y mortecina de la chimenea, y también era difícil determinar hasta qué punto el temblor de su voz era efecto de la fatiga o de la enfermedad, pero tuve la impresión, justo antes de responder «Sí, por supuesto que volveré», de que la señorita Winter estaba asustada.

A la mañana siguiente Maurice me llevó a la estación y tomé el tren en dirección sur.

Los almanaques

¿Qué mejor lugar para iniciar mis indagaciones que en casa, en la librería? Los anuarios viejos me fascinaban. Desde que era niña, cuando me aburría, cuando sentía angustia o miedo me acercaba a esos estantes para hojear las páginas repletas de nombres, fechas y apuntes. Entre sus tapas se resumían vidas pasadas en unas pocas líneas rigurosamente neutras. En aquel mundo los hombres eran baronets, obispos o ministros, y las mujeres, esposas e hijas. No había ninguna anotación que revelara si a esos hombres les gustaba desayunar riñones, ningún apunte señalaba a quién amaban o qué les daba miedo en la oscuridad cuando apagaban la vela por la noche. No había ningún dato personal. Así pues, ¿qué era lo que me conmovía tanto de esos breves comentarios sobre las vidas de hombres fallecidos? Simplemente el hecho de que eran hombres, de que habían vivido, de que ahora estaban muertos.

Cuando los leía, sentía una agitación dentro de mí. Dentro de mí, pero no de mí. Cuando leía las listas, la parte de mí que ya se encontraba en el otro lado despertaba y me acariciaba.

Nunca expliqué a nadie por qué los almanaques significaban tanto para mí, ni siquiera decía que me gustaban. No obstante, mi padre reparó en mi afición, y siempre que salían a subasta ese tipo de volúmenes, se aseguraba de conseguirlos. En consecuencia, todos los muertos ilustres del país desde hacía muchas generaciones pasaban su vida después de la muerte en la tranquilidad de los estantes de nuestra segunda planta. Y yo era su única compañía.

Y en esa segunda planta, acurrucada en el asiento de la ventana, estaba yo volviendo las páginas cargadas de nombres. Había encontrado al abuelo de la señorita Winter, George Angelfield. No era baronet, ni ministro, ni obispo, pero ahí estaba. El apellido era de origen aristocrático; habían ostentado un título, pero unas generaciones atrás se había producido una escisión en la familia: el título había ido en una dirección, el dinero y la finca en otra. Su abuelo pertenecía a esta segunda línea. Los almanaques solían seguir los títulos, pero la conexión era lo bastante estrecha para merecer una entrada, de modo que ahí estaba: Angelfield, George; su fecha de nacimiento; residió en la casa de Angelfield, Oxfordshire; casado con Mathilde Monnier de Reims, nacida en Francia; un hijo, Charles. Siguiendo su rastro a través de los almanaques de años posteriores, una década más tarde encontré una enmienda: un hijo, Charles, y una hija, Isabelle. Después de volver algunas páginas más, hallé la confirmación del fallecimiento de George Angelfield y, buscándola a ella por el apellido de su marido, March, Roland, el enlace de Isabelle.

Por un momento me hizo gracia pensar que había hecho todo el viaje hasta Yorkshire para escuchar la historia de la señorita Winter cuando siempre había estado ahí, en los almanaques, unos metros por debajo de mi cama. Luego, no obstante, empecé a pensar con lucidez. ¿Qué demostraba esa información impresa? Únicamente que George y Mathilde y sus hijos Charles e Isabelle habían existido. ¿Cómo sabía yo que la señorita Winter no había encontrado esos nombres de la misma forma que yo, hojeando aquellos volúmenes? Había almanaques en cualquier biblioteca de todo el país. Quienquiera que lo deseara podía consultarlos. ¿Y si la señorita Winter había encontrado una colección de nombres y fechas y había bordado una historia en torno a ella para entretenerse?

Además de mis recelos, tenía otro problema: Roland March había fallecido y la información sobre Isabelle terminaba con aquella muerte. Los anuarios configuraban un mundo extraño. En el mundo real, las familias se ramificaban como los árboles, la sangre mezclada por medio de uniones maritales pasaba de una generación a la siguiente creando una red de conexiones cada vez más extensa. Los títulos, en cambio, pasaban exclusivamente de un hombre a otro, la estrecha progresión lineal que los almanaques gustaban de resaltar. A cada lado de la línea correspondiente al título aparecían unos pocos hermanos más jóvenes, sobrinos y primos, que estaban lo bastante cerca para caer dentro del círculo de luz del almanaque. Hombres que podrían haber sido lords o baronets. Y aunque no se decía, hombres que aún estaban a tiempo de serlo si se producía una determinada sucesión de tragedias. Pero después de cierto número de ramificaciones en el árbol genealógico, esos nombres caían de los márgenes y desaparecían en el éter. Ninguna combinación de naufragios, pestes y terremotos sería tan poderosa como para devolver a esos primos terceros a un lugar destacado. El almanaque tenía sus límites. Y así sucedía con Isabelle: ella era mujer; sus hijas eran hembras; su marido (que no era lord) había muerto, y su padre (que no era lord) también había muerto. El almanaque cortaba las amarras a Isabelle y a sus hijas, dejando caer a las tres en el vasto océano de la gente corriente, cuyos nacimientos y muertes y matrimonios son, al igual que sus amores y sus miedos y su desayuno preferido, demasiado insignificantes para dejar constancia de ellos para la posteridad.

Pero Charlie era varón. El anuario podía estirarse —lo justo— para incluirlo, si bien la nube de la insignificancia ya empezaba a proyectar su sombra sobre él. La información era escasa. Se llamaba Charles Angelfield. Había nacido. Vivía en Angelfield. No estaba casado. No estaba muerto. Para el almanaque bastaba con esa información.

Consulté un volumen tras otro, encontré una y otra vez la misma reseña raquítica. Con cada nuevo tomo me decía que ese sería el año en que lo excluirían, pero ahí estaba año tras año, todavía Charles Angelfield, todavía de Angelfield, aún soltero. Hice un repaso de lo que la señorita Winter me había contado acerca de Charlie y su hermana, y me mordí el labio mientras daba vueltas al significado de su prolongada soltería.

Entonces, cuando Charlie debía de rondar los cincuenta, tropecé con una sorpresa. Su nombre, su fecha de nacimiento, su lugar de residencia y un extraña abreviatura, DF, en la que no había reparado antes.

Consulté la lista de abreviaturas.

DF: declaración de fallecimiento.

Regresé a la entrada de Charlie y me quedé mucho rato observándola con el entrecejo fruncido, como si por el hecho de mirarla fijamente fuera a emerger, en el grano o en la filigrana del papel, la solución del enigma.

Ese año lo habían declarado muerto. Que yo supiera, se solicitaba una declaración de fallecimiento cuando una persona desaparecía, y, transcurrido cierto tiempo, la familia, por motivos de herencia, y pese a no disponer de pruebas ni de cadáver podía conseguir su patrimonio como si estuviese muerta. Creía recordar que una persona debía llevar siete años desaparecida antes de que pudiera ser declarada muerta. Quizá hubiera fallecido durante ese período de tiempo. O puede que no estuviera muerta, sino que simplemente se había marchado, se había perdido o vivía errante, lejos de todas las personas que la habían conocido. Pero que alguien estuviera legalmente muerto no siempre significaba que estuviera físicamente muerto. ¿Qué clase de vida era esa, me pregunté, que podía terminar de una forma tan vaga, tan insatisfactoria? DF.

Cerré el almanaque, lo devolví al estante y bajé a la librería para prepararme un chocolate caliente.

—¿Qué sabes de los trámites legales que hay que seguir para que alguien sea declarado muerto? —le pregunté a papá mientras esperaba ante el cazo de la leche que tenía al fuego.

—Supongo que no mucho más que tú —fue su respuesta.

Entonces apareció en el umbral y me tendió una de las sobadas tarjetas de nuestros clientes.

—Este es el hombre a quien deberías preguntárselo. Es catedrático de derecho retirado. Ahora vive en Gales, pero viene aquí todos los veranos para curiosear y dar paseos junto al río; un tipo agradable. ¿Por qué no le escribes? De paso podrías preguntarle si quiere que le guarde el *Justitiae Naturalis Principia*.

Cuando terminé mi chocolate, regresé al almanaque para averiguar más cosas sobre Roland March y su familia. Su tío había tenido escarceos con la pintura, y cuando fui a la sección de historia del arte para ahondar en ese dato, descubrí que sus retratos —si bien en aquel momento eran considerados mediocres— habían estado muy en boga durante un breve período. El *English Provincial Portraiture* de Mortimer contenía la reproducción de un retrato temprano realizado por Lewis Anthony March, titulado *Roland, sobrino del pintor*. Resulta extraño contemplar el rostro de un muchacho que todavía no es del todo un hombre en busca de los rasgos de una anciana, su hija. Dediqué unos minutos a estudiar sus facciones carnosas y sensuales, su cabello rubio y brillante, la postura relajada de su cabeza.

Cerré aquel libro. Estaba perdiendo el tiempo. Aunque invirtiera todo el día y toda la noche, sabía que no encontraría nada sobre las gemelas que Roland había engendrado.

En los archivos del «Banbury Herald»

Al día siguiente tomé el tren a Banbury y las oficinas del *Banbury Herald*.

Un hombre joven me enseñó los archivos. Quizá la palabra archivo impresione a quien no los ha frecuentado apenas, pero a mí, que durante años he pasado mis vacaciones en ellos, no me sorprendió que me invitaran a pasar a una especie de armario sin ventanas metido en un sótano.

—El incendio de una casa en Angelfield —expliqué brevemente—, hace unos sesenta años.

El muchacho me mostró el estante donde guardaban los legajos del período en cuestión.

—Le bajaré las cajas.

—Y la sección de literatura de hace unos cuarenta años, pero no estoy segura del año exacto.

—¿Páginas de literatura? No sabía que el *Herald* hubiera tenido en otra época sección de literatura. —Desplazó la escalera de mano, rescató otra colección de cajas y las colocó junto a la primera sobre una larga mesa, debajo de una potente luz—. Aquí las tiene —dijo animadamente, y me dejó a solas con mi tarea.

El incendio de Angelfield, averigüé, probablemente fue accidental. En aquellos tiempos la gente solía almacenar combustible y eso fue lo que hizo que el fuego se extendiera con tanta virulencia. En aquel momento solo se hallaban en la casa las dos sobrinas del propietario; ambas habían escapado al fuego y se encontraban en el hospital. Se creía que el propietario estaba de viaje. (Se creía... me dije, extrañada. Anoté las fechas: todavía tendrían que pasar seis años para la declaración de fallecimiento.) La noticia terminaba con algunos comentarios sobre el valor arquitectónico de la casa y señalaba que su estado era ruinoso.

Copié la historia y eché un vistazo a los titulares de números posteriores en busca de más información, pero como no encontré nada guardé los periódicos y me concentré en las demás cajas.

«Cuénteme la verdad», había dicho él; el joven del traje anticuado que había entrevistado a Vida Winter para el *Banbury Herald* hacía cuarenta años. Y ella no había olvidado sus palabras.

La entrevista no aparecía por ningún lado. Ni siquiera había nada que pudiera llamarse sección de literatura. Los únicos artículos literarios eran algunas que otras reseñas de libros tituladas «Quizá le gustaría leer...», escritas por una crítica llamada señorita Jenkinsop. Mis ojos tropezaron en dos ocasiones con el nombre de la señorita Winter. Era evidente que la señorita Jenkinsop había leído las novelas de la señorita Winter y que le habían gustado; sus elogios, aunque expresados con escasa erudición, eran entusiastas y merecidos, pero estaba claro que la mujer no había conocido a la escritora y que ella no era el hombre del traje marrón.

Cerré el último periódico, lo doblé y lo devolví cuidadosamente a su caja.

El hombre del traje marrón era una invención suya; un recurso para atraparme; la mosca con la que el pescador ceba su sedal para atraer a los peces. Era de esperar. Quizá fuera la confirmación de la existencia de George y Mathilde, de Charlie e Isabelle, lo que me había llevado a hacerme la ilusión de su veracidad. Ellos, por lo menos, eran reales; pero el hombre del traje marrón, no.

Me puse el sombrero y los guantes, abandoné las oficinas del *Banbury Herald* y salí a la calle.

Mientras recorría las invernales aceras buscando un café recordé la carta que la señorita Winter me había enviado. Recordé las palabras del hombre del traje marrón y la forma en que habían resonado en las vigas de mis habitaciones bajo el alero. Pero el hombre del traje marrón era un producto de su imaginación. Debí haberlo supuesto. ¿Acaso la señorita Winter no era una inventora de historias? Una cuentista, una fabulista, una embustera. Y el ruego que tanto me había conmovido —«Cuénteme la verdad»— había sido pronunciado por un hombre que ni siquiera era real.

No supe explicarme el sabor tan amargo de mi decepción.

Ruinas

Desde Banbury tomé un autobús.

—¿Angelfield? —dijo el conductor—. El autobús no llega hasta Angelfield, al menos de momento. Tal vez cambie el recorrido cuando hayan construido el hotel.

—¿Piensan construir uno allí?

—Están echando abajo una casa en ruinas para construir un hotel de lujo. Puede que entonces pongan un servicio de autobuses para el personal, pero lo mejor que puede hacer ahora es bajarse en el Hare and Hounds de Cheneys Road y seguir a pie. Un kilómetro y medio más o menos, creo.

No había mucho que ver en Angelfield. Una sola calle cuyo letrero de madera rezaba, con lógica simplicidad, The Street. Pasé por delante de una docena de casitas adosadas por pares. Aquí y allá sobresalía algún rasgo diferenciador —un tejo alto, un columpio, un banco de madera—, pero por lo demás cada casita, con su elaborado tejado de paja, los aguilones blancos y el sobrio enladrillado, parecía el reflejo de su vecina.

Las ventanas daban a unos prados bien delimitados con setos y salpicados de árboles. Algo más lejos se divisaban vacas y ovejas, y más allá todavía una superficie densamente arbolada detrás de la cual, según mi mapa, estaba el parque de ciervos. No había aceras, pero tampoco importaba porque no había tráfico. De hecho, no vi señales de presencia humana hasta que dejé atrás la última casa y llegué a una tienda que hacía las veces de oficina de correos.

Dos niños con impermeables amarillos salieron de la tienda y echaron a correr carretera abajo, adelantándose a su madre, que se había detenido en el buzón. Rubia y menuda, estaba intentando pegar los sellos en los sobres sin que se le cayera el periódico que sujetaba bajo el brazo. El niño, ya un muchacho, alargó una mano para echar el envoltorio de su caramelo en la papelera clavada a un poste que había en el borde de la carretera. Cuando fue a coger el envoltorio de su hermana, esta se resistió.

—¡Puedo yo sola! ¡Puedo yo sola!

La niña se puso de puntillas, y desoyendo las protestas de su hermano estiró el brazo y lanzó el papel en dirección a la boca de la papelera. Un golpe de brisa se lo llevó volando al otro lado de la carretera.

—¡Te lo dije!

Ambos niños se dieron la vuelta y echaron a correr, pero al verme frenaron en seco. Dos flequillos rubios se desplomaron sobre dos pares de ojos castaños de idéntico contorno. Dos bocas se abrieron con la misma expresión de asombro. No, no eran gemelos, pero casi. Me agaché a recoger el papel y se lo tendí. La niña, deseosa de recuperarlo, hizo ademán de adelantarse. Su hermano, más prudente, alargó un brazo para cortarle el paso y exclamó:

—¡Mamá!

La mujer rubia, que nos observaba desde el buzón, había contemplado la escena.

—Está bien, deja que lo coja. —La niña cogió el papel de mi mano sin levantar la vista—. Dale las gracias —dijo la madre.

Los niños obedecieron de manera comedida, se dieron la vuelta y partieron dando saltos de alivio. Esa vez la mujer aupó a su hija para que llegara a la papelera y mientras lo hacía se volvió hacia mí y observó mi cámara fotográfica con discreta curiosidad.

En Angelfield ningún forastero podía pasar inadvertido.

Esbozó una sonrisa reservada.

—Que tenga un buen paseo —dijo, y se giró para seguir a sus hijos, que ya habían echado a correr en dirección a las casas adosadas.

Los vi alejándose.

Los niños corrían acechándose y persiguiéndose como si estuvieran unidos por una cuerda invisible. Alteraban el rumbo caprichosamente y hacían cambios de velocidad imprevisibles con una sincronización telepática; parecían dos bailarines moviéndose al compás de una misma música interna, dos hojas atrapadas en la misma brisa. Era algo extraño y al mismo tiempo completamente natural. Me habría quedado más tiempo observándolos, pero temerosa de que se dieran la vuelta y me descubrieran mirando, me obligué a reemprender mi camino.

Tras recorrer unos cientos de metros las verjas de la casa del guarda aparecieron ante mi vista. Las verjas propiamente dichas no solo estaban cerradas, sino soldadas al suelo y entre sí por retorcidas vueltas de hiedra que entraban y salían de la elaborada artesanía de metal. Sobre las verjas, dominando la carretera, se alzaba una arco de piedra clara cuyos extremos terminaban en sendos edificios pequeños, de una sola estancia, provistos de ventanas. De una de ellas pendía una hoja de papel. Como lectora empedernida que soy, no pude resistir la tentación, así que me encaramé a la hierba alta y húmeda para leerla. Pero era un aviso fantasma. Todavía podía verse el logotipo policromo de una constructora, pero debajo solo podían distinguirse dos manchas grises que parecían párrafos y, una pizca más oscura, la sombra de una firma. Debían de haber sido letras, pero varios meses de fuerte sol habían desteñido su significado.

Estaba segura de que tendría que caminar un largo tramo alrededor de la linde para dar con una entrada, pero apenas después de unos pasos llegué a una pequeña puerta de madera abierta en un muro con un simple pestillo para asegurarla. En un instante ya estaba dentro.

En el camino que en otros tiempos había sido de grava, las piedrecillas se mezclaban con parches de tierra desnuda y hierba achaparrada. Conducía, dibujando una larga curva, hasta una pequeña iglesia de piedra y sílex con un cementerio, después doblaba en la otra dirección y transcurría por detrás de una franja de árboles y arbustos que ocultaban la vista. La maleza invadía ambos lados del camino; ramas de matorrales diversos se peleaban por un espacio mientras, a sus pies, el pasto y la mala hierba penetraban en todos los huecos que podían encontrar.

Me encaminé hacia la iglesia. Reconstruida en la época victoriana, conservaba la sobriedad de sus orígenes medievales. Pequeño y compacto, el chapitel se dirigía hacia el cielo sin tratar de agujerearlo. La iglesia estaba situada en el vértice de la curva de grava; cuando estuve algo más cerca desvié la mirada de la entrada del cementerio hacia la vista que se estaba abriendo a mi otro lado. Con cada paso que daba el panorama se ampliaba un poco más, hasta que finalmente la mole de piedra clara que era la casa de Angelfield apareció ante mis ojos. Me detuve en seco.

La casa descansaba en un ángulo inverosímil. Si llegabas por el camino de grava ibas a parar a una esquina del edificio, y no estaba claro qué lado era la fachada. Parecía como si la casa supiera que debía recibir a sus visitantes de cara, pero en el último momento no pudiera reprimir el impulso de darse la vuelta y mirar hacia el parque de ciervos y los bosques que se extendían más allá de los bancales. El visitante no era recibido por una cálida sonrisa, sino por una espalda fría.

Los demás detalles de su aspecto externo solo hacían que aumentar esa sensación de inverosimilitud. La planta era asimétrica. Tres grandes salientes, de cuatro plantas de altura cada uno, sobresalían del cuerpo principal, y sus doce ventanas anchas y altas eran el único toque de orden y armonía que ofrecía la fachada. En el resto de la casa las ventanas estaban repartidas sin orden ni concierto, no había dos iguales, ninguna coincidía con su vecina de arriba o de abajo, de la derecha o de la izquierda. Por encima de la tercera planta una balaustrada trataba de envolver la dispar arquitectura en un único abrazo, pero aquí y allá una piedra prominente, un saliente o una ventana absurda echaban por tierra su esfuerzo, así que la balaustrada desaparecía para arrancar de nuevo en el otro lado del obstáculo. Por encima de ella se elevaba un horizonte irregular de torres, atalayas y chimeneas de color miel.

¿Una casa en ruinas? La mayor parte de la piedra dorada tenía un aspecto tan limpio y fresco que parecía recién salida de la cantera. Lógicamente, la intrincada sillería de las atalayas estaba algo desgastada y la balaustrada se estaba desmoronando en algunas partes, pero no podía decirse que el estado de la casa fuera ruinoso. Al verla con el cielo azul de fondo, los pájaros sobrevolando las torres y rodeada de hierba verde, no me costó nada imaginármela habitada.

Entonces me puse las gafas y comprendí.

Las ventanas no tenían vidrios y los marcos estaban, cuando no podridos, calcinados. Lo que había tomado por sombras sobre las ventanas del ala derecha eran manchas de tizne. Y los pájaros que hacían piruetas en el cielo no descendían en picado detrás de la casa, sino dentro de ella. El edificio no tenía tejado. No era una casa, era su estructura.

Volví a quitarme las gafas y el lugar se transformó en una impecable casa isabelina. ¿Sería posible sentir alguna inquietante amenaza si el cielo estuviera teñido de añil y la luna desapareciera de repente detrás de las nubes? Tal vez. Pero dibujada contra aquel cielo azul, la casa era la imagen de la inocencia.

Un barrera bloqueaba el camino. Tenía colgado un aviso. «Peligro. No pasar». Al reparar en la ranura donde convergían las dos secciones de la barrera, retiré una, entré y la volví a colocar en su sitio.

Después de doblar la fría esquina fui a parar a la fachada de la casa. Entre el primer y el segundo saliente seis escalones bajos y anchos conducían a una puerta de madera de doble hoja. Los escalones estaban flanqueados por dos pedestales bajos sobre los que descansaban sendos gatos enormes, esculpidos en un material oscuro y lustroso. Las curvas de su anatomía estaban talladas con tanto realismo que cuando deslicé mis dedos por la superficie de uno de ellos casi esperé tocar pelo y la fría dureza de la piedra me sobresaltó.

La ventana de la planta baja del tercer saliente era la que tenía las manchas de tizne más oscuras. Encaramada a un trozo caído de mampostería, alcancé la altura suficiente para asomarme al interior. Aquella visión me produjo un profundo desasosiego. El concepto de habitación reúne algo universal, algo familiar para todos. Aunque mi dormitorio sobre la librería, mi dormitorio de la infancia en casa de mis padres y mi dormitorio en casa de la señorita Winter difieren enormemente, los tres comparten ciertos elementos, elementos que permanecen invariables en todas partes y para todas las personas. Hasta un campamento temporal tiene algo en lo alto para resguardar de la intemperie, un espacio para que la persona entre, se mueva y salga, y algo que le permite diferenciar el interior del exterior. Allí no había nada de eso.

Las vigas se habían desmoronado, algunas solo por un extremo, de tal manera que cortaban el espacio en diagonal y descansaban sobre los montones de mampostería, carpintería y demás materiales confusos que llenaban la habitación hasta la altura de la ventana. Viejos nidos de pájaro ocupaban algunos rincones y recovecos. Probablemente los pájaros habían llevado semillas consigo; la nieve y la lluvia habían entrado a raudales junto con la luz del sol, así que por increíble que pareciera en ese espacio ruinoso estaban creciendo plantas; divisé las ramas marrones de una budelia y saúcos larguiruchos que apuntaban hacia la luz. La hiedra trepaba por las paredes como si fuera el dibujo de un papel pintado. Estirando el cuello miré hacia arriba y ante mi vista se abrió un oscuro túnel. Las cuatro paredes seguían intactas, pero no vi ningún techo, solo cuatro vigas gruesas espaciadas de un modo irregular seguidas de otro espacio vacío coronado por algunas vigas más, y así sucesivamente. Al final del túnel había luz. Era el cielo.

Ni siquiera un fantasma podría sobrevivir en aquel lugar.

Resultaba casi imposible imaginar que en otros tiempos allí había habido cortinajes, tapices, muebles y cuadros; que arañas de luces habían iluminado lo que ahora iluminaba el sol. ¿Qué había sido esa estancia? ¿Un salón, una sala de música, un comedor?

Escruté la masa de escombros apiñada en la habitación. Entre el revoltijo de materiales irreconocibles que en otra época habían formado un hogar algo atrajo mi atención. Al principio me había parecido una viga medio caída, pero no era lo bastante gruesa, y tenía aspecto de haber estado sujeta a la pared. Ahí había otra, y otra. Estos tablones parecían tener muescas a intervalos regulares, como si otros trozos de madera hubieran estado en otros tiempos unidos a ellos formando ángulos rectos. De hecho allí, en un rincón, descansaba un tablón donde esos trozos seguían presentes.

Un escalofrío me subió por la espalda.

Esas vigas eran estanterías. Ese revoltijo de naturaleza y arquitectura desmoronada era una biblioteca.

En algún momento, sin darme cuenta, había cruzado la ventana sin cristal.

Avancé con cuidado, tanteando el suelo a cada paso. Miré en rincones y grietas, pero no vi ningún libro. Aunque tampoco esperara verlos, pues nunca sobrevivirían en esas condiciones, no había podido resistir la tentación de echar un vistazo.

Durante unos minutos me concentré en hacer fotografías. Fotografié los marcos de las ventanas, las tablas de madera que antaño habían sostenido libros, la pesada puerta de roble y su colosal marco.

Tratando de obtener el mejor encuadre de la gran chimenea de piedra, estaba inclinando un poco el torso hacia un lado cuando me detuve. Tragué saliva, noté los latidos ligeramente acelerados de mi corazón. ¿Había oído algo? ¿Había sentido algo? ¿Se había alterado la disposición de los escombros bajo mis pies? Pero no. No era nada. Aun así, crucé con tiento hasta el otro lado de la habitación, donde había un boquete en la mampostería lo bastante grande para atravesarlo.

Fui a parar al vestíbulo principal, donde se erigía la alta puerta de doble hoja que había visto desde el exterior. La escalera, al ser de piedra, había sobrevivido al incendio. Un amplio arco ascendente; el pasamanos y la balaustrada cubiertos de hiedra; pero las sólidas líneas de su arquitectura estaban limpias; una curva grácil que se ensanchaba en la base como una caracola. Una especie de elegante apóstrofo invertido.

La escalera subía hasta una galería que en otra época probablemente había abarcado todo el ancho del vestíbulo. A un lado solo había un borde de tablas de madera dentadas y una pendiente hasta el suelo de piedra de la planta baja. El otro lado estaba casi completo. Restos de un pasamanos a lo largo de la galería y un pasillo. Un techo, manchado pero intacto; un suelo, e incluso puertas. Era la primera zona de la casa que había visto que parecía haber escapado a la destrucción total. Parecía un lugar habitable.

Hice unas fotos rápidas y, tanteando cada nueva tabla bajo mis pies antes de trasladar el peso del cuerpo, avancé cautelosamente por el pasillo.

El pomo de la primera puerta se abrió a un precipicio, ramas y un cielo azul. Ni paredes, ni techo, ni suelo, solo aire fresco del exterior.

Cerré la puerta y seguí caminando por el pasillo, decidida a no dejarme intimidar por los peligros del lugar. Vigilando en todo momento dónde pisaba, alcancé la segunda puerta. Giré el pomo y dejé que la puerta se abriera por su propio impulso.

¡Había movimiento!

¡Mi hermana!

Casi di un paso hacia ella.

Casi.

Entonces lo comprendí: era un espejo, empañado por la mugre y salpicado de manchas oscuras que semejaban tinta.

Miré el suelo que había estado a punto de pisar. No había tablas, solo una pendiente en caída de seis metros sobre duras losas de piedra.

Aunque ya era consciente de lo que había visto, mi corazón seguía desbocado. Levanté la mirada y allí estaba ella; una chiquilla de rostro pálido y ojos oscuros, una figura indefinida, confusa, temblando dentro del viejo marco.

Ella me había visto. Tenía una mano anhelante tendida hacia mí, como si yo solo tuviera que dar unos pasos para cogerla. Y bien mirado, ¿no sería esa la solución más sencilla, dar unos pasos y reunirme finalmente con ella?

¿Cuánto tiempo me quedé observándola mientras me esperaba?

—No —susurré, pero su brazo seguía haciéndome señas—. Lo siento. —Dejó caer el brazo lentamente.

Entonces levantó la cámara y me hizo una foto.

Lo lamenté por ella. Las fotos hechas a través de un cristal nunca salen. Lo sé muy bien; lo he probado muchas veces.

Me detuve ante la tercera puerta, con la mano en el pomo. La regla de tres, había dicho la señorita Winter. Pero ya no estaba de humor para continuar averiguando sobre su historia. Su casa llena de peligros, con su lluvia interior y el espejo engañoso, había dejado de interesarme.

Decidí marcharme. ¿Fotografiar la iglesia? Ni siquiera eso. Iría a la tienda del pueblo; pediría un taxi por teléfono, iría a la estación y de allí a casa.

Haría todo eso dentro de un minuto. En aquel instante solo quería quedarme así, con la cabeza apoyada en la puerta, los dedos sobre el pomo, indiferente a lo que pudiera haber al otro lado, esperando a que mis lágrimas se secaran y mi corazón se calmara.

Esperé.

Y de repente, bajo mis dedos, el pomo de la tercera puerta empezó a girar solo.

El gigante afable

Eché a correr.

Salté por encima de los boquetes de las tablas, bajé de tres en tres los escalones, me resbalé una vez y me abalancé sobre el pasamanos para apoyarme. Agarré un puñado de hiedra, tropecé, recuperé el equilibrio y seguí bajando a trompicones. ¿La biblioteca? No. Hacia el otro lado. Por debajo de una arcada. Ramas de saúco y de budelia se me enganchaban a la ropa y en varias ocasiones estuve en un tris de caer mientras mis pies sorteaban los cascotes de esa casa en ruinas.

Al final, inevitablemente, caí al suelo y de mi boca escapó un alarido.

—¡Oh, Dios mío! ¡Oh, Dios mío! ¿Te he asustado? Oh, Dios mío.

Me volví hacia la arcada.

Asomando por el rellano de la galería vislumbré no el esqueleto ni el monstruo de mi imaginación, sino un gigante. El individuo bajó ágilmente por la escalera, avanzó con soltura y despreocupación por los escombros y se detuvo delante de mí con una expresión de intensa preocupación en la cara.

—Válgame el cielo.

Debía de medir un metro noventa o noventa y cinco y era corpulento, tan corpulento que la casa pareció empequeñecerse a su alrededor.

—No quería… Verás, pensaba que… Como llevabas allí un rato y… Pero eso ya no importa, lo que ahora importa, querida, es si te has hecho daño.

Me sentí reducida al tamaño de un niño. Pero, pese a sus colosales dimensiones, ese hombre también tenía algo de niño. Demasiado regordete para tener arrugas, su rostro era redondo y de angelote, y alrededor de su rala cabeza pendía una cuidada aureola de rizos de un tono rubio plateado. Sus ojos, redondos como las monturas de sus gafas, eran amables y poseían una transparencia azul.

Yo debía de tener cara de aturdida y quizá estuviera pálida. El gigante se arrodilló a mi lado y me tomó la muñeca.

—Caray, menudo porrazo te has pegado. Si hubiera… No debí… Pulso algo acelerado. Hummm.

La espinilla me ardía. Me llevé una mano a la rodillera del pantalón para tocar una gota y cuando la retiré tenía los dedos manchados de sangre.

—Oh, Dios, oh, Dios, ¿es la pierna, verdad? ¿Está rota? ¿Puedes moverla?

Moví el pie y el alivio se dibujó en su rostro.

—Gracias a Dios. Nunca me lo habría perdonado. No te muevas, quédate aquí descansando mientras yo… voy a buscar… Vuelvo enseguida.

Y se marchó. Sus pies sortearon con delicadeza los bordes mellados de la madera y subieron la escalera dando brincos mientras su torso avanzaba majestuosamente, como desconectado del intrincado juego de piernas que tenía debajo.

Respiré hondo y esperé.

—He puesto en marcha el hervidor de agua —anunció a su regreso.

Llevaba consigo un botiquín de verdad, blanco con la cruz roja encima. Extrajo un desinfectante y una gasa.

—Siempre he dicho que alguien acabaría haciéndose daño en este viejo caserón. Hace años que tengo este botiquín. Más vale prevenir que curar, ¿no crees? ¡Oh, Dios mío! ¡Oh, Dios mío! —Hizo una mueca de dolor al apretar la punzante gasa contra el corte de mi espinilla—. Seamos valientes, ¿de acuerdo?

—¿Tienes electricidad? —pregunté. Me sentía algo abrumada.

—¿Electricidad? Pero si es una casa en ruinas. —Me miró fijamente, sorprendido por la pregunta, como si al caer hubiera sufrido una contusión y hubiera perdido el juicio.

—Lo digo porque creí oírte decir que habías puesto en marcha el hervidor de agua.

—¡Ah, entiendo! ¡No! Tengo un hornillo de gas. Antes tenía un termo, pero… —Alzó la nariz—. El té hecho en termo no es muy bueno que digamos, ¿no crees? ¿Escuece mucho?

—Solo un poco.

—Buena chica. Te has pegado un buen porrazo. Y ahora el té. ¿Con limón y azúcar? Leche no, lo siento. No hay nevera.

—Me encantaría con limón.

—Bien. Y ahora te pondremos cómoda. Ha dejado de llover. ¿Té en el jardín?

Se dirigió a la imponente puerta del vestíbulo y descorrió el pasador. Con un menor chirrido de lo que esperaba, las hojas se abrieron e hice ademán de levantarme.

—¡No te muevas!

El gigante llegó brincando hasta mí, se agachó y me recogió del suelo. Me llevó en volandas y suavemente al exterior. Me sentó de lado sobre el lomo de uno de los gatos negros que yo había admirado hacía una hora.

—Espera aquí y cuando regrese tú y yo disfrutaremos de una deliciosa merienda.

Entró de nuevo en la casa. Su colosal espalda se deslizó escaleras arriba, avanzó por el pasillo y entró en la tercera habitación.

—¿Cómoda?

Asentí con la cabeza.

—Estupendo. —El gigante sonrió como si realmente aquella situación fuera estupenda—. Y ahora, ¿qué tal si nos presentamos? Yo soy Love. Aurelius Alphonse Love. Pero llámame Aurelius. —Me miró con expectación.

—Margaret Lea.

—Margaret. —Esbozó una sonrisa radiante—. Magnífico. Realmente magnífico. Y ahora come.

El gigante había desdoblado una servilleta, esquina por esquina, entre las orejas del gran gato negro. Dentro había una generosa porción de un bizcocho oscuro y pegajoso; le di un bocado. Era el bizcocho perfecto para un día de frío: condimentado con jengibre, dulce pero picante. Aquel desconocido filtró el té en sendas tazas de delicada porcelana. Me tendió un azucarero con terrones y luego extrajo una bolsita de terciopelo azul de su bolsillo superior y la abrió. Descansando sobre el terciopelo había una cucharilla de plata con una A alargada, con la forma de un ángel estilizado, adornando el mango. Cogí la cucharilla, removí con ella mi té y se la devolví.

Mientras yo bebía y comía mi anfitrión se sentó en el segundo gato, que bajo su enorme contorno adquirió de repente el aspecto de un cachorro. Comía en silencio, con cuidado y concentración. También él me observaba comer, anhelando que el bizcocho fuera de mi agrado.

—Estaba delicioso —dije—. Casero, supongo.

De un gato a otro había unos tres metros, de manera que para conversar teníamos que elevar ligeramente la voz, lo que daba a la conversación un toque teatral, como si se tratara de representación. Y lo cierto era que teníamos público. Cerca de la linde del bosque, un ciervo totalmente inmóvil nos observaba con curiosidad. Sin pestañear, vigilante, con las fosas nasales agitadas. Cuando advirtió que lo había visto no hizo ademán de huir, sino que optó por lo contrario, por no tener miedo.

Mi compañero se limpió los dedos en la servilleta, la sacudió y la dobló en cuatro.

— Entonces, ¿te ha gustado? La señora Love me dio la receta. Preparo este bizcocho desde niño. La señora Love era una cocinera maravillosa; una mujer maravillosa en todos los sentidos. Naturalmente, ya no está con nosotros. Se fue a una edad avanzada, aunque yo había confiado en que... Pero no pudo ser.

—Comprendo.

Si bien no estaba segura de comprender. ¿La señora Love era su esposa? Aunque había dicho que hacía ese bizcocho desde que era niño. No podía estar refiriéndose a su madre. ¿Por qué iba a llamar a su madre señora Love? Aun así, dos cosas estaban claras: que la había querido y que la mujer estaba muerta.

—Lo siento —dije.

Aceptó mi pésame con una expresión triste, pero después su rostro se iluminó.

—Eso sí, me dejó un recuerdo muy digno, ¿no crees? Me refiero al bizcocho.

—Desde luego. ¿Hace mucho que la perdiste?

Lo meditó.

—Casi veinte años, aunque parece más tiempo. O menos. Depende de cómo se mire.

Asentí con la cabeza. Seguía sin entender.

Permanecimos callados un rato. Contemplé el parque de ciervos. En el vértice del bosque estaban asomando otros ciervos. Se movían con el sol por la hierba del parque.

El escozor de la espinilla había disminuido. Me encontraba mejor.

—Dime una cosa… —comenzó el extraño, y sospeché que había tenido que armarse de valor para hacer su pregunta—. ¿Tienes madre?

Di un respingo. La gente casi nunca repara en mí el tiempo suficiente para hacerme preguntas personales.

—¿Te has molestado? Perdona la pregunta, pero… ¿Cómo podría explicártelo? La familia es un tema que… que… Pero si prefieres no… Lo siento.

—No pasa nada —respondí con calma—. No me importa.

Y lo cierto era que no me importaba. Ya fuera por la sucesión de impresiones que había tenido o por la influencia de ese entorno tan extraño, el caso es que sentía que todo lo que pudiera contar sobre mí en aquel lugar, a ese hombre, permanecería siempre allí, con él, y no llegaría a ningún otro lugar del mundo. Contara lo que contara, no tendría consecuencias. De modo que contesté:

—Sí, tengo madre.

—¡Tienes madre! ¡Qué…! ¡Oh, qué…! —Una expresión extrañamente intensa, de tristeza o nostalgia, asomó en sus ojos—. ¿Hay algo más maravilloso que tener madre? —exclamó al fin. Era, claramente, una invitación a que continuara hablando.

—Entonces, ¿tú no tienes madre? —le pregunté.

Aurelius torció un poco el gesto.

—Desgraciadamente… Siempre he querido… O un padre. Incluso hermanos y hermanas. Alguien que me perteneciera de verdad. De niño hacía ver que tenía una familia. Me inventé una completa. ¡Generaciones enteras! ¡Te habrías reído! —No había nada irrisorio en su rostro mientras hablaba—. Pero una madre propiamente dicha… Una madre real, conocida… Está claro que todo el mundo tiene una madre, eso lo sé. El caso es saber quién es tu madre. Y yo siempre he confiado en que algún día… Porque no es algo imposible, ¿verdad? De modo que todavía mantengo la esperanza.

—Ah.

—Es algo realmente triste. —Se encogió de hombros, procurando, sin éxito, que el gesto pareciera despreocupado—. Me habría gustado tener madre.

—Señor Love…

—Aurelius, por favor.

—Aurelius. La relación con las madres no siempre es tan agradable como imaginas.

—¿Oh? —Mi comentario pareció tener el impacto de una gran revelación. Me miró detenidamente—. ¿Hay peleas?

—No exactamente.

Frunció el entrecejo.

—¿Malentendidos?

Negué con la cabeza.

—¿Peor? —Estaba estupefacto. Buscó el posible problema en el cielo, en el bosque y, por último, en mis ojos.

—Secretos —le dije.

—¡Secretos! —Sus ojos se abrieron en dos círculos perfectos. Desconcertado, meneó la cabeza, tratando por todos los medios de entender a qué me estaba refiriendo—. No sé cómo ayudarte. Sé muy poco de familias. Mi ignorancia es más vasta que el océano. Lamento que entre vosotras haya secretos. Estoy seguro de que tienes tus razones para sentirte así.

La compasión endulzó su mirada y me tendió un pañuelo blanco cuidadosamente doblado.

—Lo siento —dije—. Debe de ser una reacción de efectos retardados.

—Eso espero.

Mientras me enjugaba las lágrimas Aurelius se volvió hacia el parque de ciervos. El cielo estaba oscureciendo lentamente. Seguí la dirección de sus ojos y divisé un destello blanco: el pelaje claro del ciervo que galopaba con agilidad hacia el abrigo de los árboles.

—Cuando noté que se movía el pomo de la puerta, pensé que eras un fantasma —le expliqué— o un esqueleto.

—¡Un esqueleto! ¡Yo! ¡Un esqueleto! —Rió encantado mientras todo su cuerpo parecía temblar de alegría.

—Y al final resultaste ser un gigante.

—¡Y que lo digas! Todo un gigante. —Se secó los ojos, humedecidos por la risa, y dijo—: La verdad es que en este lugar sí hay un fantasma, o por lo menos eso dicen.

«Lo sé», estuve a punto de decir. «Lo he visto», pero, lógicamente, no estábamos hablando del mismo fantasma.

—¿Lo has visto?

—No —suspiró—. No he visto ni la sombra de un fantasma.

Nos quedamos un rato callados, absorto cada uno en sus propias sombras.

—Empieza a refrescar —señalé.

—¿Tu pierna ya está bien?

—Creo que sí. —Resbalé por el lomo del gato e intenté apoyarme en ella—. Sí, está mucho mejor.

—Estupendo. Estupendo.

Nuestras voces eran murmullos en la luz menguante.

—¿Quién era exactamente la señora Love?

—La señora que me acogió. Me dio su apellido. Me dio su libro de recetas. En realidad, me lo dio todo.

Asentí.

Recogí mi cámara de fotos.

—Creo que es hora de irme. Debería intentar fotografiar la iglesia antes de que la luz se vaya del todo. Muchas gracias por la merienda.

—Yo tampoco tardaré en marcharme. Ha sido un verdadero placer conocerte, Margaret. ¿Vendrás otro día?

—No vives realmente aquí, ¿verdad? —pregunté con voz dudosa.

Aurelius rió. Era un dulzor oscuro, sustancioso, como el bizcocho.

—Dios mío, no. Tengo una casa allí. —Señaló el bosque—. Vengo aquí por las tardes. Para… bueno, digamos que para meditar.

—Van a derribar la casa. Supongo que ya lo sabes.

—Lo sé. —Aurelius acarició el gato algo distraído, pero con cariño—. Es una pena, ¿no crees? Echaré de menos este viejo caserón. De hecho, cuando te oí pensé que eras uno de ellos, un perito o algo parecido. Pero ha resultado que no.

—No, no soy perito. Estoy escribiendo un libro sobre alguien que vivió aquí.

—¿Las muchachas de Angelfield?

—Sí.

Aurelius asintió pensativamente con la cabeza.

—¿Sabías que eran gemelas? Debe de ser increíble. —Por un momento su mirada viajó muy lejos—. ¿Vendrás otro día, Margaret? —preguntó mientras yo recogía mi bolsa.

—Tengo que hacerlo.

Se llevó una mano al bolsillo y sacó una tarjeta. Aurelius Love, servicio de catering tradicional inglés para bodas, bautizos y fiestas. Me señaló la dirección y el número de teléfono.

—Llámame cuando vuelvas por aquí. Te invitaré a mi casa y te preparé una merienda de verdad.

Antes de separarnos, Aurelius me cogió la mano y le dio unas palmaditas suaves, a la antigua usanza. Luego su enorme cuerpo subió elegantemente la enorme escalinata y cerró las pesadas puertas tras de sí.

Bajé lentamente por el camino en dirección a la iglesia, con la mente ocupada por el extraño que acababa de conocer y del que me había hecho amiga. Era algo inusitado en mí. Y al cruzar la puerta del cementerio me dije que quizá la extraña fuera yo. ¿Eran solo imaginaciones mías o desde que había conocido a la señorita Winter yo no era la misma?

Tumbas

Había recordado que necesitaba luz cuando ya era demasiado tarde, así que descarté hacer más fotografías. Entonces saqué mi libreta para pasear por el cementerio. Angelfield era una población antigua pero pequeña y había pocas tumbas. Encontré a John Digence, «Llamado al jardín del Señor», y también a una mujer, Martha Dunne, «Sierva leal de Nuestro Señor», cuyas fechas de nacimiento y muerte coincidían bastante con las que esperaba del ama. Anoté los nombres, las fechas y las inscripciones en mi libreta. En una tumba había flores frescas, un alegre ramo de crisantemos naranjas, y me acerqué para ver a quién recordaban con tanto afecto. Era Joan Mary Love, «Siempre recordada».

Aunque busqué detenidamente, no vi el apellido Angelfield por ningún lado. Mi desconcierto, con todo, no duró más de un minuto. La familia de la casa grande no podía tener tumbas corrientes en el cementerio. Sus tumbas serían más ostentosas, con efigies y extensos epitafios grabados en lápidas de mármol. Y estarían dentro, en la capilla.

La iglesia tenía un aspecto lúgubre. Las viejas ventanas, angostos fragmentos de vidrio verdoso contenidos en un sólido entramado de arcos de piedra, dejaban entrar una luz sepulcral que iluminaba débilmente la pálida piedra de las columnas y los arcos, las blanqueadas bóvedas entre las vigas negras del techo y la madera pulimentada de los bancos. En cuanto mis ojos se acostumbraron a la tenue luz, examiné las lápidas y los monumentos que descansaban en la pequeña capilla. Todos los Angelfield muertos desde hacía siglos tenían sus epitafios allí, renglones y renglones de locuaz encomio, grabados sin reparar en gastos en costoso mármol. Ya volvería otro día para descifrar las inscripciones de esas primeras generaciones; entonces solo estaba buscando un puñado de nombres.

Con la muerte de George Angelfield terminaba la elocuencia fúnebre. Charlie e Isabelle —presumiblemente fueron ellos quienes así lo decidieron— no parecían haber puesto mucho empeño en resumir la vida y la muerte de su padre para las generaciones futuras. «Liberado de las penas terrenales, descansa ahora con su Salvador» era el lacónico mensaje grabado en su lápida. El papel de Isabelle en este mundo y su marcha del mismo aparecía resumido en términos bastante convencionales: «Adorada madre y hermana, partió a un lugar mejor». No obstante, anoté la frase en mi libreta e hice un cálculo rápido. ¡Más joven que yo! No tan trágicamente joven como su marido, pero había muerto a una edad muy temprana.

Estuve a punto de saltarme a Charlie. Descartadas aquella tarde el resto de lápidas de la capilla, me disponía a tirar la toalla cuando mis ojos divisaron finalmente una losa pequeña y oscura. Tan pequeña y tan negra que parecía concebida para que resultara invisible o, cuando menos, insignificante. Como no había pan de oro que iluminara las letras, fui incapaz de descifrarlas con solo mirar, de manera que alargué una mano y palpé la inscripción, palabra por palabra, con las yemas de los dedos, como si fuera braille.

Charlie Angelfield,
desapareció en la oscura noche.
Nunca volveremos a verlo.

No había fechas.

Sentí un escalofrío. Me pregunté quién habría elegido esas palabras. ¿Vida Winter? ¿Y qué emoción escondían? Tuve la impresión de que el texto encerraba cierta ambigüedad. ¿Expresaba el dolor de una pérdida o era la despedida triunfal de los supervivientes de una mala persona?

Cuando salí de la iglesia y eché a andar lentamente por el camino de grava hacia la verja de la casa del guarda sentí un escrutinio leve, casi ingrávido, en la espalda. Aurelius se había ido, por tanto, ¿qué era? ¿El fantasma de Angelfield, o los ojos calcinados de la casa? Probablemente no fuera más que un ciervo que me observaba, invisible, desde la penumbra del bosque.

—Es una pena que no puedas ir a casa unas horas —dijo mi padre en la librería esa noche.

—Ya estoy en casa —protesté fingiendo no entenderlo.

Sin embargo, yo sabía que estaba hablando de mi madre. Lo cierto era que no podía soportar su brillo de hojalata, ni la inmaculada claridad de su casa. Yo vivía entre sombras, me había hecho amiga de mi dolor, pero sabía que en casa de mi madre mi dolor no era bienvenido. A ella le habría encantado tener una hija jovial y habladora cuya alegría le hubiera ayudado a desterrar sus propios miedos. En realidad, mi madre temía mis silencios. Prefería mantenerme alejada.

—Tengo muy poco tiempo —expliqué—. La señorita Winter está impaciente por que prosigamos con el trabajo. Además, solo quedan unas semanas para Navidad. Volveré para entonces.

—Sí —dijo papá—. Falta poco para Navidad.

Parecía triste y preocupado. Sabía que yo era el motivo de su tristeza y su preocupación, y lamentaba no poder hacer nada al respecto.

—He cogido algunos libros para llevármelos a casa de la señorita Winter. Lo he anotado en las fichas.

—Está bien. No te preocupes.

❧

Esa noche, arrancándome de mi sueño, siento una presión en el borde de mi cama. El pico de un hueso apretándose contra mi carne a través de las mantas.

¡Es ella! ¡Por fin ha venido a buscarme!

Solo tengo que abrir los ojos y mirarla, pero el miedo me paraliza. ¿Qué aspecto tendrá? ¿Será como yo? ¿Alta, delgada y de ojos oscuros? ¿O, he ahí mi temor, ha venido directamente desde la tumba? ¿Con qué cosa horrible estoy a punto de encontrarme, de reencontrarme?

El miedo desaparece.

Me he despertado.

Ya no siento la presión a través de las mantas. Solo había existido en mi sueño. No sé si me siento aliviada o decepcionada.

Me levanto, hago la maleta y en la desolación del amanecer invernal caminé hasta la estación para tomar el primer tren al norte.

Nudos

La llegada de Hester

Cuando había salido de Yorkshire el mes de noviembre avanzaba poco a poco y a mi regreso apenas le quedaban unos días para sumergirse en diciembre.

Diciembre me produce dolores de cabeza y reduce mi apetito ya de por sí escaso. Me mantiene en vela por las noches con su oscuridad húmeda y fría. Inquieta, apenas puedo concentrarme en la lectura. Dentro de mí hay un reloj que empieza a correr el 1 de diciembre, midiendo los días, las horas y los minutos, restando el tiempo que falta para una fecha concreta, la celebración de la fecha en que mi vida se hizo y se deshizo: mi cumpleaños. Detesto diciembre.

Ese año mi aprensión era todavía más intensa debido al tiempo. Un cielo plomizo oprimía la casa, obligándonos a vivir en un eterno crepúsculo. A mi llegada encontré a Judith yendo de una estancia a otra, recogiendo lámparas de mesa, lámparas de pie y lámparas de lectura de las habitaciones de invitados siempre vacías y repartiéndolas por la biblioteca, el salón y mis dependencias. Hacía lo que fuera para mantener a raya la penumbra gris que acechaba en cada recodo, debajo de cada silla, en los pliegues de las cortinas y las jaretas de la tapicería.

La señorita Winter no me preguntó qué había hecho aquellos días; tampoco me habló de la evolución de su enfermedad, pero, pese a la brevedad de mi ausencia, su deterioro era evidente. Los chales de cachemira caían en pliegues aparentemente vacíos sobre su encogido cuerpo y los rubíes y esmeraldas de los dedos parecían haberse dilatado, tanto habían enflaquecido sus manos. La línea blanca visible en la raya del cabello antes de mi partida se había ensanchado y trepaba por cada pelo, diluyendo sus matices metálicos en un tono anaranjado más tenue. Sin embargo, su fragilidad física, la señorita Winter poseía una fuerza y una energía que trascendían la enfermedad y la edad y la hacían poderosa. En cuanto me personé en la biblioteca, sin darme apenas tiempo de tomar asiento y sacar mi libreta, empezó a hablar, retomando la historia donde la había dejado, como si le fuera a estallar por dentro y no pudiera contenerla ni un minuto más.

❧

Tras la marcha de Isabelle, los vecinos coincidieron en que debía hacerse algo por las niñas. Tenían trece años; no era una edad adecuada para dejarlas desatendidas, necesitaban la influencia de una mujer. ¿No convendría enviarlas a un colegio? Pero ¿qué colegio aceptaría a unas niñas como esas? Cuando llegaron a la conclusión de que la idea del colegio era inviable, decidieron que lo mejor sería contratar a una institutriz.

Y encontraron una. Se llamaba Hester. Hester Barrow. No era un nombre bonito; tampoco ella era una muchacha bonita.

El doctor Maudsley se hizo cargo de todo. Charlie, encerrado con su dolor, apenas era consciente de lo que ocurría a su alrededor, y a John-the-dig y el ama, simples sirvientes de la casa, nadie les consultó. El doctor se puso en contacto con el señor Lomax, el abogado de la familia, y entre los dos y con la ayuda del director del banco, llevaron a cabo todas las gestiones.

Nosotras, impotentes, pasivas, compartíamos la expectación, cada una con nuestra mezcla particular de emociones. El ama tenía sentimientos encontrados. Desconfiaba instintivamente de esa extraña que se disponía a entrar en sus dominios y además temía que por la institutriz se descubrieran sus deficiencias, pues llevaba años al frente de la casa y conocía sus limitaciones, pero también abrigaba algunas esperanzas; esperanzas de que la recién llegada inculcara en las niñas cierto sentido de la disciplina y reinstaurara el juicio y los buenos modales en la casa. De hecho, tanto anhelaba un hogar ordenado, bien llevado, que los días anteriores a la llegada de la institutriz le dio por darnos órdenes, como si nosotras fuéramos unas niñas dadas a obedecer. Huelga decir que no le hicimos ni caso.

Los sentimientos de John-the-dig no eran tan contradictorios: simplemente se mostraba hostil ante la novedad. No se dejaba arrastrar por las interminables conjeturas del ama sobre cómo iban a ser las cosas y se abstenía, sirviéndose de su silencio, de alimentar el optimismo que amenazaba con echar raíces en el corazón del ama. «Si es la persona adecuada…» o «A saber lo mucho que podrían mejorar las cosas…», decía ella, pero él se limitaba a mirar por la ventana de la cocina. Cuando el médico le sugirió que recogiera a la institutriz en la estación con la berlina, reaccionó de una manera muy grosera. «No tengo tiempo para ir por el condado recogiendo a condenadas maestrillas», contestó, y el médico se vio obligado a organizarse para poder acudir él personalmente.

John no había vuelto a ser el mismo desde el incidente del jardín de las figuras y entonces, con la inminente llegada de aquel nuevo cambio, pasaba muchas horas solo rumiando acerca de sus propios miedos y preocupaciones con respecto al futuro. Esa intrusa representaba un par de ojos nuevos, un par de oídos nuevos, en una casa donde nadie había mirado ni escuchado como es debido desde hacía años. John-the-dig, acostumbrado a los secretos, intuía problemas.

Todos, a nuestra manera, nos sentíamos intimidados. Todos menos Charlie, claro. Cuando por fin llegó el día, únicamente Charlie se comportó como siempre. Aunque recluido e invisible, su presencia se hacía notar por los ruidos y golpes que de vez en cuando sacudían la casa, un estruendo al que nos habíamos acostumbrado tanto que apenas lo oíamos. En sus desvelos por Isabelle el hombre había perdido la noción del tiempo y la llegada de la institutriz no significaba nada para él.

Esa mañana estábamos haraganeando en uno de los cuartos frontales del primer piso. Lo habrías llamado un dormitorio si la cama hubiese asomado por debajo de la pila de trastos que se habían amontonado encima de la manera en que se amontonan los trastos a lo largo de las décadas. Emmeline estaba deshaciendo con las uñas los hilos de plata que bordaban el estampado de las cortinas. Cuando conseguía liberar uno, se lo guardaba furtivamente en el bolsillo para añadirlo más tarde al tesoro que escondía bajo su cama. De pronto algo interrumpió su concentración. Llegaba alguien, y comprendiera o no lo que eso significaba, se le había contagiado la expectación que flotaba en la casa.

Emmeline fue la primera en oír la berlina. Desde la ventana observamos a la recién llegada descender del vehículo, alisarse las arrugas de la falda con dos enérgicas palmadas y echar un vistazo a su alrededor. Miró hacia la entrada, a su izquierda, a su derecha y por último —me aparté de un salto— hacia arriba. Tal vez nos confundió con un efecto engañoso de la luz o con una cortina levantada por la brisa que se colaba por un cristal roto. Creyese ver una cosa u otra, a nosotras no nos vio.

Pero nosotras sí la veíamos. A través del nuevo agujero abierto por Emmeline en la cortina. No sabíamos qué pensar. Hester era de estatura media. De constitución media. Tenía un pelo que no era ni rubio ni moreno. La piel a juego. El abrigo, los zapatos, el vestido, el sombrero, todo tenía ese mismo tinte neutro. El rostro carecía de rasgos destacables. Sin embargo, no podíamos dejar de mirarla. La miramos hasta que nos dolieron los ojos. En cada poro de su pequeño rostro anodino había luz. Algo brillaba en su ropa y en su pelo. Algo irradiaba de su equipaje. Algo proyectaba un resplandor en torno a su persona, como una bombilla. Algo hacía que resultara exótica.

No teníamos ni idea de qué era ese algo. Nunca habíamos imaginado nada igual.

Lo descubrimos más tarde.

Hester estaba limpia. Toda ella restregada, enjabonada, enjuagada, frotada y encremada.

Imagínate lo que pensó de Angelfield.

Cuando llevaba en la casa quince minutos envió al ama a buscarnos. No hicimos caso y esperamos a ver qué ocurría. Esperamos y esperamos. Y no ocurrió nada. Esa fue la primera vez que nos desorientó, solo que entonces no lo sabíamos. De nada servía nuestra habilidad para escondernos si la mujer no pensaba ir a buscarnos; y no lo hizo. Nos pusimos a dar vueltas por la habitación, al principio aburridas, después molestas por la curiosidad que se iba apoderando de nosotras pese a nuestros esfuerzos por combatirla. Empezamos a prestar atención a los ruidos que llegaban de abajo: la voz de John-the-dig, el arrastre de muebles, algunos portazos y otros golpes. Luego se hizo el silencio. Nos llamaron para comer y no bajamos. A las seis el ama nos llamó de nuevo.

—Bajad a cenar con vuestra nueva institutriz, niñas.

Nos quedamos en el cuarto. No apareció nadie. Poco a poco empezamos a intuir que la recién llegada era una fuerza que no debíamos subestimar.

Más tarde oímos el trajín de los miembros de la casa preparándose para acostarse. Pasos en la escalera y la voz del ama diciendo:

—Espero que esté cómoda, señorita.

Y la voz de la institutriz de acero aterciopelado contestando:

—Estoy segura, señora Dunne. Le agradezco las molestias que se ha tomado.

—En cuanto a las niñas, señorita Barrow…

—No se preocupe por ellas, señora Dunne. Estarán bien. Buenas noches.

Y después del roce de los pies del ama bajando con tiento por la escalera, el silencio.

Cayó la noche y la casa dormía. Menos nosotras. Como sus demás lecciones, los esfuerzos del ama por enseñarnos que la noche era para dormir habían fracasado, así que no nos asustaba la oscuridad. Pegamos la oreja a la puerta de la institutriz, pero solo oímos las tenues rascaduras de un ratón bajo las tablas del suelo y continuamos nuestra excursión hacia la despensa.

La puerta no se abrió. En toda nuestra vida jamás se había utilizado la cerradura, pero esa noche un rastro fresco de aceite la delató.

Ajena al problema, Emmeline aguardaba pacientemente a que la puerta se abriera, como hacía siempre, convencida de que en unos instantes podría ponerse morada de pan, mantequilla y mermelada.

No había por qué alarmarse. El bolsillo del delantal del ama; ahí estaría la llave. Ahí era donde estaban siempre las llaves: la anilla con las llaves oxidadas y sin usar de las puertas, los cerrojos y los armarios de toda la casa, y pruebas interminables hasta averiguar qué llave correspondía a qué cerradura.

El bolsillo estaba vacío.

Emmeline, algo extrañada por la demora, empezaba a inquietarse.

La institutriz se estaba perfilando como un serio desafío, pero no podría con nosotras. Saldríamos. Siempre nos quedaba la opción de entrar en una de las casas de la aldea para pillar cualquier cosa para comer.

El pomo de la puerta de la cocina empezó a girar, poco después se detuvo. Ni los tirones ni las sacudidas consiguieron liberarlo. Estaba cerrado con candado.

La ventana rota del salón había sido entablada y los postigos del comedor reforzados. Solo quedaba una posibilidad. Nos dirigimos hacia la enorme puerta de doble hoja del vestíbulo. Emmeline me seguía sin hacer ruido, presa del desconcierto. Tenía hambre. ¿A qué venía tanto trajín de puertas y ventanas? ¿Cuánto faltaba para que pudiera atiborrarse de comida? Un rayo de luna, teñido de azul por el cristal tintado de las ventanas del vestíbulo, bastó para iluminar los enormes, pesados e inalcanzables cerrojos en lo alto de las puertas que alguien había lubricado y corrido.

Estábamos atrapadas.

Emmeline habló. «Ñam ñam», dijo. Tenía hambre. Y cuando Emmeline tenía hambre, Emmeline tenía que comer, así de sencillo. Nos vimos en un grave apuro. Tardó mucho, pero finalmente su pequeño cerebro comprendió que la comida que tanto ansiaba no iba a llegar. Una mirada de pasmo asomó en sus ojos. Emmeline abrió la boca y aulló.

El llanto subió por la escalera de piedra, dobló por el pasillo de la izquierda, viajó otro tramo de escalones y se coló por debajo de la puerta del dormitorio de la nueva institutriz.

A ese primer sonido pronto se sumó otro. No los pasos arrastrados y miopes del ama, sino el andar presto y acompasado de Hester Barrow. Un clic, clic, clic pausado y enérgico. Fue bajando un tramo de escalera, continuó avanzando por un pasillo y llegó al descansillo.

Me refugié entre los pliegues de las largas cortinas justo antes de que emergiera en el rellano. Era medianoche. Ahí estaba, en lo alto de la escalera, una figura pequeña y compacta, ni gorda ni delgada, sostenida por un par de piernas robustas y coronada por un semblante sereno y resuelto. Con el cinturón de su bata azul anudado con firmeza y el pelo cuidadosamente cepillado, parecía dormir sentada y lista para enfrentarse rauda a la mañana. Tenía el cabello fino y pegado a la cabeza, la cara redonda y la nariz regordeta. Era una mujer anodina, o algo incluso peor, pero esa característica en Hester no producía, ni de lejos, el mismo efecto que en otras mujeres. Hester atraía las miradas.

Emmeline, al pie de la escalera, estaba sollozando de hambre, pero en cuanto Hester se presentó en todo su esplendor, dejó de llorar y se quedó mirándola aparentemente apaciguada, como si lo que hubiera aparecido ante ella fuera una bandeja repleta de pasteles.

—Me alegro de verte —dijo Hester bajando las escaleras—. Pero dime, ¿quién eres? ¿Adeline o Emmeline?

Emmeline, boquiabierta, no contestó.

—No importa —dijo la institutriz—. ¿Quieres cenar? ¿Dónde está tu hermana? ¿Crees que a ella también querrá cenar?

—Ñam —dijo Emmeline, y yo no supe si era la palabra cenar o la propia Hester la que había provocado aquel sonido de mi hermana.

Hester miró a su alrededor, buscando a la otra gemela. La cortina le pareció eso, una mera cortina, pues tras echarle una fugaz ojeada devolvió toda su atención a Emmeline.

—Ven conmigo —sonrió. Sacó una llave de su bolsillo. Era de un azul plateado limpio, lustroso y brillaba seductor bajo la luz azul.

El truco funcionó.

—Brilla —dijo Emmeline, e ignorando qué era o la magia que podía ejercer, siguió la llave y a Hester con ella por los fríos pasillos hasta la cocina.

En los pliegues de la cortina mis retortijones de hambre se convirtieron en rabia. ¡Hester y su llave! ¡Emmeline! Se estaba repitiendo la historia del cochecito. Era amor.

Era la primera noche y Hester había ganado.

La suciedad de la casa no se contagió a nuestra impecable institutriz, como habría sido de esperar, sino todo lo contrario. Exhaustos y polvorientos, los escasos rayos de luz que conseguían colarse por las mugrientas ventanas y los pesados cortinajes parecían posarse siempre en Hester. Ella los reunía en su persona y los lanzaba a la penumbra renovados y revitalizados por su contacto. Poco a poco, el brillo se fue extendiendo desde Hester hacia el resto de la casa. El primer día únicamente se vio afectada su habitación. Hester descolgó las cortinas y las sumergió en una bañera de agua jabonosa. Las colgó en el tendedero, donde el sol y el viento despabilaron el insospechado estampado de rosas de color rosa y amarillo. Mientras las cortinas se secaban, lavó la ventana con papel de periódico y vinagre para dejar entrar la luz, y cuando pudo ver lo que estaba haciendo limpió a fondo la habitación. Cuando anocheció había creado dentro de esas cuatro paredes un pequeño cielo de limpidez. Y eso fue solo el principio.

Con jabón y con lejía, con energía y con determinación, impuso la higiene en la casa. Allí donde los habitantes llevaban generaciones arrastrándose sin rumbo fijo y medio ciegos, girando cada uno alrededor de sus sórdidas obsesiones, Hester llegó como un milagro purificador. Durante treinta años el ritmo de vida dentro de aquella casa se había medido por el lento movimiento de las motas de polvo atrapadas en algún rayo de sol cansino, pero entonces los piececitos de Hester marcaron los minutos y los segundos, y con un vigoroso golpe de plumero las motas desaparecieron.

A la limpieza le sucedió el orden, y la casa fue la primera en notar los cambios. Nuestra nueva institutriz realizó un recorrido exhaustivo. Empezó por abajo y fue subiendo, chasqueando la lengua y frunciendo el entrecejo en cada piso. No había armario o recoveco que escapara a su atención; lápiz y libreta en mano, examinó hasta la última habitación, tomando nota de las manchas de humedad y las ventanas que hacían ruido, buscando chirridos en puertas y tablas, probando llaves viejas en cerraduras viejas y etiquetándolas. Dejaba tras de sí puertas cerradas con llave. Pese a tratarse de una primera «inspección», la fase preliminar de la restauración propiamente dicha, en cada cuarto realizaba algún cambio: una pila de mantas en un rincón dobladas y colocadas en orden sobre una silla; un libro recogido y encajado debajo de su brazo para su posterior devolución a la biblioteca; la línea de una cortina enderezada. Todo eso hecho con notable presteza pero sin transmitir la menor sensación de apremio. Parecía que Hester solo tuviera que recorrer con su mirada una habitación para que la oscuridad reculara, para que el caos, abochornado, comenzara a ordenarse a sí mismo, para que los fantasmas se batieran en retirada. Y de esa manera, hasta la última habitación fue hesterizada.

Es cierto que el desván la detuvo en seco. Se le cayó la mandíbula y contempló horrorizada el agujero del tejado. Pero incluso frente a ese caos se mostró invencible. Apretando los labios, recuperó la frialdad y se puso a garabatear en su libreta con renovado vigor. Al día siguiente llegó un albañil. Le conocíamos del pueblo; era un hombre tranquilo y de andar pausado que cuando hablaba alargaba las vocales para dar un descanso a la boca antes de pronunciar la siguiente consonante. Tenía siempre seis o siete trabajos en curso y raras veces terminaba alguno; se pasaba su jornada laboral fumando cigarrillos y observando el trabajo que tenía entre manos meneando la cabeza con gesto fatalista. El hombre subió al desván con su habitual paso perezoso, pero después de pasar cinco minutos con Hester se puso a darle al martillo como si le fuera la vida en ello. Hester le había galvanizado.

En unos días ya había establecido un horario para las comidas, un horario para acostarse y otro para levantarse. Unos días más y ya había zapatos limpios para estar en el interior de la casa y botas limpias para salir al exterior. No solo eso, sino que los vestidos de seda fueron lavados, remendados, reajustados y guardados para supuestas «ocasiones especiales», y vestidos nuevos de popelín azul marino y verde con fajín y cuello blancos aparecieron para usarlos a diario.

Emmeline prosperaba bajo ese nuevo régimen. Comía bien y a horas regulares, y tenía permitido jugar —bajo estrecha supervisión— con las llaves brillantes de Hester. Incluso llegó a sentir verdadera pasión por los baños. El primer día se resistió, gritó y pateó mientras Hester y el ama la desvestían y la sumergían en la bañera, pero cuando se vio en el espejo después del baño, cuando se vio limpia y con el pelo recogido en una cuidada trenza atada con un lazo verde, abrió la boca y entró en otro de sus trances. Le gustaba estar reluciente. Siempre que se hallaba en presencia de Hester, Emmeline la estudiaba a hurtadillas, a la espera de una sonrisa. Si Hester sonreía —lo cual no era nada infrecuente— Emmeline se quedaba mirándola encantada. Al poco tiempo aprendió a devolverle la sonrisa.

Otros miembros de la casa también mejoraron. El médico examinó los ojos del ama y, pese a sus protestas, fue llevada a un especialista. A su regreso había recuperado la vista. El ama se alegró tanto de ver el nuevo estado de pulcritud de la casa que se olvidó de todos los años vividos en la penumbra y rejuveneció lo suficiente para unirse a Hester en este espléndido nuevo mundo. Ni siquiera John-the-dig, que obedecía las órdenes de Hester a regañadientes y jamás permitía que sus ojos oscuros se cruzaran con los ojos chispeantes y ubicuos de la institutriz, pudo resistirse al efecto positivo de su energía. Sin decir una palabra a nadie, agarró las tijeras de podar y entró en el jardín de las figuras por primera vez desde el trágico incidente y unió sus esfuerzos a los que ya estaba haciendo la naturaleza para reparar la violencia del pasado.

La influencia sobre Charlie fue menos directa. Él la evitaba y así ambos estaban contentos. Hester solo deseaba hacer su trabajo, y su trabajo solo éramos nosotras. Nuestras mentes, nuestros cuerpos y nuestras almas, sí, pero nuestro tutor quedaba fuera de su jurisdicción y, por tanto, lo dejaba tranquilo. Ella no era Jane Eyre y él no era el señor Rochester. Dado el amor por la limpieza de la nueva institutriz, Charlie optó por retirarse a los antiguos cuartos de los niños del segundo piso, detrás de una puerta firmemente cerrada con llave, donde él y sus recuerdos pudieran revolverse bien a gusto en la mugre. Para él, el efecto Hester se limitó a una mejora de la dieta y a una mano más firme sobre sus finanzas, las cuales, bajo el control honrado pero endeble del ama, habían sufrido el saqueo de vendedores y negociantes sin escrúpulos. Charlie no reparaba en ninguna de esas mejoras y de haberlo hecho dudo mucho de que le hubieran importado.

Pero Hester mantenía a las niñas bajo control y fuera de la vista, y si Charlie se hubiera detenido a pensarlo, se lo habría agradecido. Bajo el reinado de Hester no existían motivos para que vecinos hostiles acudieran a quejarse de las gemelas. Bajo el reinado de Hester, Charlie no tenía necesidad de bajar a la cocina a comer un sándwich hecho por el ama, y sobre todo no tenía necesidad de abandonar ni por un minuto el reino imaginario en el que vivía con Isabelle, solo con Isabelle, siempre con Isabelle. Todo lo que cedió en territorio lo ganó en libertad. Nunca oía a Hester, nunca la veía; jamás se le cruzaba por la cabeza. Se ajustaba completamente a su manera de vivir.

Hester había triunfado. Quizá tuviera cara de torta, pero no había nada que la muchacha no pudiera hacer si se lo proponía.

La señorita Winter guardó silencio. Tenía la mirada fija en un rincón de la estancia, donde su pasado se le aparecía con más realismo que el presente y que yo. En los extremos de sus labios y sus ojos parpadeaba una ligera expresión de angustia y pesar. Consciente de la delgadez del hilo que la conectaba con su pasado, me preocupaba romperlo, pero también me preocupaba que no siguiera con el relato.

El silencio se alargó.

—¿Y usted? —pregunté con suavidad—. ¿Qué pensaba usted?

—¿Yo? —Pestañeó levemente—. Oh, a mí me caía bien. He ahí el problema.

—¿Problema?

La señorita Winter pestañeó de nuevo, se acomodó en su butaca y se volvió hacia mí con una mirada nueva, afilada. Había cortado el hilo.

—Creo que es suficiente por hoy. Puede irse.

En busca de datos

Con la historia de Hester regresé rápidamente a mi rutina. Por las mañanas escuchaba a la señorita Winter relatar su historia sin apenas anotar ya nada en la libreta. Más tarde, en mi habitación, con mis pliegos de folios, mis doce lápices rojos y mi fiel sacapuntas, transcribía lo que había memorizado. Mientras las palabras brotaban de la punta del lápiz sobre el papel, la voz de la señorita Winter resonaba en mis oídos; más tarde, cuando leía en voz alta lo que había escrito, notaba cómo mi rostro se distorsionaba hasta adoptar sus expresiones. Mi mano izquierda subía y caía, emulando los enfáticos gestos de la señorita Winter, mientras la derecha descansaba, como impedida, en mi regazo. Las palabras se transformaban en imágenes dentro de mi cabeza. La aseada y pulcra Hester, envuelta en un brillo plateado, en una aureola que crecía constantemente, abarcando primero su cuarto, luego la casa, después a los habitantes. El ama, transformada de lenta figura en la penumbra en una mujer de ojos vivos y brillantes que todo lo miraban. Y Emmeline, una vagabunda sucia y desnutrida que se dejaba convertir, bajo el hechizo del aura de Hester, en una muchacha limpia, cariñosa y regordeta. Hester proyectaba su luz incluso en el jardín de las figuras, donde se posaba sobre las ramas destrozadas de los tejos y hacía crecer nuevos brotes. También aparecía Charlie, naturalmente, deambulando en la oscuridad fuera de aquel círculo, dejándose oír sin dejarse ver. Y John-the-dig, el jardinero de nombre extraño, rumiando en la periferia, reacio a ser absorbido por la luz. Y Adeline, la misteriosa y sombría Adeline.

Para todos mis proyectos biográficos construyo una caja de vidas. Una caja con fichas que contienen los detalles —nombre, ocupación, fechas, lugar de residencia y cualquier otro dato en apariencia pertinente— de todas las personas que han sido importantes en la vida del sujeto en cuestión. Nunca sé qué pensar realmente de mis cajas. Según mi estado de ánimo las veo como un monumento que reconforta a los muertos («¡Mirad! —me los imagino diciendo mientras me observan por el cristal—. ¡Nos está anotando en sus fichas! ¡Y pensar que llevamos muertos doscientos años!») o, cuando el cristal está muy oscuro y me siento encallada y sola a este lado del mismo, las veo como pequeñas lápidas de cartón frías e inanimadas, tan muertas las cajas como el cementerio. El elenco de personajes de la señorita Winter era muy reducido y, mientras los barajaba en mis manos, su falta de solidez me dejó consternada. Me estaban narrando una historia, pero todavía estaba muy lejos de poseer toda la información que necesitaba.

Cogí una ficha en blanco y me puse a escribir.

Hester Barrow
Institutriz
Casa de Angelfield
Nacida:?
Fallecida:?

Me detuve. Reflexioné. Calculé con los dedos. En aquel entonces las niñas tenían trece años. Y Hester no era una mujer mayor. No podía serlo, con todo ese brío. ¿Cuántos años tenía por tanto la institutriz? ¿Treinta? ¿Y si no superaba los veinticinco? Apenas doce años mayor que las niñas… Me pregunté si sería eso posible. La señorita Winter, septuagenaria, se estaba muriendo, pero eso no significaba que una persona mayor que ella tuviera que estar muerta. ¿Qué probabilidades había de que estuviera viva?

Solo podía hacer una cosa.

Añadí otra nota a la ficha y la subrayé.

ENCUÉNTRALA

¿Fue el hecho de haber decidido buscar a Hester lo que hizo que esa noche apareciera en mis sueños?

Una figura anodina con una bata perfectamente anudada, de pie en el descansillo de la escalera, meneando la cabeza y apretando los labios mientras contemplaba las paredes tiznadas, las tablas partidas del suelo y la hiedra culebreando por la escalera de piedra. En medio de todo ese caos, cuánta lucidez desprendía su entorno inmediato, cuánta paz. Atraída como una palomilla, me acercaba a ella, pero al entrar en su círculo mágico no ocurría nada. Seguía sumida en la oscuridad. Los ojos de Hester iban de un lado a otro, absorbiéndolo todo, hasta que finalmente se detenían en una figura situada detrás de mí. Mi gemela, o eso entendí en el sueño. Pero cuando sus ojos se posaron en mí, no me vieron.

Me desperté con una familiar sacudida caliente en mi costado y repasé las imágenes del sueño para tratar de comprender la causa de mi pánico. No había nada aterrador en Hester; nada desconcertante en el suave barrido de sus ojos por mi cara. Lo que me hacía temblar en la cama no era lo que vi en el sueño, sino lo que yo era en él. Si Hester no me vio, tenía que ser porque yo era un fantasma. Y si era un fantasma, significaba que estaba muerta. No había otra explicación.

Me levanté y fui al cuarto de baño a enjuagarme el miedo. A fin de evitar el espejo, me miré las manos en el agua, pero lo que vi me llenó de espanto. Al mismo tiempo que mis manos existían aquí, sabía que existían también en el otro lado, donde estaban muertas. Y los ojos que las veían, mis ojos, estaban también muertos en ese otro lugar. Y mi mente, que estaba teniendo esos pensamientos, ¿no estaba igualmente muerta? Un profundo terror se apoderó de mí. ¿Qué clase de criatura anormal era yo? ¿Qué abominación de la naturaleza es esa que divide a una persona en dos cuerpos antes de su nacimiento y luego aniquila uno de ellos? ¿Y qué queda entonces de mí? Medio muerta, desterrada al mundo de los vivos de día mientras que de noche mi alma se pega a su gemela en un limbo umbrío.

Encendí la chimenea, preparé una taza de chocolate y me tapé con la bata y unas mantas para escribir una carta a mi padre. ¿Cómo iba la librería, cómo estaba mamá, cómo estaba él, qué pasos había que dar, me preguntaba, cuando se quería encontrar a alguien? Los detectives privados, ¿existían en la realidad o solo en las novelas? Le conté lo poco que sabía acerca de Hester. ¿Era posible emprender una investigación con tan pocos datos? ¿Estaría dispuesto un detective privado a aceptar la clase de trabajo que yo tenía en mente? De no ser así, ¿quién podría hacerlo?

Leí la carta. Dinámica y razonable, no delataba mi miedo. Estaba amaneciendo. El temblor había cesado. Judith no tardaría en llegar con el desayuno.

El ojo en el tejo

No había nada que la nueva institutriz no pudiera hacer si se lo proponía.

Por lo menos eso pareció al principio.

Pero transcurrido un tiempo comenzaron los problemas. El primero fue su discusión con el ama. Hester, tras haber limpiado, ordenado y cerrado con llave algunas habitaciones, se sorprendió un día al encontrárselas nuevamente abiertas. Llamó al ama.

—¿Qué necesidad hay de mantener abiertas las habitaciones que no se utilizan? —preguntó—. Ya ve lo que sucede entonces: las niñas entran cuando les place y crean caos donde antes había orden. Eso nos genera a usted y a mí un trabajo innecesario.

El ama se mostró totalmente de acuerdo y Hester se marchó de la entrevista bastante satisfecha; pero una semana después volvió a encontrar abiertas puertas que hubieran debido estar cerradas y con expresión ceñuda llamó de nuevo al ama. Esa vez no aceptaría promesas vagas, esa vez estaba decidida a llegar al fondo del asunto.

—Es por el aire —explicó el ama—. Si el aire no corre la humedad se apodera de las casas.

Con palabras sencillas, Hester le dio al ama una sucinta conferencia sobre la circulación del aire y la humedad y la despachó convencida de que aquella vez sí había resuelto el problema.

Una semana después advirtió que las puertas volvían a estar

abiertas. En aquella ocasión, en lugar de llamar al ama, reflexionó. Aquel problema de las puertas era más complejo de lo que parecía a simple vista, así que decidió estudiar al ama, descubrir por medio de la observación qué se ocultaba detrás de esas puertas abiertas.

El segundo problema tenía que ver con John-the-dig. A Hester no le había pasado inadvertida su desconfianza, pero no dejó que eso la desanimara. Ella era una extraña en la casa y a ella le correspondía demostrar que estaba allí por el bien de todos y no para causar problemas. Sabía que con el tiempo se lo ganaría. No obstante, aunque parecía que el hombre se iba acostumbrando a su presencia, su desconfianza estaba tardando más de la cuenta en diluirse. Y un día esa desconfianza estalló en algo más. Hester le había abordado para hablarle de algo bastante banal. En nuestro jardín había visto —o eso aseguraba ella— a un niño del pueblo que en ese momento hubiera debido estar en el colegio.

—¿Quién es? —quiso saber—. ¿Quiénes son sus padres?

—Eso no es asunto mío —contestó John con una hosquedad que la dejó atónita.

—No digo que sea suyo —repuso Hester con calma—, pero ese niño debería estar en el colegio. Estoy segura de que en eso coincidirá conmigo. Si me dice quién es, hablaré con sus padres y con su maestra.

John-the-dig se encogió de hombros e hizo ademán de marcharse, pero ella no era una mujer que se rendía con facilidad. Rauda como el rayo, se le plantó delante y repitió la pregunta. ¿Por qué no iba a hacerlo? Era una pregunta absolutamente razonable y la estaba formulando con educación. ¿Qué razones tenía ese hombre para negarse a cooperar?

Pero se negó.

—Los niños del pueblo no vienen por aquí —fue su única respuesta.

—Ese sí —insistió ella.

—No vienen porque tienen miedo.

—Eso es absurdo. ¿De qué han de tener miedo? El niño llevaba puesto un sombrero de ala ancha y pantalones de hombre adaptados a su tamaño. Su aspecto era bastante peculiar. Por fuerza tiene que saber de quién le hablo.

—No he visto a ningún niño como ese —fue la desdeñosa contestación, y John, una vez más, hizo ademán de marcharse.

Sin embargo, Hester era una mujer persistente.

—Pero tuvo que verlo…

—Solo determinadas mentes, señorita, pueden ver cosas que no existen. Soy un tipo sensato. Donde no hay nada que ver, no veo nada. Yo en su lugar, señorita, haría lo mismo. Que tenga un buen día.

Dicho eso se marchó y esa vez Hester no intentó cortarle el paso. Se quedó donde estaba, perpleja, meneando la cabeza y preguntándose qué bicho le había picado al hombre. Angelfield, por lo visto, era una casa llena de misterios. Así y todo, nada gustaba tanto a Hester como ejercitar la mente. Estaba decidida a llegar al fondo de las cosas.

Sin duda alguna Hester poseía una perspicacia y una inteligencia extraordinarias, pero, como contrapartida, no hay que olvidar que no sabía muy bien a quién se enfrentaba. Un ejemplo era su costumbre de dejar a las gemelas solas durante breves períodos mientras ella seguía su propio orden del día en otro lado. Primero las observaba detenidamente, evaluando su estado de ánimo, calculando su fatiga, la proximidad de la hora de comer y sus patrones de actividad y descanso. Si el resultado del análisis revelaba que las gemelas se disponían a pasar una hora holgazaneando dentro de la casa, las dejaba solas. En una de esas ocasiones tenía un objetivo concreto en mente. El médico estaba allí y quería tener unas palabras con él. En privado.

La ingenua de Hester. No hay intimidad donde hay niños.

Recibió al médico en la puerta.

—Hace un día precioso. ¿Le apetece dar un paseo por el jardín?

Se dirigieron al jardín de las figuras sin saber que les estaban siguiendo.

—Ha obrado usted un milagro, señorita Barrow —comenzó el médico—. Emmeline parece otra.

—No —dijo Hester.

—Sí, se lo aseguro. Mis expectativas se han cumplido con creces. Estoy impresionado.

Hester bajó la cabeza y le dio ligeramente la espalda. Tomando su respuesta por modestia y creyéndola abrumada por sus elogios, el médico guardó silencio. El tejo recién podado le ofreció algo que admirar mientras la institutriz recuperaba la serenidad. Fue una suerte para él que estuviera absorto en las líneas geométricas del tejo, pues de lo contrario habría reparado en la expresión irónica de Hester y habría caído en la cuenta de su error.

La firme negativa de Hester nada tenía que ver con la afectación femenina. Era, sencillamente, la expresión de un desacuerdo. Por supuesto que Emmeline parecía otra. Dada la presencia de Hester, no podía ser de otro modo. No había nada de milagroso en eso. He ahí lo que había querido decir con su negativa.

El comentario condescendiente del médico, con todo, no le sorprendía. Nadie solía reparar por aquel entonces en las muestras de talento de las institutrices, pero en cualquier caso creo que estaba decepcionada. Hester pensaba que el médico era la única persona de Angelfield que podría haberla entendido. Pero no era así.

Se volvió hacia él y tropezó con su espalda. Con las manos en los bolsillos y los hombros rectos, el médico estaba mirando la línea donde terminaba el tejo y comenzaba el cielo. Su cuidado pelo empezaba a encanecer y en la coronilla había un círculo perfecto de piel rosada de cuatro centímetros de diámetro.

—John está reparando el daño que causaron las gemelas —dijo Hester.

—¿Qué las impulsó a hacer algo así?

—En el caso de Emmeline, la respuesta es sencilla. Adeline la obligó a hacerlo. En cuanto a los motivos de Adeline, la respuesta es más compleja. Dudo que se conozca a sí misma. La mayor parte del tiempo actúa dominada por impulsos donde no parece existir un factor consciente. Sea cual sea la razón, asestaron un golpe tremendo a John. Su familia ha cuidado este jardín durante generaciones.

—Un acto despiadado. Y sorprende aún más viniendo de una niña.

Sin que el doctor la viera, Hester volvió a torcer el gesto. Estaba claro que el hombre sabía muy poco de niños.

—Un acto despiadado, en efecto, pero los niños pueden ser muy crueles. Lo que pasa es que no nos gusta pensar eso de ellos.

Lentamente, empezaron a caminar entre las figuras, admirando los tejos al tiempo que hablaban de la labor de Hester. A una distancia prudente, pero siempre lo bastante cerca para poder oírlos, una pequeña espía los seguía saltando de tejo en tejo. El médico y la institutriz doblaban a izquierda y derecha, a veces giraban y volvían sobre sus pasos; era un juego de ángulos, una danza intrincada.

—Imagino, señorita Barrow, que estará satisfecha con los resultados de su labor con Emmeline.

—Así es. Con otro año bajo mi tutela no veo razones para que Emmeline no pueda abandonar para siempre su conducta indisciplinada y se convierta definitivamente en la muchacha dulce que sabe ser en sus mejores momentos. No será inteligente, pero no sé por qué no puede llegar el día en que sea capaz de vivir de manera satisfactoria separada de su hermana. Quizá incluso termine casándose; no todos los hombres buscan inteligencia en una esposa y Emmeline es muy cariñosa.

—Excelente, excelente.

—Adeline es un caso muy distinto.

Se detuvieron junto a un frondoso obelisco con un tajo abierto en uno de sus lados. La institutriz escudriñó las ramas marrones del interior y acarició una de las ramitas nuevas, con sus brillantes hojas verdes, que estaban brotando de la vieja madera en dirección a la luz. Suspiró.

—Adeline me tiene algo perpleja, doctor Maudsley. Agradecería su opinión como médico.

Él hizo una leve y cortés inclinación de cabeza.

—Por supuesto. ¿Qué le preocupa exactamente?

—Nunca he conocido a una niña tan desconcertante. —Hester hizo una pausa—. Disculpe que me explaye tanto, pero las rarezas que he apreciado en Adeline no pueden explicarse de forma sucinta.

—En ese caso, tómese su tiempo. No tengo prisa.

El médico señaló un banco que había detrás del cual un seto de boj había sido guiado hasta configurar un intrincado arco enroscado, a la manera de un cabecero de una cama hecho por un artesano. Tomaron asiento y se encontraron frente a la parte sana de una de las figuras geométricas más grandes del jardín.

—Mire, un dodecaedro.

Hester pasó por alto el comentario y procedió con su explicación.

—Adeline es una niña hostil y agresiva. Le molesta mi presencia en la casa y se opone a todos mis esfuerzos por imponer orden. Come de forma irregular, rechaza la comida hasta que el hambre la vence e incluso entonces apenas da unos bocados. Hay que bañarla a la fuerza y pese a su delgadez se necesitan dos personas para mantenerla dentro del agua. Cualquier gesto de ternura por mi parte tropieza con su total indiferencia. Parece incapaz de sentir el abanico básico de las emociones humanas y francamente, doctor Maudsley, me he preguntado si está capacitada para regresar al redil de la normalidad.

—¿Es inteligente?

—Es astuta; es avispada, pero es imposible estimularla para que se interese por algo que vaya más allá del ámbito de sus propios deseos, caprichos y apetitos.

—¿Y en las clases?

—Estoy segura de que comprende que con niñas así en las clases no imparto las lecciones que se dan a los niños normales. No hay aritmética, ni latín, ni geografía. No obstante, a fin de fomentar el orden y la rutina, las niñas están obligadas a asistir a clase durante dos horas dos veces al día, y las educo contándoles historias.

—¿Y esas lecciones son del agrado de Adeline?

—¡Ojalá pudiera responder a esa pregunta! Adeline es una niña bastante salvaje, doctor Maudsley. Para poder retenerla en clase he de recurrir a artimañas y a veces me veo obligada a pedir a John que me la traiga a la fuerza. Adeline hace lo que sea por evitarlo, agita los brazos o se pone completamente rígida para que sea más difícil pasarla por la puerta. Sentarla ante una mesa es casi imposible. La mayoría de las ocasiones John se ve obligado a dejarla en el suelo. Durante la clase no me mira ni me escucha, sino que se repliega en sí misma, en su propio mundo interior.

El médico escuchaba atentamente y asentía con la cabeza.

—Es un caso difícil —dijo luego—. La conducta de Adeline le genera una mayor ansiedad y teme que los resultados de sus esfuerzos sean menos satisfactorios que con Emmeline. Sin embargo, señorita Barrow —su sonrisa era encantadora—, perdóneme si no alcanzo a comprender por qué afirma que Adeline la desconcierta. Su explicación sobre la conducta y el estado mental de la muchacha es más coherente que la que podrían dar muchos estudiantes de medicina basándose en los mismos indicios.

Hester le miró con compostura.

—Todavía no he llegado a la parte desconcertante.

—Ah.

—Claro que existen métodos que han funcionado con niños como Adeline en el pasado y, además, cuento con estrategias de mi propia cosecha en las que tengo cierta fe y que no dudaría en aplicar si no fuera porque...

Hester vaciló y esa vez el médico tuvo la prudencia de esperar a que prosiguiera. Cuando habló de nuevo, lo hizo despacio, midiendo cuidadosamente sus palabras.

—Se diría que dentro de Adeline hay una especie de neblina, una neblina que la separa no solo del resto de la humanidad, sino de sí misma. A veces la neblina se hace más tenue y a veces se disipa del todo y aparece otra Adeline. Después la neblina regresa y Adeline vuelve a ser la de antes.

Hester miró al médico, atenta a su reacción. Él frunció el entrecejo, pero por encima del ceño, donde el pelo reculaba, la piel era lisa y rosada.

—¿Cómo se comporta durante esos períodos?

—Los signos externos son sumamente discretos. Tardé semanas en percatarme del fenómeno e incluso entonces esperé cierto tiempo antes de estar lo bastante segura para acudir a usted.

—Comprendo.

—En primer lugar está su respiración. En un momento dado cambia, y sé que aunque finge estar metida en su propio mundo me está escuchando. Y sus manos...

—¿Sus manos?

—Generalmente las tiene tensas y estiradas, así —Hester hizo una demostración—, pero a veces advierto que las relaja, así —aflojó los dedos—. Es como si su implicación en la historia acaparara toda su atención y eso debilitara sus defensas, de modo que se relaja y olvida su pose de rechazo y rebeldía. He trabajado con muchos niños difíciles, doctor Maudsley, poseo bastante experiencia. Y lo que he visto se resume en lo siguiente: aunque parezca increíble, en Adeline se produce una especie de cambio químico, como si padeciera una fermentación.

El médico no respondió de inmediato. En lugar de eso, se detuvo a reflexionar, y su concentración pareció complacer a Hester.

—¿La aparición de esos signos sigue alguna pauta?

—Nada de lo que pueda estar segura todavía… Pero…

Él ladeó la cabeza, animándola a continuar.

—Probablemente no sea importante, pero hay ciertas historias…

—¿Historias?

—*Jane Eyre*, por ejemplo. A lo largo de varios días les conté una versión abreviada de la primera parte y entonces pude apreciarlo claramente. También con Dickens. Los relatos históricos y las fábulas con moraleja no tienen el mismo efecto.

El médico frunció el entrecejo.

—¿Y es algo sistemático? ¿La lectura de *Jane Eyre* provoca siempre los cambios que ha descrito?

—No, he ahí el problema.

—Hummm. ¿Qué piensa hacer entonces?

—Existen métodos para manejar a niños egoístas y rebeldes como Adeline. En estos momentos, un régimen estricto podría bastar para impedir que más tarde termine ingresando en un manicomio. Sin embargo, dicho régimen, que implicaría la imposición de una rutina estricta y la eliminación de casi todo lo que la estimula, sería sumamente perjudicial para…

—¿La niña que vemos a través de los claros en la neblina?

—Exacto. De hecho, para esa niña nada podría ser más dañino.

—¿Y qué futuro prevé para esa niña, para la muchacha en la neblina?

—Todavía no puedo responder a esa pregunta. Baste decir que hoy día no puedo tolerar que se sienta perdida. A saber lo que sería de ella.

Contemplaron en silencio la frondosa geometría, meditando sobre el problema planteado por Hester sin saber que el problema en cuestión, oculto detrás de las figuras, los estaba observando a través de los huecos entre las ramas.

Finalmente, el médico habló.

—No sé de ninguna enfermedad que pueda causar los efectos mentales que usted describe. Sin embargo, mi desconocimiento puede deberse a mi propia ignorancia. —Hizo una pausa, a la espera de que ella protestara, pero no lo hizo—. Hummm. Como un primer paso, quizá sería aconsejable que sometiera a la niña a un examen minucioso para determinar su estado de salud tanto mental como físico.

—Es justamente lo que estaba pensando —contestó Hester—. Y ahora —rebuscó en sus bolsillos—, aquí tiene mis notas. En ellas encontrará una descripción de cada una de las situaciones que he presenciado, junto con un análisis preliminar. ¿Cree que después del examen podría quedarse media hora para darme a conocer sus primeras impresiones? Después podríamos decidir el siguiente paso que debemos seguir.

El médico la miró pasmado. Había sobrepasado los límites de su papel de institutriz. ¡Y se estaba comportando como si fuera un colega experto!

Hester se había percatado de ello.

Tibubeó. ¿Podía dar marcha atrás? ¿Era demasiado tarde? Tomó una decisión. De perdidos, al río.

—No es un dodecaedro —dijo maliciosamente—. Es un tetraedro.

El doctor se levantó y caminó hasta la figura. Uno, dos, tres, cuatro… Sus labios se movían mientras contaba.

Se me paró el corazón. ¿Iba a rodear el árbol contando caras y ángulos? ¿Iba a contradecirme?

Pero llegó hasta seis y se detuvo. Sabía que ella tenía razón.

Entonces, durante un curioso instante, simplemente se miraron. Él con expresión indecisa. ¿Quién era esa mujer? ¿Con qué autoridad le hablaba de la forma en que lo hacía? No era más que una institutriz provinciana con cara de torta, ¿no?

Ella le miraba en silencio, paralizada por esa indecisión que parpadeaba en el rostro de él.

Entonces el mundo pareció inclinarse levemente sobre su eje y ambos desviaron rápidamente la mirada.

—El examen —comenzó ella.

—¿Le parece el miércoles por la tarde? —propuso él.

—El miércoles por la tarde.

Y el mundo volvió a girar sobre su eje.

Echaron a andar hacia la casa y al llegar al camino el médico se despidió.

Detrás del tejo, la pequeña espía se mordía las uñas y rumiaba.

Cinco notas

Un áspero velo de agotamiento me irritaba los ojos. Ya no podía pensar. Había trabajado todo el día y la mitad de la noche y me asustaba dormirme.

¿Me gastaba mi mente una broma pesada? Creía oír una melodía. Bueno, no exactamente una melodía. Tan solo cinco notas sueltas. Abrí la ventana para corroborarlo. Sí. Sin duda llegaba un sonido del jardín.

Entiendo de palabras. Si me das un fragmento de texto dañado o desgarrado, soy capaz de adivinar lo que iba antes y lo que iba después; o por lo menos puedo reducir las posibilidades a la opción más probable. Pero la música no es mi lenguaje. ¿Eran esas cinco notas el comienzo de una nana? ¿La caída agonizante de un lamento? Imposible saberlo. Sin un principio ni un final que las delimitara, sin una melodía que las sostuviera, fuera lo que fuera lo que las unía parecía sumamente precario. Cada vez que sonaba la primera nota se producía un angustioso instante mientras esta esperaba a descubrir si su compañera todavía seguía allí o se había esfumado para siempre, arrastrada por el viento. Y lo mismo con la tercera y la cuarta.Con la quinta no había una resolución, solo la sensación de que tarde o temprano los frágiles eslabones que unían esa ristra de notas caprichosas se romperían como se habían roto los eslabones del resto de la melodía, y también ese último fragmento vacío desaparecería para siempre, dispersándose con el viento como las últimas hojas de un árbol en invierno.

Obstinadamente mudas cada vez que mi mente consciente les pedía que se manifestaran, las notas acudían de repente a mí cuando no estaba pensando en ellas. Absorta en mi trabajo por la noche, caía en la cuenta de que llevaban rato repitiéndose en mi cabeza. O en la cama, debatiéndome entre el sueño y la vigilia, las oía a lo lejos, entonando para mí su melodía poco definida y sin sentido.

Pero ahora la oía de verdad. Al principio, una sola nota, a sus compañeras las sofocaba la lluvia que martilleaba la ventana. «No es nada», me dije, y me preparé para seguir durmiendo. Entonces, en un instante de calma en medio de la tormenta, tres notas se elevaron por encima del agua.

Era una noche impenetrable. Tan negro estaba el cielo que del jardín solo podía captar el sonido de la lluvia. Esa percusión era la lluvia contra las ventanas. Las ráfagas suaves e irregulares eran lluvia fresca sobre la hierba. El goteo era agua bajando por los canalones hasta los desagües. Tic, tic, tic. Agua resbalando por las hojas hasta el suelo. Y detrás de todo eso, debajo, entremedio —si no estaba loca o soñando— las cinco notas. La la la la la.

Me puse las botas y el abrigo y salí a la oscuridad de la noche.

No veía a un palmo de mi mano. No oía nada salvo el chapoteo de mis botas sobre la hierba. De repente capté una señal. Un sonido seco, inarmónico; no un instrumento, sino una voz humana atonal, discordante.

Lentamente y haciendo frecuentes paradas, seguí la dirección de las notas. Bordeé los largos arriates y doblé por el jardín del estanque, o por lo menos creo que es allí hacia donde me dirigí. Entonces perdí el rumbo, anduve a trompicones por tierra blanda donde pensaba que debía de haber una senda y fui a parar no al lado del tejo, como esperaba, sino a un terreno de arbustos de medio metro de alto con pinchos que se me enganchaban en la ropa. De ahí en adelante renuncié a indicar dónde estaba y me orienté únicamente por el oído, siguiendo las notas como el hilo de Ariadna por un laberinto que ya no reconocía. La melodía sonaba a intervalos irregulares, y en cada ocasión me dirigía hacia ella, hasta que el silencio me detenía y me quedaba esperando otra nueva pista. ¿Cuánto tiempo pasé dando tumbos en la oscuridad? ¿Un cuarto de hora? ¿Media hora? Lo único que sé es que finalmente me encontré de nuevo frente la puerta por la que había salido. Había vuelto —o me habían llevado— al punto de partida.

El silencio entonces fue definitivo. Las notas habían muerto y en su lugar reapareció la lluvia.

En vez de entrar me senté en el banco y descansé la cabeza sobre mis brazos cruzados, sintiendo el golpeteo de la lluvia en la espalda, el cuello y el pelo.

Empezó a parecerme una insensatez el haberme puesto a perseguir por el jardín algo tan etéreo, y casi logré convencerme de que lo que había oído era solo producto de mi imaginación. Luego mi mente dobló por otros derroteros. Me pregunté cuándo me enviaría mi padre información sobre la forma de dar con Hester. Pensé en Angelfield y fruncí el entrecejo: ¿qué haría Aurelius cuando demolieran la casa? Pensar en Angelfield me llevó a pensar en el fantasma y eso me llevó a pensar en mi propio fantasma, la foto que le había hecho, perdida en una nebulosa blanca. Decidí telefonear a mi madre al día siguiente, mas era una decisión poco arriesgada; nada te obliga a cumplir un propósito formulado en mitad de la noche.

De repente la columna me envió una señal de alarma.

Una presencia. Aquí. Ahora. A mi lado.

Me levanté de un salto y miré a mi alrededor.

La oscuridad era total. No se veía nada ni a nadie. La negra noche se lo había tragado todo, incluido el gran roble, y el mundo se había reducido a los ojos que me estaban observando y el ritmo frenético de mi corazón.

La señorita Winter no. Aquí no; a estas horas de la noche no. Entonces, ¿quién?

La sentí antes de sentirla. La presión en el costado, vista y no vista…

Era Sombra, el gato.

Volvió a arrimarse, otro roce del carrillo contra mis costillas, y un maullido algo retrasado como para anunciar su presencia. Alargué una mano y le acaricié mientras mi corazón trataba de encontrar su ritmo. El gato ronroneó.

—Estás empapado —le dije—. Vamos, bobo. No es una buena noche para pasear.

Me siguió hasta mi habitación, se secó el pelaje a lametazos mientras yo me envolvía el cabello con una toalla y nos quedamos dormidos juntos en la cama. Por una vez —quizá fuera la protección del gato— mis sueños me dieron un respiro.

El día amaneció apagado y gris. Después de la entrevista salí a dar un paseo por el jardín. En la lúgubre luz de la tarde intenté volver sobre el camino que había seguido la noche anterior. El comienzo fue fácil: bordeé los largos arriates y doblé por el jardín del estanque; pero después me desorienté. El recuerdo de haber caminado por la tierra blanda de un macizo me tenía desconcertada, pues todos los macizos y arriates estaban perfectamente ordenados y rastrillados. Aun así, hice algunas conjeturas, tomé una o dos decisiones al azar y dibujé una trayectoria más o menos circular con la esperanza de que reflejara, al menos en parte, mi paseo nocturno.

No vi nada fuera de lo normal. A menos que cuente el hecho de que me encontré a Maurice y esta vez me habló. Estaba arrodillado sobre una parcela de tierra removida, distribuyendo, alisando y aplanando. Me oyó acercarme por la hierba y levantó la vista.

—Condenados zorros —gruñó. Y regresó a su trabajo.

Volví a la casa y me puse a transcribir la entrevista de la mañana.

El experimento

Llegó el día del examen médico y el doctor Maudsley se personó en la casa. Como de costumbre, Charlie no estaba allí para recibir al visitante. Hester le había informado de la visita del médico de la manera acostumbrada (una carta depositada fuera de sus aposentos, sobre una bandeja) y, como no había obtenido respuesta, supuso acertadamente que el asunto le traía sin cuidado.

La paciente se hallaba en uno de sus estados de ánimo huraños pero dóciles. Se dejó conducir hasta el cuarto elegido para el examen y aceptó que le dieran golpecitos y punzadas. Invitada a abrir la boca y sacar la lengua, se negó en redondo, pero al menos cuando el médico le introdujo los dedos para separar la mandíbula superior de la inferior, no le mordió. Tenía la mirada apartada de él y sus instrumentos, apenas parecía consciente de su presencia y del examen. Fue imposible sacarle una sola palabra.

El doctor Maudsley descubrió que su paciente estaba por debajo del peso adecuado y tenía piojos; por lo demás, físicamente gozaba de buena salud. Su estado psicológico, sin embargo, era más difícil de determinar. ¿Era la muchacha, como había insinuado John-the-dig, mentalmente deficiente? ¿O acaso la conducta de la chica se debía a la negligencia de su madre y la falta de disciplina? Esa era la opinión del ama, quien, al menos en público, siempre estaba dispuesta a absolver a las gemelas.

No fueron esas las únicas opiniones que el médico tuvo presentes mientras examinaba a la gemela salvaje. La noche anterior, en su propia casa, pipa en boca y con la mano sobre la chimenea, había estado cavilando en voz alta sobre el caso (le gustaba que su mujer le escuchara, pues estimulaba su elocuencia), enumerando los ejemplos de mala conducta de que había sido informado: los hurtos en las casas de los aldeanos, la destrucción del jardín de las figuras, la violencia vertida sobre Emmeline, la fascinación por las cerillas... Se hallaba reflexionando sobre las posibles explicaciones cuando la dulce voz de su esposa le interrumpió:

—¿No crees que simplemente es traviesa?

Por un instante la interrupción lo dejó demasiado pasmado para poder contestar.

—Solo era una sugerencia —continuó ella agitando una mano para restar importancia a sus palabras. Había hablado con suavidad, pero eso poco importaba. El hecho de que hubiera hablado bastó para que sus palabras fueran cortantes.

Y luego estaba Hester.

—Ha de tener presente —le había dicho— que dada la ausencia de un vínculo fuerte con los padres y de una orientación firme por parte de otras personas, el desarrollo de la niña hasta el día de hoy ha estado enteramente determinado por su experiencia como gemela. Su hermana es el único punto fijo y permanente en su conciencia, de modo que toda su visión del mundo se ha ido formando a través del prisma de su relación con ella.

Tenía razón, desde luego. El doctor Maudsley ignoraba de qué libro lo había sacado ella, pero debía de haberlo leído con detenimiento, porque había expuesto la idea con suma brillantez. Mientras la escuchaba, le había sorprendido su voz. Aunque claramente femenina, había en la institutriz un ligero tono de autoridad masculina. Hester era elocuente. Tenía una graciosa tendencia a expresar sus opiniones con el mismo dominio comedido que cuando explicaba una teoría de algún especialista sobre la que había leído. Y cuando hacía una pausa al final de una frase para recuperar el aliento, le lanzaba una mirada rauda —la primera vez la había encontrado desconcertante, pero después le resultó divertida— para indicarle si podía hablar o si tenía intención de seguir hablando ella.

—Debo investigar un poco más —le dijo a Hester cuando se reunieron para hablar de la paciente después del examen—. Y tenga por seguro que observaré con detenimiento la relevancia de su condición de gemela.

Hester asintió.

—Yo lo veo así —dijo—: en cierta manera podríamos considerar a las gemelas dos hermanas que se han repartido un conjunto de características. Mientras que una persona sana y normal experimenta todo un abanico de emociones diferentes y muestra un extensa variedad de comportamientos, podría decirse que las gemelas han dividido ese abanico de emociones y comportamientos en dos y cada una ha asimilado una parte. Una gemela es salvaje y propensa a los arrebatos; la otra es perezosa y pasiva. Una prefiere la limpieza; la otra adora la suciedad. Una tiene un apetito insaciable; la otra puede pasarse varios días sin comer. Ahora bien, si esa polaridad (podremos discutir más tarde en qué medida ha sido adoptada de forma consciente) es fundamental para el sentido de identidad de Adeline, ¿no es comprensible que inhiba dentro de ella todo lo que, desde su punto de vista, corresponde a Emmeline?

La pregunta no esperaba contestación; Hester no le indicó al médico que podía hablar, simplemente hizo una inspiración moderada y continuó:

—Ahora consideremos las cualidades del ser al que, de forma algo fantasiosa, nos referimos como la niña en la neblina. Esa niña escucha las historias, es capaz de comprender y emocionarse con un lenguaje que no es el de las gemelas. Eso sugiere una voluntad de relacionarse con otras personas. Pero de las dos gemelas, ¿a quién le ha sido asignada la tarea de relacionarse con la gente? ¡A Emmeline! De modo que Adeline ha de reprimir esa parte de su personalidad.

Hester se volvió hacia el médico y le brindó esa mirada que significaba que le cedía el turno de palabra.

—Es una idea curiosa —respondió él con cautela—. Yo habría imaginado lo contrario, ¿no le parece? Que por el hecho de ser gemelas cabría esperar que tuvieran más similitudes que diferencias.

—Pero hemos observado que no es así —se apresuró a replicar Hester.

—Hummm.

Hester le dejó rumiar. El médico contemplaba la pared desnuda, absorto en sus pensamientos, al tiempo que ella le lanzaba miradas nerviosas, tratando de leer en su rostro la acogida que estaba teniendo su teoría. Finalmente, estuvo listo para hacer su dictamen.

—Aunque su idea resulta interesante —esbozó una sonrisa afable para suavizar el efecto de sus desalentadoras palabras—, no recuerdo haber leído nada sobre esa división de la personalidad entre gemelos en ninguno de los especialistas en la materia.

Hester pasó por alto la sonrisa y le miró manteniendo la compostura.

—Los especialistas no lo consideran así, eso es cierto. De estar en algún lugar, estaría en Lawson, y no es el caso.

—¿Ha leído a Lawson?

—Naturalmente. Ni por un momento se me ocurriría exponer una opinión sobre un tema, el que fuera, sin estar primero segura de mis fuentes.

—Oh.

—Existe una referencia a unos niños gemelos peruanos en Harwood que sugiere algo similar, si bien el autor se queda corto en cuanto a las conclusiones que podrían extraerse.

—Recuerdo ese caso... —El médico dio un ligero respingo—. ¡Oh, ya veo la relación! Me pregunto si el estudio de Brasenby guarda alguna relación con este caso.

—No he podido obtener el estudio completo. ¿Cree que podría prestármelo?

Y así empezó todo.

Impresionado por la agudeza de las observaciones de Hester, el médico le prestó el estudio de Brasenby. Cuando ella se lo devolvió, llevaba adjunta una hoja con anotaciones y preguntas expuestas de manera sucinta. Mientras tanto, él había obtenido otros libros y artículos para completar su biblioteca sobre gemelos, trabajos de reciente publicación, ejemplares de investigaciones en curso de diferentes especialistas y ediciones extranjeras. Transcurrida una o dos semanas cayó en la cuenta de que podía ahorrarse mucho tiempo si primero le pasaba los trabajos a Hester y luego leía los concisos e inteligentes resúmenes que ella elaboraba. Cuando entre los dos hubieron leído cuanto era posible leer, regresaron a sus observaciones personales. Ambos habían recopilado notas, él médicas, ella psicológicas; había abundantes anotaciones con la letra de él en los márgenes del manuscrito de ella; ella, por su parte, había hecho aún más anotaciones en el manuscrito de él e incluso adjuntado sus convincentes ensayos en hojas aparte.

Leían, pensaban, escribían, se reunían, discutían. Así continuaron hasta que supieron todo lo que había que saber sobre gemelos, pero todavía había algo que desconocían, y ese algo era, en realidad, lo único que importaba.

—Todo este trabajo —dijo el médico una noche en la biblioteca—, todas estas hojas, y seguimos como al principio. —Se mesó el pelo con gesto nervioso. Le había dicho a su esposa que estaría de regreso a las siete y media e iba a llegar tarde—. ¿Es por Emmeline que Adeline contiene a la niña en la neblina? Creo que la respuesta a esa pregunta se halla fuera de los límites del conocimiento actual. —Suspiró y arrojó el lápiz sobre la mesa, entre irritado y resignado.

—Tiene razón. Así es. —Era comprensible que Hester pareciera molesta, pues él había tardado cuatro semanas en llegar a una conclusión que ella podría haberle brindado desde el principio solo con que él hubiera estado dispuesto a escucharla.

El médico se volvió hacia ella.

—Solo hay una forma de averiguarlo —prosiguió Hester con calma.

Él enarcó una ceja.

—Mi experiencia y mis observaciones me han llevado a creer que aquí existen posibilidades de realizar un proyecto de investigación pionero. Lógicamente, siendo una mera institutriz yo tendría dificultades para convencer a la revista adecuada de que publicara cualquier trabajo que pudiera ofrecerle. Echarían un vistazo a mi currículo y me tomarían por una estúpida con ideas que no son de mi competencia. —Se encogió de hombros y bajó la mirada—. Quizá tengan razón y así sea. Sin embargo —astutamente volvió a levantar la vista—, para un hombre con la formación y los conocimientos adecuados, estoy segura de que aquí hay un proyecto jugoso.

La primera reacción del médico fue de pasmo, pero después se le empañaron los ojos. ¡Una investigación pionera! La idea no era tan descabellada. Entonces pensó que después de todo lo que había leído en los últimos meses, ¡por fuerza tenía que ser el médico mejor informado del país sobre el tema de los gemelos! ¿Quién más sabía lo que él sabía? Y más importante aún, ¿quién más tenía el caso idóneo ante sus propias narices? ¿Una investigación pionera? ¿Por qué no?

Hester le permitió recrearse unos minutos más y cuando vio que su insinuación había calado hondo murmuró:

—Por supuesto, si necesitara una ayudante sería un placer para mí colaborar con usted en lo que precisara.

—Es usted muy amable —asintió él—. Naturalmente, usted ha trabajado con las niñas… Tiene experiencia de primera mano… Una experiencia inestimable… Ciertamente inestimable.

El doctor Maudsley se marchó de Angelfield y llegó flotando en una nube hasta su casa, donde no reparó en que la cena estaba fría y su esposa de mal humor.

Hester recogió los papeles de la mesa y salió de la biblioteca; su satisfacción podía oírse en sus pasos enérgicos y la firmeza con que cerró la puerta tras de sí.

La biblioteca parecía vacía, pero no era así.

Tendida cuan larga era en lo alto de las librerías, una muchacha se estaba mordiendo las uñas y pensando.

Investigación pionera.

«¿Es por Emmeline que Adeline contiene a la niña en la neblina?»

No hacía falta ser un genio para imaginar lo que estaba a punto de ocurrir.

Actuaron de noche.

Emmeline no se revolvió en ningún momento cuando la levantaron de la cama. Debía de sentirse segura en los brazos de Hester; quizá le tranquilizó reconocer, dormida, el olor a jabón mientras se la llevaban del cuarto por el pasillo. Fuera cual fuese el motivo, esa noche no se dio cuenta de lo que estaba sucediendo. Su despertar a la realidad se produciría muchas horas después.

Para Adeline fue diferente. Rápida y perspicaz, despertó de inmediato al sentir la ausencia de su hermana. Corrió como una flecha hasta la puerta, pero la rauda mano de Hester ya había girado la llave. En un instante lo supo todo, lo sintió todo. Separación. No gritó, no aporreó la puerta con los puños, no arañó la cerradura con las uñas. Su espíritu combativo la había abandonado por completo. Se derrumbó en el suelo, cayó echa un ovillo contra la puerta y allí permaneció toda la noche. Las tablas desnudas mordían sus prominentes huesos, pero no sentía el dolor. La chimenea estaba apagada y el camisón era fino, pero no sentía el frío. No sentía nada. Estaba destrozada.

Cuando a la mañana siguiente fueron a por ella, no oyó la llave en la cerradura, no reaccionó cuando la puerta la arrastró al abrirse. Tenía la mirada inerte, la piel pálida. Qué fría estaba. Podría haber sido un cadáver de no ser por los labios, que temblaban incesantemente, repitiendo un mantra silencioso que podría haber sido «Emmeline, Emmeline, Emmeline».

Hester levantó a Adeline en brazos. No fue difícil. La niña ya tenía catorce años pero estaba en los huesos. Sacaba toda su fuerza de su voluntad, y cuando esta desapareció, se volvió inconsistente. La bajaron por la escalera con la misma facilidad que una almohada de plumas sacada a ventilar.

Conducía John. En silencio. De acuerdo o en desacuerdo, poco importaba. Hester tomaba las decisiones.

Le dijeron a Adeline que la llevaban a ver a Emmeline, una mentira que hubieran podido ahorrarse, pues Adeline no habría opuesto resistencia, independientemente de a dónde se la hubiesen llevado. Se sentía perdida, ausente de sí misma. Sin su hermana, no era nada y no era nadie. Lo que trasladaron a la casa del médico no era más que el caparazón de una persona. Y allí lo dejaron.

De nuevo en casa, sacaron a Emmeline de la cama de Hester y la devolvieron a su cama sin despertarla. Durmió otra hora y cuando al fin abrió los ojos, se sorprendió ligeramente al ver que su hermana no estaba. A lo largo de la mañana su sorpresa fue en aumento y por la tarde se transformó en ansiedad. Rastreó la casa, y también los jardines. Se internó en el bosque, se adentró en el pueblo, tanto como se lo permitió su coraje.

A la hora de la merienda Hester la encontró en el borde de la carretera, mirando en la dirección que la habría llevado, de haberla seguido, hasta la puerta de la casa del médico. No se había atrevido. Hester le posó una mano en el hombro y la atrajo hacia sí, luego la condujo de nuevo a la casa. De vez en cuando Emmeline se detenía y titubeaba, deseando volver, pero Hester la cogía de la mano y tiraba firmemente de ella. Emmeline la seguía con pasos obedientes pero perplejos. Después de la merienda se quedó mirando por la ventana. A medida que la luz decaía el miedo se fue apoderando de ella, pero la angustia no la asaltó hasta que Hester hubo cerrado las puertas con llave y comenzó la rutina de acostarla.

Lloró toda la noche. Sollozos solitarios que parecían no tener fin. Lo que en Adeline había estallado en un instante tardó veinticuatro angustiosas horas en prorrumpir en Emmeline, pero cuando llegó el alba estaba tranquila. Había llorado y temblado hasta perder la conciencia.

La separación de hermanos gemelos no es una separación cualquiera. Imagínate que sobrevives a un terremoto y al recuperar el conocimiento te encuentras ante un mundo irreconocible. El horizonte ha cambiado de lugar. El sol tiene otro color. Nada queda del terreno que conocías. Tú estás viva; pero estar viva no es lo mismo que vivir. No es extraño que los supervivientes de semejantes catástrofes suelan desear haber perecido con el resto de la gente.

La señorita Winter tenía la mirada perdida. Su célebre tinte cobrizo se había diluido en un tono asalmonado. Ya no utilizaba laca y los compactos rizos habían dado paso a una maraña suave e informe, pero tenía el semblante severo y el porte rígido, como si se estuviera preparando para un viento afilado que solo ella podía notar.

Lentamente, se volvió hacia mí.

—¿Se encuentra bien? —preguntó—. Judith dice que no come mucho.

—Nunca he comido mucho.

—Está pálida.

—Será que estoy un poco cansada.

Terminamos pronto. Creo que ninguna de las dos se sentía con ánimo de continuar.

¿Fantasmas?

Cuando volví a verla, la señorita Winter estaba diferente. Cerró los ojos con cansancio y tardó más de lo acostumbrado en evocar el pasado y comenzar a hablar. Mientras juntaba los hilos la observé y advertí que no se había puesto las pestañas postizas. Conservaba la sombra de ojos violeta y la arrolladora raya negra, pero sin las pestañas de araña parecía una niña que ha estado jugando con el estuche de pinturas de su madre.

Las cosas no salieron como Hester y el médico esperaban. Se habían preparado para una Adeline que despotricara, bramara, pataleara y batallara. En cuanto a Emmeline, contaban con que su cariño por Hester la ayudara a aceptar la repentina ausencia de su gemela. Esperaban, en resumidas cuentas, las mismas niñas de siempre, solo que separadas en lugar de juntas. De ahí que al principio les sorprendiera que las gemelas se convirtieran en dos muñecas de trapo inertes.

Bueno, no del todo inertes. La sangre seguía circulando perezosamente por sus venas. Tragaban las cucharadas de sopa que les metían en la boca, el ama en una casa, la esposa del médico en la otra. Pero tragar es un acto reflejo, y la gemelas no tenían hambre. Sus ojos, abiertos durante el día, no veían, y por la noche, aunque los cerraban, no gozaban de la tranquilidad del sueño. Estaban separadas, estaban solas, estaban en una suerte de limbo. Eran dos seres mutilados, mas no les faltaba un miembro, sino el alma.

¿Dudaron los supuestos científicos de sí mismos? ¿Se detuvieron a pensar si estaban haciendo lo correcto? ¿Proyectaron las figuras inconscientes y desmañadas de las gemelas una sombra sobre su bello proyecto? En realidad no eran deliberadamente crueles. Solo insensatos. Mal orientados por sus conocimientos, por su ambición por su propia ceguera.

El médico realizaba pruebas. Hester observaba. Y cada día se reunían para comparar notas, para comentar lo que al principio, con optimismo, llamaban progreso. Ante el escritorio del médico o en la biblioteca de Angelfield, se sentaban juntos con las cabezas inclinadas sobre papeles donde estaban anotados todos los pormenores sobre la vida de las niñas. Conducta, dieta, sueño. Cavilaban sobre la falta de apetito, sobre la propensión a dormir todo el tiempo, ese dormir que no era dormir. Proponían teorías que explicaran los cambios generados en las gemelas. El experimento no estaba yendo todo lo bien que esperaban, de hecho había comenzado de manera desastrosa, pero ambos científicos eludían la posibilidad de que estuvieran perjudicándolas y preferían alimentar la creencia de que juntos podían obrar un milagro.

Al médico le proporcionaba una enorme satisfacción trabajar por primera vez desde hacía décadas con una mente científica tan lúcida. Le maravillaba la capacidad de su protegida para captar un principio y, al minuto siguiente, aplicarlo con originalidad y perspicacia profesionales. No tardó en reconocer para sus adentros que la institutriz era más una colega que una protegida. Y Hester estaba encantada de ver que por fin su mente estaba siendo debidamente alimentada y desafiada. Salía de sus reuniones diarias rezumando entusiasmo y satisfacción. Así se explica fácilmente la ceguera de ambos. ¿Cómo podía esperarse de la institutriz y el médico que comprendieran que lo que a ellos les estaba haciendo tanto bien podía estar causando un enorme daño en las niñas que tenían a su cargo? A menos que por las noches, sentados a solas transcribiendo sus observaciones del día, levantaran la vista hacia la niña de mirada inerte que permanecía inmóvil en la silla del rincón y sintieran que una duda cruzaba por sus mentes. Pero de ser así, no lo anotaban en sus observaciones, ni siquiera lo mencionaban.

Tan dependiente se volvió la pareja de su empresa conjunta que no se dio cuenta de que el gran proyecto no estaba avanzando en lo más mínimo. El estado de Emmeline y Adeline era casi catatónico y la niña en la neblina no aparecía por ningún lado. Impertérritos ante la falta de conclusiones, los científicos proseguían con su trabajo: elaboraban tablas y gráficos, proponían teorías y desarrollaban intrincados experimentos que poner en práctica. Con cada fracaso se decían que habían acotado algo del campo de la investigación y pasaban a la siguiente gran idea.

La esposa del médico y el ama participaban en el proyecto, pero a distancia. Se ocupaban del cuidado físico de las niñas. Metían cucharadas de sopa en sus dóciles bocas tres veces al día. Las vestían, las bañaban, les lavaban la ropa y les cepillaban el pelo. Ambas mujeres tenían sus razones para desaprobar el proyecto; ambas tenían sus razones para guardarse sus opiniones. John-the-dig, por su parte, había quedado totalmente excluido. Nadie le preguntaba su parecer, pero eso no le impedía formular su dictamen diario ante al ama en la cocina:

—Esto no traerá nada bueno; te lo digo yo. Nada bueno.

Llegó un momento en que Hester y el médico deberían haberse rendido. Ninguno de sus planes había dado fruto y, aunque se devanaban los sesos, no se les ocurrían más tácticas. Justo entonces Hester detectó pequeños signos de progreso en Emmeline. La muchacha había vuelto la cabeza hacia una ventana y la habían visto asiendo con fuerza una baratija brillante de la que se negaba a separarse. Escuchando detrás de las puertas (lo cual no es de mala educación cuando se hace en nombre de la ciencia), Hester descubrió que la muchacha, cuando estaba sola, hablaba en susurros en el antiguo lenguaje de las gemelas.

—Se consuela a sí misma imaginando la presencia de su hermana —le dijo al médico.

El médico decidió entonces dejar a Adeline sola durante largas horas mientras él escuchaba detrás de la puerta, libreta y pluma en mano. Nunca oyó nada.

Hester y el médico se recordaban a sí mismos que debían ser pacientes en el caso más serio de Adeline, al tiempo que se felicitaban por los progresos de Emmeline. Anotaban animados el aumento de su apetito, su buena disposición a sentarse recta, los primeros pasos que había dado por sí misma. Emmeline no tardó en pasearse de nuevo por la casa y el jardín sin abandonar del todo su aire errabundo. Oh, sí, coincidían Hester y el doctor, ¡el experimento realmente empezaba a dar resultados! Es difícil decir si en algún momento se pararon a pensar que lo que ellos llamaban «progresos» no era más que el regreso de Emmeline a los hábitos que ya mostraba antes de que comenzara el experimento.

No todo era coser y cantar con Emmeline. Hubo un terrible día en que su olfato la llevó hasta el armario donde estaban guardados los andrajos que su hermana solía ponerse. Se los llevó a la cara, aspiró su olor rancio animal, y, feliz, se los puso. Era una situación delicada, pero lo peor estaba por venir. Así vestida, se vio en un espejo y, confundiendo su reflejo con su hermana, echó a correr hacia él. El topetazo fue lo bastante estrepitoso para que el ama llegara corriendo. La mujer encontró a Emmeline junto al espejo, llorando no por su dolor, sino por su pobre hermana, que se había roto en varios pedazos y estaba sangrando.

Hester le quitó los harapos y ordenó a John que los quemara. Como medida de precaución, le pidió al ama que girara todos los espejos hacia la pared. Emmeline estaba perpleja, pero no volvieron a producirse incidentes de esa índole.

Emmeline no hablaba. Pese a sus cuchicheos en solitario, puertas adentro, siempre en el antiguo lenguaje de las gemelas, era imposible inducirla a pronunciar una sola palabra en inglés delante del ama o de Hester. Era un asunto controvertido. Hester y el médico tuvieron una larga charla en la biblioteca y llegaron a la conclusión de que no había de qué preocuparse. Emmeline podía hablar, así que con el tiempo lo haría. Su negativa a hablar y el incidente con el espejo eran decepciones, desde luego, pero la ciencia funcionaba así. ¡Y había que ver los progresos! ¿Acaso Emmeline no estaba ya lo bastante fuerte para permitirle salir? Además, últimamente pasaba menos tiempo en el borde de la carretera merodeando frente a la línea invisible que no osaba traspasar, mirando en dirección a la casa del médico. Las cosas no estaban yendo del todo mal.

¿Adelantos? No eran los que habían esperado al principio. Si los comparaban con los resultados que Hester había obtenido con la muchacha cuando llegó a la casa, no eran muchos, pero era cuanto tenían y le estaban sacando todo el partido posible. Es probable que, en el fondo, se sintieran aliviados. Pues ¿cuál habría sido la consecuencia de un éxito definitivo? Se habrían terminado las razones para seguir trabajando juntos. Y aunque no querían verlo, eso era lo último que deseaban que sucediera, dejar de trabajar juntos.

Jamás habrían terminado el experimento por su propia voluntad. Jamás.

Haría falta algo, algo externo a ellos, para detenerlo. Algo que llegó de forma totalmente inesperada.

—¿Qué?

Aunque se nos había terminado el tiempo, aunque ella tenía ese aspecto demacrado y ceniciento que adquiría cuando se acercaba la hora de la medicación, aunque estaba prohibido hacer preguntas, no pude contenerme.

Pese al dolor, los ojos verdes de la señorita Winter brillaron con picardía cuando se inclinó confidencialmente hacia delante.

—¿Cree en los fantasmas, Margaret?

¿Creía en los fantasmas? ¿Qué podía contestar? Asentí con la cabeza.

Satisfecha, la señorita Winter se reclinó en su butaca y tuve la familiar sensación de que había desvelado más de lo que creía.

—Hester no. Ningún científico cree. Por tanto, como no creía en los fantasmas, tuvo serios problemas el día en que vio uno.

❦

He aquí lo que ocurrió:

Un día soleado, tras haber terminado sus tareas antes de lo acostumbrado, Hester salió de casa temprano y decidió ir a casa del médico tomando el camino más largo. El cielo estaba completamente azul, el aire era fresco y limpio y se sentía llena de una poderosa energía a la que no podía poner nombre pero que despertaba en ella el deseo de hacer algún ejercicio extenuante.

El camino que bordeaba los prados la condujo hasta lo alto de una pequeña loma que, sin llegar a ser colina, brindaba una espléndida vista del paisaje y las tierras circundantes. Se hallaba a medio camino de la casa del médico, avanzando con el paso enérgico y el corazón acelerado, pero sin la más mínima sensación de sobreesfuerzo, sintiendo que podría echar a volar si se lo proponía, cuando vio algo que la detuvo en seco.

A lo lejos, jugando juntas en un prado, estaban Emmeline y Adeline. Eran inconfundibles: dos melenas pelirrojas, dos pares de zapatos negros; una niña con el vestido de popelín azul marino que el ama le había puesto a Emmeline esa mañana, la otra con el vestido verde.

No podía ser.

Pero sí podía ser. Hester era científica. Podía verlas, por lo tanto allí estaban. Seguro que había una explicación. Adeline se había escapado de la casa del médico. Su letargo se había desvanecido con la misma rapidez con que había llegado y, aprovechando una ventana abierta o un juego de llaves desatendido, había huido antes de que alguien reparara en su recuperación. Eso era.

¿Qué debía hacer? De nada le serviría echar a correr hacia las gemelas. Para abordarlas tenía que atravesar un largo trecho de campo abierto y ellas la verían y huirían antes de que hubiera cubierto la mitad del terreno. Así pues, fue directa a la casa del médico a la carrera.

Momentos después estaba aporreando con impaciencia la puerta. Fue la señora Maudsley quien abrió, irritada por el alboroto, pero Hester tenía cosas más importantes en la cabeza que una disculpa y, apartándola, caminó hasta la puerta del consultorio. Entró sin llamar.

El médico levantó la vista, sorprendido de ver el rostro de su colaboradora encendido por el esfuerzo y el pelo, normalmente impecable, salido de las horquillas. Le costaba respirar; quería hablar, pero todavía no podía.

—¿Qué le ocurre? —preguntó él levantándose de la silla y rodeando la mesa para posar las manos en los hombros de Hester.

—¡Adeline! —jadeó—. ¡La ha dejado salir!

Presa del pasmo, el doctor frunció el entrecejo. Volvió a Hester por los hombros hasta colocarla de cara al otro extremo de la habitación.

Y allí estaba Adeline.

Hester se volvió rauda hacia el doctor.

—¡Pero si acabo de verla con Emmeline! En la linde del bosque, al otro lado del prado de Oates… —comenzó con vehemencia, pero su voz se fue apagando a medida que aumentaba su extrañeza.

—Tranquila, siéntese aquí, beba un poco de agua —dijo el médico.

—Probablemente se escapó. Pero ¿cómo consiguió salir? ¿Y cómo pudo volver tan deprisa? —Hester se esforzaba por comprender.

—Adeline no se ha movido de esta habitación en las últimas dos horas, desde el desayuno. No ha estado sola ni un minuto. —El médico miró a Hester a los ojos, conmovido por su agitación—. Debió de ver a otra niña. Un niña del pueblo —sugirió manteniendo su dignidad médica.

—Pero… —Hester meneó la cabeza—. Era la ropa de Adeline. El pelo de Adeline.

Hester se volvió de nuevo hacia Adeline. Los ojos de la muchacha, abiertos como platos, eran indiferentes al mundo. No llevaba puesto el vestido verde que Hester había visto hacía unos minutos, sino el azul marino, y no tenía el pelo suelto, sino recogido en una trenza.

La mirada que Hester dirigió de nuevo al médico era de puro desconcierto. Todavía respiraba agitadamente. No había una explicación científica, racional, para lo que había visto. Y Hester sabía que el mundo era totalmente científico. Por lo tanto, solo podía haber una explicación.

—Debo de estar loca —susurró. Sus pupilas se dilataron y las fosas nasales le temblaron—. ¡He visto un fantasma!

Los ojos se le llenaron de lágrimas.

Ver a su colaboradora reducida a semejante estado de turbación produjo una extraña sensación en el médico. Y aunque era el científico que había en él quien primero había admirado a Hester por su fría cabeza y su infalible cerebro, fue el hombre, animal e instintivo, el que respondió a su desmoronamiento envolviéndola en un apasionado abrazo y posando sus firmes labios en los de ella.

Hester no opuso resistencia.

Escuchar detrás de las puertas no es de mala educación cuando se hace en nombre de la ciencia… y la esposa del médico era una científica entusiasta cuando se trataba de estudiar a su marido. El beso que tanto sobresaltó al médico y a Hester no sorprendió en absoluto a la señora Maudsley, que llevaba tiempo esperando algo así.

Abrió la puerta y, en un arrebato de indignada rectitud, irrumpió bruscamente en el consultorio.

—Le agradecería que abandonara inmediatamente esta casa —le dijo a Hester—. Puede enviar a John con la berlina para que recoja a la niña.

Luego volviéndose hacia su marido dijo:

—Contigo hablaré más tarde.

El experimento había terminado. Y con él muchas otras cosas.

John recogió a Adeline. No vio ni al médico ni a su esposa, pero se enteró de los acontecimientos de la mañana por boca de la criada.

Una vez en casa, acostó a Adeline en su antigua cama, en su antigua habitación, y dejó la puerta entornada.

Emmeline, que estaba deambulando por el bosque, levantó la cabeza, olfateó el aire y se volvió directamente hacia la casa. Entró por la puerta de la cocina, fue derecha a la escalera, subió los escalones de dos en dos y caminó con paso resuelto hasta la antigua habitación. Cerró la puerta tras de sí.

¿Y Hester? Nadie la vio regresar a la casa y nadie la oyó partir, pero cuando el ama llamó a su puerta al día siguiente, encontró la ordenada habitación vacía y ni rastro de Hester.

Emergí del hechizo de la historia y regresé a la biblioteca de la señorita Winter con sus cristales y espejos.

—¿Adónde fue? —pregunté.

La señorita Winter me observó con un ligero ceño en la frente.

—Ni idea. ¿Qué importa eso?

—Tuvo que ir a algún lugar.

La narradora me lanzó una mirada de soslayo.

—Señorita Lea, no conviene encariñarse con los personajes secundarios. No es su historia. Vienen, se van, y una vez que se han ido ya no vuelven. Eso es todo.

Deslicé el lápiz por la espiral de mi libreta y me dirigí a la puerta, pero al llegar a ella me di la vuelta.

—Entonces, ¿de dónde venía?

—¡Por todos los santos! ¡No era más que una institutriz! Hester es irrelevante, créame.

—Seguro que tenía referencias. Un trabajo anterior. O por lo menos una carta de solicitud de empleo con una dirección. A lo mejor llegó por medio de una agencia.

La señorita Winter cerró los ojos y una expresión de resignación asomó en su rostro.

—Estoy segura de que el señor Lomax, el abogado de la familia Angelfield, estará al corriente de esos detalles. Aunque dudo de que le sirvan de algo. Es mi historia, sé de lo que hablo. Tiene el despacho en Market Street, en Banbury. Le daré instrucciones de que responda a todas las preguntas que usted desee hacerle.

Le escribí al señor Lomax esa misma noche.

Después de Hester

Al día siguiente, cuando Judith llegó con la bandeja del desayuno, le di la carta para el señor Lomax y ella extrajo del bolsillo de su delantal una carta para mí. Reconocí la letra de mi padre.

Las cartas de mi padre constituían siempre un consuelo, y esa no fue una excepción. Confiaba en que yo estuviera bien. ¿Estaba adelantando en mi trabajo? Había leído una novela danesa del siglo XIX extraña y encantadora de la que me hablaría a mi regreso. En una subasta había tropezado con un fajo de cartas del siglo XVIII que nadie parecía querer. ¿Las quería? Las había comprado por si acaso me interesaban. ¿Detectives privados? Sí, tal vez, ¿pero no podría un genealogista hacer el trabajo igual de bien o incluso mejor? Conocía a un individuo con las aptitudes adecuadas y pensándolo bien, le debía un favor, pues a veces se pasaba por la librería para consultar los almanaques. En el caso de que yo deseara llevar el asunto adelante, ahí tenía su dirección. Por último, como siempre, esas cinco palabras bien intencionadas pero secas: «Mamá te envía un abrazo».

«¿Realmente mi madre me envía un abrazo?», me pregunté. Papá habría comentado: «Esta tarde le escribiré a Margaret», y ella —¿con naturalidad?, ¿con cariño?—: «Envíale un abrazo de mi parte».

No. No podía imaginarlo. Seguro que se trataba de un añadido de mi padre, escrito sin que ella tuviera conocimiento. ¿Por qué se molestaba? ¿Para complacerme? ¿Para hacerlo realidad? ¿Era por mí o por ella que se esforzaba sin resultados por vincularnos? Era una tarea imposible. Mi madre y yo éramos como dos continentes distanciándose lenta pero inexorablemente; mi padre, el constructor del puente, no dejaba de alargar la frágil estructura que había construido para conectarnos.

Había llegado una carta a la librería para mí; mi padre la adjuntaba a la suya. Era del catedrático de derecho que me había recomendado.

Estimada señorita Lea:

No estaba al corriente de que Ivan Lea tuviera una hija, pero ahora que lo sé debo decirle que es un placer para mí conocerla y más aún poder serle de utilidad. La declaración de fallecimiento es justo lo que usted imagina: la presunción legal de la muerte de una persona cuyo paradero se desconoce desde hace un tiempo tal y en unas circunstancias tales que su muerte es la única suposición razonable. Su principal función es hacer posible que el patrimonio de una persona desaparecida pase a manos de sus herederos.

He realizado las indagaciones necesarias y localizado los documentos relacionados con el caso que a usted le interesa. Su señor Angelfield era, al parecer, un hombre dado a la reclusión y por lo visto se desconocen la fecha y las circunstancias de su desaparición. No obstante, la labor minuciosa y solidaria de un tal señor Lomax efectuada en nombre de las herederas (dos sobrinas) hizo posible que se llevaran a cabo los trámites pertinentes. La finca era de un valor considerable, aunque se vio algo mermado por un incendio que dejó la casa en un estado ruinoso. Pero todo eso podrá verlo por sí misma en la copia que he hecho para usted de los documentos pertinentes.

Advertirá que el abogado firmó en nombre de una de las beneficiarias. Se trata de una práctica habitual en los casos en que el beneficiario no puede, por la razón que sea (por ejemplo una enfermedad u otro tipo de incapacidad), ocuparse de sus propios asuntos.

La firma de la otra beneficiaria atrajo especialmente mi atención. Resultaba casi ilegible, pero al final logré descifrarla. ¿He tropezado con uno de los secretos mejor guardados de hoy día? Aunque es posible que usted ya lo supiera ¿Es eso lo que despertó su interés por el caso?

¡No tema! ¡Soy un hombre sumamente discreto! ¡Dígale a su padre que me haga un buen descuento por el *Justitiae Naturalis Principia* y no le diré una palabra a nadie!

Su atento servidor,

WILLIAM HENRY CADWALLADR

Fui directa a la última página de la cuidada copia que el catedrático Cadwalladr me había hecho. En ella había un espacio para las firmas de las sobrinas de Charlie. Como bien decía, el señor Lomax había firmado en nombre de Emmeline. Eso me indicaba, al menos, que Emmeline había sobrevivido al incendio. En la segunda línea, el nombre que había estado esperando: Vida Winter. Y al lado, entre paréntesis, las palabras «antes conocida como Adeline March».

Demostrado.

Vida Winter era Adeline March.

La señorita Winter decía la verdad.

Con eso en mente acudí a mi cita en la biblioteca, donde escuché y escribí en mi libreta mientras la señorita Winter relataba el período que siguió a la partida de Hester.

Adeline y Emmeline pasaron la primera noche y el primer día en su cuarto, en la cama, abrazadas y mirándose a los ojos. Existía un acuerdo tácito entre el ama y John-the-dig de tratarlas como si estuvieran convalecientes, y en cierto modo así era. Les habían infligido una herida, de modo que allí permanecieron, tumbadas, nariz contra nariz, mirándose con los ojos bizcos. Sin una palabra. Sin una sonrisa. Parpadeando al unísono. Y con la transfusión que tuvo lugar a través de esa larga mirada de veinticuatro horas la conexión que se había roto sanó, pero como todas las heridas que sanan, dejó una cicatriz.

Entretanto, el ama no alcanzaba a comprender qué le había pasado a Hester. John, reacio a decepcionarla con respecto a la institutriz, no decía nada, pero su silencio solo consiguió que la mujer hiciera suposiciones en voz alta.

—Supongo que le habrá dejado dicho al médico adónde iba —concluyó abatida—. Tendré que preguntarle cuándo tiene previsto volver.

Entonces John se vio obligado a hablar y lo hizo con brusquedad.

—¡No se te ocurra preguntar al médico adónde ha ido! No le preguntes nada. Además, ya no volveremos a verlo por aquí.

El ama desvió la mirada con expresión ceñuda. ¿Qué le pasaba a todo el mundo? ¿Por qué no estaba Hester allí? ¿Por qué estaba John tan disgustado? Y el médico, que había sido el único que frecuentaba la casa, ¿por qué iba a dejar de visitarla? Estaban ocurriendo cosas que escapaban a su entendimiento. Últimamente, cada vez más a menudo y durante períodos más largos, le asaltaba la sensación de que algo raro le sucedía al mundo. En más de una ocasión parecía que su cabeza despertaba de repente y descubría que habían transcurrido horas enteras, sin haber dejado huella alguna en su memoria. Cosas que eran obvias para otras personas no siempre lo eran para ella. Y cuando hacía preguntas para tratar de comprenderlas, en los ojos de la gente aparecía una mirada extraña que se apresuraban a disimular. Sí. Algo raro estaba ocurriendo y la inexplicada ausencia de Hester era solo una parte más.

Aunque lamentaba la infelicidad del ama, John celebraba la partida de Hester. La marcha de la institutriz fue como si le quitaran un gran peso de encima. Entraba en la casa con mayor libertad y por las noches pasaba más horas con el ama en la cocina. En su opinión, la marcha de Hester no constituía pérdida alguna. La institutriz solo había tenido un efecto positivo en su vida —al animarle a trabajar de nuevo en el jardín de las figuras—, y lo había hecho de manera tan sutil, tan discreta, que para John resultó fácil reorganizar su propia mente hasta que esta le dijo que la decisión había sido enteramente suya. Cuando tuvo claro que Hester ya no volvería, sacó sus botas del cobertizo y procedió a sacarles brillo ante la lumbre de la cocina con las piernas encima de la mesa, pues ¿quién iba a impedírselo ahora?

En el cuarto de arriba, la rabia y la furia parecían haber abandonado a Charlie, dejándole en su lugar un cansancio acongojado. A veces se podía oír el roce de sus lentos pasos en el suelo y a veces, al pegar la oreja a la puerta, se le oía llorar con los sollozos exhaustos de un niño desdichado de dos años. ¿Podía ser que Hester, de una forma misteriosa pero así y todo científica, hubiera ejercido su influencia a través de la puerta cerrada bajo llave y mantenido a raya lo peor de su desesperación? No parecía algo imposible.

No solo las personas reaccionaron ante la ausencia de Hester. También la casa respondió de inmediato. El primer síntoma fue el silencio. Ya no se oía el tap, tap, tap de los pies de Hester recorriendo pasillos y escaleras. Luego también cesaron los golpes y martillazos del albañil en el tejado. El hombre, tras enterarse de que Hester ya no estaba, había tenido la bien fundada sospecha de que a falta de alguien que pusiera sus facturas delante de las narices de Charlie, nadie le pagaría por su trabajo. Recogió sus herramientas y se marchó; apareció otro día para llevarse la escalera de mano y nunca más regresó.

El primer día de silencio, y como si nada lo hubiera interrumpido, la casa reanudó su largo y lento proceso de deterioro. Al principio fueron pequeñas cosas: la suciedad empezó a manar de cada grieta de cada objeto en cada habitación, las superficies escupían polvo, las ventanas se cubrieron con la primera capa de mugre. Todos los cambios de Hester habían sido superficiales y su mantenimiento exigía una atención diaria. Por tanto, cuando el programa de limpieza del ama empezó a flaquear y finalmente se vino abajo, la verdadera naturaleza de la casa se impuso de nuevo. Llegó un momento en que no se podía coger nada sin notar la vieja pegajosidad de la mugre en los dedos.

También los objetos recuperaron rápidamente sus antiguos hábitos. Las llaves fueron las primeras en salir andando. De la noche a la mañana se desprendieron de cerraduras y anillas y se juntaron, en polvorienta camaradería, en una cavidad bajo una tabla suelta del suelo. Los candelabros de plata, que todavía conservaban el brillo que les había sacado Hester, viajaron desde la repisa de la chimenea del salón hasta el tesoro que Emmeline guardaba bajo la cama. Los libros salían de los estantes de la biblioteca y subían a otros pisos para descansar en todos los rincones y debajo de los sofás. A las cortinas les dio por correrse y descorrerse a su antojo. Hasta el mobiliario aprovechó la falta de supervisión para desplazarse. Un sofá se alejaba unos centímetros de la pared, una silla se movía medio metro hacia la izquierda. Pruebas, todo ello, de que el fantasma de la casa dominaba de nuevo su territorio.

Un tejado en vías de reparación empeora en lugar de mejorar. Algunos de los agujeros que había dejado el albañil eran más grandes que los que se le había encomendado reparar. No estaba nada mal tumbarse en el suelo del desván y sentir el sol en la cara, pero notar la lluvia era algo muy diferente. Las tablas del suelo empezaron a ablandarse, luego el agua se filtró en las habitaciones inferiores. Había lugares donde sabíamos que no debíamos pisar, lugares donde el suelo se hundía peligrosamente bajo nuestros pies. Pronto se desmoronaría y se podría ver la habitación de abajo. ¿Y cuánto tiempo tendría que pasar para que el suelo de esa habitación cediera y se pudiera ver la biblioteca? ¿Y terminaría cediendo el suelo de la biblioteca? ¿Llegaría el día en que sería posible divisar el cielo desde el sótano a través de las cuatro plantas?

El agua, como Dios, actúa de manera inescrutable. Una vez dentro de una casa, sigue la fuerza de la gravedad indirectamente. Encuentra surcos y cauces secretos dentro de las paredes y debajo de los suelos; penetra y gotea en direcciones inesperadas; emerge en los lugares más insospechados. Había trapos desperdigados por toda la casa para que embebieran el agua, pero nadie se molestaba en escurrirlos; se colocaban ollas y barreños para atrapar las gotas, pero rebosaban antes de que alguien se acordara de vaciarlos. La constante humedad arrancaba el yeso de las paredes y se comía la argamasa. En el desván había paredes tan inestables que, como un diente flojo, podías mecerlas con la mano.

¿Y las gemelas?

La herida que Hester y el médico les habían causado era muy profunda. Las cosas, lógicamente, ya nunca serían como antes. Las gemelas compartirían siempre una cicatriz y los efectos de la separación nunca serían erradicados por completo. No obstante, cada una vivía la cicatriz de forma diferente. Adeline, después de todo, había caído en un estado de amnesia temporal en cuanto comprendió lo que Hester y el médico estaban tramando. Se ausentó de sí misma casi en el mismo instante en que perdió a su gemela y no guardaba recuerdo alguno del tiempo que había pasado separada de ella. Adeline ignoraba si la oscuridad que se había interpuesto entre la pérdida de su hermana y el reencuentro con ella había durado un año o un segundo. Pero eso ya no importaba. Todo había terminado y ella volvía a estar viva.

Para Emmeline la situación era distinta. Ella no había gozado del bálsamo de la amnesia; había sufrido durante más tiempo y con mayor intensidad. Durante las primeras semanas cada segundo había sido un tormento. Parecía una mutilada en los minutos previos a la anestesia, medio enloquecida por el dolor, atónita ante el hecho de que el cuerpo humano pudiera sentir tanto y no morir a causa de ello. Pero poco a poco, de célula herida en célula herida, empezó a reponerse. Llegó un momento en que ya no era todo su cuerpo el que ardía de dolor, sino solo su corazón. Y llegó el día en que su corazón fue capaz, al menos durante un tiempo, de sentir otras emociones además de tristeza. En pocas palabras, Emmeline se adaptó a la ausencia de su gemela. Aprendió a vivir separada de ella.

Así y todo, consiguieron conectar de nuevo y volvieron a ser gemelas. Pero Emmeline ya no era la gemela de antes, aunque Adeline no lo percibió de inmediato.

Al principio solo hubo lugar para la dicha del reencuentro. Eran inseparables; a donde iba una, la otra la seguía. Correteaban entre los viejos árboles del jardín de las figuras jugando incansablemente al escondite, una repetición de su reciente experiencia de pérdida y reencuentro de la que Adeline nunca parecía cansarse. Para Emmeline la novedad empezó poco a poco a perder su brillo. Parte del antiguo antagonismo emergió a la superficie. Emmeline quería ir en una dirección, Adeline en la otra, de modo que reñían. Y como antes, era Emmeline quien, por lo general, cedía. Y eso molestaba a su nueva y secreta personalidad.

Aunque al principio Emmeline se había encariñado con Hester, ya no la echaba de menos. Durante el experimento su afecto había disminuido. Después de todo, sabía que era Hester quien la había separado de su hermana. Y no solo eso, sino que Hester había estado tan absorta en sus informes y reuniones científicas que, quizá sin darse cuenta, había descuidado a Emmeline. Durante esa época, envuelta por una soledad desacostumbrada, Emmeline había encontrado formas de evadirse de su dolor. Descubrió pasatiempos y entretenimientos con los que llegó a disfrutar de verdad, juegos a los que no estaba dispuesta a renunciar simplemente porque su hermana hubiera vuelto.

De modo que al tercer día de su reencuentro Emmeline abandonó el juego del escondite en el jardín de las figuras y se marchó a la sala de billar, donde guardaba una baraja de cartas. Tumbada boca abajo en la mesa de paño, se puso a jugar. Era una versión del solitario, pero la más sencilla, la más infantil. Emmeline ganaba siempre; de hecho, el juego estaba ideado para que no pudiera perder, y cada vez que ganaba se alegraba muchísimo.

A media partida ladeó la cabeza. En realidad no podía oírlo, pero su oído interno, constantemente sintonizado con el de su hermana gemela, le dijo que Adeline la estaba llamando. No hizo caso; ya la vería más tarde, cuando terminara la partida.

Una hora después, cuando Adeline irrumpió violentamente en la sala de billar con los ojos encendidos de ira, Emmeline no pudo hacer nada para defenderse. Adeline trepó a la mesa y, enloquecida de furia, se abalanzó sobre su hermana.

Emmeline no levantó un solo dedo para defenderse; tampoco lloró. No emitió sonido alguno, ni durante ni después del ataque.

Tras descargar toda su ira, Adeline se quedó unos minutos contemplando a su hermana. La sangre estaba empapando el paño verde. Había naipes desperdigados por toda la sala. Encogidos en un ovillo, los hombros de Emmeline subían y bajaban entrecortadamente al ritmo de su respiración.

Adeline se dio la vuelta y se marchó.

Emmeline se quedó donde estaba, sobre la mesa, hasta que John la encontró horas después. Se la llevó al ama, que le lavó la sangre del pelo, le puso una compresa en el ojo y le curó las heridas con solución de avellana de bruja.

—Esto no habría sucedido si Hester estuviera aquí —comentó—. Ojalá supiera cuándo piensa volver.

—No volverá —dijo John esforzándose por contener su enfado. Tampoco a él le gustaba ver a la niña en ese estado.

—Pero no entiendo por qué se fue de ese modo, sin decir una palabra. ¿Qué puede haber ocurrido? Alguna emergencia, digo yo. En su familia…

John negó con la cabeza. Había escuchado una docena de veces esa idea a la que se aferraba el ama de que Hester volvería. El pueblo entero sabía que no regresaría. La criada de los Maudsley lo había oído todo. También aseguraba haberlo visto todo, así que a esas alturas era imposible que hubiera un solo adulto en el pueblo que no asegurara que la institutriz de rostro anodino había mantenido una relación adúltera con el médico.

Los rumores sobre la «conducta» de Hester (eufemismo de mala conducta que utilizaban los lugareños) estaban destinados a llegar algún día a oídos del ama. Cuando ocurrió, al principio la mujer se escandalizó. Se negaba a contemplar la idea de que Hester —su Hester— pudiera haber hecho algo así, pero cuando explicó indignada a John los chismorreos, este se los confirmó. El día en cuestión había ido a casa del médico, le recordó, para recoger a la niña. Lo había oído directamente de boca de la criada. El mismísimo día que ocurrió. Además, ¿por qué iba a marcharse Hester tan de repente, sin previo aviso, a menos que hubiera ocurrido algo fuera de lo normal?

—Su familia —tarmamudeó el ama—. Una emergencia…

—En ese caso, ¿dónde está la carta? ¿No crees que habría escrito una carta si tenía previsto volver? Habría dado alguna explicación. ¿Has recibido alguna carta?

El ama negó con la cabeza.

—Eso significa —concluyó John sin poder reprimir la satisfacción en su voz— que hizo algo que no debía y que no volverá. Se ha ido para siempre. Te lo digo yo.

El ama siguió dándole vueltas al asunto. No sabía qué creer. El mundo se había convertido en un lugar sumamente desconcertante para ella.

¡No está!

En cuanto a Charlie, los platos decentes que bajo el régimen de Hester habían sido colocados ante su puerta a la hora del desayuno, la comida y la cena se convirtieron en algún que otro sándwich, alguna chuleta fría con un tomate, algún que otro cuenco de huevos revueltos ya cuajados, que aparecían en su puerta a horas imprevisibles, cuando el ama se acordaba. A Charlie no le importaba. Si tenía hambre y tenía algo por ahí, le daba un bocado a la chuleta del día anterior o a un resto de pan reseco, pero si no había nada no pegaba bocado y el hambre no le molestaba. Tenía otra hambre más voraz de la que ocuparse. Era la esencia de su vida y algo que ni la llegada ni la marcha de Hester habían conseguido alterar.

No obstante, sí hubo un cambio para Charlie, aunque nada tuvo que ver con Hester.

De vez en cuando llegaba una carta a la casa y de tanto en tanto alguien la abría. Pocos días después de que John-the-dig comentara que no había llegado ninguna carta de Hester, el ama, que se encontraba en el vestíbulo, reparó en un pequeño montón de cartas que estaban acumulando polvo sobre la alfombrilla situada debajo del buzón. Las abrió.

Una era del banquero de Charlie: ¿estaba interesado en una oportunidad de inversión única?

La segunda era una factura del albañil por el trabajo realizado en el tejado.

¿Era la tercera de Hester?

No. La tercera era del manicomio. Isabelle había muerto.

El ama leyó la carta de hito en hito. ¡Muerta! ¡Isabelle! ¿Podía ser cierto? Gripe, decía la carta.

Había que decírselo a Charlie, pero solo de pensarlo se puso a temblar. «Mejor hablar primero con Dig», se dijo el ama, apartando las cartas. Pero más tarde, estando John sentado a la mesa de la cocina y ella sirviéndole una taza de té humeante, en su cabeza ya no quedaba rastro de la carta. Se había sumado a esos otros momentos suyos vividos y sentidos pero no grabados que acababan por evaporarse. No obstante, unos días después, cuando pasó por el vestíbulo con una bandeja de tocino y tostadas chamuscadas, colocó mecánicamente las cartas en la bandeja, al lado de la comida, aunque había olvidado por completo qué contenían.

Los días pasaron sin que aparentemente ocurriera nada, exceptuando el hecho de que el polvo seguía aumentando de grosor, la mugre seguía acumulándose en los vidrios de las ventanas y los naipes seguían alejándose un poco más de su estuche en el salón, de manera que cada vez era más fácil olvidarse de que había existido una Hester.

Fue John-the-dig quien advirtió, en el silencio de los días, que algo había ocurrido.

Él era un auténtico hombre de campo, un hombre sin domesticar, pero sabía que llega un momento en que las tazas ya no dan para otra taza de té si no las friegas primero y que un plato donde ha reposado carne cruda no puede utilizarse inmediatamente después para carne asada. Se daba cuenta del estado del ama, no era idiota. Así pues, cuando las tazas y los platos sucios se amontonaban, los fregaba. Era curioso verlo ante al fregadero con sus botas de agua y su gorra, tan torpe con el trapo y la loza y, sin embargo, tan mañoso con sus tiestos de terracota y sus delicadas plantas. Un día reparó en que cada vez había menos tazas y menos platos. A ese ritmo no tendrían suficientes para todos. ¿Dónde estaba la vajilla que faltaba? Enseguida pensó en el ama subiendo de vez en cuando platos de comida para el señorito Charlie. ¿Alguna vez la había visto regresar a la cocina con un plato vacío? No.

Subió. Fuera de la puerta cerrada con llave se extendía una larga hilera de platos y tazas. La comida, intacta, estaba sirviendo de festín a las moscas que zumbaban encima y se respiraba un olor fuerte y desagradable. ¿Cuántos días llevaba el ama dejando comida sin advertir que la del día anterior seguía intacta? Contó los platos y las tazas y frunció el entrecejo. Entonces cayó en la cuenta de lo que había sucedido.

No llamó a la puerta. ¿Para qué? Fue al cobertizo a buscar un trozo de madera lo bastante fuerte para utilizarlo como ariete. Los golpes contra el roble, el crujido de los goznes al desgarrarse de la madera, bastaron para que todas, incluida el ama, acudiéramos al rellano.

Cuando la apaleada puerta, semiarrancada de los goznes, cedió, oímos un zumbido de moscas y de la estancia escapó un terrible hedor que echó para atrás a Emmeline y al ama. Hasta John se llevó una mano a la boca y empalideció.

—Quedaos ahí —ordenó al tiempo que entraba en la habitación. Le seguí a unos pasos de distancia.

Levantando nubes de moscas a nuestro paso, sorteamos con tiento los restos de comida putrefacta que inundaban el suelo del antiguo cuarto de los niños. Charlie había estado viviendo como un animal. Había platos sucios cubiertos de moho en el suelo, en la repisa de la chimenea, en las sillas y en la mesa. La puerta del dormitorio estaba entornada. Con la punta del ariete que todavía sostenía en la mano

John la empujó despacio y una rata asustada pasó corriendo por encima de nuestros pies. La escena era truculenta. Más moscas, más comida en descomposición y lo peor de todo: el hombre había devuelto. Una montaña de vómito reseco, salpicado de moscas, se había incrustado en la alfombra. Sobre la mesita de noche había una pila de pañuelos ensangrentados y la vieja aguja de zurcir del ama.

En la cama no había nada. Solo sábanas roñosas manchadas de sangre y otras inmundicias humanas.

John y yo no hablamos. Tratábamos de no respirar, pero cuando por necesidad aspirábamos por la boca, el repugnante aire se nos quedaba atascado en la garganta, provocándonos arcadas. Lo peor, no obstante, estaba por venir. Quedaba otra habitación. John necesitó hacer acopio de todo su valor para abrir la puerta del cuarto de baño. Antes de que cediera del todo ya pudimos detectar el horror que ocultaba. Mi piel pareció olerlo antes que mi nariz y un sudor frío me recorrió el cuerpo. El estado del retrete era atroz. La tapa, aunque bajada, no conseguía retener del todo las heces que lo desbordaban. Pero eso no era nada, porque en la bañera —John dio un brusco paso atrás y me habría pisado si en ese momento yo misma no hubiera retrocedido otros dos pasos—, había una bazofia oscura de emanaciones corporales cuya fetidez hizo que saliéramos disparados del cuarto de baño, sorteando moscas y excrementos de rata, echáramos a correr por el pasillo y bajáramos las escaleras como flechas hasta el jardín.

Devolví. En comparación con lo que había visto, mi vómito amarillento se me antojó fresco, limpio y dulce en la hierba verde.

—Tranquila —dijo John, y me dio unas palmaditas en la espalda con una mano todavía temblorosa.

El ama, que nos había seguido con toda la rapidez que le permitían sus pies, caminó por el césped hasta nosotros con el semblante plagado de preguntas. ¿Qué podíamos decirle?

Habíamos encontrado la sangre de Charlie. Habíamos encontrado la mierda de Charlie, la orina de Charlie y el vómito de Charlie. Pero ¿dónde estaba Charlie?

—No está —le dijimos—. Se ha ido.

❧❦

Regresé a mi habitación pensando en el relato. Era curioso en más de un aspecto. Estaba, naturalmente, la desaparición de Charlie, que daba un interesante giro a los acontecimientos y me hizo pensar en los anuarios y esa extraña abreviatura: DF. Pero había algo más. ¿Sabía ella que me había dado cuenta? Había intentado disimularlo, pero me había dado cuenta. Ese día la señorita Winter había dicho «yo».

❧❦

En mi habitación, sobre la bandeja y junto a los sándwiches de jamón, encontré un sobre marrón grande.

El señor Lomax, el abogado, había contestado a mi carta a vuelta de correo. Acompañando su breve pero amable nota había copias del contrato de Hester, que ojeé por encima y dejé a un lado; de una carta de recomendación de una tal lady Blake de Nápoles que hablaba de manera muy favorable de las aptitudes de Hester y, lo más interesante de todo, de una carta de aceptación de la oferta de empleo escrita por la propia Hester.

> Estimado doctor Maudsley:
>
> Le agradezco la oferta de trabajo que tan amablemente me hace.
>
> Será un placer para mí incorporarme al puesto de Angelfield el 19 de abril, como usted propone.

He hecho indagaciones y, al parecer, los trenes solo llegan a Banbury. Tal vez pueda aconsejarme sobre la mejor forma de trasladarme a Angelfield desde allí. Llegaré a la estación de Banbury a las diez y media.

Atentamente,

HESTER BARROW

Se advertía la firmeza de las robustas mayúsculas, la regularidad de la inclinación de las letras, la fluidez de los comedidos rizos de las «g» y las «y». El tamaño de la carta era el justo: lo bastante leve para permitir ahorro de tinta y papel y lo bastante extensa para ser clara. No había adornos. Tampoco intrincados bucles ni florituras. La belleza de la caligrafía provenía de la sensación de orden, equilibrio y proporción que regía cada carácter. Era una letra pulcra y clara. Era Hester hecha palabra.

En el ángulo superior derecho aparecía una dirección de Londres.

«Bien —pensé—. Ahora ya puedo encontrarte.»

Alcancé un folio y antes de ponerme a transcribir redacté una carta para el genealogista que papá me había recomendado. Era una carta más bien larga; tenía que presentarme, pues seguro que el hombre ignoraba que el señor Lea tenía una hija; tenía que mencionar el asunto de los almanaques para justificar mi petición de sus servicios; tenía que enumerarle todo lo que sabía de Hester: Nápoles, Londres, Angelfield. El mensaje de mi carta, con todo, era simple. Encuéntrela.

Después de Charlie

La señorita Winter no hizo comentario alguno sobre mis contactos con su abogado, aunque no me cabe duda de que estaba al corriente de todo ya que los documentos que solicité no me habrían sido facilitados sin su consentimiento. Me pregunté si ella lo veía como una manera de hacer trampas, como ese «adelantarse en la historia» que tanto desaprobaba, pero el día que recibí las copias del señor Lomax y envié al genealogista mi carta pidiéndole ayuda, la señorita Winter no dijo una palabra al respecto, simplemente retomó la historia donde la había dejado como si esos intercambios de información por correo no se estuvieran produciendo.

❧

Charlie era la segunda pérdida. La tercera contando a Isabelle, aunque a efectos prácticos ya la habíamos perdido hacía dos años, así que ella no contaba.

John estaba más afectado por la desaparición de Charlie que por la de Hester. Tal vez Charlie fuera un ermitaño, un excéntrico, pero era el señor de la casa. Cuatro veces al año, a la sexta o séptima insistencia, garabateaba su firma en una hoja de papel y el banco cedía fondos para que la casa siguiera funcionando. Y ya no estaba. ¿Qué pasaría con la casa? ¿Qué harían para conseguir dinero?

John pasó unos días espantosos. Se había empeñado en limpiar las habitaciones de los niños —«De lo contrario enfermaremos todos»—, y cuando el hedor se le hacía intolerable se sentaba en los escalones de fuera y aspiraba el aire limpio del jardín como un hombre recién salvado de morir ahogado. Por la noche se daba largos baños en los que gastaba una pastilla de jabón y se restregaba hasta que la piel le quedaba rosada y brillante. Se enjabonaba incluso las fosas nasales.

Y cocinaba. Habíamos observado que el ama perdía la noción del tiempo en medio de la preparación de sus platos. Las verduras hervían hasta hacerse una pasta y luego se calcinaban en el fondo de la cacerola. La casa tenía un olor permanente a comida carbonizada. Así que un día encontramos a John en la cocina. Las manos que siempre habíamos visto sucias, desenterrando patatas, enjuagaban esos tubérculos amarillos en agua, los pelaban y trajinaban con tapaderas en los fogones. Comíamos buena carne o pescado con abundantes verduras, bebíamos té fuerte y caliente. El ama se sentaba en un rincón de la cocina, aparentemente ajena al hecho de que esas solían ser sus tareas. Después de fregar los platos, cuando caía la noche, John y el ama se quedaban charlando ante la mesa de la cocina. Sus inquietudes eran siempre las mismas. ¿Qué iban a hacer? ¿Cómo iban a sobrevivir? ¿Qué sería de todos nosotros?

—No te preocupes, ya saldrá —dijo el ama.

¿Salir? John suspiró y meneó la cabeza. Ya había oído eso otras veces.

—No está, ama. Se ha ido. ¿Es que ya lo has olvidado?

—Con que se ha ido, ¿eh? —El ama negó con la cabeza y rompió a reír, como si John acabara de contarle un chiste.

El día en que se enteró de la desaparición de Charlie el suceso había pasado rozando por su conciencia, pero no había encontrado un lugar donde aposentarse. Los pasadizos, corredores y escaleras de su mente, que conectaban sus pensamientos pero también los mantenían separados, estaban socavados. El ama tomaba por un extremo el hilo de un pensamiento, lo seguía a través de boquetes en las paredes, se adentraba en túneles que se abrían bajo sus pies y hacía paradas vagas, presa del desconcierto: ¿no había algo…? ¿No había estado…? Cuando pensaba en Charlie, encerrado en el cuarto de los niños, enloquecido de dolor por la muerte de su adorada hermana, caía sin darse cuenta por una trampilla en el tiempo y aterrizaba en el recuerdo del padre recién enviudado, recluido en la biblioteca para llorar la pérdida de su esposa.

—Sé cómo sacarlo de allí —dijo con un guiño—. Le llevaré a la niña. Eso le hará reaccionar. Ahora que lo pienso, voy a ver si la pequeña está bien.

John no volvió a explicarle que Isabelle había muerto, pues eso solo generaría en el ama una dolorosa impresión y preguntas sobre el cómo y el porqué.

—¿Un manicomio? —exclamaría atónita—. ¿Por qué nadie me dijo que la señorita Isabelle estaba en un manicomio? ¡No quiero ni pensar en su pobre padre! ¡Con lo que la adora! La noticia lo matará.

Y durante horas el ama se perdería por los desvencijados pasadizos del pasado, apenándose por antiguas tragedias como si hubiesen ocurrido la víspera y olvidándose de los pesares de aquel día. John ya había pasado por eso media docena de veces y no se veía con ánimos de vivirlo otra vez.

Lentamente el ama se levantó; arrastrando con dificultad un pie después de otro salió de la cocina para ir a ver a la niña que durante los años que su memoria ya no recordaba había crecido, se había casado, había tenido gemelas y había fallecido. John no la detuvo. Olvidaría adónde se dirigía antes de alcanzar la escalera. Pero de espaldas a ella hundió la cabeza entre sus manos y suspiró.

¿Qué podía hacer con respecto a Charlie, con respecto al ama, con respecto a todo? Esa era la preocupación constante de John. Transcurrida una semana las habitaciones de los niños ya estaban limpias y una especie de plan había surgido de tantas noches de reflexión. No habían tenido noticias de Charlie, ni cercanas ni lejanas. Nadie lo había visto marcharse y nadie ajeno a la casa sabía que se había marchado. Dados sus hábitos ermitaños, tampoco era probable que alguien se percatara de su ausencia. ¿Estaba en la obligación —se preguntaba John— de informar al médico o al abogado de la desaparición de Charlie? Se hacía esa pregunta una y otra vez, y todas las veces se decía que la respuesta era no. Un hombre estaba en su perfecto derecho de abandonar su hogar si así lo decidía, y de marcharse sin informar a su empleados de su destino. John no veía beneficio alguno en contárselo al médico, cuya última intervención en la casa solo había implicado problemas, y en cuanto al abogado...

Aquí la reflexión en voz alta de John se volvía más pausada y compleja, pues si Charlie no volvía, ¿quién iba a autorizar las retiradas de dinero del banco? En el fondo sabía que si la desaparición de Charlie se alargaba no le quedaría más remedio que involucrar al abogado, pero así y todo... Su renuencia era comprensible. En Angelfield habían vivido durante años de espaldas al mundo. Hester había sido la única persona extraña que había entrado en su universo, ¡y mira lo que había ocurrido! Además, los abogados le inspiraban desconfianza. John no tenía nada en contra del señor Lomax, que parecía un tipo decente y razonable, pero no se veía capaz de confiar los problemas de la casa a un profesional que obtenía sus ingresos metiendo la nariz en los asuntos privados de los demás. Además, si la ausencia de Charlie llegaba a ser de dominio público, como ya lo era su rareza, ¿accedería el abogado a poner su firma en los documentos bancarios de Charlie para que John y el ama pudieran seguir pagando las cuentas de la comida? No. Sabía lo suficiente de abogados para comprender que no sería tan sencillo. John arrugaba la frente al imaginarse al señor Lomax en la casa, abriendo puertas, hurgando en armarios, escudriñando cada recodo y cada sombra cultivada con esmero en el universo de la casa Angelfield. No terminaría nunca.

Además, el abogado solo necesitaría aparecer una vez para advertir que el ama no estaba bien. Insistiría en hacer llamar al médico. Sucedería lo mismo que había pasado con Isabelle y Adeline. Se la llevarían. ¿Qué bien podía reportarles eso?

No. Acababan de deshacerse de un extraño; no era buen momento para invitar a otro. Era mucho más seguro lidiar con los asuntos privados en privado. Y eso significaba, tal y como estaban las cosas, que debía lidiar con la situación él solo.

No había prisa. La última retirada de fondos se había realizado hacía tan solo unas semanas, de modo que todavía tenían dinero. Además, Hester se había marchado sin recoger su sueldo, así que disponían de dinero en efectivo si no escribía reclamándolo y la situación se volvía desesperada. No era preciso comprar mucha comida, ya que en el huerto había hortalizas y fruta para alimentar a un ejército y los bosques estaban llenos de urogallos y faisanes. Y si era necesario, si se producía una emergencia o una calamidad (John no sabía muy bien qué quería decir con eso; ¿acaso no era una calamidad todo lo que ya habían padecido?, ¿era posible que estuviera por venir algo peor?, en cierto modo así lo creía), sabía de alguien que aceptaría discretamente algunas cajas de clarete de la bodega a cambio de uno o dos chelines.

—Estaremos bien durante un tiempo —le comentó al ama disfrutando de un cigarrillo una noche en la cocina—. Probablemente podamos apañarnos durante cuatro meses si somos prudentes. Después no sé qué haremos. Ya se verá.

Era un intento de conversación que le reconfortaba, pero por más que había dejado de esperar respuestas coherentes del ama la costumbre de hablarle estaba tan afianzada en él que no podía abandonarla sin más, así que seguía sentándose al otro lado de la mesa de la cocina para compartir sus pensamientos, sus sueños y sus preocupaciones con ella. Y cuando ella contestaba —una serie de palabras sin ton ni son— John daba vueltas a sus respuestas tratando de encontrar la relación con sus preguntas. Pero el laberinto dentro de la cabeza del ama era demasiado complejo para que John pudiera navegar por él, y el hilo que la llevaba de una palabra a la siguiente se le había escurrido de los dedos en la oscuridad.

John seguía cosechando alimentos en el huerto. Cocinaba, cortaba la carne en el plato del ama y le metía trocitos diminutos en la boca. Le vertía el té helado y le preparaba otra taza fría. No era carpintero pero clavaba tablas nuevas sobre las podridas, mantenía vacías las ollas de las estancias principales y subía al desván para examinar los agujeros del tejado sin dejar de rascarse la cabeza. «Tenemos que arreglarlo», comentaba en un tono resuelto, pero no estaba lloviendo mucho y tampoco nevaba, así que ese trabajo podía esperar. Había tanto que hacer. John lavaba las sábanas y la ropa, que se secaban tiesas y pegajosas por los restos de jabón en escamas. Despellejaba conejos, desplumaba faisanes y los asaba. Fregaba los platos y limpiaba el fregadero. Sabía qué había que hacer. Se lo había visto hacer al ama cientos de veces.

De vez en cuando pasaba media hora en el jardín de las figuras, pero no conseguía disfrutar del momento. El placer de estar allí se veía ensombrecido por la intranquilidad de lo que pudiera estar sucediendo dentro de la casa en su ausencia. Además, para hacerlo bien necesitaba más tiempo del que podía dedicarle. Al final, la única zona del jardín que mantenía en buen estado era el huerto. Del resto se desentendió.

Una vez que nos acostumbramos, conseguimos que nuestra nueva existencia gozara de cierto desahogo. La bodega demostró ser una fuente de ingresos sólida y discreta, y con el paso del tiempo nuestro estilo de vida empezó a parecer sostenible. Tanto mejor si Charlie seguía ausente. Desaparecido, ni vivo ni muerto, no podía hacer daño a nadie.

De modo que no le revelé a nadie mi descubrimiento.

En el bosque había una cabaña. Abandonada desde hacía muchísimo tiempo, tomada por los espinos y rodeada de ortigas, era el lugar al que solían ir Charlie e Isabelle. Cuando Isabelle ingresó en el manicomio, Charlie siguió yendo a su refugio; yo lo sabía porque lo había visto allí, lloriqueando, grabándose cartas de amor en los huesos con aquella vieja aguja.

Sin duda aquel era el lugar, así que cuando Charlie desapareció, yo había vuelto a la cabaña. Me escurrí entre las zarzas y la vegetación colgante que ocultaba la entrada a un ambiente de putrefacción y allí, en la penumbra, lo vi. Desplomado en un rincón, con la pistola a un lado y la mitad del rostro reventado. Reconocí la otra mitad, pese a los gusanos. No había duda de que era Charlie.

Reculando, crucé la puerta sin importarme las ortigas y los espinos. Estaba deseando quitarme a Charlie de la vista, pero su imagen me persiguió, y por mucho que corría no lograba escapar a su mirada tuerta y hueca.

¿Dónde encontrar consuelo?

Sabía que había una casa. Una pequeña casa en el bosque. Había robado comida allí una o dos veces. Fui hasta ella y me escondí junto a la ventana mientras recuperaba el aliento, conocedora de que estaba cerca de la vida corriente. Cuando dejé de resoplar me asomé al cristal y vi a una mujer tejiendo en una butaca. Aunque ella ignoraba que yo estaba allí, su presencia me sosegó. Me quedé observándola, limpiando mis ojos, hasta que la imagen del cuerpo de Charlie se diluyó y mi corazón recuperó su ritmo normal.

Regresé a Angelfield. Y no se lo conté a nadie. Estábamos mejor así. Además, a él poco podía importarle ya.

Charlie fue el primero de mis fantasmas.

❧

Tenía la sensación de que el coche del médico estaba siempre frente a la casa de la señorita Winter. Cuando llegué por primera vez a Yorkshire el doctor Clifton aparecía cada tres días, luego empezó a presentarse cada dos días, después cada día y ahora la visitaba dos veces al día. Yo estudiaba detenidamente a la señorita Winter. Conocía la situación. La señorita Winter estaba enferma. La señorita Winter se estaba muriendo. Sin embargo, cuando me relataba su historia parecía recurrir a un pozo de fortaleza al que la edad y la enfermedad no podían afectar. Me expliqué la paradoja diciéndome que lo que la mantenía viva eran los cuidados constantes del médico.

Y, sin embargo, de una forma que me pasó inadvertida, la señorita Winter había estado sufriendo un serio deterioro. ¿Pues qué otra cosa podía explicar el repentino anuncio de Judith una mañana? De manera totalmente inesperada me dijo que la señorita Winter se encontraba demasiado delicada para poder reunirse conmigo, y que durante uno o dos días no sería capaz de acudir a nuestras entrevistas. Por tanto, sin nada que hacer allí, podía tomarme unas pequeñas vacaciones.

—¿Vacaciones?

Después de la que había montado por haberme ausentado unos días, lo último que esperaba era que la señorita Winter me propusiera unas vacaciones. ¡Y a tan solo unas semanas de Navidad!

Judith, aunque se sonrojó, no me dio más explicaciones. Algo no iba bien. Me estaban quitando de en medio.

—Si lo desea, puedo hacerle la maleta —se ofreció. Esbozó una sonrisa de disculpa, consciente de que yo sabía que me estaba ocultando algo.

—Puedo hacérmela yo. —La irritación me volvía cortante.

—Hoy Maurice tiene el día libre, pero el doctor Clifton la acompañará a la estación.

Pobre Judith. Detestaba el engaño y no se le daban bien las evasivas.

—¿Y la señorita Winter? Me gustaría comentar algo con ella antes de irme.

—¿La señorita Winter? Me temo que…

—¿No quiere verme?

—No puede verla. —El alivio se dibujó en su rostro y la sinceridad resonó en su voz cuando al fin pudo decir algo que era cierto—. Créame, señorita Lea, sencillamente no puede.

Fuera lo que fuese aquello que Judith trataba de ocultarme, también lo sabía el doctor Clifton.

—¿En qué barrio de Cambridge está la tienda de su padre? —quiso saber, y—: ¿Su padre toca historia de la medicina?

Le contesté lacónicamente, más interesada en mis preguntas que en las suyas, y al cabo de un rato sus esfuerzos por entablar una conversación cesaron. Al entrar en Harrogate, el ambiente en el coche estaba impregnado del silencio opresivo de la señorita Winter.

Otra vez Angelfield

El día anterior, en el tren, había imaginado actividad y ruido: instrucciones lanzadas a voz en grito y brazos enviando mensajes en un apremiante código de señales; grúas, lentas y lastimosas; unas piedras chocando contra otras. En lugar de eso, cuando llegué a la verja de la casa del guarda y miré hacia el edificio en demolición todo era calma y silencio.

Había poco que ver; la neblina que flotaba en el aire volvía invisible todo aquello que se encontraba más allá de un metro. Hasta el sendero parecía borroso. Mis pies tan pronto aparecían como desaparecían. Levanté la cabeza y avancé a ciegas, siguiendo el sendero según lo recordaba de mi última visita y de las descripciones de la señorita Winter.

Mi mapa mental se ajustó bien a la realidad: llegué al jardín exactamente cuando lo esperaba. Las oscuras figuras de los tejos parecían un decorado nebuloso, aplanado en dos dimensiones por la lisura del fondo. Cual etéreos bombines, dos siluetas abombadas flotaban sobre la espesa neblina y los troncos que las sostenían desaparecían en el blanco inferior. Sesenta años los habían cubierto de maleza y los habían deformado, pero un día como aquel era fácil imaginar que era la neblina la que atenuaba la geometría de las formas y que cuando se elevara aparecería el jardín de antaño, con toda su perfección matemática, ubicado en los terrenos no de un edificio en demolición o en ruinas, sino de una casa intacta.

Medio siglo, inconsistente como el agua suspendida en el aire, estaba a punto de evaporarse con el primer rayo de sol invernal.

Me acerqué la muñeca a los ojos y miré la hora. Había quedado con Aurelius, pero ¿cómo iba a encontrarlo bajo esa neblina? Podría vagar por ella eternamente y no verlo aunque pasara a medio metro de mí.

Grité:

—¡Hola!

Y hasta mí llegó una voz masculina.

—¡Hola!

Era imposible determinar si Aurelius se encontraba cerca o lejos.

—¿Dónde estás?

Me lo imaginé escudriñando la neblina en busca de algún punto de referencia.

—Cerca de un árbol. —Sus palabras sonaron sordas.

—Yo también —grité a mi vez—. No creo que tu árbol sea el mismo que el mío. Te oigo demasiado lejos.

—Pues tú pareces estar muy cerca.

—¿En serio? ¿Por qué no te quedas donde estás y sigues hablando hasta que dé contigo?

—¡Claro! ¡Qué gran idea! Pero tengo que pensar en algo que decir, ¿no? Qué difícil es hablar por obligación, con lo fácil que parece siempre… Últimamente estamos teniendo un tiempo horrible. Nunca había visto una nebulosidad como esta.

Y Aurelius siguió pensando en voz alta mientras yo me adentraba en una nube y seguía el hilo de su voz.

Fue entonces cuando la vi. Una sombra que pasó por mi lado, pálida en la luz acuosa. Creo que sabía que no era Aurelius. De repente reparé en los latidos de mi corazón y alargué una mano, en parte asustada, en parte esperanzada. La figura me esquivó y desapareció.

—¿Aurelius? —Mi voz me salió trémula incluso para mis oídos.

—¿Sí?

—¿Sigues ahí?

—Claro.

Su voz llegaba de la dirección equivocada. ¿Qué había visto? A Aurelius desde luego que no. Probablemente había sido un efecto de la niebla. Temiendo lo que todavía podría ver si aguardaba, me quedé muy quieta, escudriñando el aire acuoso, deseando que la figura apareciera de nuevo.

—¡Ajá, aquí estás! —tronó una voz a mi espalda. Aurelius. Cuando me di la vuelta, me agarró por los hombros con sus manos con mitones—. Válgame el cielo, Margaret, estás blanca como el papel. ¡Cualquiera diría que has visto un fantasma!

Nos adentramos en el jardín. Con el abrigo, Aurelius parecía más alto y ancho de lo que era en realidad. A su lado, con mi gabardina color gris neblina, me sentía casi incorpórea.

—¿Cómo va tu libro?

—Por ahora solo son notas. Entrevistas con la señorita Winter. E indagaciones.

—Hoy toca indagar, ¿eh?

—Sí.

—¿Qué necesitas saber?

—Solo quiero hacer algunas fotos. Aunque me temo que el tiempo no está de mi parte.

—Dentro de una hora gozarás de buena visibilidad. La neblina no durará mucho.

Fuimos a parar a una especie de senda flanqueada por conos tan anchos que casi formaban un seto.

—¿Por qué vienes a este lugar, Aurelius?

Caminamos pausadamente hasta el final del sendero y penetramos en un espacio donde parecía que solo hubiera niebla. Al llegar a un muro de tejos de una altura que duplicaba la de Aurelius, lo bordeamos. Divisé destellos en la hierba y las hojas; el sol había salido. La humedad del aire comenzó a evaporarse y el campo de visibilidad creció por minutos. Nuestro muro de tejos nos había llevado en círculo dentro de un espacio vacío; habíamos regresado al sendero por el que habíamos entrado.

Cuando mi pregunta se me antojó tan perdida en el tiempo que ni siquiera estaba segura de haberla formulado, Aurelius respondió:

—Nací aquí.

Me paré en seco. Aurelius siguió andando, ajeno al impacto que sus palabras habían tenido en mí. Corrí hasta darle alcance.

—¡Aurelius! —Le agarré de la manga del abrigo—. ¿En serio? ¿De verdad naciste aquí?

—Sí.

—¿Cuándo?

Esbozó una sonrisa extraña, triste.

—El día de mi cumpleaños.

Sin detenerme a reflexionar, insistí:

—Vale, pero ¿cuándo?

—Un día de enero, probablemente. O puede que de febrero. O hasta puede que de finales de diciembre. Hace unos sesenta años. Me temo que no sé nada más.

Fruncí el entrecejo, recordé lo que me había contado sobre la señora Love y el hecho de que no tenía madre. Pero ¿cuál ha de ser la situación de un niño adoptado para que sepa tan poco sobre sus circunstancias originales que incluso desconozca qué día nació?

—¿Me estás diciendo, Aurelius, que eres un expósito?

—Sí, eso es justamente lo que soy. Un expósito.

Me quedé sin habla.

—Supongo que acabas acostumbrándote —dijo, y lamenté que él tuviera que consolarme a mí por su pérdida.

—¿En serio?

Me estudió con curiosidad, preguntándose hasta dónde debía contarme.

—No, en realidad no —dijo.

Con los pasos lentos y pesados de los enfermos, reanudamos nuestro paseo. La neblina casi se había disipado. Las formas mágicas de las figuras del jardín habían perdido su encanto y volvían a mostrarse como los arbustos y setos desatendidos que eran.

—De modo que fue la señora Love quien… —empecé.

—Me encontró. Sí.

—¿Y tus padres…?

—Ni idea.

— Pero ¿sabes que naciste aquí, en esta casa?

Aurelius hundió las manos en las profundidades de los bolsillos y tensó los hombros.

—No espero que nadie más lo entienda. No tengo pruebas. Pero lo sé. —Me lanzó una mirada rauda y con mi mirada le alenté a continuar—. A veces podemos saber cosas. Cosas de nosotros que sucedieron antes de lo que somos capaces de recordar. No sé cómo explicarlo.

Asentí y Aurelius prosiguió:

—La noche en que me encontraron hubo un gran incendio aquí. Me lo contó la señora Love cuando yo tenía nueve años. Pensó que debía hacerlo, por el olor a humo que tenían mis ropas cuando me encontró. Más tarde vine para echar un vistazo. Y desde entonces he estado viniendo. Luego busqué la noticia del incendio en los archivos del periódico local. Sea como fuere…

Su voz poseía la levedad de alguien que está contando algo tremendamente importante. Un historia tan preciada que había que frivolizarla para disimular su trascendencia por si el oyente no estaba dispuesto a escuchar.

—Sea como fuere, en cuanto llegué aquí lo supe. «Esta es mi casa», me dije. «Procedo de este lugar.» Estaba seguro. Lo sabía.

Con sus últimas palabras Aurelius había dejado que la levedad se esfumara, había permitido que lo embargara el fervor. Se aclaró la garganta.

—Naturalmente, no espero que nadie me crea. No tengo pruebas. Solo unas fechas que coinciden y el vago recuerdo de la señora Love del olor a humo. Y mi certeza.

—Te creo —dije.

Aurelius se mordió el labio y me lanzó una mirada recelosa.

Sus confidencias y aquella neblina nos habían conducido inesperadamente a una isla de intimidad y advertí que me disponía a contar lo que nunca le había contado a nadie. Las palabras entraron en mi cabeza ya compuestas y se organizaron enseguida en frases, en largas secuencias de oraciones que hervían de impaciencia por salir de mi boca, como si llevaran años planeando ese momento.

—Te creo —repetí con la lengua repleta de todas esas palabras—. Yo también he tenido esa sensación. La sensación de saber cosas que no puedes saber. Hechos que sucedieron antes de lo que podemos recordar.

¡Ahí estaba otra vez! Un movimiento repentino en el rabillo de mi ojo, visto y no visto en el mismo instante.

—¿Has visto eso, Aurelius?

Siguió mi mirada hasta más allá de las pirámides.

—¿Qué? No, no he visto nada.

Ya no estaba. O quizá nunca había estado.

Me volví de nuevo hacia Aurelius, pero había perdido el valor. El momento para las confidencias se había esfumado.

—¿Tienes una fecha de cumpleaños? —preguntó Aurelius.

—Sí, tengo una fecha de cumpleaños.

Todas mis palabras no pronunciadas regresaron al lugar donde habían estado encerradas esos años.

—La anotaré —dijo animadamente—. Así podré enviarte una tarjeta.

Fingí una sonrisa.

—Ya falta muy poco.

Aurelius abrió una libretita azul dividida en meses.

—El día diecinueve —le dije, y lo anotó con un lápiz tan pequeño que en su enorme mano semejaba un palillo de dientes.

El calcetín gris de la señora Love

Cuando empezó a llover nos subimos la capucha y corrimos a refugiarnos en la iglesia. En el porche bailamos una pequeña giga para sacudirnos las gotas del abrigo y entramos.

Nos sentamos en un banco cercano al altar, alcé la vista hasta el blanco techo abovedado y me quedé mirándolo hasta marearme.

—Háblame de cuando te encontraron —dije—. ¿Qué sabes al respecto?

—Sé lo que la señora Love me contó —respondió Aurelius—. Puedo contarte eso. Y no hay que olvidar lo de mi herencia.

—¿Tienes una herencia?

—Sí. No es mucho. No es lo que la gente suele considerar una herencia, pero así y todo… Ahora que lo pienso, puedo enseñártela más tarde.

—Me encantaría.

—Sí… Porque estaba pensando que a las nueve apenas se tiene hambre, pues se acaba de desayunar, ¿no crees? —Lo dijo con una mueca de pesar que se tornó en sonrisa con sus siguientes palabras—. Así que me dije, invita a Margaret al tentempié de las once. Bizcocho y café, ¿qué te parece? No te iría mal engordar un poco. Y entonces podría enseñarte mi herencia. Bueno, lo poco que hay que ver.

Acepté su invitación.

Aurelius se sacó las gafas del bolsillo y procedió a limpiarlas distraídamente con un pañuelo.

—Y ahora...

Lentamente, hizo una profunda inspiración; luego espiró despacio.

—Tal como me la contaron. La señora Love y su historia.

Su rostro adoptó una expresión neutra, señal de que, como hacen los cuentacuentos, estaba desapareciendo para dejar paso a la voz de la historia misma. Entonces comenzó a hablar, y desde sus primeras palabras pude oír, en las profundidades de su voz, la voz de la señora Love arrancada de la tumba por la evocación de su historia.

De su historia y la historia de Aurelius, y quizá la historia de Emmeline.

Esa noche el cielo estaba negro como boca de lobo y se avecinaba tormenta. El viento silbaba entre las copas de los árboles y la lluvia azotaba las ventanas. Yo estaba tejiendo en esta butaca, junto al fuego, un calcetín gris, el segundo, y ya iba por la curva del talón. De repente un escalofrío me recorrió el cuerpo. No porque tuviera frío, ni mucho menos. En el cesto había una buena brazada de leña que había traído del cobertizo esa misma tarde y acababa de echar otro leño al fuego. De modo que no tenía frío, nada de frío, pero es cierto que pensé: «Menuda nochecita, me alegro de no ser un pobre desgraciado atrapado en la intemperie lejos de su casa», y fue pensar en ese pobre desgraciado y sentir el escalofrío.

Dentro de casa reinaba el silencio, solo se oía el crepitar del fuego, el clic clic de la agujas de tejer y mis suspiros. ¿Mis suspiros, te preguntas? Pues sí, mis suspiros. Porque no era feliz. Me había dado por rememorar, y eso es un mal hábito para una cincuentona. Tenía un fuego que me daba calor, un techo sobre mi cabeza y una cena caliente en el estómago, pero ¿era feliz? No. Así que ahí estaba, suspirando sobre mi calcetín gris mientras la lluvia seguía cayendo. Al rato me levanté para ir a buscar a la despensa un trozo de pastel de ciruelas sabroso y esponjoso, bañado con coñac. No imaginas cómo me levantó el ánimo. Pero cuando regresé y recogí las agujas, el corazón me dio un vuelco. ¿Y sabes por qué? ¡Porque había tejido dos talones!

Eso me inquietó. Me inquietó mucho, porque yo soy cuidadosa cuando hago calceta, no una chapucera como mi hermana Kitty, y tampoco estaba medio ciega como mi pobre y anciana madre al final de sus días. Solo había cometido ese error dos veces en mi vida.

La primera vez que hice un talón de más yo era aún una muchachita. Era una tarde soleada y estaba sentada junto a una ventana abierta, aspirando los aromas de todo lo que estaba floreciendo en el jardín. En esa ocasión era un calcetín azul. Para… bueno, para un joven mozo. Mi prometido. No te diré su nombre, no es necesario. El caso es que estaba soñando despierta. Menuda boba. Soñaba con vestidos blancos y tartas blancas y todas esas tonterías. Entonces bajé la vista y vi que había tejido el talón dos veces. Ahí estaba, claro como el día. Una caña en canalé, un talón, más canalé para el pie y luego… otro talón. Me eché a reír. No importaba. Solo tenía que deshacerlo.

Acababa de sacar las agujas cuando vi que Kitty subía corriendo por el sendero del jardín. «¿Qué demonios le pasa —pensé— con todas esas prisas?» Tenía la cara blanca y en cuanto me vio por la ventana se detuvo en seco. Entonces supe que el problema no era suyo, sino mío. Abrió la boca, pero no pudo ni pronunciar mi nombre. Estaba llorando, y de repente lo soltó.

Había habido un accidente. Mi prometido había salido con su hermano para perseguir a un urogallo en un coto privado. Alguien los vio y se asustaron; echaron a correr. Daniel, su otro hermano, llegó primero a los escalones de la cerca y saltó. Mi prometido se precipitó. La escopeta se le quedó atascada en la verja. Hubiera debido tranquilizarse, tomarse su tiempo. Oyó unos pasos a su espalda y le entró el pánico. Tiró de la escopeta. El resto no hace falta que te lo cuente, ¿verdad? Puedes imaginarlo.

Deshice el punto. Todos esos nudos diminutos que haces uno detrás de otro, fila a fila, para tejer un calcetín, los deshice todos. Es fácil: sacas las agujas, das un pequeño tirón y se deshacen solos. Uno a uno, fila a fila. Deshice el talón de más y continué. El pie, el primer talón, el canalé de la caña. Todos esos puntos deshaciéndose mientras tiras de la lana. Finalmente no quedó nada por deshacer, solo una pila de lana azul arrugada en mi regazo.

Se tarda poco en tejer un calcetín y mucho menos en deshacerlo.

Supongo que hice un ovillo con la lana para poder tejer otra cosa, pero no lo recuerdo.

La segunda vez que tejí dos talones estaba empezando a envejecer. Kitty y yo estábamos sentadas aquí, junto al fuego. Hacía un año que su marido había fallecido, y casi un año que ella se había venido a vivir conmigo. Se estaba recuperando bien, pensé. Últimamente sonreía más. Se interesaba por las cosas. Podía escuchar el nombre de su marido sin que los ojos se le llenaran de lágrimas. Yo estaba tejiendo —un estupendo par de escarpines de dormir para Kitty, de lana de cordero suavísima, de color rosa, a juego con el camisón— y ella tenía un libro en la falda. Era imposible que lo estuviera leyendo, porque dijo:

—Joan, has tejido dos talones.

Sostuve el punto en alto. Tenía razón.

—Caramba —exclamé.

Kitty dijo que si hubiera sido su labor de punto no le habría sorprendido. Ella siempre estaba haciendo talones de más o no hacía ninguno. En más de una ocasión había tejido para su marido un calcetín sin talón, solo con caña y puntera. Nos reímos. Pero estaba sorprendida, dijo. Esos despistes no eran propios de mí.

Bueno, le dije, ya había cometido antes ese error. Una vez. Y le recordé lo que acabo de contarte, la historia de mi prometido. Mientras recordaba en voz alta deshice cuidadosamente el segundo talón y me dispuse a tejer la puntera. Para eso hace falta concentración y la luz empezaba a disminuir. El caso es que terminé la historia y mi hermana no dijo nada; supuse que estaba pensando en su marido. Era lógico, yo hablando de la pérdida que había sufrido tantos años atrás y ella con la suya tan reciente.

No quedaba apenas luz para terminar la puntera como es debido, de modo que dejé la labor a un lado y levanté la vista.

—¿Kitty? —dije—. ¿Kitty? No obtuve respuesta. Por un momento pensé que dormía, pero no estaba durmiendo.

Parecía tan serena. Tenía una sonrisa dibujada en el rostro. Como si se alegrara de reunirse con él, con su marido. En el rato que yo había estado escudriñando el calcetín en la penumbra, relatando mi antigua historia, ella se había ido con él.

Así pues, esa noche de cielo negro como boca de lobo me inquietó descubrir que había tejido dos talones. No me quedaba nadie a quien perder. Solo quedaba yo.

Miré el calcetín; lana gris. Una cosa sencilla. Para mí.

Probablemente no importaba, me dije. ¿Quién iba a echarme de menos? Nadie sufriría con mi partida, lo cual era una bendición. Y después de todo, yo por lo menos había tenido una vida, no como mi prometido. Recordaba el semblante de Kitty, con esa expresión feliz y serena. «No puede ser tan malo», pensé.

Me puse a deshacer el segundo talón. Para qué, te estarás preguntando. La verdad es que no quería que me encontraran con él. «Vieja torpe —me los imaginé diciendo—. La encontraron con el punto en la falda y adivina qué: había tejido dos talones.» No quería que dijeran eso, así que lo deshice. Y mientras lo hacía me fui preparando mentalmente para partir.

No sé cuánto tiempo estuve así, pero en un momento dado un ruido logró abrirse paso hasta mis oídos. Procedía de fuera. Era un llanto, como el de un animal extraviado. Estaba absorta en mis pensamientos, sin esperar que nada se interpusiera entre mi final y yo, de modo que al principio no le hice caso. Pero volví a oírlo. Parecía que me estuviera llamando. Pues ¿quién más iba a oírlo en aquel lugar tan apartado? Pensé que a lo mejor era un gato que había perdido a su madre. Y aunque me estaba preparando para reunirme con mi Creador, la imagen del gatito con el pelaje empapado no me dejaba concentrarme. Entonces me dije que el hecho de que me estuviera muriendo no era razón para negar a una criatura de Dios un poco de alimento y calor. Y si te soy sincera, no me importaba la idea de tener una criatura viva a mi lado precisamente en aquel momento, así que fui hasta la puerta.

¿Y qué encontré?

Debajo del porche, protegido de la lluvia, había ¡un bebé! Envuelto en una tela de lona, maullando como un gatito. Pobre chiquitín. Estabas aterido, mojado y hambriento. Apenas podía dar crédito a mis ojos. Me agaché y te recogí; en cuanto me viste dejaste de llorar.

No me entretuve fuera. Querías comida y ropa seca, de modo que no, no me detuve mucho tiempo en el porche. Solo una mirada rápida. Nada en absoluto. Nadie en absoluto. Únicamente el viento agitando los árboles en la linde del bosque y —qué extraño— humo elevándose en el cielo, a la altura de Angelfield.

Te estreché contra mí, entré en casa y cerré la puerta.

En dos ocasiones había tejido dos talones en un calcetín, y en ambas había tenido la muerte cerca. Esa tercera vez era la vida la que había llamado a mi puerta. Eso me enseñó a no darle demasiada im-

portancia a las coincidencias. Además, después ya no tuve tiempo para pensar en la muerte.

Tenía que pensar en ti.

Y vivimos felices y comimos perdices.

Aurelius tragó saliva. Tenía la voz ronca y entrecortada. Las palabras
habían salido de él como por ensalmo; palabras que había escuchado
miles de veces de niño, repetidas en su interior durante décadas de
adulto.

Finalizada su historia nos quedamos callados, contemplando el
altar. Fuera la lluvia seguía cayendo pausadamente. Aurelius estaba
quieto como una estatua, si bien yo sospechaba que sus pensamientos eran todo menos sosegados.

Eran muchas las cosas que podría haberle dicho, pero no dije nada. Aguardé a que regresara al presente a su ritmo. Cuando lo hizo,
me habló:

—El problema es que esa no es mi historia. Quiero decir que apa-
rezco en ella, eso está claro, pero no es mi historia. Es la historia de la
señora Love. El hombre con quien deseaba casarse, su hermana
Kitty, su labor de punto, sus bizcochos, todo eso pertenece a su historia. Y justo cuando cree que se acerca su final, llego yo y doy a su
historia un nuevo comienzo. Pero eso no lo convierte en mi historia,
¿no crees? Porque antes de que la señora Love abriera la puerta...
Antes de que oyera el ruido en la noche... Antes de que...

Se detuvo, apenas sin aliento, e hizo un gesto para cortar la frase
y empezar de nuevo:

—Porque el hecho de que alguien encuentre a un bebé así, solo
en una noche de lluvia... significa que antes de eso... para que eso
pueda ocurrir... por fuerza...

Hizo otro gesto exasperado de las manos mientras sus ojos recorrían frenéticamente el techo de la iglesia, como si allí pudiera encontrar el verbo que necesitaba para asegurar al fin lo que quería decir.

—Porque si la señora Love me encontró, eso solo puede significar que antes de que eso ocurriera alguien, otra persona, una madre, tuvo que…

Ahí estaba. El verbo.

La desesperación le heló el rostro. A medio camino de un agitado gesto, sus manos se detuvieron en una actitud que me hizo pensar en una súplica o una oración.

Hay veces en que el rostro y el cuerpo humanos pueden expresar los anhelos del corazón con tanta precisión que, como dicen, puedes leerlos como si fueran un libro. Yo leí a Aurelius.

«No me abandones.»

Posé mi mano en la suya y la estatua volvió a la vida.

—Es absurdo que aguardemos a que deje de llover —susurré—. No parará en todo el día. Mis fotos pueden esperar. Vayámonos.

—Sí —dijo él con un filo rasposo en la garganta—. Vamos.

La herencia

—Son dos kilómetros en línea recta —dijo señalando el bosque—, y un poco más por carretera.

Atravesamos el parque de ciervos y casi habíamos alcanzado el límite del bosque cuando oímos una voz. Era la voz de una mujer que, atravesando la lluvia, subía por el camino de grava hasta sus hijos y alcanzaba el parque.

—Te lo dije, Tom. Está muy mojado. No pueden trabajar cuando llueve tanto.

Decepcionados, los niños se habían detenido al ver las grúas y la maquinaria paradas. Con las gorras sobre sus rubias cabezas me era imposible distinguirlos. La mujer los alcanzó y la familia formó un círculo de impermeables para entablar un breve debate.

Aurelius observaba embelesado la escena familiar.

—Los he visto antes —dije—. ¿Sabes quiénes son?

—Una familia. Viven en The Street, en la casa del columpio. Karen cuida de los venados.

—¿Todavía se caza en esta zona?

—No, Karen solamente los cuida. Son una familia muy amable.

Los siguió envidioso con la mirada, después salió de su ensimismamiento negando con la cabeza.

—La señora Love fue muy buena conmigo —dijo— y yo la quería mucho. Todo eso otro… —Hizo un gesto desdeñoso con la mano y se volvió hacia el bosque—. En fin, vamos a mi casa.

Al parecer la familia de impermeables, que se dirigía de nuevo hacia las verjas de la casa del guarda, había tomado la misma decisión.

Aurelius y yo atravesamos el bosque en silenciosa camaradería.

No había hojas que obstruyeran la luz, y las ramas, renegridas por la lluvia, atravesaban el cielo acuoso con su oscuridad. Alargando un brazo para apartar las ramas bajas, Aurelius hacía saltar gotas que se sumaban a las que venían del cielo. Llegamos hasta un árbol caído y, asomándonos a su interior, contemplamos el oscuro charco de lluvia que había reblandecido la corteza putrefacta hasta hacer de ella casi una pasta.

—Mi hogar —anunció Aurelius.

Era una pequeña casa de piedra. Aunque no había sido construida para resultar atractiva sino para resistir, sus líneas sencillas y sólidas eran agradables. La rodeamos. ¿Tenía cien o doscientos años? Era difícil determinarlo. No era la clase de casa a la que cien años pudieran cambiar demasiado. En la parte trasera había un anexo nuevo y espacioso, casi tan grande como la casa, ocupado enteramente por una cocina.

—Mi santuario —dijo al tiempo que me invitaba a pasar.

Un enorme horno de acero inoxidable, paredes blancas y dos neveras inmensas: una cocina de verdad para un cocinero de verdad.

Aurelius me acercó una silla y me senté junto a una mesa pequeña situada cerca de una librería. Los estantes estaban abarrotados de libros de cocina en francés, inglés e italiano. Sobre la mesa descansaba un libro diferente de los demás. Era un cuaderno grueso con las esquinas gastadas por el paso del tiempo, cubierto de un papel marrón casi transparente después de décadas de haber sido manipulado por dedos pringados de mantequilla. Alguien había escrito REZETAS en la tapa, con mayúsculas anticuadas, aprendidas en la escuela. Años después la misma persona había tachado la «Z» y escrito encima una «C» utilizando otra pluma.

—¿Puedo? —pregunté.

—Claro.

Abrí el cuaderno y empecé a hojearlo. Bizcocho Victoria, pan de dátiles y nueces, bollitos de mantequilla, pastel de jengibre, damas de honor, tarta de almendras, pastel de frutas… La ortografía y la letra mejoraban a medida que pasaba las páginas.

Aurelius giró una esfera del horno y, moviéndose con suma soltura, reunió sus ingredientes. En poco tiempo todo estuvo a su alcance, y alargaba el brazo para coger un tamiz o un cuchillo sin levantar siquiera la vista. Se movía en su cocina del mismo modo que un conductor cambia de marcha en su coche: el brazo se extendía suave, independiente, sabiendo exactamente qué hacer, mientras los ojos no se apartaban ni un segundo de lo que tenían justo delante: el cuenco donde estaba mezclando los ingredientes. Aurelius tamizaba harina, cortaba mantequilla en cuadraditos y rallaba cáscara de naranja con la misma naturalidad con que respiraba.

—¿Ves ese armario a tu izquierda? —dijo—. ¿Te importaría abrirlo?

Pensando que quería un utensilio, abrí la puerta.

—Dentro encontrarás una bolsa colgada de un gancho.

Era una especie de cartera, vieja y de una forma curiosa. Los lados no estaban cosidos, sino simplemente remetidos. Se cerraba con una hebilla y tenía una correa de cuero larga y ancha, sujeta a cada lado con un cierre oxidado, que presumiblemente te permitía llevarla cruzada. El cuero estaba seco y agrietado, y la lona, tal vez caqui en otros tiempos, solo mostraba el color de los años.

—¿Qué es? —pregunté.

Aurelius levantó la vista del cuenco un segundo.

—La bolsa en la que me encontró.

Y siguió mezclando sus ingredientes.

¿La bolsa en la que lo encontró? Mis ojos viajaron lentamente de la cartera a Aurelius. Incluso encorvado sobre su masa medía más de metro ochenta. Recordé que la primera vez que lo vi me había parecido un gigante de cuento. Aquella correa ni siquiera alcanzaría para que pudiera cruzarse la cartera, pero hacía sesenta años había sido lo bastante pequeño para caber allí dentro. Mareada ante la idea de lo que el tiempo era capaz de hacer, volví a sentarme. ¿Quién había metido a un bebé en esa cartera hacía sesenta años? ¿Quién lo había envuelto en la lona, había cerrado la hebilla contra la lluvia y se había colgado la correa del hombro para llevarlo en medio de la noche a casa de la señora Love? Deslicé los dedos por los lugares que había tocado esa persona. La lona, la hebilla, la correa. Buscando un rastro, una pista, en braille, en tinta invisible o en código, que mis dedos pudieran descifrar si hubiera sabido cómo hacerlo. Pero no sabían.

—Es exasperante, ¿verdad?

Le oí deslizar algo en el horno y cerrar la puerta. Luego noté que lo tenía detrás, mirando por encima de mi hombro.

—Ábrela tú. Tengo las manos llenas de harina.

Desabroché la hebilla y desplegué la lona. La tela se abrió en un círculo en cuyo centro descansaba una maraña de papeles y harapos.

—Mi herencia —anunció.

Parecía un montón de basura esperando a ser arrojada a un cubo, pero él la miraba con la misma intensidad que un niño contempla un tesoro.

—Estas cosas constituyen mi historia —dijo—. Estas cosas me dicen quién soy. Sólo hay que… entenderlas. —Su desconcierto era profundo pero resignado—. Llevo toda mi vida intentando relacionarlas. Siempre me digo que si pudiera encontrar el hilo… Todo cobraría sentido. Mira esto, por ejemplo…

Era un trozo de tela. Hilo, en su momento blanco, entonces amarillo. Lo aparté del resto de las cosas y lo alisé. Llevaba bordado un dibujo de estrellas y flores también blanco, tenía cuatro botones de delicado nácar; era el vestido o el pelele de un recién nacido. Los vastos dedos de Aurelius flotaron sobre la diminuta prenda, deseando tocarla, temiendo mancharla de harina. En sus estrechas manguitas habría cabido poco más de un dedo.

—Es la ropa que llevaba puesta —explicó Aurelius.

—Es muy vieja.

—Tan vieja como yo, supongo.

—Más.

—¿Tú crees?

—Mira estos pespuntes de aquí... y estos. Ha sido zurcida en más de una ocasión. Y este botón no coincide con el resto. Otros bebés llevaron esta prenda antes que tú.

Los ojos de Aurelius viajaron hasta mí y regresaron al retal de hilo, ávidos de información.

—También está esto. —Señaló una hoja impresa. Había sido arrancada de un libro y estaba muy arrugada. Tomándola en mis manos, empecé a leer:

—«... desconociendo al principio sus intenciones; no obstante, cuando le vi alzar el libro y colocarse en posición de lanzarlo, me aparté instintivamente con un grito de alarma...»

Aurelius tomó el hilo de la frase y continuó, recurriendo no a la hoja, sino a su memoria:

—... mas no lo bastante deprisa; el volumen voló por los aires, me golpeó y caí, dando con mi cabeza en la puerta y haciéndome una brecha.

Enseguida lo reconocí. ¿Cómo no iba a reconocerlo? Lo había leído sabe Dios cuántas veces.

—*Jane Eyre* —dije, sorprendida.

—¿Lo has reconocido? Sí, es *Jane Eyre*. Se lo pregunté a un señor en una biblioteca. Lo escribió Charlotte no sé qué. Tenía muchas hermanas, por lo visto.

—¿Lo has leído?

—Lo empecé. Iba de una niña que ha perdido a su familia y la recoge su tía. Pensé que estaba sobre la pista de algo. Una mujer horrible, la tía, nada que ver con la señora Love. El tipo que le arroja el libro en esta página es uno de sus primos. Después la meten en un colegio, un colegio espantoso, con una comida espantosa, pero hace una amiga. —Aurelius sonrió recordando la historia—. Entonces la amiga muere. —Su rostro se entristeció—. Y a partir de ahí... perdí el interés. No llegué al final. Después de eso, no podía verle el sentido. —Se encogió de hombros para sacudirse la confusión—. ¿Lo has leído? ¿Qué ocurre al final? ¿Tiene alguna relación?

—Se enamora de su patrono. La esposa de él, que está loca y vive clandestinamente en la casa, intenta quemar el edificio y Jane se marcha. Cuando vuelve, la esposa ha fallecido y el señor Rochester está ciego, y Jane se casa con él.

—Ah. —Aurelius arrugó la frente mientras se esforzaba por comprender—. No, no veo la relación. El principio puede que sí. La niña sin madre. Pero después... Ojalá alguien pudiera decirme qué significa. Ojalá hubiera alguien que pudiera simplemente contarme la verdad.

Miró la página arrancada.

—Tal vez lo importante no sea el libro, sino esta página en concreto. A lo mejor tiene un significado oculto. Mira esto.

El interior de la contraportada de su cuaderno de recetas de la infancia estaba lleno de hileras y columnas de números y letras escritas con la caligrafía grande de un niño.

—Antes pensaba que era un código —explicó—. Intenté descifrarlo. Probé con la primera letra de cada palabra, luego con la primera letra de cada línea. Y con la segunda. Luego probé a sustituir unas letras por otras. —Señaló sus diferentes ensayos con mirada febril, como si todavía existiera la posibilidad de ver algo en lo que no había reparado antes.

Yo sabía que era una tarea inútil.

—¿Qué es esto? —Levanté el siguiente objeto y no pude evitar un estremecimiento. En su momento había sido una pluma, pero entonces era una cosa sucia y repugnante. Agotados los aceites, las barbas se habían separado y formado rígidas púas marrones a lo largo de la caña agrietada.

Aurelius se encogió de hombros, negó con la cabeza con impotencia y solté la pluma con alivio.

Solo quedaba una cosa.

—Y esto... —dijo Aurelius, pero no terminó la frase. Era un trozo de papel desgarrado, con una mancha de tinta que antaño pudo haber sido una palabra. Estudié la mancha con detenimiento.

—Creo... —tartamudeó Aurelius—. Bueno, la señora Love pensaba... En realidad los dos coincidíamos en que... —Me miró esperanzado— en que podía ser mi nombre.

Alargó un dedo.

—Se mojó con la lluvia, pero aquí, justo aquí... —Me llevó hasta la ventana y me indicó que sostuviera el papel a contraluz—. Esto del principio parece una A. Y esto, hacia el final, una S. Está un poco borroso por los años, hay que fijarse mucho, pero seguro que puedes verlo, ¿a que sí?

Miré fijamente la mancha.

—¿A que sí?

Hice un vago movimiento con la cabeza, ni afirmativo ni negativo.

—¡Lo ves! Una vez que sabes lo que estás buscando resulta evidente, ¿verdad?

Seguí mirando, pero las letras que él podía ver eran invisibles a mis ojos.

—Y así —seguía— es cómo la señora Love decidió que me llamaba Aurelius. Aunque supongo que también podría llamarme Alphonse.

Soltó una risa triste, nerviosa, y se dio la vuelta.

—El otro objeto es la cuchara, pero ya la has visto. —Se llevó una mano al bolsillo superior y sacó la cuchara de plata que yo había visto en nuestro primer encuentro, mientras comíamos bizcocho de jengibre sentados en los gatos gigantescos que flanqueaban la escalinata de la casa de Angelfield.

—Y está la bolsa —dije—. ¿Qué clase de bolsa es?

—Una bolsa corriente —respondió distraídamente Aurelius. Se la llevó a la cara y la olió con delicadeza—. Antes olía a humo, pero ahora ya no. —Me la pasó y acerqué la nariz—. ¿Lo ves? Ya no huele.

Aurelius abrió la puerta del horno y sacó una bandeja de galletas doradas que puso a enfriar. Luego llenó el hervidor de agua y preparó una bandeja. Tazas y platillos, azucarero, jarrita de leche y platos pequeños.

—Toma —dijo pasándome la bandeja. Abrió una puerta que dejaba entrever una sala de estar, butacas viejas y confortables y cojines floreados—. Ponte cómoda. Enseguida voy con el resto. —De espaldas a mí, se inclinó para lavarse las manos—. Estaré contigo en cuanto haya recogido todo esto.

Entré en la sala de estar de la señora Love y me senté en una butaca junto a la chimenea mientras Aurelius guardaba su herencia —su inestimable e indescifrable herencia— en un lugar seguro.

◦※◦

Me marché de la casa con algo arañándome la cabeza. ¿Era algo que Aurelius había dicho? Sí. Un eco o una conexión había requerido de manera imprecisa mi atención, pero el resto del relato se lo había llevado por delante. No importaba. Ya volvería.

En el bosque hay un claro. A sus pies, el suelo desciende en picado y se llena de maleza antes de volver a nivelarse y cubrirse de árboles. Eso lo convierte en un inesperado mirador desde donde se puede contemplar la casa. Y en aquel claro me detuve cuando regresaba de casa de Aurelius.

La escena era desoladora. La casa, o lo que quedaba de ella, ofrecía un aspecto fantasmagórico. Una mancha gris contra un cielo gris. Las plantas superiores del ala izquierda ya habían desaparecido. La planta baja sobrevivía, con el marco de la puerta delimitado por su dintel de oscura piedra y la escalinata, pero la puerta propiamente dicha ya no estaba. No era un buen día para estar expuesta a los elementos y la imagen de la casa semidesmantelada me produjo un estremecimiento. Hasta los gatos de piedra la habían abandonado. Al igual que los ciervos, se habían marchado para resguardarse de la lluvia. El ala derecha del edificio seguía en su mayor parte intacta, pero a juzgar por la posición de la grúa, iba a ser la próxima en desaparecer. ¿Realmente se necesitaba toda esa maquinaria?, me sorprendí pensando. Pues tuve la impresión de que las paredes se estaban disolviendo con la lluvia; esas piedras todavía erguidas, pálidas y frágiles como el papel de arroz, parecían dispuestas a desvanecerse ante mis propios ojos si me quedaba el tiempo suficiente.

Llevaba la cámara fotográfica colgada del cuello. La desenterré del abrigo y me la acerqué a los ojos. ¿Era posible captar el aspecto evanescente de la casa a través de toda esa humedad? Lo dudaba, pero estaba dispuesta a intentarlo.

Estaba ajustando el objetivo cuando percibí movimiento en el borde del encuadre. No era mi fantasma. Los niños habían vuelto. Habían vislumbrado algo en la hierba y se estaban agachando con entusiasmo. ¿Qué era? ¿Un erizo? ¿Una culebra? Intrigada, moví el objetivo para ver mejor.

Uno de los niños metió la mano en la larga hierba y sacó algo. Era el casco amarillo de un obrero. Con una sonrisa radiante, se echó el sueste hacia atrás —ahora podía ver que se trataba del muchacho— y se llevó el casco a la cabeza. Se puso rígido como un soldado, el pecho echado hacia fuera, la cabeza erguida, los brazos a los lados y el rostro tenso, concentrado en evitar que el casco, demasiado grande, se le resbalara. En cuanto dio con la postura se produjo un pequeño milagro. Un rayo de sol se filtró por un claro abierto en una nube y se posó sobre el niño, iluminándolo en su momento de gloria. Apreté el disparador e hice la foto. El niño del casco, un letrero amarillo de «No pasar» sobre el hombro izquierdo y a la derecha, en segundo plano, una lúgubre mancha gris, la casa.

El sol se ocultó de nuevo y bajé la vista para correr la película y guardar la cámara. Cuando volví a mirar, los niños estaban en el camino. Cogidos de la mano, la derecha de ella en la izquierda de él, se dirigían hacia la verja de la casa del guarda dando vueltas, iguales en ritmo, iguales en gravitación, cada uno el contrapeso perfecto del otro. Con la cola de sus impermeables ondeando y los pies rozando apenas el suelo, parecían estar a punto de elevarse y echar a volar.

«Jane Eyre» y el horno

Cuando regresé a Yorkshire nadie me pidió explicaciones por mi destierro. Judith me recibió con una sonrisa forzada. La luz cenicienta del día había trepado por su piel, formando sombras debajo de los ojos. Descorrió unos centímetros más las cortinas de la ventana de mi sala de estar, pero no salimos de la penumbra.

—Maldito tiempo —exclamó; sentí que ella ya no podía más.

Aunque duró solo unos días, pareció una eternidad. Casi siempre parecía de noche, y nunca completamente de día; el efecto oscurecedor del cielo plomizo nos hacía perder la noción del tiempo. La señorita Winter llegó tarde a una de nuestras reuniones matutinas. También ella estaba pálida. Yo no sabía si eran indicios de un dolor reciente u otra cosa lo que proyectaba oscuras sombras en sus ojos.

—Le propongo un horario más flexible para nuestros encuentros —dijo una vez instalada en su círculo de luz.

—Bien.

Yo estaba al corriente de sus noches desapacibles por mi entrevista con el médico, percibía si la medicación que tomaba para controlar el dolor estaba perdiendo fuerza o no había alcanzado aún su punto máximo de efectividad. Así pues, acordamos que en lugar de personarme cada mañana a las nueve, esperaría a que me llamaran a la puerta.

Al principio quiso verme entre las nueve y las diez; luego empezó a retrasarse. Cuando el doctor le modificó la dosis, a la señorita Winter le dio por citarme temprano, pero nuestras reuniones eran más breves. Después adquirimos la costumbre de reunirnos dos o tres veces al día a cualquier hora. Unas veces me llamaba cuando se encontraba bien y hablaba largo y tendido, prestando atención a los detalles. Otras veces me llamaba cuando tenía dolores. En esas ocasiones no buscaba tanto la compañía como el poder anestésico de la narración.

El fin de mis reuniones de las nueve fue otra ancla que hasta entonces me situaba en el tiempo que desapareció. Escuchaba la historia de la señorita Winter, la escribía, cuando dormía soñaba con la historia y cuando estaba despierta era la historia la que formaba el constante telón de fondo de mis pensamientos. Sentí estar viviendo dentro de un libro. Ni siquiera necesitaba salir de él para comer, pues podía sentarme a la mesa y leer mi transcripción mientras picaba de los platos que Judith me llevaba a la habitación. Las gachas señalaban que era por la mañana. La sopa y la ensalada significaba mediodía. El filete y la tarta de riñones representaban la noche. Recuerdo haber cavilado durante un largo rato sobre un plato de huevos revueltos. ¿Qué hora sería? Podía ser cualquier hora. Di unos bocados y lo aparté.

En ese largo e indiferenciado período hubo algunos incidentes que llamaron mi atención. Los anoté en su momento, separadamente de la historia, y ahora merece la pena recordarlos.

He aquí uno de ellos.

Me hallaba en la biblioteca. Estaba buscando *Jane Eyre* y encontré casi un estante entero de ejemplares. Era la colección de una fanática: había ejemplares modernos y baratos que no tendrían ningún valor en una librería de viejo; ediciones que salían al mercado tan raramente que era difícil ponerles un precio, y ejemplares que encajaban en todas las categorías comprendidas entre esos dos extremos. El volumen que yo estaba buscando era una edición corriente —aunque peculiar— de finales de siglo. Mientras curioseaba, Judith entró con la señorita Winter y colocó la silla junto al fuego.

Cuando Judith se hubo marchado, la señorita Winter preguntó:

—¿Qué está buscando?

—*Jane Eyre*.

—¿Le gusta *Jane Eyre*?

—Mucho. ¿Y a usted?

—Sí.

Tembló por un escalofrío.

—¿Quiere que avive el fuego?

La señorita Winter bajó los párpados, como si le hubiese asaltado una oleada de dolor.

—Supongo que sí.

Cuando el fuego volvió a arder con fuerza, dijo:

—¿Tiene un momento, Margaret? Tome asiento.

Y tras un minuto de silencio, dijo:

—Imagine una cinta transportadora, una enorme cinta transportadora y al final de la misma un gigantesco horno. En la cinta transportadora hay libros. Todos los ejemplares del mundo de todos los libros que usted ama. Colocados en fila. *Jane Eyre*. *Villette*. *La dama de blanco*.

—*Middlemarch* —contribuí.

—Gracias. *Middlemarch*. E imagine una palanca con dos letreros: ENCENDIDO y APAGADO. En este preciso instante la palanca está en la posición de apagado. Al lado hay un individuo con una mano sobre la palanca, a punto de ponerla en marcha y usted puede detenerlo. Tiene una pistola en la mano. No tiene más que apretar el gatillo. ¿Qué hace?

—Eso es absurdo.

—El individuo gira la palanca. La cinta transportadora se pone en marcha.

—Pero eso es demasiado extremo; estamos hablando de un caso hipotético.

—El primero en caer es *Shirley.*

—No me gusta esa clase de juegos.

—Ahora es George Sand quien empieza a arder.

Suspiré y cerré los ojos.

—Por ahí viene *Cumbres borrascosas.* ¿Va a dejar que arda?

No pude evitarlo. Vi los libros, vi su inexorable avance hacia la boca del horno y me estremecí.

—Como quiera. Ahí va. ¿También *Jane Eyre?*

Jane Eyre. De repente sentí la boca seca.

—Solo tiene que disparar. No la delataré. Nadie lo sabrá jamás. —Esperó—. Los ejemplares de *Jane Eyre* han empezado a caer. Solo unos pocos. Hay muchos más. Aún dispone de tiempo para tomar una decisión.

Me froté nerviosamente el pulgar contra el borde áspero de la uña del dedo corazón.

—Están empezando a caer más y más deprisa.

La señorita Winter no apartaba la mirada de mí.

—La mitad ha sido engullida ya por las llamas. Piense, Margaret. Muy pronto *Jane Eyre* habrá desaparecido para siempre. Piense.

La señorita Winter parpadeó.

—Dos tercios. Solo una persona, Margaret. Solo una persona diminuta e insignificante.

Parpadeé.

—Todavía dispone de tiempo, aunque poco. Recuerde que esa persona insignificante está quemando libros. ¿Realmente merece vivir?

Parpadeo. Parpadeo.

—Es su última oportunidad.

Parpadeo. Parpadeo. Parpadeo.

Adiós a *Jane Eyre.*

—¡Margaret! —exclamó la señorita Winter con el rostro crispado de indignación y golpeando el brazo de la silla con la mano izquierda. Hasta la mano derecha, impedida como estaba, le tembló en el regazo.

Más tarde, cuando transcribí lo sucedido, pensé que era la expresión más espontánea de un sentimiento que había visto en la señorita Winter. Un sentimiento demasiado intenso para invertirlo en un simple juego.

¿Y mis sentimientos? Vergüenza, pues había mentido. Naturalmente que amaba los libros más que a las personas. Naturalmente que *Jane Eyre* tenía para mí más valor que el desconocido que ponía en marcha la palanca. Naturalmente que toda la obra de Shakespeare valía más que una vida humana. Naturalmente. Pero, a diferencia de la señorita Winter, me avergonzaba reconocerlo.

Cuando me disponía a salir de la biblioteca regresé al estante de *Jane Eyre* y cogí el ejemplar que se ajustaba a mis criterios en cuanto a antigüedad, clase de papel y de letra. Una vez en mi habitación, pasé las páginas hasta dar con el fragmento:

«... desconociendo al principio sus intenciones; no obstante, cuando le vi alzar el libro y colocarse en posición de lanzarlo, me aparté instintivamente con un grito de alarma, mas no lo bastante deprisa; el volumen voló por los aires, me golpeó y caí, dando con mi cabeza en la puerta y haciéndome una brecha».

El libro estaba intacto. No le faltaba ninguna página. No era el ejemplar del que habían arrancado la hoja de Aurelius. Pero, en cualquier caso, ¿por qué iba a serlo? De haber pertenecido a Angelfield, la página habría ardido con el resto de la casa.

Permanecí un rato ociosa, pensando únicamente en *Jane Eyre*, en una biblioteca y un horno y una casa en llamas, pero por mucho que combinaba una y otra vez los elementos, no conseguía ver la relación.

El otro detalle que recuerdo de esos días fue el incidente de la fotografía. Un paquete pequeño apareció una mañana en mi bandeja del desayuno, dirigido a mi nombre con la letra apretada de mi padre. Eran las fotografías de Angelfield; le había enviado el carrete y papá lo había mandado revelar. Había algunas fotos claras de mi primer día: zarzas creciendo entre los escombros de la biblioteca, hiedra serpenteando por la escalera de piedra. Me detuve en la foto del dormitorio donde me había encontrado cara a cara con mi fantasma; sobre la vieja chimenea solo se veía el resplandor de un flash. Así y todo, la separé de las demás fotos y la guardé en mi libreta.

Las demás fotografías correspondían a mi segunda visita, el día en que el tiempo había sido tan desfavorable. La mayoría no eran más que confusas composiciones de nebulosidad. Recordaba tonos grises recubiertos de plata, una neblina deslizándose como un velo de gasa, mi aliento en la frontera entre el aire y el agua. Pero mi cámara no había captado nada de eso; tampoco era posible distinguir si las manchas oscuras que interrumpían el gris eran una piedra, un muro, un árbol o un bosque. Después de pasar media docena de fotos más, desistí. Las guardé en el bolsillo de la rebeca y bajé a la biblioteca.

Llevábamos aproximadamente media entrevista cuando reparé en el silencio. Estaba soñando, absorta, como siempre, en la infancia gemela de la señorita Winter. Reproduje la pista sonora de su voz, creí recordar un cambio de tono, que se había dirigido a mí, pero no conseguía recordar las palabras.

—¿Qué? —dije.

—Su bolsillo —repitió—. Tiene algo en el bolsillo.

—Oh… Son fotografías… —Con un pie todavía en el limbo, a caballo entre su historia y mi vida, seguí farfullando—: De Angelfield.

Cuando salí de mi ensimismamiento las fotos ya estaban en sus manos.

Al principio las miró una a una detenidamente, forzando la vista a través de las gafas para intentar reconocer algo en las borrosas siluetas. Tras comprobar que las imágenes indescifrables se sucedían, dejó escapar un pequeño suspiro a lo Vida Winter, un suspiro que insinuaba que sus bajas expectativas se habían cumplido, y tensó la boca en una línea de desaprobación. Con la mano buena empezó a pasar las fotos por encima y para demostrar que había perdido toda esperanza de encontrar algo interesante, las iba arrojando sobre la mesa sin dedicarles apenas una ojeada.

El ritmo regular de las fotos aterrizando en la mesa me tenía hipnotizada. Formaban una pila desordenada, desplomándose unas sobre otras y resbalando por las escurridizas superficies de sus compañeras con un sonido que parecía decir «para nada, para nada, para nada».

Entonces el ritmo se detuvo. La señorita Winter estaba totalmente rígida sosteniendo una foto en alto y estudiándola con el entrecejo fruncido. «Ha visto un fantasma», pensé. Al rato, fingiendo no ser consciente de mi mirada, colocó la foto detrás de la docena aún pendiente, y siguió pasando y arrojando fotos como antes. Cuando la foto que había llamado su atención reapareció, la añadió al montón sin detenerse apenas a mirarla.

—Jamás habría adivinado que era Angelfield, pero si usted lo dice… —comentó con suma frialdad. Luego, con un movimiento en apariencia ingenuo, recogió las fotos y al tendérmelas se le cayeron—. Lo siento mucho, mi mano —murmuró mientras yo me agachaba a recogerlas, pero no me dejé engañar.

Y retomó la historia donde la había dejado.

Más tarde volví a mirar las fotos. Aunque la caída las había desordenado, no me fue difícil adivinar cuál era la que tanto le había impactado. En ese montón de imágenes grises y borrosas solo una destacaba realmente del resto. Me senté en el borde de la cama contemplando la foto y rememorando el instante. El desvanecimiento de la neblina y el calor del sol se habían unido en el momento justo para permitir que un rayo de luz cayera sobre un niño que posaba rígido ante la cámara con el mentón alto, la espalda recta y unos ojos que revelaban el temor a que en cualquier momento el casco amarillo se le resbalara de la cabeza.

¿Por qué le había impresionado tanto esa foto? Escudriñé el fondo, pero la casa, a medio demoler, era solo una mancha gris sobre el hombro derecho del niño. Más cerca, apenas se veían los barrotes de la valla de seguridad y una esquina del letrero de «No pasar».

¿Era el niño lo que había despertado su interés?

Estuve media hora dándole vueltas a la foto, y cuando decidí guardarla nada había resuelto. Tan perpleja me tenía que la metí en mi libreta, junto con la foto de una ausencia en un espejo.

Aparte de la foto del niño y el juego de *Jane Eyre* y el horno, poco más me perturbaba. A menos que el gato cuente. Sombra reparó en mis extraños horarios y arañaba mi puerta en busca de mimos a cualquier hora del día y de la noche. Apuraba trocitos de huevo o pescado de mi plato. Podía pasarme horas escribiendo y deambulando en el oscuro laberinto de la historia de la señorita Winter, pero por mucho que me olvidara de mí misma nunca era del todo ajena a la sensación de estar siendo observada, y cuando me abstraía más de la cuenta, era la mirada del gato la que parecía penetrar en mi confusión e iluminarme el camino de regreso a mi cuarto, mis notas, mis lápices y mi sacapuntas. Algunas noches hasta dormía conmigo en mi cama y me acostumbré a dejar las cortinas abiertas para que, si despertaba, pudiera sentarse en el alféizar y ver movimientos en la oscuridad invisibles para el ojo humano.

Eso es todo. Aparte de esos detalles, no había nada más. Solo el eterno crepúsculo y la historia.

Desmoronamiento

Isabelle se había ido. Hester se había ido. Charlie se había ido. La señorita Winter me habló entonces de otras pérdidas.

Arriba, en el desván, apoyé la espalda contra la crujiente pared y empujé para obligarla a ceder. Luego aflojé. Así una y otra vez. Estaba tentando a la suerte. ¿Qué ocurriría, me preguntaba, si la pared se desplomara? ¿Se hundiría el tejado? ¿Cederían las tablas del suelo con el peso de la caída? ¿Era posible que las tejas, las vigas y la piedra atravesaran los techos, hundiendo camas y cajas, como si de un terremoto se tratara? ¿Y qué pasaría luego? ¿Se detendría ahí? ¿Hasta dónde podría llegar? Seguí empujando, provocando a la pared, desafiándola a caer, pero no cayó. Incluso bajo coacción, resulta sorprendente lo que una pared muerta es capaz de aguantar.

En medio de la noche me desperté con un retumbo en los oídos. El estruendo ya había cesado, pero aún me resonaba en los tímpanos y el pecho. Salté de la cama y corrí hasta las escaleras seguida de Emmeline.

Alcanzamos el descansillo al mismo tiempo que John, que dormía en la cocina, llegaba a las escaleras. De pie, en medio del vestíbulo, estaba el ama, en camisón, mirando hacia arriba. A sus pies había un enorme bloque de piedra y en el techo, directamente encima de su cabeza, un agujero. En el aire flotaba un polvo gris que subía y bajaba, sin decidirse a aposentarse. Fragmentos de yeso, argamasa y madera seguían cayendo de arriba, con un sonido que hacía pensar en ratones dispersándose, y yo notaba los respingos de Emmeline cada vez que un tablón o un ladrillo se desplomaba en las plantas superiores.

Los escalones de piedra estaban fríos, luego astillas y pedacitos de yeso se me fueron clavando en los pies. En medio de los cascotes, con los remolinos de polvo asentándose lentamente a su alrededor, el ama semejaba un fantasma. Polvo gris en el pelo, polvo gris en la cara y las manos, polvo gris en los pliegues de su largo camisón. Estaba completamente inmóvil, mirando hacia arriba. Me acerqué a ella y uní mi mirada a la suya. Vimos el agujero en el techo y a través de él otro agujero en otro techo y encima otro techo con otro agujero. Vimos el papel de peonías del primer dormitorio, el dibujo del enrejado de hiedra de la habitación superior y las paredes de color gris claro del pequeño cuarto del desván. Y por encima de todo eso, muy por encima de nuestras cabezas, vimos el agujero del tejado y el cielo. No había estrellas.

Le cogí la mano.

—Vamos —dije—, no sirve de nada mirar.

Tiré de ella y me siguió como una niña pequeña.

—Voy a acostarla —le dije a John.

Blanco como un fantasma, asintió con la cabeza.

—Sí —dijo con la voz espesa como el polvo. Casi no podía mirar al ama. Hizo un gesto lento en dirección al techo. Fue el gesto lento de un hombre a punto de ahogarse en una corriente—. Y yo empezaré a arreglar todo esto.

Una hora después, cuando el ama ya dormía bien arropada en su cama, con un camisón limpio y recién lavada, él seguía allí. Tal como lo había dejado, mirando fijamente el lugar donde el ama había estado.

A la mañana siguiente, cuando el ama no apareció en la cocina, fui yo quien entró en su cuarto para despertarla, pero no pude. Su alma se había marchado por el agujero del tejado.

—La hemos perdido —le dije a John en la cocina—. Está muerta.

El semblante de John no se alteró un ápice. Siguió mirando por encima de la mesa de la cocina, como si no me hubiera oído.

—Sí —dijo al fin con una voz que no esperaba ser oída—. Sí.

Parecía que el mundo se hubiera detenido. Yo solo deseaba una cosa: quedarme sentada como John, inmóvil, contemplando el vacío, sin hacer nada. Pero el tiempo no se había detenido. Todavía notaba los latidos de mi corazón midiendo los segundos. Notaba el hambre creciendo en mi estómago y la sed en mi garganta. Me sentía tan triste que pensé que me moriría, pero estaba escandalosa y absurdamente viva, tan viva que juro que podía notar cómo me crecían las uñas y el pelo.

Pese al peso insoportable que me aplastaba el corazón, no podía, como John, entregarme al sufrimiento. Hester se había ido; Charlie se había ido; el ama se había ido; John, a su manera, se había ido, aunque esperaba que encontrara la forma de volver. Entretanto, la niña en la neblina iba a tener que salir de las sombras. Había llegado el momento de dejar de jugar y crecer.

—Pondré agua a hervir —dije—. Te prepararé una taza de té.

No era mi voz. Otra muchacha, una muchacha sensata, competente y normal, se había abierto paso a través de mi piel y había tomado el mando. Parecía saber exactamente qué debía hacerse. Mi asombro era solo parcial. ¿Acaso no me había pasado media vida observando a la gente vivir sus vidas? ¿Observando a Hester, observando al ama, observando a los vecinos del pueblo?

Me replegué en silencio mientras la muchacha competente ponía agua a hervir, calculaba las hojas, las removía y servía el té. Puso dos cucharadas de azúcar en la taza de John, tres en la mía. Entonces bebí, y cuando el té dulce y caliente alcanzó mi estómago, dejé finalmente de temblar.

El jardín plateado

Antes de despertar por completo tuve la sensación de que algo había cambiado. Un instante después, antes incluso de abrir los ojos, supe de qué se trataba: había luz.

Adiós a las sombras que habían estado merodeando por mi habitación desde el comienzo del mes, adiós a los rincones sombríos y el aire lúgubre. La ventana era un rectángulo claro y por ella entraba una claridad que iluminaba cada detalle de mi habitación. Llevaba tanto tiempo sin verla que la dicha se apoderó de mí, como si no fuera únicamente una noche lo que había terminado, sino el invierno entero. Como si hubiese llegado la primavera.

El gato estaba en el antepecho de la ventana mirando fijamente el jardín. Al oírme, bajó de un salto y arañó la puerta con las patas, pidiendo salir. Me vestí, me puse el abrigo y bajamos con sigilo a la cocina.

Caí en la cuenta de mi error en cuanto salí. No era de día. Lo que brillaba en el jardín, ribeteando de plata las hojas y acariciando el contorno de las estatuas, no era el sol sino la luna. Me detuve en seco y la miré. Era un círculo perfecto, suspendido pálidamente en un cielo sin nubes. Hechizada, me habría quedado allí hasta el alba, pero el gato, impaciente, se arrimó a mis tobillos pidiendo mimos y me agaché para acariciarlo. En cuanto lo toqué se apartó de mí, luego se detuvo a unos metros y miró por encima de su hombro.

Me subí el cuello del abrigo, hundí mis ateridas manos en los bolsillos y lo seguí.

Primero me llevó por el camino herboso que transcurría entre los largos arriates. A nuestra izquierda el seto de tejos brillaba con fuerza; a nuestra derecha, de espaldas a la luna, el seto estaba oscuro. Doblamos por el jardín de las rosas, donde los arbustos podados semejaban estacas de ramas muertas, pero los cuidadísimos macizos de boj que los rodeaban formando sinuosos dibujos isabelinos jugaban al escondite con la luna, mostrando aquí plata, allí ébano. Me habría detenido una docena de veces —una hoja de hiedra girada lo justo para atrapar por completo la luz de la luna, la aparición repentina del enorme roble dibujado con una claridad sobrenatural contra el cielo blanquecino—, pero no podía. El gato seguía avanzando resuelto, con la cola en alto como la sombrilla de un guía turístico indicando «por aquí, síganme». En el jardín tapiado se subió al muro que rodeaba el estanque de la fuente y recorrió la mitad de su perímetro sin prestar atención al reflejo de la luna que centelleaba en el agua como una moneda brillante en el fondo. Cuando estuvo frente a la entrada arqueada del invernadero, saltó del muro y caminó hacia ella.

Se detuvo debajo del arco. Miró a izquierda y derecha con detenimiento. Divisó algo y se escabulló en esa dirección, desapareciendo de mi vista.

Intrigada, me acerqué de puntillas al arco y miré a mi alrededor.

Un invernadero rebosa de colorido si lo ves en el momento adecuado del día, en el momento adecuado del año. Para cobrar vida, necesita en gran medida de la luz del día. El visitante de medianoche ha de aguzar la vista para apreciar sus atractivos. Demasiada oscuridad para distinguir las hojas de eléboro, bajas y espaciadas, sobre la tierra negra; demasiado pronto en la estación para disfrutar del brillo de las campanillas de invierno; demasiado frío para que el torvisco desprendiera su fragancia. Había incluso avellana de bruja; pronto sus ramas se cubrirían de trémulas borlas amarillas y naranjas, pero por ahora las ramas eran su principal atracción. Delgadas y desnudas, se retorcían con elegante contención, formando delicados nudos.

A sus pies, encorvada sobre el suelo, divisé la silueta de una figura humana.

La miré petrificada.

La figura respiraba y se movía con mucho esfuerzo, emitiendo jadeos y gruñidos entrecortados.

Durante un largo y lento segundo mi mente trató de explicarse la presencia de otro ser humano en el jardín de la señorita Winter en mitad de la noche. Algunas cosas las supe al instante, sin necesidad de pensarlas. Para empezar, la persona arrodillada en el suelo no era Maurice. Pese a tratarse de la persona con más probabilidades de estar en el jardín, en ningún momento se me pasó por la cabeza que pudiera ser él. Esa no era su constitución enjuta y nervuda, esos no eran sus movimientos comedidos. Tampoco era Judith. ¿La pulcra y sosegada Judith, con sus inmaculadas uñas, su pelo impecable y sus zapatos lustrosos, arrastrándose por el jardín en mitad de la noche? Imposible. No necesitaba tener en cuenta esas dos opciones, de modo que no lo hice.

Durante ese segundo mi mente viajó cien veces entre dos pensamientos.

Era la señorita Winter.

Era la señorita Winter porque… porque lo era. Lo intuía. Lo sabía. Era ella, seguro.

No podía ser ella. La señorita Winter estaba débil y enferma. La señorita Winter nunca abandonaba su silla de ruedas. La señorita Winter estaba demasiado dolorida para ponerse a arrancar hierbajos y no digamos acuclillarse en el suelo helado y remover la tierra de manera tan frenética.

No era la señorita Winter.

Pero no obstante, increíblemente, pese a todo, lo era.

Ese primer momento fue largo y desconcertante. El segundo, cuando finalmente llegó, fue inesperado.

La figura se detuvo en seco… se dio la vuelta… se levantó… y lo supe.

Eran los ojos de la señorita Winter. Verdes, brillantes, sobrenaturales.

Pero no era la cara de la señorita Winter.

Carne parcheada cubierta de manchas y cicatrices, surcada de grietas más profundas que las que podía abrir la edad. Dos bolas disparejas por mejillas. Los labios torcidos: una mitad un arco perfecto que hablaba de una antigua belleza, la otra un injerto contrahecho de carne blanquecina.

¡Emmeline! ¡La hermana gemela de la señorita Winter! ¡Viva y habitando en esta casa!

Mi mente era un torbellino, la sangre estallaba en mis oídos, la impresión me tenía paralizada. Ella me miraba sin pestañear y advertí que estaba menos asustada que yo. No obstante, ambas parecíamos igual de fascinadas. Semejábamos dos estatuas.

Ella fue la primera en reponerse. En un gesto apremiante, me tendió una mano negra, cubierta de tierra, y con voz ronca bramó una serie de sonidos sin sentido.

El estupor ralentizó mi respuesta; no fui capaz ni de balbucir su nombre antes de que se diera la vuelta y se alejara con paso presto, con el cuerpo echado hacia delante y los hombros encorvados. El gato emergió de las sombras. Se desperezó con calma y, sin mirarme siquiera, partió tras ella. Desaparecieron bajo el arco y me quedé sola. Sola con una parcela de tierra removida.

Conque zorros.

Una vez que se fueron podría haberme dicho a mí misma que lo había imaginado, que había estado caminando sonámbula mientras soñaba que la hermana gemela de Adeline se me aparecía y me susurraba un mensaje secreto e ininteligible. Pero yo sabía que no había sido un sueño. Y aunque ya no podía ver a Emmeline, podía oír su tarareo. Ese exasperante e inarmónico fragmento de cinco notas. La la la la la.

Me quedé quieta, escuchándolo, hasta que se apagó por completo.

Entonces me di cuenta de que tenía las manos y los pies helados y me encaminé hacia la casa.

El alfabeto fonético

Habían transcurrido muchos años desde que aprendiera el alfabeto fonético. Todo comenzó por una tabla de un libro de lingüística que había en la librería de papá. Un fin de semana que no tenía nada que hacer abrí aquel libro y quedé prendada de los signos y símbolos que aparecían en la tabla. Había letras que conocía y letras que no. Había enes mayúsculas que no sonaban como las enes minúsculas e íes griegas mayúsculas que no sonaban como las íes griegas minúsculas. Otras letras, enes, des, eses y zetas, tenían graciosos rizos y rabitos, y podías poner el palito a haches, íes y úes como si fueran tes. Me encantaban esos híbridos locos y extravagantes: llenaba hojas enteras con emes que se convertían en jotas y uves que se encaramaban precariamente sobre diminutas oes cual perros de circo sobre pelotas. Mi padre tropezó con mis hojas de símbolos y me enseñó los sonidos que acompañaban a cada uno. Descubrí que en el alfabeto fonético internacional podías escribir palabras que semejaban números, palabras que semejaban códigos secretos, palabras que semejaban lenguas perdidas.

Yo necesitaba una lengua perdida. Una con la que poder comunicarme con los seres perdidos. Solía escribir una palabra concreta una y otra vez. El nombre de mi hermana. Un talismán. Lo escribía en un trozo de papel que doblaba con sumo cuidado y llevaba siempre conmigo. En invierno vivía en el bolsillo de mi abrigo, en verano me hacía cosquillas en el tobillo, dentro del pliegue del calcetín. Por la noche me dormía con el trocito de papel aferrado en la mano. Pese al cuidado que ponía, no siempre tenía esos papelitos localizados. Los perdía, hacía otros nuevos, luego tropezaba con los viejos. Cuando mi madre intentaba arrancarme el papel de los dedos, me lo tragaba para frustrar sus intenciones, aunque tampoco habría sabido leerlo. No obstante, el día en que vi a mi padre sacar un papel gastado y gris del fondo de un cajón lleno de porquerías y desdoblarlo, no intenté detenerle. Cuando leyó el nombre secreto pareció que el rostro se le partía, y sus ojos, cuando me miraron, eran un pozo de pesar.

Quiso hablar. Abrió la boca para hablar pero yo, llevándome un dedo a los labios, le mandé callar. No quería que pronunciara el nombre de mi hermana. ¿Acaso no había tratado de mantenerla en la oscuridad? ¿Acaso no había querido olvidarla? ¿Acaso no había intentado ocultármela? Ahora no tenía derecho a ella.

Le arranqué el papel de los dedos y salí de la habitación sin decir una palabra. En el asiento bajo la ventana de la segunda planta, me metí el papel en la boca, saboreé su fuerte sabor seco y leñoso y me lo tragué. Durante años mis padres habían mantenido el nombre de mi hermana enterrado en el silencio, en su esfuerzo por olvidar. Yo lo protegería con mi propio silencio, y lo mantendría en mi recuerdo.

Además de mi pronunciación incorrecta en diecisiete idiomas de hola, adiós y lo siento, y mi habilidad para recitar el alfabeto griego hacia delante y hacia atrás (yo, que no he aprendido una palabra de griego en mi vida), el alfabeto fonético era uno de esos pozos de conocimiento inútil que me quedaban de mi infancia libresca. Lo había aprendido solo por diversión, su finalidad era exclusivamente privada, de modo que con los años no me esforcé en practicarlo. Por eso cuando regresé del jardín y me puse ante el papel para reproducir las sibilantes y fricativas, las oclusivas y vibrantes del susurro apremiante de Emmeline, tuve que intentarlo varias veces hasta dar con la transcripción fonética correcta.

Al tercer o cuarto intento me senté en la cama y contemplé mi renglón de símbolos, signos y garabatos. ¿Era exacto? Me empezaron a asaltar las dudas. ¿Había retenido fielmente los sonidos durante los cinco minutos que había tardado en volver a casa? ¿Recordaba el alfabeto fonético con precisión? ¿Y si esos primeros intentos fallidos habían contaminado mi recuerdo?

Susurré lo que había escrito en el papel. Volví a susurrarlo con apremio. Aguardé a que la aparición de un eco en mi memoria me dijera que había dado en el clavo. Nada. Era la transcripción parodiada de unos sonidos mal entendidos y recordados solo a medias después. Estaba perdiendo el tiempo.

Escribí el nombre secreto. El hechizo, el amuleto, el talismán.

Nunca me había funcionado. Ella nunca aparecía. Yo seguía estando sola.

Hice una pelota con el papel y la arrojé a un rincón.

La escalera de mano

—¿Le aburre mi historia, señorita Lea?

Soporté varios comentarios de esa guisa al día siguiente cuando, incapaz de reprimir los bostezos, me removía en mi asiento y me frotaba los ojos mientras escuchaba la narración de la señorita Winter.

—Lo siento. Solo estoy cansada.

—¡Cansada! —exclamó—. ¡Parece una muerta andante! Una comida como Dios manda la reanimará. ¿Se puede saber qué le pasa?

Me encogí de hombros.

—Estoy cansada, eso es todo.

Apretó los labios y me miró con dureza, pero no dije más y retomó su historia.

❦

Así estuvimos seis meses. Vivíamos recluidos en un puñado de estancias: la cocina, donde John seguía durmiendo por las noches, el salón y la biblioteca. Nosotras, las chicas, utilizábamos la escalera de servicio para ir de la cocina al único dormitorio que parecía seguro. Habíamos trasladado del viejo cuarto los colchones donde dormíamos, pero allí quedaron las camas, demasiado pesadas para moverlas. Después del dramático descenso del número de sus habitantes, sentíamos que la casa se nos había quedado grande. Nosotros, los supervivientes, estábamos más a gusto en la seguridad y la facilidad de nuestros pequeños aposentos. Con todo, nunca conseguíamos olvidarnos totalmente del resto de la casa, que como una extremidad moribunda se enconaba lentamente detrás de las puertas.

Emmeline pasaba gran parte de su tiempo inventando juegos de naipes.

—Juega conmigo. Oh, venga, juguemos —insistía.

Al final yo cedía y jugábamos. Juegos extraños, con reglas que cambiaban constantemente; juegos que solo ella entendía y partidas que siempre ganaba, lo cual le producía una gran alegría. También se daba baños. Su pasión por el jabón y el agua era inagotable; se pasaba horas entretenida en el agua que yo había calentado para lavar la ropa y los platos. No me molestaba. Por lo menos una de nosotras era feliz.

Antes de cerrar las habitaciones, Emmeline había revuelto en los armarios de Isabelle y se había hecho con vestidos, frascos de perfume y zapatos que apiló en nuestro dormitorio. Era como dormir en un camerino. Emmeline se ponía los vestidos. Algunos tenían diez años, otros —de nuestra abuela, la madre de Isabelle, imagino— treinta e incluso cuarenta. Emmeline nos divertía por las noches con sus teatrales entradas en la cocina vestida con los atuendos más extravagantes. Los vestidos le hacían aparentar más de quince años, le hacían parecer femenina. Yo recordaba la conversación de Hester con el doctor en el jardín —«No veo razones para que Emmeline no pueda casarse algún día»— y recordaba lo que el ama me había contado de Isabelle y las meriendas al aire libre —«Era la clase de muchacha que los hombres no pueden mirar sin desear tocarla»—, y me asaltaba una repentina ansiedad. Pero luego Emmeline se dejaba caer pesadamente en una silla de la cocina, sacaba una baraja de cartas de un bolso de seda y decía, toda aniñada: «Anda, juega conmigo a cartas». Aunque eso conseguía tranquilizarme un poco, me aseguraba de que no saliera de casa vestida así.

John vivía sumido en la apatía. Un día, no obstante, salió de ella para hacer algo impensable: contratar a un muchacho que le ayudara en el jardín.

—No te preocupes —me dijo—. Es Ambrose, el hijo del viejo Proctor. Un muchacho tranquilo. Y no será por mucho tiempo, solo hasta que termine de reparar la casa.

Yo sabía que eso le llevaría toda la vida.

El muchacho se presentó un día. Era más alto que John y más ancho de hombros. Los dos con las manos en los bolsillos, hablaron de la labor de ese día y el muchacho se puso a trabajar. Tenía una forma de cavar paciente y acompasada; el repique suave y constante de la pala en la tierra me crispaba los nervios.

—¿Por qué hemos de tenerlo aquí? —deseaba saber yo—. Es tan extraño como los demás.

Pero, por la razón que fuese, el muchacho no era un extraño para John. Quizá porque provenía de su mismo mundo, el mundo de los hombres, un mundo desconocido para mí.

—Es un buen chico —me respondía John una y otra vez—. Y muy trabajador. No hace preguntas y habla poco.

—Quizá no tenga lengua, pero tiene ojos en la cara.

John se encogía de hombros y miraba hacia otro lado, parecía incómodo.

—Yo no estaré aquí eternamente —dijo finalmente un día—. Las cosas no podrán seguir siempre como hasta ahora. —Dibujó un vago gesto con el brazo para abarcar la casa, sus habitantes, la vida que llevábamos—. Algún día las cosas tendrán que cambiar.

—¿Cambiar?

—Estáis creciendo. Ya no será lo mismo, ¿no crees? Una cosa es ser niñas, pero cuando uno se hace mayor…

Yo ya me había ido. No quería escuchar lo que fuera que tuviera que decirme.

Emmeline estaba en el dormitorio arrancando lentejuelas de un pañuelo de noche para su caja de tesoros. Me senté a su lado. Estaba demasiado absorta en su labor para levantar la vista. Sus dedos regordetes jugueteaban incansablemente con una lentejuela hasta que esta se desprendía y la echaba en la caja. Era un trabajo lento, pero Emmeline tenía todo el tiempo del mundo. Inclinada sobre el pañuelo, mantenía el semblante imperturbable, los labios juntos, la mirada atenta y soñadora a un mismo tiempo. De vez en cuando sus párpados superiores descendían, cubriendo los verdes iris, pero en cuanto rozaban el párpado inferior subían para desvelar el mismo verde.

¿Me parecía realmente a ella?, me pregunté. Sabía que en el espejo mis ojos eran idénticos a los suyos. Y sabía que teníamos la misma inclinación de la nuca bajo el peso de la melena pelirroja. Y sabía el impacto que ejercíamos en los vecinos del pueblo las raras ocasiones en que nos paseábamos del brazo por The Street luciendo idénticos vestidos. Pero, así y todo, no me parecía a Emmeline, ¿verdad? Mi cara no podría adoptar esa expresión de apacible concentración. Estaría retorciéndose de frustración. Estaría mordiéndome el labio, resoplando de impaciencia, apartándome el pelo de la cara y echándolo furiosamente hacia atrás. No estaría tranquila, como Emmeline. Estaría arrancando las lentejuelas con los dientes.

No me dejarás, ¿verdad?, quise decirle. Porque yo nunca te dejaré. Viviremos siempre aquí, juntas. Diga lo que diga John-the-dig.

—¿Por qué no jugamos?

Emmeline continuó con su tarea, como si no me hubiera oído.

—Juguemos a que nos casamos. Tú puedes ser la novia. Venga. Podrías ponerte... esto. —Desenterré una prenda de gasa amarilla del montón de vestidos apilados en un rincón—. Es como un velo, mira.

Emmeline no levantó la vista, ni siquiera cuando se lo eché por la cabeza. Se limitó a apartárselo de los ojos y siguió toqueteando la lentejuela.

Entonces dirigí mi atención a su caja de tesoros. Las llaves de Hester seguían allí relucientes, aunque parecía que Emmeline había olvidado a su anterior cuidadora. Había algunas joyas de Isabelle, los envoltorios de colores de los caramelos que Hester le había dado un día, un inquietante fragmento de vidrio verde de una botella y un pedazo de cinta con un borde dorado que había sido mío, un regalo del ama de hacía muchos años, más de los que podía recordar. Debajo del resto de objetos todavía estarían los hilos de plata que Emmeline había arrancado de la cortina el día en que llegó Hester. Y semioculto bajo el revoltijo de rubíes, cristales y demás baratijas vi algo que parecía fuera de lugar. Algo de cuero. Ladeé la cabeza para verlo mejor. ¡Ah! ¡Por eso lo quería! Por las letras doradas. I A R. ¿Qué era I A R? ¿O quién era I A R? Incliné la cabeza hacia el otro lado y divisé algo más. Un candado diminuto, y una llave diminuta. No era de extrañar que estuvieran en la caja de tesoros de Emmeline. Letras doradas y una llave. Supuse que era su posesión más preciada. Y de repente caí en la cuenta. ¡I A R! ¡Diario!

Alargué una mano.

Rápida como un rayo —su aspecto podía ser engañoso— la mano de Emmeline descendió como un torno sobre mi muñeca y la detuvo. Con gesto firme, sin mirarme, apartó mi mano y bajó la tapa.

La presión de sus dedos me había dejado marcas blancas en la muñeca.

—Voy a irme —dije, para ponerla a prueba. Mi voz no sonaba muy convincente—. Hablo en serio. Y voy a dejarte aquí. Voy a crecer y a vivir por mi cuenta.

A renglón seguido, llena de digna autocompasión, me levanté y salí del cuarto.

Emmeline no fue a buscarme al asiento bajo la ventana de la biblioteca hasta bien entrada la tarde. Yo había corrido la cortina para esconderme, pero Emmeline entró directamente en la biblioteca y miró a su alrededor. La oí acercarse, noté el movimiento de la cortina cuando la levantó. Con la frente pegada a la ventana, yo estaba observando las gotas de lluvia en el cristal. El viento las hacía temblar y amenazaban constantemente con emprender uno de sus recorridos zigzagueantes en que engullían las gotitas que encontraban a su paso y dejaban tras de sí una breve senda plateada. Se acercó y posó su cabeza en mi hombro. Me sacudí con brusquedad para quitármela de encima. Me negaba a darme la vuelta y hablarle. Emmeline me cogió la mano y deslizó algo en mi dedo.

Esperé a que se fuera para ver qué era. Un anillo. Me había dado un anillo.

Giré la piedra sobre la parte interna del dedo y la acerqué a la ventana. La luz la resucitó. Verde, como el color de mis ojos. Verde, como el color de los ojos de Emmeline. Emmeline me había dado un anillo. Cerré los dedos en un fuerte puño con la piedra contra mi corazón.

John recogía los cubos de agua de lluvia y los vaciaba; pelaba verduras para el puchero; iba a la granja y regresaba con leche y mantequilla. No obstante, después de cada tarea su energía lentamente acumulada parecía agotarse y en cada ocasión me preguntaba si le quedarían fuerzas para levantar su enjuto cuerpo de la mesa y continuar con la siguiente.

—¿Vamos al jardín de las figuras? —le pregunté—. Podrías enseñarme qué hay que hacer allí.

No me contestó. De hecho, creo que apenas me oyó. Dejé reposar el asunto y al cabo de unos días se lo pregunté otra vez, y otra, y otra.

Finalmente John entró en el cobertizo y se puso a afilar las tijeras de podar con su tranquila cadencia. Después bajamos las largas escaleras de mano y las sacamos.

—Así —dijo levantando un brazo para señalarme el seguro de la escalera. La extendió contra el sólido muro del jardín. Ensayé con el seguro varias veces, subí unos peldaños, bajé de nuevo—. Cuando la tengas apoyada en los tejos no la notarás tan firme —me dijo—, pero en cuanto la domines verás que es una escalera segura. Tienes que acostumbrarte a ella.

Y de ahí fuimos al jardín de las figuras. John me llevó hasta un tejo mediano cubierto de maleza. Me disponía a apoyar en él la escalera cuando exclamó:

—No, no. No seas impaciente. —Tres veces rodeó lentamente el árbol. Después se sentó en el suelo y encendió un cigarrillo. Me senté a su lado y encendió uno para mí—. Nunca cortes con el sol de frente —me dijo—. Tampoco cortes con tu sombra de frente. —Dio unas caladas a su cigarrillo—. Vigila las nubes. No dejes que desvirtúen el contorno cuando pasan. Busca algo fijo en tu campo de visión. Un tejado o una cerca. Esa será tu ancla. Y nunca tengas prisa. Tómate tu tiempo tanto para observar como para cortar. —Mientras hablaba en ningún momento desvió la vista del árbol, yo tampoco—. Has de sentir la parte de atrás del árbol mientras podas la parte de delante y viceversa. Y no cortes solamente con las tijeras en la mano. Utiliza todo el brazo, desde el hombro.

Terminamos nuestros respectivos cigarrillos y los apagamos con la punta de la bota.

—Y tal como lo ves ahora, desde lejos, manténlo en la memoria cuando lo estés viendo de cerca.

Estaba lista.

Tres veces me dejó apoyar la escalera en el árbol antes de convencerse de que estaba segura. Entonces cogí las tijeras de podar y subí.

Trabajé durante tres horas. Al principio era consciente de la altura, miraba constantemente hacia abajo, tenía que obligarme a subir cada nuevo escalón. Y cada vez que desplazaba la escalera, necesitaba varios intentos para afianzarla. No obstante, poco a poco la tarea me fue absorbiendo. Llegó un momento en que ya no sabía a qué altura me encontraba, tan concentrada estaba en la forma que estaba creando. John rondaba cerca. De vez en cuando hacía un comentario: «¡Vigila tu sombra!» o «¡Piensa en la parte de atrás!», pero el resto del tiempo se limitaba a observar y fumar. Solo cuando bajé por última vez, retiré el seguro y plegué la escalera, reparé en lo doloridas que tenía las manos por el peso de las tijeras de podar. Pero no me importó.

Retrocedí para contemplar mi obra. Rodeé el árbol tres veces. Mi corazón dio un respingo. Era buena.

John asintió con la cabeza.

—No está mal —declaró—. Servirás.

Fui al cobertizo a buscar la escalera para podar el jobo gigante, pero la escalera no estaba. El muchacho que tanto me desagradaba estaba en el huerto con el rastrillo. Me acerqué con expresión ceñuda.

—¿Dónde está la escalera? —Era la primera vez que le dirigía la palabra.

Pasando por alto mi brusquedad, respondió cortésmente:

—La cogió el señor Digence. Está en la fachada, reparando el tejado.

Cogí uno de los cigarrillos que John había dejado en el cobertizo y me puse a fumar lanzando crueles miradas al muchacho, que observaba el cigarrillo con envidia. Después, afilé las tijeras de podar. Acto seguido, como le había cogido el gusto, afilé el cuchillo del jardín, tomándome mi tiempo, haciéndolo bien. Detrás del ritmo de la piedra contra la hoja sonaba el del rastrillo del muchacho sobre la tierra. Miré el sol y me dije que era demasiado tarde para ponerme a trabajar con el jobo. Así que fui a buscar a John.

La escalera estaba tumbada en el suelo. Las dos secciones, cual manecillas de un reloj, formaban un ángulo imposible; el riel metálico que debía mantenerlas en las seis en punto estaba arrancado de la madera y por el tajo de la barra lateral asomaban gruesas astillas. Junto a la escalera yacía John. Cuando le toqué el hombro no se movió, pero estaba caliente como el sol que le acariciaba los despatarrados miembros y el pelo ensangrentado. Tenía la mirada clavada en el cielo azul, pero el azul de sus ojos estaba extrañamente nublado.

La muchacha sensata me abandonó. De repente era solo yo, una niña estúpida, una menudencia.

—¿Qué voy a hacer? —susurré.

—¿Qué voy a hacer? —Mi voz me asustó.

Tumbada en el suelo, con mi mano aferrada a la mano de John y fragmentos de grava horadándome la sien, vi pasar el tiempo. La sombra del saliente de la biblioteca avanzó por la grava y alcanzó los primeros peldaños de la escalera. Poco a poco, peldaño a peldaño, fue trepando hacia nosotros. Y alcanzó el seguro.

El seguro. ¿Por qué John no había comprobado el seguro? Tuvo que comprobarlo. Seguro que lo hizo. Pero si lo hizo, ¿cómo…?, ¿por qué…?

Peldaño a peldaño, la sombra del saliente se iba acercando. Cubrió los pantalones de estambre de John, su camisa verde, su pelo. ¡Cuánto pelo había perdido! ¿Por qué no cuidé mejor de él?

No tenía sentido pensar en eso. Y, sin embargo, ¿cómo no hacerlo? Mientras reparaba en las canas de John, también reparé en las profundas muescas que las patas de la escalera habían abierto en la tierra al tambalearse bajo sus pies. Eran las únicas marcas. La grava no es como la arena o la nieve, ni siquiera como la tierra recién removida; no retiene las huellas. No había nada en ella que indicara que alguien pudo haber llegado, pudo haber merodeado en la base de la escalera y, una vez terminado lo que había ido a hacer, pudo haberse alejado con total tranquilidad. A juzgar por las señales en la grava, podría haberlo hecho un fantasma.

Todo estaba frío. La grava, la mano de John, mi corazón.

Me levanté y me alejé de John sin mirar atrás. Rodeé la casa hasta el huerto. El muchacho seguía allí, estaba guardando el rastrillo y la escoba. Al verme se detuvo y me miró fijamente. Luego, cuando me detuve —¡No te desmayes! ¡No te desmayes!, me dije— echó a correr hacia mí para sostenerme. Yo le observaba como si se hallara muy, muy lejos. Y no me desmayé. No del todo. Cuando lo tuve cerca, sentí que una voz brotaba de mi interior, palabras que no elegí pronunciar pero que se abrieron paso a la fuerza por mi asfixiada garganta.

—¿Por qué nadie me ayuda?

Me sujetó por las axilas, me desplomé sobre él, me tumbó lentamente hasta la hierba.

—Yo te ayudaré —dijo—. Yo te ayudaré.

Con la muerte de John-the-dig todavía viva en mi mente, con la visión del rostro desconsolado de la señorita Winter aún en mi memoria, apenas reparé en la carta que me esperaba en mi habitación.

No la abrí hasta que terminé la transcripción, y cuando lo hice no fue mucho lo que encontré.

Querida señorita Lea:

Después de toda la ayuda que su padre me ha prestado a lo largo de los años, permítame expresarle lo mucho que me complace ser capaz, aunque en pequeña medida, de devolverle el favor a su hija.

Mis primeras indagaciones en Reino Unido no me han aportado pistas sobre el paradero de la señorita Hester Barrow después de su período como empleada de Angelfield. He encontrado algunos documentos relacionados con su vida anterior a ese período y estoy elaborando un informe que llegará a sus manos en unas semanas.

Mis indagaciones no han llegado, ni mucho menos, a su fin. Todavía no he agotado la investigación relativa al contacto italiano, y es más que probable que de esos primeros años surja algún detalle que dé un nuevo giro a mis pesquisas.

¡No desespere! Si hay alguien que puede encontrar a su institutriz ese soy yo.

Atentamente,

EMMANUEL DRAKE

Guardé la carta en un cajón y me puse el abrigo y los guantes.

—Vamos —le dije a Sombra.

Me siguió hasta el jardín y tomamos el camino que transcurría por el lateral de la casa. De vez en cuando un arbusto que crecía pegado a la pared obligaba a la senda a desviarse; poco a poco, imperceptiblemente, esta se iba alejando de la pared, de la casa, e iba adentrándose en los señuelos laberínticos del jardín. Me resistí a su suave curva y continué recto. Mantener la pared de la casa siempre a mi izquierda me obligó a escurrirme detrás de un macizo de arbustos frondosos y añejos cada vez más denso. Mis tobillos tropezaban con los tallos nudosos y tuve que envolverme la cara con la bufanda para evitar rasguños. El gato me acompañó durante un rato, luego se detuvo, abrumado por la espesa vegetación.

Seguí andando, y encontré lo que estaba buscando: una ventana cubierta de hiedra y con un follaje perenne tan frondoso entre esta y el jardín que la tenue luz que escapaba por el cristal pasaba totalmente inadvertida.

Al otro lado de la ventana, sentada ante una mesa, estaba la hermana de la señorita Winter. Delante de ella se encontraba Judith, metiéndole cucharadas de sopa entre los labios secos y descarnados. De repente detuvo la mano a medio camino entre el cuenco y la boca y se volvió directamente hacia mí. No podía verme, había demasiada hiedra. Probablemente había notado el roce de mi mirada. Tras una breve pausa, volvió a su tarea, pero no antes de que yo hubiera notado algo extraño en la cuchara. Era una cuchara de plata con una A alargada en el mango que tenía la forma de un ángel estilizado.

Yo había visto antes una cuchara como esa. A. Ángel. Angelfield. Emmeline tenía una cuchara como esa y también Aurelius.

Arrimándome a la pared y con las ramas enredándose en mi pelo, salí del macizo de arbustos. El gato me observó mientras me sacudía las ramitas y hojas muertas de las mangas y los hombros.

—¿Entramos? —propuse, y él aceptó encantado.

El señor Drake no había conseguido dar con Hester. Yo, en cambio, había encontrado a Emmeline.

El eterno crepúsculo

En mi estudio transcribía, en el jardín deambulaba, en mi dormitorio acariciaba al gato y mantenía mis pesadillas a raya permaneciendo despierta. La noche de intensa luna en que había visto a Emmeline en el jardín me parecía ahora un sueño, pues el cielo se había encapotado de nuevo y volvíamos a estar inmersos en aquel interminable crepúsculo. Las muertes del ama y John-the-dig daban al relato de la señorita Winter un giro escalofriante. ¿Era Emmeline —la inquietante figura en el jardín— la persona que había estado jugando con la escalera? No me quedaba más remedio que esperar y dejar que la historia se fuese desvelando por sí misma. Entretanto, con el transcurso de diciembre, la sombra que rondaba en mi ventana iba ganando intensidad. Su proximidad me repelía, su lejanía me rompía el corazón, verla me provocaba esa familiar combinación de miedo y anhelo.

Llegué a la biblioteca antes que la señorita Winter —no sé si era por la mañana, por la tarde o por la noche, pues entonces todos los momentos eran iguales— y esperé frente a la ventana. Mi pálida hermana apretó sus dedos contra los míos, me atrapó en su mirada implorante, empañó el cristal con su aliento frío. Solo tenía que romper el cristal para reunirme con ella.

—¿Qué está mirando? —preguntó la voz de la señorita Winter a mi espalda.

Me volví despacio.

—Siéntese —me ladró. Y luego añadió—: Judith, echa otro leño al fuego, ¿quieres? Y tráele a esta muchacha algo de comer.

Tomé asiento.

Judith me sirvió chocolate caliente y tostadas.

La señorita Winter prosiguió con su historia mientras yo daba pequeños sorbos al chocolate.

—Te ayudaré —dijo.

Pero ¿qué podía hacer él? No era más que un muchacho.

Me lo quité de encima. Lo envié a buscar al doctor Maudsley y en su ausencia preparé té fuerte y dulce y me bebí una tetera entera. Pensé con frialdad y rapidez. Cuando llegué al poso, el aguijón de las lágrimas ya había dado marcha atrás. Era hora de actuar.

Cuando el muchacho regresó con el médico yo ya estaba preparada. En cuanto lo oí acercarse a la casa doblé la esquina para recibirlos.

—¡Emmeline, mi pobre niña! —exclamó el médico al tiempo que se acercaba extendiendo una mano compasiva, como si se dispusiera a abrazarme.

Di un paso atrás y él frenó en seco.

—¿Emmeline? —En sus ojos brilló la duda. ¿Adeline? Imposible. No podía ser. El nombre murió en sus labios—. Perdona —balbució. Pero seguía sin saber.

No le ayudé a salir de su confusión. En lugar de eso, rompí a llorar.

No eran lágrimas auténticas. Mis lágrimas auténticas —y tenía muchas, créame— las tenía guardadas. En algún momento, esa noche o mañana u otro día, no sabía exactamente cuándo, estaría sola y podría llorar durante horas. Por John, por mí. Lloraría a voz en cuello, aullaría como hacía de niña, cuando solo John era capaz de calmarme acariciándome el pelo con unas manos que olían a tabaco y jardín. Serían lágrimas calientes y feas, y cuando se me terminaran —si se me terminaban— mis ojos estarían tan hinchados que tendría que mirar por dos rendijas coloradas.

Pero esas eran lágrimas privadas, no para aquel hombre. Las lágrimas que vertí para él eran falsas. Lágrimas que hacían resaltar el verde de mis ojos como hacen los brillantes con las esmeraldas. Y funcionaron. Si deslumbras a un hombre con unos ojos verdes, lo tendrás tan hipnotizado que no notará que detrás de esos ojos hay alguien espiándole.

—Me temo que no puedo hacer nada por el señor Digence —dijo el médico, levantándose después de examinr el cuerpo.

Era extraño escuchar el verdadero apellido de John.

—¿Cómo ocurrió? —El médico contempló la balaustrada donde John había estado trabajando y luego se inclinó sobre la escalera—. ¿Falló el seguro?

Yo podía contemplar el cadáver sin apenas emocionarme.

—¿Es posible que resbalara —me pregunté en voz alta—, que se agarrara a la escalera en el momento de caer y la arrastrara consigo?

—¿Nadie lo vio caer?

—Nuestras habitaciones dan al otro lado de la casa y el muchacho se encontraba en el huerto.

El muchacho estaba un poco alejado de nosotros, desviando su mirada del cadáver.

—Humm. Si no recuerdo mal, el señor Digence no tenía familia.

—Siempre llevó una vida muy solitaria.

—Ya. ¿Y dónde está tu tío? ¿Por qué no ha salido a recibirme?

Ignoraba lo que John le había contado al médico sobre nuestra situación. No tenía más remedio que improvisar sobre la marcha.

Con un sollozo en la voz, le conté que mi tío se había ido.

—¿Que se ha ido? —El médico frunció el entrecejo.

El muchacho no reaccionó. De momento mis palabras no le habían sorprendido. Se estaba mirando los pies para evitar mirar el cadáver y tuve tiempo de pensar que era un gallina antes de decir:

—Mi tío estará fuera unos días.

—¿Cuántos días?

—¡Oh! Veamos, ¿cuándo se fue exactamente…? —Arrugué la frente e hice ver que contaba los días. Luego, posando los ojos en el cadáver, dejé que las rodillas me flaquearan.

El médico y el muchacho corrieron a mi lado y me sostuvieron cada uno por un codo.

—Tranquila. Luego, querida, luego.

Les permití que me llevaran a la cocina.

—¡No sé qué debo hacer! —dije cuando doblábamos la esquina.

—¿Sobre qué?

—Sobre el entierro.

—No te preocupes por eso. Hablaré con la funeraria y el párroco se ocupará del resto.

—¿Con qué dinero?

—Tu tío lo arreglará a su regreso. Por cierto, ¿dónde está?

—¿Y si tarda en volver?

—¿Lo crees probable?

—Mi tío es un hombre… imprevisible.

—Sin duda.

El muchacho abrió la puerta de la cocina y el médico me ayudó a entrar y me acercó una silla. Me dejé caer pesadamente.

—Si la situación lo requiere, el abogado realizará las gestiones pertinentes. Pero dime, ¿dónde está tu hermana? ¿Sabe lo que ha ocurrido?

—Está durmiendo —dije sin un parpadeo.

—Mejor así. Deja que duerma, ¿de acuerdo?

Asentí con la cabeza.

—¿Quién crees que podría cuidar de vosotras mientras estáis solas?

—¿Cuidar de nosotras?

—No podéis quedaros solas en esta casa… No después de lo ocurrido… Vuestro tío ya fue un imprudente al dejaros solas al poco tiempo de haber perdido a vuestra ama de llaves y sin haber buscado una sustituta. Es preciso que venga alguien.

—¿Realmente lo cree necesario? —Yo era todo lágrimas y ojos verdes; Emmeline no era la única que sabía actuar como una mujer.

—Bueno, seguro que vosotras…

—Lo digo porque la última vez que alguien vino a cuidar de nosotras… Se acuerda de nuestra institutriz, ¿verdad?

Y le lancé una mirada tan malvada y fugaz que al médico le costó creer lo que veía. Tuvo la decencia de sonrojarse y desvió la mirada. Cuando la posó de nuevo en mí, yo volvía a ser toda esmeraldas y brillantes.

El muchacho carraspeó.

—Podría venir mi abuela, señor. No quiero decir que se quede, sino que se pase un rato por aquí todos los días

Desconcertado, el doctor Maudsley meditó esa posibilidad. Era una salida, y él estaba buscando alguna.

—Muy bien, Ambrose, creo que esa será una buena solución. Al menos de momento. Estoy seguro de que vuestro tío volverá muy pronto; en tal caso no habrá necesidad, como dices, de… bueno… de…

—Efectivamente. —Me levanté con suavidad—. Entonces, si a usted no le importa hablar con la funeraria, yo me encargaré de hablar con el párroco. —Le tendí una mano—. Gracias por venir tan deprisa.

El hombre había perdido todo su temple. Siguiendo mi ejemplo, se puso en pie y noté el breve roce de sus dedos en los míos. Estaban sudorosos.

Buscó una vez más mi nombre en mi cara. ¿Adeline o Emmeline? ¿Emmeline o Adeline? Eligió la única opción segura.

—Mi pésame más sincero por la pérdida del señor Digence, señorita March.

—Gracias, doctor. —Y oculté mi sonrisa tras un velo de lágrimas.

El doctor Maudsley se despidió del muchacho con la cabeza y cerró la puerta tras de sí.

Era el turno del muchacho.

Esperé a que el médico se hubiera marchado. Entonces abrí la puerta y le invité a salir.

—Por cierto —dije cuando alcanzó el umbral, en un tono que dejaba claro que yo era la señora de la casa—, no hace falta que venga tu abuela.

Me miró con curiosidad. Él sí veía los ojos verdes y la muchacha que había dentro.

—Tanto mejor —dijo tocándose despreocupadamente la visera de la gorra—, porque no tengo abuela.

«Te ayudaré», había dicho, pero no era más que un muchacho. Aun así sabía conducir la tartana.

Al día siguiente nos llevó al despacho del abogado en Banbury, yo a su lado y Emmeline en el asiento trasero. Después de aguardar un cuarto de hora bajo la mirada vigilante de la recepcionista, pasamos finalmente al despacho del señor Lomax. El hombre miró a Emmeline, me miró a mí y dijo:

—No necesito preguntar quiénes son.

—Nos encontramos en un pequeño apuro —le dije—. Mi tío está de viaje y nuestro jardinero ha fallecido. Fue un accidente. Un trágico accidente. Dado que el hombre no tiene familiares y ha trabajado toda su vida para nosotros, creo que nuestra familia debería correr con los gastos del entierro, pero andamos algo escasas de...

Los ojos del abogado viajaron hasta Emmeline y volvieron a mí.

—Le ruego que disculpe a mi hermana; no está muy bien. —Emmeline ofrecía un aspecto muy extraño. Le había dejado ponerse uno de sus vestidos pasados de moda y sus ojos eran demasiado bellos para dejar sitio a algo tan mundano como la inteligencia.

—Sí —dijo el señor Lomax, y bajó comprensivamente el tono de voz—. Algo había oído al respecto.

Respondiendo a su amabilidad, me incliné sobre la mesa y le confié:

—Y claro, con mi tío... bueno, usted ya ha tratado en varias ocasiones con él, de modo que seguro que ya lo sabe. Las cosas con él tampoco son siempre fáciles. —Le ofrecí mi mirada más transparente—. De hecho, es un verdadero placer poder hablar con alguien sensato para variar.

El hombre repasó mentalmente los rumores que había oído. Una de las gemelas no estaba del todo bien, decían. Pues es evidente que la otra no tiene un pelo de tonta, concluyó.

—El placer es mutuo, señorita... Disculpe, pero, ¿le importaría recordarme el apellido de su padre?

—El apellido al que se refiere es March, pero nos hemos acostumbrado a que se nos conozca por el apellido de nuestra madre. En el pueblo nos llaman las gemelas Angelfield. Nadie recuerda al señor March, y nosotras todavía menos. No tuvimos la oportunidad de conocerlo y no mantenemos ninguna relación con su familia. Muchas veces he pensado que deberíamos cambiarnos oficialmente el apellido.

—Eso es posible. ¿Por qué no? Es muy sencillo.

—Pero lo haremos otro día. El asunto de hoy...

—Por supuesto. Permítame que la tranquilice en lo referente al entierro. Si no me equivoco, usted no sabe cuándo regresará su tío.

—Puede que estemos hablando de mucho tiempo —dije, lo cual no era exactamente una mentira.

—No se preocupe. Si no regresa a tiempo para hacerse cargo de los gastos, lo haré yo en su nombre y lo solucionaremos a su regreso.

Dibujé en mi cara el alivio que el hombre estaba buscando y mientras el placer de haber sido capaz de quitarme ese peso de encima seguía fresco en él, le asedié con una docena de preguntas sobre qué pasaría si una chica como yo, con la responsabilidad de una hermana como la mía, sufría la desgracia de perder a su tutor para siempre. En pocas palabras me explicó toda la situación y comprendí claramente los pasos que tendría que dar y cuándo tendría que hacerlo.

—¡Pero nada de eso debería preocuparle ahora! —concluyó, como si se hubiera dejado llevar por la descripción del inquietante panorama y deseara poder retirar tres cuartas partes de lo que había dicho—. Después de todo, su tío no tardará en volver.

—¡Dios lo quiera!

Estábamos en la puerta cuando el señor Lomax recordó lo más importante.

—¿No habrá dejado por casualidad una dirección?

—¡Ya conoce a mi tío!

—Lo imaginaba. ¿No sabrá, al menos, por dónde anda?

El señor Lomax me caía bien, pero eso no me impedía mentirle si tenía que hacerlo. En una chica como yo, mentir era un acto reflejo.

—Sí… digo, no.

Me miró con gravedad.

—Porque si no sabe dónde está… —Su mente volvió sobre los trámites legales que acababa de enumerarme.

—Bueno, puedo decirle adónde dijo que se iba.

El señor Lomax me miró enarcando las cejas.

—Dijo que se iba a Perú.

Los redondos ojos del señor Lomax se abrieron de par en par y la mandíbula le quedó colgando.

—Naturalmente, usted y yo sabemos que eso es absurdo —terminé—. Mi tío no puede estar en Perú, ¿verdad?

Y con mi sonrisa más serena y competente cerré la puerta tras de mí, dejando al señor Lomax preocupándose en mi nombre.

Llegó el día del entierro y todavía no había tenido una oportunidad de llorar. Cada día había surgido algo. Primero fue el párroco, luego los aldeanos que llegaban cautamente a la puerta para preguntar sobre coronas y flores. Incluso vino la señora Maudsley, cortés pero fría, como si el delito de Hester me hubiera contaminado.

—La señora Proctor, la abuela del muchacho, se ha portado de maravilla —le dije—. Dele las gracias de mi parte a su marido por la idea.

Mientras todo eso ocurría, yo abrigaba la sospecha de que el joven Proctor no me quitaba el ojo de encima, aunque nunca conseguía pillarle *in fraganti*.

El entierro de John tampoco era un lugar adecuado para llorar. De hecho, era el menos adecuado. Porque yo era la señorita Angelfield. ¿Y quién era él? Un simple jardinero.

Después del oficio religioso, mientras el párroco hablaba amable e inútilmente con Emmeline —¿Le gustaría asistir a misa más a menudo? El amor de Dios es una bendición para todas sus criaturas—, me dediqué a escuchar al señor Lomax y al doctor Maudsley, que estaban de espaldas a mí, creyendo que no podía oírles.

—Una chica competente —le dijo el abogado al doctor—. Creo que todavía no comprende del todo la gravedad de la situación. ¿Se da cuenta de que nadie conoce el paradero de su tío? Pero cuando la comprenda, estoy seguro de que sabrá hacerle frente. He iniciado los trámites para resolver la cuestión monetaria. Lo que más le preocupaba a la muchacha era poder pagar el entierro del jardinero. Ciertamente, un corazón bondadoso el que acompaña a esa cabeza juiciosa.

—Sí —coincidió débilmente el médico.

—Siempre tuve la impresión… aunque ignoro por qué… de que las dos no estaban… del todo bien. Pero ahora que las he conocido es evidente que solo es una la afectada, por fortuna. Claro que usted, siendo su médico, probablemente siempre lo supo.

El doctor murmuró algo que no pude oír.

—¿Qué? —preguntó el abogado—. ¿Neblina, ha dicho?

No hubo respuesta y el abogado formuló otra pregunta.

—Sin embargo, ¿quién es quién? No pude aclararlo el día en que vinieron a verme. ¿Cómo se llama la hermana juiciosa?

Me volví lo justo para poder observarlos por el rabillo del ojo. El médico me estaba mirando con la misma expresión que durante el oficio. ¿Dónde estaba la niña inanimada que había tenido varios meses viviendo en su casa? La niña que no podía levantar una cuchara ni pronunciar una palabra en inglés, y no digamos dar instrucciones para un entierro y hacer preguntas inteligentes a un abogado. Comprendía el origen de su desconcierto.

Sus ojos viajaban de mí a Emmeline, y de ella a mí.

—Creo que es Adeline.

Vi cómo sus labios pronunciaban ese nombre y sonreí mientras todas sus teorías y experimentos médicos caían desmoronados a sus pies.

Me volví hacia ellos y les saludé con una mano, un gesto de agradecimiento por haber asistido al entierro de un hombre al que apenas conocían para ofrecerme su apoyo. Así lo interpretó el abogado. Puede que el médico le diera una interpretación muy diferente.

Más tarde, muchas horas más tarde.

Terminado el entierro, por fin podría llorar.

Pero no pude. Mis lágrimas, contenidas durante demasiado tiempo, se habían secado.

Tendrían que quedarse dentro para siempre.

Lágrimas secas

—Disculpe… —comenzó Judith. Apretó los labios. Luego, con un revuelo de manos inusitado en ella, añadió—: El médico está visitando a un paciente y todavía tardará una hora en llegar. Se lo ruego…

Me anudé la bata y la seguí; Judith caminaba deprisa unos pasos por delante de mí. Después de subir y bajar escaleras y girar por pasillos y corredores llegamos a la planta baja, pero era una zona de la casa donde yo no había estado antes. Finalmente llegamos a una serie de habitaciones que supuse eran los aposentos de la señorita Winter. Nos detuvimos ante una puerta y Judith me miró preocupada. Comprendía muy bien su angustia. Del otro lado de la puerta llegaban sonidos inhumanos, guturales, bramidos de dolor interrumpidos por jadeos entrecortados. Judith abrió la última puerta y entró.

Quedé petrificada. ¡Con razón el sonido retumbaba de ese modo! A diferencia del resto de la casa, con sus cortinajes y su mullida tapicería, sus paredes forradas y sus tapices, aquella habitación era pequeña, sobria y desnuda. Las paredes eran de yeso pelado y el suelo de madera. En un rincón había una sencilla librería abarrotada de papeles amarillentos y, en otro, una cama angosta cubierta con una sencilla colcha blanca. En la ventana, sendas cortinas de percal pendían lánguidamente a uno y otro lado del cristal, dejando entrar la noche. Desplomada sobre un pupitre, de espaldas a mí, estaba la señorita Winter. Sus feroces naranjas y llamativos morados habían desaparecido. Vestía un blusón blanco de manga larga y estaba llorando.

Un chirrido de aire, áspero y atonal, sobre cuerdas vocales. Lamentos discordantes que desembocaban en espeluznantes gemidos. Sus hombros subían y bajaban con violencia y el torso le temblaba; la fuerza de esa convulsión viajaba por el delicado cuello hasta la cabeza y descendía por los brazos hasta alcanzar unas manos que aporreaban espasmódicamente la superficie del pupitre. Judith se apresuró a colocar de nuevo el cojín bajo la sien de la señorita Winter, que, poseída por la crisis, parecía ajena a nuestra presencia.

—Nunca la había visto así —dijo Judith con los dedos apretados contra los labios. Y con un tono de pánico creciente añadió—: No sé qué hacer.

La boca de la señorita Winter se abría y retorcía en espantosas y delirantes muecas de dolor, un dolor demasiado grande para caber en su boca.

—No se preocupe —le dije a Judith. Conocía aquel sufrimiento. Arrastré una silla y me senté junto a la señorita Winter.

—Chist, chist, lo sé. —Le rodeé los hombros con un brazo y cubrí sus manos con la mía. Envolviéndola con mi cuerpo, acerqué mi oreja a su cabeza y proseguí con el conjuro—. Tranquila, pronto pasará. Chist, mi niña, no está sola. —La mecí sin dejar en ningún momento de susurrar las palabras mágicas. No eran palabras mías, sino de mi padre. Palabras que sabía que funcionarían porque siempre había sido así conmigo—. Chist —susurré—. Lo sé. Pronto pasará.

Las convulsiones no cesaron, ni los gritos se hicieron menos dolorosos, pero poco a poco perdieron violencia. Entre un acceso y otro, la señorita Winter tenía tiempo de inspirar desesperadas bocanadas de aire.

—No está sola. Estoy con usted.

Finalmente calló. Tenía la curva del cráneo apretada contra mi mejilla. Algunos mechones de su pelo me rozaban los labios. Podía notar en mis costillas su respiración trémula, las delicadas convulsiones de sus pulmones. Tenía las manos heladas.

—Tranquila, tranquila.

Nos quedamos un rato en silencio. Tiré del chal hacia arriba para cubrirle mejor los hombros y le froté las manos para darles calor. Tenía el rostro desfigurado. Apenas podía ver a través de sus hinchados párpados y tenía los labios secos y agrietados. El nacimiento de un moretón señalaba el lugar donde su cabeza había estado golpeando el pupitre.

—Era un buen hombre —dije—. Un buen hombre. Y la quería.

Asintió lentamente. Su boca tembló. ¿Había intentado decir algo? Movió de nuevo los labios.

¿El seguro? ¿Era eso lo que había dicho?

—¿Fue su hermana quien estuvo toqueteando el seguro? —Ahora parece una pregunta dura, pero en aquel momento, tras haber arrastrado consigo el torrente de lágrimas toda formalidad, mi franqueza no pareció fuera de lugar.

Mi pregunta provocó en la señorita Winter un último espasmo de dolor, pero cuando habló, lo hizo con rotundidad.

—No fue Emmeline. No fue ella. No fue ella.

—Entonces, ¿quién?

La señorita Winter cerró los ojos y empezó a balancear y mover la cabeza de un lado a otro. He visto ese mismo comportamiento en animales del zoo enloquecidos por su cautiverio. Temiendo que el tormento la asaltara de nuevo, recordé lo que mi padre acostumbraba hacer para consolarme cuando era niña. Suave, tiernamente, le acaricié el cabello hasta que, aplacada, dejó descargar la cabeza en mi hombro.

Finalmente estuvo lo bastante tranquila para que Judith pudiera acostarla. En un tono infantil y somnoliento, la señorita Winter me pidió que me quedara. Arrodillada junto a su cama, la contemplé mientras se dormía. De vez en cuando un espasmo perturbaba su sueño y en su rostro se dibujaba el miedo. Cuando eso ocurría, le acariciaba el pelo hasta que los párpados se calmaban.

¿Cuándo me había consolado mi padre de ese modo? Un incidente emergió de las profundidades de mi memoria. Yo debía de tener entonces doce años. Era domingo y papá y yo estábamos comiendo unos sándwiches frente al río cuando llegaron unas gemelas. Dos niñas rubias con unos padres rubios que habían ido a pasar el día para admirar la arquitectura y disfrutar del sol. Todo el mundo reparaba en ellas. Probablemente estaban acostumbradas a las miradas de los desconocidos, pero no a la mía. En cuanto las vi el corazón me dio un vuelco. Fue como contemplarme en un espejo y verme completa. Con qué ardor me quedé observándolas, con qué avidez. Nerviosas, las gemelas le dieron la espalda a la niña de los ojos voraces y se aferraron a las manos de sus padres. Pude ver su miedo, y una mano dura me estrujó los pulmones hasta que el cielo se volvió negro. Más tarde, en la librería, yo en el asiento de la ventana, entre el sueño y la pesadilla; papá en el suelo, de cuclillas, acariciándome el pelo y murmurando su conjuro: «Chist, pronto pasará. Tranquila. No estás sola».

Poco después llegó el doctor Clifton. Cuando me di la vuelta y lo vi en el umbral, tuve la sensación de que llevaba allí un buen rato. Al pasar frente a él cuando me iba, vi algo en su semblante que no supe interpretar.

Criptografía submarina

Regresé a mis habitaciones, con los pies avanzando con la misma lentitud que mis pensamientos. Nada tenía sentido. ¿Por qué había muerto John-the-dig? Porque alguien había toqueteado el seguro de la escalera de mano. No pudo ser el muchacho. De acuerdo con la historia de la señorita Winter, tenía una coartada clara: mientras John y su escalera salían volando desde la balaustrada hasta chocar contra el suelo, el muchacho estaba contemplando el cigarrillo de la señorita Winter sin atreverse a pedirle una calada. Por tanto, tuvo que ser Emmeline. Pero nada en la historia indicaba que Emmeline fuera capaz de algo así. Ella era una niña inofensiva, la propia Hester lo decía. Y la señorita Winter lo había expresado con claridad. No, no fue Emmeline. Entonces, ¿quién? Isabelle estaba muerta. Charlie había desaparecido.

Entré en mi habitación y me detuve frente a la ventana. La oscuridad era impenetrable; en el cristal solo aparecía mi reflejo, una sombra pálida a través de la cual se podía ver la noche.

—¿Quién? —le pregunté.

Finalmente escuché la voz en mi cabeza, queda y persistente, que había estando intentando desoír: Adeline.

«No», dije.

«Sí», dijo la voz. Adeline.

No podía ser. Los gritos de dolor por John-the-dig seguían frescos en mi mente. Nadie podría llorar así por un hombre al que ha matado, ¿o sí? Nadie podría asesinar a un hombre al que quiere lo suficiente para derramar todas esas lágrimas, ¿o sí?

Pero la voz en mi cabeza me narró, episodio tras episodio, la historia que tan bien conocía. La violencia en el jardín de las figuras, cada acometida de las tijeras de podar un golpe en el corazón de John; los ataques contra Emmeline, los tirones de pelo, las palizas y mordiscos; el bebé arrancado del cochecito y abandonado a su suerte, para que muriera o fuera encontrado. Una de las gemelas no estaba muy bien de la cabeza, decían en el pueblo. Hice memoria y cavilé. ¿Era posible? ¿Habían sido las lágrimas que acababa de presenciar lágrimas de culpa, lágrimas de remordimiento? ¿Había estado abrazando y consolando a una asesina? ¿Era ese el secreto que la señorita Winter había estado ocultando al mundo durante toda su vida? Me asaltó una desagradable sospecha. ¿Era esa la intención de la señorita Winter contándome su historia, que la compadeciera, que la exonerara, que la perdonara? Sentí un escalofrío.

De una cosa por lo menos estaba segura: la señorita Winter había querido a John-the-dig; no podía ser de otro modo. Recordé su cuerpo, convulso y atormentado, apretado contra el mío, y comprendí que solo un amor truncado podía generar semejante desesperación. Recordé a la niña Adeline tendiendo una mano a John y a su soledad después de la muerte del ama, devolviéndolo a la vida al pedirle que le enseñara a podar las figuras del jardín.

El jardín que ella había destruido.

Mis ojos erraron por la oscuridad al otro lado de la ventana, por el magnífico jardín de la señorita Winter. ¿Era el jardín su homenaje a John-the-dig? ¿Su penitencia por el daño que había causado?

Me froté los ojos cansados y supe que debía acostarme, pero estaba demasiado cansada para conciliar el sueño. Si no hacía algo para detenerla, mi mente se pasaría toda la noche dando vueltas en círculos. Decidí darme un baño.

Mientras esperaba a que la bañera se llenara, busqué algo en qué ocupar la mente. Una bola de papel asomando por debajo del tocador llamó mi atención. La desplegué y la alisé. Era un renglón de caligrafía fonética.

En el cuarto de baño, con el agua como ruido de fondo, hice algunos intentos fugaces de encontrar sentido a la serie de símbolos, acompañada en todo momento por la sensación debilitante de que no había captado con precisión los sonidos emitidos por Emmeline. Visualicé el jardín iluminado por la luna, las contorsiones de las avellanas de bruja, el rostro grotesco y apremiante; volví a oír la voz entrecortada de Emmeline. Pero por mucho que me esforzaba, no conseguía recordar sus sonidos.

Me metí en la bañera, dejando en el borde el pedazo de papel. El agua, caliente en los pies, en la piernas, en la espalda, se enfrió al entrar en contacto con la mácula en mi costado. Con los ojos cerrados, me deslicé bajo la superficie. Orejas, nariz, ojos, la cabeza al completo. El agua me repicó en los oídos, el pelo se separó de las raíces.

Salí en busca de aire y volví a sumergirme. Otra vez aire y agua.

Sueltas, como envueltas en agua, en mi cabeza empezaron a flotar ideas. Sabía lo suficiente sobre el lenguaje de gemelos para saber que nunca es un lenguaje inventado en su totalidad. En el caso de Emmeline y Adeline, su lenguaje estaría basado en el inglés o el francés, quizá contuviera elementos de ambos.

Aire. Agua.

La introducción de distorsiones; en la entonación, tal vez, o en las vocales. Y a veces un efecto extra, añadido para camuflar el significado, no para transmitirlo.

Aire. Agua.

Un rompecabezas. Un código secreto. Una criptografía. No podía ser tan complicado como los jeroglíficos egipcios o la lineal B micénica. ¿Cuál sería el proceso que debía seguir? Examina cada sílaba por separado. Cada sílaba podría ser una palabra o parte de una palabra. Retira primero la entonación. Juega con la acentuación. Experimenta alargando, acortando y allanando los sonidos vocales. Acto seguido, ¿que te sugiere la sílaba en inglés? ¿Y en francés? ¿Y si la excluyeras y jugaras con las sílabas colindantes? Existiría un vasto número de combinaciones posibles. Miles. Pero no sería un número infinito. Un ordenador podría hacerlo. También un cerebro humano, si dispusiera de uno o dos años.

Los muertos están bajo tierra.

¿Qué? Me senté de golpe. Las palabras me habían llegado de la nada y ahora me aporreaban dolorosamente el pecho. Carecían de sentido. ¡No podía ser!

Temblando, alargué una mano hasta el borde de la bañera, donde había dejado el trozo de papel, y me lo acerqué a los ojos. Lo examiné. Mis anotaciones, mis símbolos y signos, mis garabatos y mis puntos no estaban. Habían estado descansando en un charco de agua y se habían ahogado.

Traté de recordar los sonidos tal como me habían llegado debajo del agua, pero se habían borrado de mi memoria. Lo único que podía recordar era el rostro tenso y concentrado de Emmeline y las cinco notas que había entonado mientras se alejaba.

Los muertos están bajo tierra. Palabras que habían penetrado en mi mente ya formadas y se habían marchado sin dejar rastro. ¿De dónde habían salido? ¿De qué tretas se había valido mi mente para pergeñar esas palabras?

Yo no creía realmente que Emmeline hubiera dicho eso, ¿verdad?

«Vamos, sé razonable», me dije.

Alcancé el jabón y decidí expulsar de mi cabeza esas alucinaciones submarinas.

Mechones

En casa de la señorita Winter nunca miraba el reloj. Para los segundos contaba con las palabras; los minutos eran renglones de caligrafía en lápiz. Once palabras por renglón, veintitrés renglones por hoja, he ahí mi nueva cronometría. Paraba regularmente para hacer girar la manivela del sacapuntas y observar las virutas de madera con carboncillo columpiarse hasta la papelera; esas pausas marcaban mis «horas».

Tan absorta me tenía la historia que estaba escuchando y escribiendo que no deseaba nada más. Mi propia vida había quedado reducida a la nada. Mis pensamientos diurnos y mis sueños nocturnos estaban habitados por seres que pertenecían al mundo de la señorita Winter, no al mío. Eran Hester y Emmeline, Isabelle y Charlie quienes vagaban por mi imaginación, y Angelfield era el lugar al que siempre volvían mis pensamientos.

La verdad era que no me molestaba renunciar a mi vida. Sumergirme hasta las profundidades de la historia de la señorita Winter era un modo de dar la espalda a mi propia historia. Sin embargo, no es tan fácil olvidarse de sí mismo. Por mucho que insistiera en mi ceguera, no podía escapar al hecho de que ya era diciembre. En el fondo de mi mente, en la linde de mi sueño, en los márgenes de las hojas que tan frenéticamente llenaba con palabras, era consciente de que había comenzado la cuenta atrás y sentía la aproximación implacable de mi cumpleaños.

El día siguiente a la noche de las lágrimas no vi a la señorita Winter. Se quedó en cama y solo recibió a Judith y al doctor Clifton. Lo agradecí. Tampoco yo había pasado una buena noche. Un día después, no obstante, me mandó llamar. Fui a su sencilla habitación y la encontré acostada.

Me pareció que sus ojos habían aumentado de tamaño. No llevaba maquillaje. Tal vez su medicación se hallara en su momento de máxima efectividad, porque el caso es que la señorita Winter irradiaba una tranquilidad que no le había visto hasta entonces. No me sonrió, pero cuando levantó la vista vi amabilidad en sus ojos.

—No necesitará la libreta ni el lápiz —dijo—. Hoy quiero que haga otra cosa por mí.

—¿Qué?

Judith entró. Extendió una sábana en el suelo, arrastró la silla de ruedas desde la habitación contigua y sentó en ella a la señorita Winter. Trasladó la silla hasta el centro de la sábana y la giró para que la señorita Winter pudiera mirar por la ventana. Luego le colocó una toalla sobre los hombros y desplegó sobre ella la mata de pelo naranja.

Antes de irse me tendió unas tijeras.

—Buena suerte —dijo con una sonrisa.

—¿Qué se supone que debo hacer? —le pregunté a la señorita Winter.

—Cortarme el pelo, naturalmente.

—¿Cortarle el pelo?

—Sí. No ponga esa cara. No tiene ningún secreto.

—Pero no sé cómo se hace.

—Solo tiene que coger las tijeras y cortar. —Suspiró—. No me importa cómo lo haga. No me importa cómo quede. Sencillamente deshágase de él.

—Pero yo…

—Por favor.

Me coloqué a regañadientes detrás de la señorita Winter. Después de dos días en cama, su pelo era una maraña de hirsutas hebras naranjas. Estaba seco, tan seco que temí que crujiera, y salpicado de pequeños enredos.

—Será mejor que lo cepille primero.

Estaba demasiado enredado. Aunque la señorita Winter no dejaba escapar una sola queja, yo notaba que se encogía con cada cepillada. Decidí que sería más piadoso cortar directamente los nudos y dejé el cepillo a un lado.

Con timidez, di el primer tijeretazo. Unos pocos centímetros, hasta la mitad de la espalda. Las hojas atravesaron limpiamente el cabello y los pedazos aterrizaron en la sábana.

—Más corto —dijo suavemente la señorita Winter.

—¿Por aquí? —Le toqué los hombros.

—Más corto.

Levanté un mechón y corté con mano temblorosa. Una culebra naranja resbaló hasta mis pies y la señorita Winter empezó a hablar.

⁂

Recuerdo que unos días después del entierro me hallaba en el antiguo cuarto de Hester. No por una razón concreta; simplemente estaba allí, frente a la ventana, mirando al vacío. Mis dedos tropezaron con una pequeña protuberancia en la cortina. Un roto que ella había zurcido. Hester era una cuidadosa costurera. Así y todo, por un extremo asomaba un trozo de hilo. De forma ociosa, distraída, empecé a jugar con él. No pretendía tirar del hilo, en realidad no pretendía nada… Pero de repente ahí estaba, en mis dedos. El hilo, en toda su largura, zigzagueando con el recuerdo de las puntadas. Y el agujero de la cortina abierto. Pronto empezaría a deshilacharse.

A John nunca le gustó tener a Hester en la casa. El día en que se marchó, lo celebró. Aun así, una cosa era cierta: si Hester hubiera estado allí, John no habría subido al tejado. Si Hester hubiera estado allí, nadie habría toqueteado el seguro de la escalera. Si Hester hubiera estado allí, ese día habría amanecido como cualquier otro día, y como cualquier otro día John habría hecho sus labores de jardinero. Cuando la ventana salediza hubiera proyectado su sombra vespertina sobre la grava, allí no habría habido ninguna escalera, ni peldaños, ni un John tendido en el suelo para no sentir la fría caricia. Aquel día habría llegado y se habría marchado como cualquier otro, y por la noche John se habría acostado y habría dormido profundamente, sin soñar que caía al vacío.

Si Hester hubiera estado allí.

El agujero en la cortina me resultó insoportable.

❦

Yo había estado dando tijeretazos al pelo de la señorita Winter mientras ella hablaba, pero al llegar a la altura de los lóbulos me detuve.

Alzó una mano y palpó la longitud.

—Más corto —dijo.

Recuperé las tijeras y seguí cortando.

❦

El muchacho seguía apareciendo todas las mañanas. Cavaba, desherbaba, plantaba y abonaba. Yo suponía que continuaría trabajando hasta cobrar el dinero que le debíamos, pero cuando el abogado me entregó una suma en efectivo —«Para que puedan mantenerse hasta que vuelva su tío»— y le pagué, siguió viniendo a trabajar. Le observaba desde las ventanas de arriba. Alguna que otra vez el muchacho levantaba la vista y yo daba un salto atrás, pero un día me vio y me saludó con la mano. No le devolví el saludo.

Todas las mañanas dejaba hortalizas en la puerta de la cocina, a veces junto con un conejo desollado o una gallina desplumada, y todas las tardes recogía las mondaduras para el abono. Se entretenía en la puerta, y como ya le había pagado casi siempre tenía un cigarrillo en los labios.

Yo había agotado los cigarrillos de John y me fastidiaba que el muchacho pudiera fumar y yo no. Nunca se lo dije, pero un día, estando él con el hombro apoyado en el marco de la puerta, me descubrió mirando el paquete de cigarrillos de su bolsillo superior.

—Te cambio uno por una taza de té —dijo.

Entró en la cocina —era la primera vez que entraba desde la muerte de John— y se sentó en la silla de John con los codos sobre la mesa. Yo me senté en la silla del rincón, donde solía sentarse el ama. Bebimos el té en silencio, lanzando bocanadas de humo que viajaban hacia el deslucido techo en forma de perezosas nubes y espirales. Después de dar la última calada a nuestros respectivos cigarrillos y apagarlos cada uno en su plato, se levantó sin decir una palabra, salió de la cocina y regresó a su trabajo. Al día siguiente, cuando llamó a la puerta con las verduras, entró directamente en la cocina, se sentó en la silla de John y me dio un cigarrillo antes incluso de que yo hubiera puesto el agua a hervir.

No hablábamos, pero teníamos nuestras propias costumbres.

Emmeline, que nunca se levantaba antes del mediodía, a veces pasaba la tarde en el jardín contemplando al muchacho hacer su trabajo. Yo la reñía.

—Eres la hija de la casa. Él es el jardinero. ¡Por el amor de Dios, Emmeline!

Pero era inútil. Emmeline esbozaba su lenta sonrisa a toda persona que conseguía fascinarla. Yo los vigilaba de cerca, teniendo presente lo que el ama me había dicho sobre los hombres que no podían ver a Isabelle sin desear tocarla. Pero el muchacho no daba muestras de desear tocar a Emmeline, aun cuando le hablara con ternura y le gustara hacerla reír. No obstante, la situación me inquietaba.

A veces los observaba desde una ventana de arriba. Un día soleado vi a Emmeline tumbada en la hierba con la cabeza descansando en la mano y el codo apoyado en el suelo. La postura hacía resaltar la curva que ascendía desde la cintura hasta la cadera. Él volvió la cabeza para responder a algo que ella había dicho, y mientras la miraba, Emmeline rodó sobre su espalda, levantó una mano y se apartó un mechón de la frente. Fue un gesto lánguido, sensual, que me hizo sospechar que a ella no le importaría que él la tocara.

No obstante, cuando el muchacho terminó de decir lo que estaba diciendo, se dio la vuelta, como si no lo hubiera notado, y siguió trabajando.

Al día siguiente estábamos fumando en la cocina. Por una vez, rompí nuestro silencio.

—No toques a Emmeline —le dije.

Me miró sorprendido.

—No la he tocado.

—Bien. Pues no lo hagas.

Pensé que con eso había terminado. Dimos otra calada a nuestros cigarrillos y me dispuse a retomar el silencio cuando, tras soltar el humo, él habló de nuevo.

—No quiero tocar a Emmeline.

Le oí. Oí lo que dijo. Esa curiosa entonación. Oí lo que quería decir.

Sin mirarle, di otra calada a mi cigarrillo. Sin mirarle, expulsé lentamente el humo.

—Ella es más amable que tú —dijo.

Mi cigarrillo no estaba ni a la mitad, pero lo apagué. Caminé hasta la puerta de la cocina y la abrí.

Él se detuvo en el umbral, frente a mí. Yo estaba rígida, mirando hacia delante, hacia los botones de su camisa.

Su nuez subió y bajó cuando tragó saliva. Su voz sonó como un susurro.

—Sé amable conmigo, Adeline.

Indignada, levanté los ojos, decidida a fulminarle con mi mirada, pero la ternura que vi en su cara me sobresaltó. Por un momento me sentí… turbada.

Y él aprovechó el momento. Levantó una mano para acariciarme la mejilla.

Pero yo fui más rápida. Levanté un puño aparté su mano de un latigazo.

No le hice daño. No hubiera podido hacérselo. Pero él parecía perplejo, decepcionado.

Y se marchó.

La cocina se quedó muy vacía después de aquella escena. El ama se había ido. John se había ido. También el muchacho se había ido.

«Te ayudaré», había dicho.

Pero era imposible. ¿Cómo podía ayudarme un muchacho como él? ¿Cómo podía alguien ayudarme?

La sábana estaba cubierta de pelo naranja. Yo caminaba sobre pelo y también lo tenía enganchado en los zapatos. El viejo tinte había desaparecido; los escasos mechones que pendían del cuero cabelludo de la señorita Winter eran enteramente blancos.

Retiré la toalla y le soplé en la nuca para espantar los restos de cabello.

—Pásame el espejo —dijo la señorita Winter.

Se lo pasé.

Con el cabello trasquilado parecía una chiquilla entrecana.

Se lo puso delante y se miró a los ojos, desnudos y apagados, durante un largo rato. Luego dejó el espejo sobre la mesa, boca abajo.

—Es justamente lo que quería. Gracias, Margaret.

La dejé sola, y cuando regresé a mi habitación pensé en el muchacho. Pensé en él y Adeline, y en él y Emmeline. Luego pensé en Aurelius, encontrado siendo un bebé, vestido con una prenda antigua y envuelto en una bolsa de cuero, con una cuchara de Angelfield y una página de *Jane Eyre*. Pensé largo y tendido en todo eso, pero por más que lo intenté no llegué a ninguna conclusión.

En uno de esos incomprensibles quiebros de la mente sí tuve, no obstante, una ocurrencia. Recordé lo que Aurelius me había dicho la última vez que estuve en Angelfield: «Ojalá hubiera alguien que pudiera contarme la verdad». Y encontré su eco: «Cuénteme la verdad». El muchacho del traje marrón. Eso explicaría por qué el *Banbury Herald* no tenía constancia de la entrevista para la que su joven reportero había viajado a Yorkshire. Aurelius era el muchacho del traje marrón.

Lluvia y pastel

Al día siguiente me despertó: hoy, hoy, hoy. Un tañido que solo yo podía oír. El crepúsculo parecía haberse filtrado en mi alma, sentía un cansancio que procedía de otro mundo. Mi cumpleaños. El aniversario de mi nacimiento. El aniversario de mi muerte.

Judith puso la tarjeta de mi padre en la bandeja del desayuno. Un dibujo de unas flores, sus acostumbradas y vagas palabras de felicitación y una nota. Confiaba en que yo estuviera bien. Él estaba bien. Tenía algunos libros para mí. ¿Quería que me los enviara? Mi madre no había firmado la tarjeta; él la había firmado por los dos. «Besos y abrazos de papá y mamá.» No era normal. Yo lo sabía y él lo sabía, pero ¿qué podíamos hacer?

Entró Judith.

—La señorita Winter pregunta si ahora sería…

Deslicé la tarjeta bajo la almohada antes de que la viera.

—Ahora es buen momento, sí —dije, y cogí el lápiz y la libreta.

—¿Duerme bien últimamente? —quiso saber la señorita Winter, y luego añadió—: Está un poco pálida. No come lo suficiente.

—Estoy bien —le aseguré, aunque no lo estaba.

Me pasé la mañana luchando con la sensación de volutas descarriadas de un mundo intentando filtrarse por las grietas de otro. ¿Conocéis la sensación de empezar un libro nuevo antes de que el recuerdo del último haya tenido tiempo de cerrarse detrás de vosotros? Deja uno el libro anterior con ideas y temas —personajes incluso— atrapados en las fibras de la ropa y cuando abre el libro nuevo siguen ahí. Bueno, pues esa era la sensación. Me había pasado el día distraída, con pensamientos, recuerdos, sentimientos y fragmentos intrascendentes de mi vida desbaratando mi concentración.

La señorita Winter me estaba contando algo cuando, de repente, calló.

—¿Me está escuchando, señorita Lea?

Salí bruscamente de mi ensueño y busqué con torpeza una respuesta. ¿Había estado escuchando? Ni idea. En aquel momento no habría sabido decirle qué me había estado contando, pero estoy segura de que en algún lugar de mi mente estaba todo grabado. Sin embargo, en el instante en que la señorita Winter me arrancó de mi ensueño me hallaba en una suerte de tierra de nadie, entre lugares. La mente hace toda clase de diabluras, toda clase de cosas mientras nosotros dormitamos en una zona blanca que el espectador interpreta como falta total de interés. Al no saber qué decir, me quedé mirándola mientras ella se iba impacientando, hasta que finalmente agarré la primera frase coherente que me vino a la cabeza.

—¿Alguna vez ha tenido un hijo, señorita Winter?

—Santo Dios, qué pregunta. Claro que no. ¿Se ha vuelto loca, muchacha?

—¿Y Emmeline?

—Tenemos un trato, ¿recuerda? Nada de preguntas. —Y cambiando la expresión del rostro, se inclinó hacia delante y me observó con detenimiento—. ¿Está enferma?

—No, creo que no.

—Pues por lo que parece ahora no está en condiciones de trabajar.

Era una despedida.

De vuelta en mi cuarto, pasé una hora aburrida, inquieta, asediada por mí misma. Me senté ante el escritorio, lápiz en mano, pero no escribí una sola letra; sentí frío y subí el radiador, luego tuve calor y me quité la rebeca. Me habría gustado darme un baño, pero no había agua caliente. Preparé un taza de chocolate, me pasé con el azúcar y el dulzor me produjo náuseas. ¿Un libro? ¿Serviría un libro? En la biblioteca los estantes estaban cubiertos de palabras muertas. Nada en ellos podía ayudarme.

Un golpe de lluvia azotó la ventana y el corazón me dio un vuelco. Sal. Sí, eso era lo que necesitaba, y no solo al jardín; necesitaba irme lejos e irme ya, a los páramos.

Sabía que la verja principal estaba cerrada con llave y no quería pedirle a Maurice que la abriera. Así pues, crucé el jardín hasta el punto más alejado de la casa, donde había una puerta en el muro. Tomada por la hiedra, llevaba mucho tiempo cerrada y tuve que retirar las hojas con las manos para poder descorrer el pestillo. Cuando cedió, tropecé con más hiedra, que tuve que apartar antes de poder salir, algo despeinada, al exterior.

Creía que la lluvia me gustaba, pero en realidad sabía muy poco de ella. La que me gustaba era la lluvia ligera de la ciudad, esa lluvia atenuada por los obstáculos que los edificios ponían a su paso y templada por el calor que emanaba de la propia ciudad. En los páramos, enardecida por el viento y agriada por el frío, la lluvia era despiadada. Agujas de hielo me aguijoneaban el rostro y a mi espalda vasijas de agua helada estallaban sobre mis hombros.

Feliz cumpleaños.

Si hubiera estado en la librería mi padre sacaría un regalo de debajo del mostrador al oírme bajar por las escaleras. Sería un libro, o varios, comprados en subastas y acumulados durante todo el año. Y un disco, un perfume o una lámina. Habría envuelto los regalos en la librería, sobre el mostrador, una tarde tranquila en que yo hubiera ido a la oficina de correos o a la biblioteca. Un día, a la hora de comer, habría salido solo a elegir una tarjeta, y la habría escrito, «Besos y abrazos de papá y mamá», sobre el mostrador. Solo, muy solo. Iría a la panadería a por una tarta, y en algún lugar de la librería —yo seguía sin saber dónde, era uno de los pocos secretos que no había desentrañado— papá guardaba una vela que sacaba y encendía ese día, todos los años, y yo la soplaba tratando de poner cara de felicidad. Luego nos comíamos la tarta, con té, y nos poníamos a catalogar y digerir en silencio.

Sabía lo que él sentía ese día. Era más fácil ahora, de adulta, que cuando era una niña. Qué difíciles habían sido los cumpleaños en casa. Regalos camuflados en el cobertizo la víspera, no para que yo no los encontrara, sino para que no lo hiciera mi madre, que no soportaba verlos. La inevitable jaqueca era su rito conmemorativo celosamente custodiado, un rito que hacía imposible invitar a otros niños a casa, que hacía imposible dejarla sola para disfrutar de una visita al zoo o al parque. Los juguetes de mis cumpleaños eran siempre silenciosos. Las tartas nunca eran caseras, y antes de guardar los restos para comer más al día siguiente había que quitarles las velas y el azúcar glas.

¿Feliz cumpleaños? Papá susurraba animadamente las palabras, «Feliz cumpleaños», en mi oído. Nos divertíamos con juegos de cartas silenciosos donde el ganador ponía cara de regocijo y el perdedor torcía el gesto y se tiraba al suelo, pero nada, ni pío, ni un resoplido, se filtraba a la habitación situada justo encima de nuestras cabezas. Entre una partida y otra mi pobre padre subía y bajaba entre el dolor quedo del dormitorio y el cumpleaños secreto del salón, cambiando el semblante de alegre a compasivo, de compasivo a alegre, en los peldaños de la escalera.

Infeliz cumpleaños. Desde el día en que nací el dolor estuvo siempre presente. Se instalaba sobre los habitantes de la casa como el polvo. Lo cubría todo y a todos, nos inundaba con cada inspiración. Nos envolvía a cada uno con nuestro propio manto.

Si yo en aquel momento podía soportar y rememorar esos recuerdos era únicamente porque estaba helada.

¿Por qué no podía quererme? ¿Por qué mi vida significaba menos para ella que la muerte de mi hermana? ¿Me culpaba de esa muerte? Quizá estuviera en su derecho. Yo estaba viva porque mi hermana había muerto. Cada vez que me veía le recordaba su pérdida.

¿Habría sido más fácil para ella que las dos hubiéramos muerto?

Aturdida, seguí caminando. Un pie y luego otro, un pie y luego otro, como hipnotizada. Me traía sin cuidado adónde me llevaran. Sin mirar a ningún lado, sin ver nada, de repente di un traspiés.

Entonces choqué con algo.

—¡Margaret! ¡Margaret!

Estaba demasiado aterida para poder sobresaltarme, demasiado aterida para que mi cara reaccionara ante la vasta silueta que tenía delante, envuelta en pliegues de tela verde impermeable que semejaban una tienda de campaña. La figura se apartó y dos manos cayeron sobre mis hombros, zarandeándome.

—¡Margaret!

Era Aurelius.

—¡Mírate! ¡Estás morada de frío! Ven conmigo, rápido.

Me cogió de la mano y tiró enérgicamente de mí. Mis pies le siguieron a trompicones, hasta que llegamos a una carretera y un coche. Me metió en el vehículo a empujones. Oí portazos, el murmullo de un motor, después sentí una ráfaga de calor en los tobillos y las rodillas. Aurelius abrió un termo y vertió té de naranja en una taza.

—¡Bebe!

Bebí. El té estaba caliente y dulce.

—¡Come!

Di un bocado al sándwich que me tendía.

En el calor del coche, bebiendo té caliente y comiendo sándwiches de pollo, sentí más frío que nunca. Los dientes empezaron a castañetearme y tiritaba descontroladamente.

—¡Madre mía! —exclamaba en voz baja Aurelius mientras me pasaba un delicado sándwich tras otro—. ¡Santo Dios!

La comida pareció devolverme parte de la cordura.

—¿Qué haces aquí, Aurelius?

—He venido a darte esto —dijo. Echó un brazo hacia atrás y del hueco entre los dos asientos extrajo una lata para guardar pasteles.

Colocó la lata en mi falda y esbozó una sonrisa radiante al tiempo que retiraba la tapa.

Dentro había una tarta; una tarta casera, y sobre ella, con letras de azúcar glas acaracoladas, tres palabras, «Feliz cumpleaños, Margaret».

Tenía demasiado frío como para poder llorar. De hecho, la combinación del frío y la tarta me empujó a hablar. Las palabras empezaron a salir de mi boca sin orden ni concierto, como objetos arrojados por glaciares en deshielo. Una canción de noche, un jardín con ojos, hermanas, un bebé, una cuchara.

Ante un desvarío, Aurelius estaba desconcertado.

—Pero ella me dijo…

—¡Te mintió, Aurelius! Cuando fuiste a verla con tu traje marrón, te mintió. Lo ha reconocido.

—¡Jesús! —exclamó Aurelius—. ¿Cómo sabes lo de mi traje marrón? Tuve que hacerme pasar por periodista, ¿sabes? —Entonces, cuando empezó a asimilar lo que le estaba contando—: ¿Dices que hay una cuchara como la mía?

—Es tu tía, Aurelius. Y Emmeline es tu madre.

Aurelius dejó de atusarme el pelo y se quedó un largo rato mirando por la ventanilla del coche en dirección a la casa.

—Mi madre —murmuró—, allí.

Asentí con la cabeza.

Hubo otro silencio, luego se volvió hacia mí.

—Llévame hasta ella, Margaret.

De repente tuve la sensación de que despertaba.

—El caso, Aurelius, es que tu madre no está bien.

—¿Está enferma? Entonces debes llevarme hasta ella. ¡Enseguida!

—No está enferma exactamente. —¿Cómo explicárselo?—. Sufrió heridas en el incendio, Aurelius. No solo en la cara, también en la mente.

Aurelius registró este nuevo dato, lo añadió a su depósito de pérdida y dolor y, cuando habló de nuevo, lo hizo con solemne determinación.

—Llévame hasta ella.

¿Fue mi enfermedad lo que dictó mi respuesta? ¿Se debió a que fuera mi cumpleaños, o a mi propia orfandad materna? Puede que esos factores tuvieran algo que ver, pero más importante que todos ellos fue la expresión de Aurelius mientras aguardaba mi respuesta. Existían muchas razones para negarme a su petición, pero, frente a la fuerza de su anhelo, perdieron toda su fuerza.

Y acepté.

Reencuentro

El baño contribuyó al proceso de descongelación, pero no consiguió mitigar el dolor que sentía detrás de los ojos. Descarté la idea de trabajar el resto de la tarde y me metí en la cama, cubriéndome con las mantas hasta las orejas. Dentro seguí tiritando. En un sueño poco profundo tuve extrañas visiones. De Hester y mi padre, de las gemelas y mi madre, visiones donde uno tenía la cara de otro, donde uno era otro disfrazado; incluso mi propia cara me aterrorizaba, porque se distorsionaba y alteraba: unas veces era yo, otras era otra persona. Entonces en el sueño aparecía la brillante cabeza de Aurelius: él mismo, siempre él mismo, solo él mismo, sonriéndome, y los fantasmas se desvanecieron. La oscuridad se cerró sobre mí como agua y me sumergí en las profundidades del sueño.

Desperté con dolor de cabeza, con dolores en las extremidades, las articulaciones y la espalda. Un cansancio que nada tenía que ver con el esfuerzo o la falta de sueño tiraba de mí y me entorpecía el pensamiento. La oscuridad era más intensa. ¿Se me había pasado la hora de mi cita con Aurelius? Esa posibilidad estuvo haciéndome señas pero desde muy lejos, y tuvieron que transcurrir muchos minutos antes de poder incorporarme para mirar el reloj. Durante el sueño un sentimiento indefinido se había formado en mi interior —¿temor?, ¿nostalgia?, ¿excitación?— y había despertado en mí la expectación. ¡El pasado estaba volviendo! Mi hermana se hallaba cerca. Estaba segura de ello. No podía verla, no podía olerla, pero mi oído interno, sintonizado siempre con ella y solo con ella, había captado su vibración, una vibración que me llenaba de una dicha oscura y profunda.

No necesitaba posponer mi cita con Aurelius. Mi hermana me encontraría allá donde yo estuviese. ¿Acaso no era mi gemela? En realidad todavía faltaban treinta minutos para reunirme con Aurelius en la puerta del jardín. Salí con dificultad de la cama y, demasiado cansada y aterida para quitarme el pijama, me puse encima una falda gruesa y un jersey. Abrigada como una niña en una noche en que hay fuegos artificiales, bajé a la cocina. Judith me había dejado un plato de comida, pero no tenía hambre. Me quedé diez minutos sentada ante la mesa, ansiando cerrar los ojos pero resistiéndome a ello por miedo a rendirme al sopor que tiraba de mi cabeza hacia la dura superficie de la mesa.

Cuando faltaban cinco minutos para la hora, abrí la puerta de la cocina y salí al jardín.

Ni una luz en la casa, ni una estrella. Avancé a trompicones en la oscuridad; la tierra blanda bajo los pies y el roce de hojas y ramas me indicaban cuándo me había salido del camino. Sin haberla advertido, una rama me arañó la cara y cerré los ojos para protegerlos. Dentro de mi cabeza sentí una vibración, dolorosa y eufórica a la vez. Enseguida la reconocí; era su canción. Mi hermana estaba en camino.

Llegué al lugar de la cita. La oscuridad tembló. Era Aurelius. Mi mano chocó torpemente con él, luego notó que la sostenían.

—¿Te encuentras bien?

Oí la pregunta, pero muy vagamente.

—¿Tienes fiebre?

Las palabras estaban ahí, pero qué curioso que carecieran de significado.

Me habría gustado hablarle de las maravillosas vibraciones, contarle que mi hermana se estaba acercando, que en cualquier momento aparecería allí, a mi lado. Lo sabía, lo sabía por el calor que despedía la marca en mi costado. Pero el sonido blanco de mi hermana se interponía entre mis palabras y yo, enmudeciéndome.

Aurelius me soltó para quitarse un guante y noté su palma, extrañamente fría, en mi frente.

—Deberías estar en la cama —dijo.

Tiré débilmente de su manga y Aurelius me siguió por el jardín con la misma suavidad que se desliza una estatua sobre ruedas.

No recuerdo que llevara las llaves de Judith en mi mano, pero debí de haberlas cogido. Y debimos de recorrer los largos pasillos hasta el apartamento de Emmeline, aunque también ese recuerdo se ha borrado de mi memoria. Sí recuerdo la puerta, pero la imagen que aparece en mi mente es que se abrió despacio y por su propio impulso, lo cual sé que es imposible. Seguro que la abrí con la llave, pero esa porción de realidad se ha perdido y la imagen de la puerta abriéndose sola es la única que permanece en mi memoria.

Mi recuerdo de lo que ocurrió esa noche en los aposentos de Emmeline es fragmentario. Lapsos enteros de tiempo se han desmoronado sobre sí mismos mientras que otros acontecimientos parecen, según mi memoria, haber sucedido una y otra vez. Ante mí aparecen caras y expresiones aterradoramente grandes, y a lo lejos, Emmeline y Aurelius cual diminutas marionetas. Me encontraba poseída, adormilada, aterida y distraída durante todo el episodio por una única y abrumadora obsesión: mi hermana.

Recurriendo a la razón y la lógica he tratado de ordenar de manera coherente las imágenes que mi mente registró de modo incompleto y caprichoso, como suceden los acontecimientos en un sueño.

Aurelius y yo entramos en los aposentos de Emmeline. La gruesa moqueta ahogaba el sonido de nuestras pisadas. Cruzamos una puerta y luego otra, hasta que llegamos a una estancia con una puerta abierta que daba al jardín. De pie en el umbral, de espaldas a nosotros, había una figura de pelo blanco. Estaba tarareando. La-la-la-la-la. El mismo fragmento suelto de una melodía, sin comienzo, sin resolución, que me había perseguido desde mi llegada a la casa. Las notas consiguieron colarse en mi cabeza, donde compitieron con la aguda vibración de mi hermana. Aurelius, a mi lado, estaba esperando a que yo anunciara nuestra presencia a Emmeline, pero yo no podía hablar. El mundo se había reducido a un ululato insoportable en mi cabeza; el tiempo se convirtió en un segundo eterno; estaba muda. Me llevé las manos a los oídos, luchando por atenuar el caos de sonidos. Al ver mi gesto, Aurelius exclamó:

—¡Margaret!

Y al oír una voz desconocida a su espalda, Emmeline se da la vuelta.

Sobresaltada, la angustia se apodera de sus ojos verdes. Su boca sin labio forma una O contrahecha, pero el tarareo no cesa, solo cambia de dirección y se alza en un lamento agudo que siento como un cuchillo en la cabeza.

Aurelius se vuelve conmocionado hacia Emmeline y el rostro destrozado de esa mujer que es su madre lo paraliza. Como unas tijeras, el sonido que sale de su boca corta el aire.

Durante un rato permanezco sorda y ciega. Cuando vuelvo a ver, Emmeline está de cuclillas en el suelo, su lamento ya no es más que un sollozo. Aurelius se arrodilla a su lado. Las manos de ella lo buscan; no sé si su intención es estrecharlo o rechazarlo, pero él le coge una mano y la retiene en la suya.

Mano con mano. Sangre con sangre.

Él es un monolito de desolación.

Dentro de mi cabeza, todavía siento un tormento de sonido blanco, vivo.

Mi hermana... Mi hermana...

El mundo retrocede y me descubro sola en medio de un ruido torturador.

Aun cuando no pueda recordarlo sé lo que sucedió después. Aurelius suelta con ternura a Emmeline al oír pasos en el vestíbulo. Se oye una exclamación cuando Judith se percata de que no tiene las llaves. En el tiempo que tarda en ir a buscar otro juego —probablemente las llaves de Maurice— Aurelius sale como una flecha por la puerta del jardín y desaparece en la noche. Cuando Judith entra finalmente en la habitación, mira a Emmeline, que está en el suelo, y luego, con un grito de alarma, se acerca a mí.

Pero en ese momento yo no soy consciente de nada, pues la luz de mi hermana me abraza, se apodera de mí, me libera de la conciencia.

Al fin.

Todo el mundo tiene una historia

La angustia, afilada como las miradas verdes de la señorita Winter, me despierta bruscamente. ¿Qué nombre habré estado pronunciando en sueños? ¿Quién me desvistió y me metió en la cama? ¿Qué leyó en la marca de mi piel? ¿Qué ha sido de Aurelius? ¿Y qué le he hecho a Emmeline? Cuando mi conciencia emerge lentamente del sueño, lo que más me atormenta es su rostro consternado.

Cuando despierto no sé qué día ni qué hora es. Judith está a mi lado; nota que me muevo y me sostiene un vaso en los labios. Bebo.

Antes de poder hablar, me vence nuevamente el sueño.

La segunda vez que desperté, la señorita Winter se hallaba junto a mi cama con un libro en las manos. Su silla estaba forrada de cojines de terciopelo, como siempre, pero con los mechones de pelo blanco enmarcándole el rostro desnudo parecía una niña traviesa que ha trepado al trono de la reina para gastarle una broma.

Al oír movimiento, levantó la cabeza de su lectura.

—El doctor Clifton ha estado aquí. Tenía mucha fiebre.

No dije nada.

—No sabíamos que era su cumpleaños —prosiguió—. No pudimos encontrar una tarjeta. En esta casa no somos muy dados a celebrar los cumpleaños, pero le trajimos unas flores de torvisco del jardín.

En el jarrón había una ramas oscuras, sin hojas pero recubiertas de delicadas flores moradas que llenaban el aire con su perfume dulce y embriagador.

—¿Cómo supo que era mi cumpleaños?

—Usted nos lo dijo mientras dormía. ¿Cuándo piensa contarme su historia, Margaret?

—¿Yo? Yo no tengo historia —dije.

—Por supuesto que sí. Todo el mundo tiene una historia.

—Yo no. —Negué con la cabeza.

En mi cabeza podía escuchar el eco vago de palabras que quizá había pronunciado mientras dormía.

La señorita Winter colocó la cinta entre las páginas y cerró el libro.

—Todo el mundo tiene una historia. Es como la familia. Quizá no la conozca, quizá la haya perdido, pero así y todo existe. Puede alejarse de ella o darle la espalda, pero no puede decir que no tiene. Lo mismo sucede con las historias. De modo que —concluyó— todo el mundo tiene una historia. ¿Cuándo piensa contarme la suya?

—No voy a contársela.

La señorita Winter ladeó la cabeza y aguardó a que yo prosiguiera.

—Nunca le he contado a nadie mi historia, si es que la tengo, claro. Y no veo razones para cambiar ahora.

—Ya veo —dijo con suavidad, asintiendo con la cabeza como si lo comprendiera—. No es asunto mío, desde luego. —Volvió la mano sobre su regazo y contempló fijamente su palma herida—. Usted es libre de no hablar si así lo desea. Pero el silencio no es el entorno natural para las historias; las historias necesitan palabras. Sin ellas palidecen, enferman y mueren, y luego te persiguen. —Se volvió de nuevo hacia mí—. Créame, Margaret, lo sé.

Dormía muchas horas y cada vez que despertaba encontraba junto a mi cama una comida de convaleciente preparada por Judith. Daba uno o dos bocados, no más. Cuando Judith regresaba para recoger la bandeja, apenas conseguía ocultar su decepción al ver la comida casi intacta, pero nunca decía nada. Yo no tenía dolores —ni jaquecas, ni escalofríos, ni náuseas—, a menos que cuente el profundo cansancio y el remordimiento que sentía como una losa sobre mi cabeza y mi corazón. ¿Qué le había hecho a Emmeline? ¿Y a Aurelius? En mis horas de vigilia me atormentaba el recuerdo de aquella noche, en sueños me perseguía la culpa.

—¿Cómo está Emmeline? —le preguntaba a Judith—. ¿Está bien?

Sus respuestas eran indirectas: ¿por qué me preocupaba por la señorita Emmeline cuando yo estaba tan pachucha? Hacía mucho tiempo que la señorita Emmeline no estaba bien. La señorita Emmeline ya era muy mayor.

Su renuencia a explicarse con claridad me dijo todo lo que necesitaba saber. Emmeline no estaba bien, y yo tenía la culpa.

En cuanto a Aurelius, lo único que podía hacer era escribirle. Cuando tuve fuerzas le pedí a Judith que me trajera papel y pluma, y recostada en una almohada redacté el borrador de una carta. Insatisfecha con el resultado, escribí otro, y otro. Nunca había sentido esa dificultad con las palabras. Cuando mi colcha quedó cubierta de suficientes versiones descartadas como para desesperarme, elegí una al azar y la pasé a limpio.

Querido Aurelius:

¿Estás bien? Siento muchísimo lo ocurrido. Nunca fue mi intención hacer daño a nadie. Perdí la cabeza, ¿verdad?

¿Cuándo podré verte?

¿Seguimos siendo amigos?

MARGARET

Eso tendría que servir.

Me examinó el doctor Clifton. Escuchó mi corazón y me acribilló a preguntas.

—¿Insomnio? ¿Sueño irregular? ¿Pesadillas?

Asentí tres veces.

—Lo suponía. —Cogió un termómetro y me ordenó que me lo pusiera debajo de la lengua, luego se levantó y caminó hasta la ventana. De espaldas a mí, preguntó—: ¿Y qué lee?

No podía responder con el termómetro en la boca.

—*Cumbres Borrascosas*. ¿Lo ha leído?

—Hummm.

—¿Y *Jane Eyre*?

—Hummm.

—¿*Sentido y sensibilidad*?

—Hummm.

Se volvió y me miró con el semblante grave.

—Y supongo que ha leído esos libros más de una vez.

Asentí con la cabeza y él frunció el entrecejo.

—¿Leído y releído? ¿Muchas veces?

Asentí de nuevo y su ceño todavía se marcó más.

—¿Desde la infancia?

Sus preguntas me tenían perpleja, pero intimidada por la gravedad de su mirada, asentí una vez más.

Bajo sus cejas oscuras, afiló los ojos hasta reducirlos a dos ranuras. Pude imaginarme a sus aterrados pacientes poniéndose bien simplemente para quitárselo de encima.

Se inclinó sobre mí para leer el termómetro.

De cerca la gente cambia. Una ceja oscura sigue siendo una ceja oscura, pero puedes ver cada pelo por separado, su disposición, lo pegados que están unos de otros. Los últimos pelos de la ceja del doctor Clifton, más finos, casi invisibles, se perdían en dirección a la sien, señalando la espiral de la oreja. La piel de la barba estaba llena de agujeritos muy pegados entre sí. Y otra vez ese bombeo casi imperceptible de las fosas nasales, esa vibración en la comisura de sus labios. Siempre lo había interpretado como una muestra de severidad, una señal de que el doctor Clifton tenía una pobre opinión de mí; pero en aquel momento, viéndolo a tan solo unos centímetros de distancia, se me ocurrió que, después de todo, quizá no fuera desaprobación. ¿Era posible, me dije, que el doctor Clifton estuviera secretamente riéndose de mí?

Me retiró el termómetro de la boca, cruzó los brazos y emitió su diagnóstico.

—Padece una dolencia que afecta a las damiselas con una imaginación romántica. Los síntomas son, entre otros, desvanecimiento, fatiga, pérdida del apetito y ánimo decaído. Aunque la crisis pueda atribuirse al hecho de vagar bajo una lluvia gélida sin el debido impermeable, seguramente la verdadera causa se halle en un trauma emocional. No obstante, a diferencia de las heroínas de sus novelas favoritas, su constitución no se ha visto debilitada por las privaciones propias de siglos anteriores mucho más severos; ni tuberculosis, ni polio en la infancia ni condiciones de vida antihigiénicas. Sobrevivirá.

Me miró directamente a los ojos y fui incapaz de desviar la mirada cuando dijo:

—No come lo suficiente.

—No tengo apetito.

—*L'appétit vient en mangeant.*

—El apetito llega comiendo —traduje.

—Exacto. Recuperará el apetito, pero debe ayudarlo. Tiene que desear recuperarlo.

Esa vez fui yo quien frunció el entrecejo.

—El tratamiento es sencillo: comer, descansar y tomar esto… —Garabateó algo en una libreta, arrancó la hoja y la dejó sobre la mesita de noche—. En pocos días desaparecerán la debilidad y el cansancio. —Abrió el maletín y guardó la pluma y la libreta. Luego, cuando se levantó para marcharse, titubeó—. Me gustaría preguntarle sobre esos sueños suyos, pero sospecho que no querrá contármelos...

Le miré fríamente.

—Sospecha bien.

Hizo una mueca.

—Así lo suponía.

Desde la puerta se despidió con un gesto de la mano y se marchó.

Cogí la receta. Con letra enérgica, había escrito: «Sir Arthur Conan Doyle, *Los casos de Sherlock Holmes*. Tomar diez páginas, dos veces al día, hasta finalizar el tratamiento».

Días de diciembre

Obedeciendo las instrucciones del doctor Clifton, pasé dos días en la cama comiendo, durmiendo y leyendo a Sherlock Holmes. Confieso que sobrepasaba las dosis del tratamiento prescritas y devoraba un relato tras otro. Antes de que el segundo día tocara a su fin, Judith ya había bajado a la biblioteca y subido otro tomo de Conan Doyle. Desde mi crisis estaba muy amable conmigo. Su cambio de actitud no se debía solo al hecho de que sintiera lástima por mí —que la sentía—, sino a que por fin la presencia de Emmeline ya no era un secreto en la casa, y la mujer podía dejar que su simpatía natural rigiera la relación conmigo en lugar de mantener constantemente una fachada de prudencia.

—¿Y no le ha dicho nunca nada sobre el cuento número trece? —preguntó esperanzada un día.

—Ni una palabra. ¿Y a usted?

Negó con la cabeza.

—Jamás. ¿No le parece extraño que después de todo lo que ha escrito, la historia más famosa sea una que puede que ni siquiera exista? Piénselo: probablemente la señorita Winter podría publicar un libro donde faltaran todas las historias y se vendería como rosquillas. —Acto seguido, negando con la cabeza para despejar la mente y con un nuevo tono de voz añadió—: Entonces, ¿qué le parece el doctor Clifton?

Cuando el doctor Clifton pasó más tarde a verme, sus ojos se posaron en los libros que descansaban sobre la mesita de noche; no dijo nada, pero las fosas nasales le vibraron.

El tercer día, sintiéndome frágil como una recién nacida, me levanté de la cama. Cuando descorrí la cortina una luz fresca y limpia inundó mi habitación. Fuera, un azul radiante y sin nubes se extendía de un extremo a otro del horizonte y el jardín brillaba con el rocío. Daba la sensación de que durante esos largos días plomizos la luz se hubiera ido concentrando detrás de las nubes, y ya que estas se habían ido nada le impedía emerger a raudales, empapándonos de golpe con toda la luminosidad de quince días concentrada. Al parpadear, sentí que algo semejante a la vida empezaba a correr lentamente por mis venas.

Antes del desayuno salí al jardín. Despacio y con tiento, eché a andar por el césped con Sombra pegado a mis talones. El suelo crujía bajo mis pies y el sol se reflejaba en el follaje escarchado. La hierba bañada de rocío retenía las marcas de mis zapatos mientras Sombra avanzaba a mi lado como un fantasma remilgado, sin dejar huellas. Al principio el aire seco y frío acuchilló mi garganta, pero poco a poco me llenó de vitalidad y dejé que la euforia me embargara. Así y todo, unos minutos fueron suficientes; con las mejillas heladas, las manos rojas y los dedos de los pies doloridos, regresé gustosamente a la casa, seguida también gustosamente de Sombra. Primero el desayuno, luego el sofá de la biblioteca, un buen fuego y un buen libro.

Advertí lo recuperada que estaba cuando mi mente, en lugar de concentrarse en los tesoros de la biblioteca de la señorita Winter, se concentró en su historia. Subí a recoger mis papeles, descuidados desde el día de mi crisis, y regresé al calor del hogar, donde, con Sombra a mi lado, pasé la mayor parte del día leyendo. Leí, leí y leí, redescubriendo la historia, recordando sus enigmas, misterios y secretos. Sin embargo, no hubo ninguna revelación. Cuando llegué al final estaba tan desconcertada como al principio. ¿Había estado alguien toqueteando la escalera de John-the-dig? Pero, de ser así, ¿quién? ¿Y qué fue eso que vio Hester cuando pensó que había visto un fantasma? Y, lo más inexplicable de todo, ¿cómo había conseguido Adeline, esa niña violenta y vagabunda, incapaz de comunicarse con nadie salvo con su torpe hermana y capaz de llevar a cabo actos despiadados, convertirse en la señorita Winter, la disciplinada autora de docenas de novelas de éxito y creadora, para colmo, de un jardín de exquisita belleza?

Dejé a un lado los papeles, acaricié a Sombra y contemplé el fuego, anhelando el consuelo de un relato en el que todo hubiera sido planeado con antelación, en el que la confusión del nudo hubiera sido inventada con el único objetivo de entretenerme y en el que pudiera calcular cuán lejos me hallaba del desenlace por las páginas que quedaban. Ignoraba cuántas hojas harían falta para completar la historia de Emmeline y Adeline e incluso si habría tiempo de terminarla.

Pese a mi ensimismamiento, no podía dejar de preguntarme por qué no había visto aún a la señorita Winter. Cada vez que preguntaba por ella, Judith me obsequiaba con la misma respuesta: está con la señorita Emmeline. Hasta esa noche, cuando llegó con un mensaje de la señorita Winter: ¿me sentía lo suficientemente repuesta para leerle un rato antes de la cena?

Cuando fui a ver a la señorita Winter, encontré un libro —*El secreto de lady Audley*— en una mesa, junto a ella. Lo abrí en la página donde estaba el marcapáginas y empecé a leer. Apenas llevaba un capítulo cuando guardé silencio, intuyendo que ella deseaba decirme algo.

—¿Qué sucedió esa noche —preguntó la señorita Winter—, la noche que usted enfermó?

Agradecí con nerviosismo la oportunidad de poder explicarme.

—Yo ya sabía que Emmeline estaba en la casa. La había oído por las noches. La había visto en el jardín. Di con sus aposentos. Esa noche en concreto le llevé a alguien para que la viera. Emmeline se asustó. Lo último que deseaba era asustarla. Pero al vernos se sobresaltó y… —La voz se me quedó atrapada en la garganta.

—Quiero que sepa que usted no tiene la culpa. No se alarme. El médico, Judith y yo ya estamos más que acostumbrados a los gemidos y las crisis nerviosas. Tengo tendencia a la sobreprotección. Fui una estúpida por no contárselo. —Hizo una pausa—. ¿Piensa decirme quién era esa persona que la acompañaba?

—Emmeline tuvo un hijo —respondí—. Esa es la persona que me acompañaba. El hombre del traje marrón. —Y tras haber dicho lo que sabía, las preguntas cuya respuesta desconocía treparon hasta mis labios, como si mi franqueza pudiera animar a la señorita Winter a hablar con igual sinceridad—. ¿Qué buscaba Emmeline en el jardín? Estaba intentando desenterrar algo la noche que la vi allí. Lo hace a menudo; Maurice dice que son los zorros, pero sé que no es cierto.

La señorita Winter estaba callada y muy quieta.

—«Los muertos están bajo tierra» —cité—. Eso fue lo que me dijo. ¿Quién cree Emmeline que está enterrado? ¿Su hijo? ¿Hester? ¿A quién busca bajo tierra?

La señorita Winter emitió un murmullo, y aunque tenue, enseguida me trajo el recuerdo extraviado de las roncas palabras que Emmeline había pronunciado en el jardín. ¡Las palabras exactas!

—¿Es eso? —añadió la señorita Winter—. ¿Es eso lo que dijo?

Asentí.

—¿En lenguaje de gemelas?

Asentí de nuevo.

La señorita Winter me miró con curiosidad.

—Lo está haciendo muy bien, Margaret; mejor de lo que pensaba. El problema es que el ritmo de esta historia se nos está yendo de las manos. Nos estamos adelantando. —Hizo una pausa y bajó la vista hasta su mano. Después me miró directamente a los ojos—. Le dije que era mi intención contarle la verdad, Margaret, y voy a hacerlo. Pero antes de que pueda contársela, primero debe ocurrir algo. Va a ocurrir, pero todavía no ha ocurrido.

—¿Qué…?

No pude siquiera terminar la pregunta, pues la señorita Winter negó con la cabeza.

—Regresemos a lady Audley y su secreto, ¿le parece?

Leí durante otra media hora, si bien mi mente estaba en otra parte y tuve la impresión de que la atención de la señorita Winter también divagaba. Cuando Judith llamó a la puerta para anunciar la hora de la cena, cerré el libro y lo dejé sobre la mesa, y como si no hubiera habido interrupción, como si fuera una continuación de la charla que habíamos estado teniendo, la señorita Winter dijo:

—Si no está muy cansada, ¿por qué no viene esta noche a ver a Emmeline?

Hermanas

uando llegó la hora, me dirigí a los aposentos de Emmeline. Era la primera vez que acudía allí habiendo sido invitada y lo primero que noté, antes incluso de entrar en el dormitorio, fue la densidad del silencio. Me detuve en el umbral —ellas todavía no habían reparado en mi presencia— y comprendí que eran sus susurros. Casi inaudible, el roce del aliento contra las cuerdas vocales lanzaba ondas al aire. Suaves oclusivas que desaparecían antes de que pudieras oírlas, sibilantes sordas que podías confundir con el sonido de tu propia sangre en los oídos. Cada vez que creía que había cesado, un murmullo quedo volvía a rozarme el oído, como una palomilla posándose en mi cabello, y emprendía de nuevo el vuelo.

Me aclaré la garganta.

—Margaret. —La señorita Winter, sentada en su silla de ruedas junto a su hermana, señaló una silla situada al otro lado de la cama—. Me alegro de verla.

Observé el rostro de Emmeline sobre la almohada. El rojo y el blanco eran el mismo rojo y el mismo blanco de las cicatrices y quemaduras que ya conocía; no había perdido ni un ápice de su bien alimentada redondez; su cabello seguía siendo un maraña de color blanco. Sus ojos se paseaban lánguidamente por el techo, parecía ajena a mi presencia. Por tanto, ¿en qué radicaba la diferencia? Porque Emmeline estaba diferente. Se había producido en ella algún cambio, una alteración visible al instante para el ojo pero demasiado escurridiza para definirla. Conservaba, sin embargo, toda su fuerza. Tenía una mano extendida fuera de la colcha y en ella, apretada con firmeza, la mano de la señorita Winter.

—¿Cómo está, Emmeline? —pregunté con nerviosismo.

—Mal —dijo la señorita Winter.

También ella había cambiado en los últimos días, si bien su enfermedad tenía un efecto destilador: cuanto más la reducía, más dejaba al descubierto su esencia. Cada vez que la veía, la señorita Winter me parecía más delgada, más frágil, más transparente, y a medida que se iba debilitando, más se dejaba ver el acero en su interior.

Así y todo, era una mano muy enjuta, sumamente débil, la que Emmeline tenía aferrada en su grueso puño.

—¿Quiere que lea? —pregunté.

—Por favor.

Leí un capítulo. Luego:

—Se ha dormido —murmuró la señorita Winter.

Emmeline tenía los ojos cerrados. Su respiración era profunda y regular. Había soltado la mano de su hermana y la señorita Winter se la estaba frotando para reanimarla. Había indicios de moretones en sus dedos.

Al reparar en mi mirada, la señorita Winter enterró las manos en el chal.

—Lamento esta interrupción en su trabajo —dijo—. En una ocasión tuve que despacharla unos días porque Emmeline estaba enferma. También ahora debo estar con ella y nuestro proyecto debe esperar, pero no será por mucho tiempo. Además, se acerca la Navidad. Seguro que querrá dejarnos y celebrarla con su familia. Cuando regrese después de las fiestas veremos qué hacemos. Creo que… —fue una pausa muy breve— para entonces podremos reanudar el trabajo.

Tardé un instante en comprender qué estaba intentando decirme. Las palabras eran ambiguas. Fue su voz la que me dio la pista. Mis ojos viajaron rápidamente hasta el rostro dormido de Emmeline.

—¿Me está diciendo que…?

La señorita Winter suspiró.

—No se deje engañar por su aspecto fuerte. Hace mucho tiempo que está enferma. Durante años pensé que viviría para verla partir antes que yo. Luego, cuando caí enferma, empecé a tener mis dudas. Ahora se diría que estamos compitiendo por llegar antes a la meta.

He ahí, por tanto, lo que estábamos esperando, el acontecimiento sin el cual la historia no podía terminar.

De repente sentí la garganta seca y el corazón asustado como el de un niño.

Muriendo. Emmeline se estaba muriendo.

—¿Es culpa mía?

—¿Culpa suya? ¿Por qué iba a ser culpa suya? —La señorita Winter negó con la cabeza—. Aquella noche no tuvo nada que ver con esto. —Me clavó una de esas miradas afiladas que comprendían más de lo que yo pretendía desvelar—. ¿Por qué le afecta tanto, Margaret? Mi hermana es una extraña para usted. Y dudo de que lo que la aflige sea su compasión por mí. Dígame, Margaret, ¿qué le ocurre?

En parte se equivocaba. Sentía compasión por ella, pues creía saber por lo que estaba pasando. La señorita Winter estaba a punto de sumarse conmigo a las filas de los mutilados. El gemelo que pierde a su hermano es media alma. La línea entre la vida y la muerte es estrecha y oscura, y un gemelo despojado vive más cerca de ella que el resto de la gente. Pese a su mal genio y su tendencia a llevar la contraria, la señorita Winter había acabado por gustarme. Me gustaba, sobre todo, la niña que había sido, esa niña que últimamente salía a la superficie con más frecuencia. Con el pelo corto, el rostro sin maquillar, las frágiles manos libres de las pesadas piedras, su aspecto parecía cada vez más aniñado. Para mí, era esa niña la que estaba perdiendo a su hermana, y en ese punto es donde el dolor de la señorita Winter se encontraba con el mío. En los próximos días su drama sería representado en esta casa, y sería el mismo que había forjado mi vida, con la diferencia de que el mío había tenido lugar antes de que yo fuera capaz de recordar.

Contemplé la cara de Emmeline sobre la almohada. Se estaba acercando a esa línea que a mí ya me separaba de mi hermana. Pronto la cruzaría, pronto dejaría de estar con nosotros y pasaría a estar en ese otro lado. Me embargó el deseo absurdo de susurrarle al oído un mensaje para mi hermana, confiado a alguien que tal vez fuera a verla pronto. No obstante, ¿qué podía decirle?

Consciente de la mirada curiosa de la señorita Winter en mi rostro, puse freno a mi locura.

—¿Cuánto tiempo? —pregunté.

—Días. Una semana quizá.

Me quedé con la señorita Winter hasta bien entrada la noche. Al día siguiente estaba de nuevo allí, junto al lecho de Emmeline. Leíamos en voz alta o guardábamos largos silencios, y nuestra vigilia solo se veía interrumpida por las visitas del doctor Clifton. El hombre parecía tomar mi presencia como algo natural, me incluía en la sonrisa grave que dirigía a la señorita Winter cuando hablaba en voz baja del deterioro de Emmeline. A veces se sentaba con nosotras durante una hora, compartiendo nuestro limbo, escuchando mientras yo leía. Libros de un estante cualquiera, abiertos en una página cualquiera, que empezaba y terminaba en un punto cualquiera, a veces en mitad de una frase. *Cumbres borrascosas* chocó con *Emma*, que cedió el paso a *Los diamantes de los Eustace*, que se desvaneció en *Tiempos difíciles*, el cual se hizo a un lado ante *La dama de blanco*. Cualquier fragmento valía. El arte, completo, formado y acabado no tenía el poder de consolar. Las palabras, en cambio, eran una cuerda de salvamento.

Dejaban tras de sí su cadencia sigilosa, un contrapunto a las lentas inspiraciones y espiraciones de Emmeline.

Entonces el día tocó a su fin y el siguiente ya era Nochebuena, el día de mi partida. Una parte de mí no deseaba marcharse. El silencio de esa casa y la espléndida soledad que ofrecían sus jardines era cuanto deseaba en ese momento. La librería y mi padre se me antojaban pequeños y distantes, y mi madre —como siempre— más lejana todavía. En cuanto al día de Navidad… En nuestra casa las fiestas navideñas caían demasiado cerca de mi cumpleaños para que mi madre pudiera soportar la celebración del nacimiento del hijo de otra mujer, por remoto que fuera. Pensé en mi padre, abriendo las felicitaciones de Navidad de sus contados amigos, colocando sobre la chimenea el inocuo Papá Noel, los paisajes nevados y los petirrojos, y apartando las felicitaciones donde aparecía la Virgen. Todos los años las reunía en una pila secreta: retratos hechos con colores vivos de la madre mirando con arrobamiento a su hijo completo, único y perfecto, formando con él un círculo dichoso de amor y plenitud. Todos los años acababan en la papelera, la pila entera.

Sabía que la señorita Winter no se opondría si le pedía quedarme. Quizá incluso agradeciera tener una compañía en los días venideros, pero no se lo pedí. No podía. Había visto con mis ojos el deterioro de Emmeline. La mano que me estrujaba el corazón había ganado fuerza a medida que ella se había ido debilitando y la creciente angustia que me atenazaba por dentro me decía que el final estaba cerca. Sabía que era una cobardía por mi parte, pero la Navidad me ofrecía la oportunidad de escapar y la aproveché.

Por la tarde fui a mi habitación y recogí mis cosas, luego regresé al cuarto de Emmeline para despedirme de la señorita Winter. Los susurros de las hermanas habían echado a volar; la penumbra era más pesada, más quieta. La señorita Winter tenía un libro en el regazo, pero en el caso de que hubiera estado leyendo, había tenido que dejarlo por falta de luz. En aquel momento contemplaba con tristeza el rostro de su hermana. Emmeline yacía en la cama, inmóvil. Con cada respiración, la colcha subía y bajaba con suavidad. Tenía los ojos cerrados y parecía estar profundamente dormida.

—Margaret —murmuró la señorita Winter, señalando una silla. Parecía alegrarse de verme. Juntas, esperamos a que la luz muriera del todo escuchando el vaivén de la respiración de Emmeline.

Entre ella y yo, en el lecho de la enferma, la respiración de Emmeline entraba y salía con una cadencia suave, imperturbable y calmante, como el sonido del oleaje en una playa.

La señorita Winter guardaba silencio y también yo permanecí callada, componiendo mentalmente mensajes imposibles que pudiera enviar a mi hermana por medio de esta inminente viajera a ese otro mundo.

Con cada exhalación la habitación parecía llenarse de una pena cada vez más profunda e imperecedera.

Contra la ventana, una silueta oscura, la señorita Winter, salió de su inmovilidad.

—Quiero que tenga esto —dijo, y un movimiento en la penumbra me indicó que me estaba tendiendo algo por encima del lecho.

Mis dedos se cerraron sobre un objeto rectangular de cuero con un candado metálico, una especie de libro.

—De la caja de los tesoros de Emmeline. Ya no será necesario. Márchese. Léalo. Hablaremos a su regreso.

Libro en mano, caminé hasta la puerta adivinando el camino por los muebles que palpaba a mi paso. Detrás de mí quedaba el vaivén de la respiración de Emmeline.

Un diario y un tren

El diario de Hester estaba estropeado. Se había perdido la llave, y el cierre estaba tan oxidado que dejaba manchas naranjas en los dedos. Las tres primeras hojas estaban pegadas por donde la cola de la cubierta interna se había derretido. La última palabra de cada página se disolvía en un cerco marrón, como si el diario hubiera estado expuesto a la mugre y la humedad. Algunas hojas habían sido arrancadas; a lo largo de los mellados márgenes había una tentadora lista de fragmentos: «abn», «cr», «ta», «est». Y lo que todavía era peor, parecía que el diario hubiese estado en algún momento sumergido en agua; las páginas formaban ondulaciones, de manera que, cerrado, adquiría un grosor mayor del original.

Esa inmersión constituiría mi mayor problema. Si mirabas una página, era evidente que estaba escrita, y no con cualquier letra, sino con la de Hester. Ahí estaban sus firmes trazos ascendentes, sus bucles suaves y equilibrados; ahí estaba su inclinación justa, sus espacios económicos pero funcionales. No obstante, las palabras aparecían borrosas y difuminadas. ¿Era esta raya una «l» o una «t»? ¿Era esta curva una «a» o una «e»? ¿O una «s»? ¿Debía leerse esta configuración como «sale» o como «seto»?

Tenía por delante un auténtico rompecabezas. Aunque posteriormente hice una transcripción del diario, ese día de Nochebuena había demasiada gente en el tren para permitirme trajinar con lápiz y papel. Así pues, me acurruqué en mi asiento de la ventanilla con el diario cerca de la nariz, y examiné las páginas, poniendo toda mi atención en intentar descifrarlas. Al principio adivinaba una palabra de cada tres, pero luego, a medida que me implicaba en lo que Hester quería decir, las palabras empezaron a darme la bienvenida a medio camino, recompensando mis esfuerzos con generosas revelaciones, hasta que pude doblar las hojas a una velocidad cercana a la de la lectura. En ese tren, en la víspera de Navidad, Hester resucitó.

No pondré a prueba la paciencia del lector reproduciendo aquí el diario de Hester tal como llegó a mis manos: fragmentado y roto. Como hubiera hecho la propia Hester, lo he remendado y ordenado. He desterrado el caos y la confusión. He sustituido dudas por certezas, sombras por claridad, lagunas por fundamentos. Seguramente habré puesto palabras en sus páginas que ella nunca escribió, pero prometo que si he cometido algunos errores se limitarán a pequeños detalles; en lo verdaderamente importante, he escudriñado y bizqueado hasta tener la certeza absoluta de haber reconocido el significado original.

No expongo aquí el diario entero, sino solo una selección de extractos corregida. Esta selección ha estado dictada, en primer lugar, por cuestiones relacionadas con mi propósito, que es contar la historia de la señorita Winter; y en segundo lugar, por mi deseo de ofrecer una versión fiel de la vida de Hester en Angelfield.

La casa de Angelfield, aunque está mal orientada y tiene las ventanas mal colocadas, ofrece un aspecto bastante aceptable desde lejos, pero a medida que una persona se acerca advierte su estado ruinoso. Algunas partes de la mampostería están peligrosamente estropeadas. Los marcos de las ventanas se están pudriendo, y se diría que hay partes del tejado

dañadas por las tormentas. Examinar los techos de las habitaciones del desván será una de mis prioridades.

El ama de llaves me recibió en la puerta. Aunque trata de ocultarlo, enseguida comprendí que tiene problemas de vista y oído. Dada su edad no es nada raro. Eso también explica el estado mugriento de la casa, pero después de toda una vida sirviéndoles imagino que la familia Angelfield no querrá despedirla. Apruebo su lealtad, si bien no logro entender por qué no puede contar con la ayuda de unas manos más jóvenes y fuertes.

La señora Dunne me habló de la casa. La familia lleva años viviendo con un personal que la mayoría de la gente consideraría muy escaso, pero han acabado aceptándolo como una característica más de la casa. Todavía no he determinado el motivo, pero lo que sí sé es que, aparte de la familia propiamente dicha, aquí solo viven la señora Dunne y un jardinero llamado John Digence. Hay ciervos (aunque ya no se practica la caza), si bien el hombre que los cuida nunca se deja ver por la casa; él recibe instrucciones del mismo abogado que me contrató a mí y que actúa como una especie de administrador de la finca, pero que yo sepa no la administran de ningún modo. La señora Dunne lleva personalmente las finanzas de la casa. Di por sentado que Charles Angelfield revisaba los libros y los recibos todas las semanas, pero la señora Dunne se echó a reír y me preguntó si creía que ella tenía vista como para andar anotando listas de números en un libro. Eso me parece, cuando menos, poco ortodoxo. No porque piense que la señora Dunne no sea de fiar; por lo que he podido ver hasta ahora parece una mujer buena y honrada, y confío en que cuando la conozca un poco mejor podré atribuir su reticencia exclusivamente a su sordera. Tomé la decisión de demostrar al señor Angelfield las ventajas de llevar fielmente la contabilidad y pensé que hasta podría ofrecerme a asumir esa tarea en el caso de que él esté demasiado ocupado.

Cuando estaba meditando sobre este asunto consideré que ya era hora de conocer a mi patrono, y cuál no sería mi sorpresa cuando la señora Dunne me dijo que el hombre se pasa los días metido en el viejo cuarto de los niños y que no acostumbra abandonarlo. Tras un sinfín de preguntas llegué a la conclusión de que sufría alguna clase de trastorno mental. ¡Una verdadera lástima! ¿Hay algo más triste que un cerebro que ha dejado de funcionar como es debido?

La señora Dunne me sirvió una taza de té (que por educación hice ver que bebía pero que más tarde tiré por el fregadero, pues tras haber reparado en el estado de la cocina desconfiaba del grado de limpieza de la taza) y me habló un poco de ella. Es octogenaria, nunca ha estado casada y ha vivido aquí toda su vida. Por supuesto, nuestra conversación derivó hacia la familia. La señora Dunne conocía a la madre de las gemelas desde que era un bebé. Me confirmó algo que yo ya había intuido: que fue el ingreso de la madre en un hospital para enfermos mentales lo que precipitó mi contratación. Me ofreció un relato tan confuso de los hechos que condujeron a la reclusión de la madre que fui incapaz de dilucidar si la mujer había atacado o no a la esposa del médico con un violín. En realidad poco importa; no hay duda de que existe un historial familiar de trastornos mentales, y confieso que el corazón se me aceleró ligeramente cuando vi confirmada mi sospecha. ¿Qué satisfacción representa para una institutriz recibir la dirección de mentes que ya transcurren por un camino plano y sin baches? ¿Qué reto supone fomentar el pensamiento ordenado en niños cuyas mentes ya gozan de orden y equilibrio? No solo estoy preparada para este trabajo, sino que llevo años anhelándolo. ¡Aquí descubriré al fin hasta qué punto funcionan mis métodos!

Pregunté por la familia del padre, pues aunque el señor March ha fallecido y las niñas no le conocieron, llevan su sangre y eso afecta a su personalidad. Sin embargo, la señora Dunne no pudo decirme mucho. En lugar de eso comenzó a relatarme una serie de anécdotas sobre la madre y el tío que, si debo leer entre líneas (y estoy segura de que esa era su intención), contenían indicios de algo escandaloso... Por supuesto, sus insinuaciones son del todo improbables, al menos en Inglaterra, y sospecho que la mujer es algo fantasiosa. La imaginación es una característica saludable, y muchos descubrimientos científicos no habrían sido posibles sin ella, pero es preciso que vaya ligada a un propósito serio para que resulte fructífera. Si la dejamos vagar libremente, suele conducir a la necedad. Tal vez sea la edad lo que hace que la mente de la señora Dunne divague, pues parece una mujer bondadosa y no de esas personas que inventarían chismorreos porque sí. Sea como fuere, enseguida desterré el tema de mi mente.

Mientras escribo esto oigo ruidos fuera de mi habitación. Las niñas han salido de su escondite y están rondando sigilosamente por la casa. No les han hecho ningún favor dejándolas vivir a su antojo. Se beneficiarán muchísimo del régimen de orden, higiene y disciplina que tengo previsto imponer en esta casa. No voy a salir a buscarlas. Sin duda es lo que esperan de mí, y en esta fase conviene a mis propósitos desconcertarlas.

La señora Dunne me mostró las estancias de la planta baja. Hay mugre por todas partes, las superficies están cubiertas de polvo y las cortinas cuelgan hechas jirones, aunque ella no lo ve y las tiene por lo que fueron años atrás, cuando vivía el abuelo de las gemelas, cuando había más personal. Hay un piano, tal vez irrecuperable, pero veré qué se puede hacer, y una biblioteca que seguramente rebosará de conocimiento una vez que el polvo desaparezca y pueda verse su contenido.

Los demás pisos los exploré sola, pues no deseaba forzar a subir demasiadas escaleras a la señora Dunne. En el primer piso escuché un correteo de pies, susurros y risitas ahogadas. Había encontrado a mis pupilas. Habían cerrado la puerta con llave y guardaron silencio cuando intenté girar el pomo. Pronuncié sus nombres una vez, luego las dejé solas y subí al segundo piso. Tengo por norma estricta no perseguir a mis pupilos, sino enseñarles a que ellos vengan a mí.

En las habitaciones del segundo piso el desorden era tremendo. Estaban sucias, pero a esas alturas ya lo esperaba. La lluvia se había colado por el tejado (tal como suponía) y algunas tablas putrefactas del suelo estaban criando hongos. Un entorno bastante insalubre para criar a unos niños. En el suelo faltaban algunas tablas, como si alguien las hubiera arrancado deliberadamente. Tendré que ir a ver al señor Angelfield para hablar de su reparación. Le haré comprender que alguien podría caer por los boquetes o, cuando menos, torcerse un tobillo. Además, todos los goznes necesitan aceite, y todos los marcos de las puertas están combados. A donde iba me seguía el chirrido de puertas girando en sus goznes, el crujido de tablas en el suelo y corrientes de aire que agitaban cortinas, aunque es imposible saber con exactitud de dónde provienen.

Regresé a la cocina en cuanto pude. La señora Dunne estaba preparando la cena y no era mi intención comer guisos preparados en ollas tan repugnantes como las que había visto, de modo que me puse a fregar (tras someter el fregadero al restregón más exhaustivo que había visto en diez años), y vigilé de cerca la preparación de la comida. La mujer hace lo que puede.

Las niñas no bajaron a cenar. Las llamé una vez y solo una vez. La señora Dunne quería insistir y tratar de convencerlas, pero le dije que yo tenía mis métodos y que debía secundarme.

El médico vino a cenar. Tal como me habían dado a entender, el cabeza de familia no apareció. Pensé que el médico se ofendería, pero pareció encontrarlo de lo más normal, de modo que cenamos solos él y yo, con la señora Dunne esforzándose por servir la mesa pero necesitada de gran ayuda por mi parte.

El médico es un hombre inteligente y cultivado. Desea de corazón que las gemelas mejoren y fue la persona que más empeño puso en traerme a Angelfield. Me explicó con detenimiento las dificultades a las que tendré que enfrentarme; le escuché todo lo más educadamente que pude. Cualquier institutriz, después de pasar unas pocas horas en esta casa, se habría hecho una idea clara y completa de la tarea a la que se enfrenta; pero el médico es un hombre, de modo que no puede percatarse de lo tedioso que a cualquiera la resulta que le expliquen detenidamente lo que ya ha entendido. Mi impaciencia y la leve brusquedad de una o dos de mis respuestas le pasaron del todo inadvertidas, así que me temo que su capacidad de observación no se corresponde con su energía y su capacidad analítica. No lo critico en exceso por esperar que toda persona a la que conoce sea menos capaz que él, pues es un hombre inteligente y, más aún, un pez gordo en un estanque pequeño. Ha adoptado una actitud de discreta modestia, pero puedo ver qué hay detrás de ella, porque yo me he disfrazado exactamente de la misma manera. Así y todo, necesitaré su apoyo en el proyecto que estoy emprendiendo y pese a sus deficiencias me aseguraré de convertirlo en mi aliado.

Oigo ruidos de disgusto abajo. Las niñas deben de haber encontrado la despensa cerrada con llave. Estarán enfadadas y frustradas, pero ¿de qué otro modo puedo acostumbrarlas a un horario de comidas? Y sin un horario de comidas, ¿cómo es posible restaurar el orden?

Mañana empezaré por limpiar este dormitorio. Esta noche he pasado un trapo húmedo por las superficies y estuve tentada de limpiar el suelo, pero me dije que no. Mañana tendría que volver a limpiarlo después de fregar las paredes y bajar las cortinas, que rezuman mugre. De modo que esta noche dormiré rodeada de suciedad, pero mañana lo haré en una habitación impoluta. Será un buen comienzo, porque mi intención es restablecer el orden y la disciplina en esta casa, y para alcanzar mi objetivo primero debo crearme un espacio limpio donde poder pensar. Nadie puede pensar con claridad y hacer progresos si no está rodeado de orden e higiene.

Las gemelas están llorando en el vestíbulo. Es hora de que conozca a mis pupilas.

He estado tan ocupada organizando la casa que apenas he tenido tiem-po para escribir en mi diario, pero debo encontrarlo, pues es sobre todo por escrito como desarrollo y dejo constancia de mis métodos.

Con Emmeline he avanzado mucho; mi experiencia con ella coinci-de con el patrón de conducta que he visto en otros niños difíciles. En mi opinión, no está tan trastornada como me habían informado y con mi influencia llegará a ser una niña agradable. Es cariñosa y tenaz, ha aprendido a valorar los beneficios de la higiene, come con apetito y es posible conseguir que obedezca órdenes engatusándola y prometiéndo-le algún capricho. Pronto comprenderá que la bondad trae consigo el aprecio de los demás, y entonces podré reducir los sobornos. Nunca será inteligente, pero ya conozco las limitaciones de mis métodos: pese a mi competencia, solo puedo fomentar aquello que ya existe.

Estoy contenta de mi trabajo con Emmeline.

Su hermana es un caso más difícil. He visto comportamientos vio-lentos con anterioridad, de manera que la tendencia destructiva de Adeline me impresiona menos de lo que ella cree. No obstante, hay al-go que me sorprende: en otros niños la tendencia destructiva es una consecuencia indirecta de la rabia, no su objetivo principal. El acto vio-lento, según he observado en otros pupilos, suele estar motivado casi siempre por un exceso de ira, y el daño que el desahogo de esa ira gene-ra en las personas y en las cosas es secundario. El caso de Adeline no en-caja en ese patrón. He visto algunos episodios violentos y me han ha-blado de otros, donde la destrucción parece ser el único móvil de Adeli-ne, y la rabia en ella es algo que tiene que provocar, que alimentar, a fin de generar la energía necesaria para destruir. Porque Adeline es una criatura débil, descarnada, que solo se alimenta de migajas. La señora Dunne me ha hablado de un incidente en el jardín, cuando Adeline, al parecer, destrozó algunos tejos. Si eso es cierto, es una verdadera lásti-ma. No hay duda de que el jardín en su día fue precioso. Podría arre-glarse, pero John ha perdido la ilusión, y no solo las figuras padecen su falta de interés, sino el jardín en conjunto. Encontraré el tiempo y la forma de devolverle el orgullo. El aspecto y el ambiente de la casa mejorarían sobremanera si John pudiera hacer contento su trabajo y el jardín recuperara su orden.

Hablar de John y el jardín me recuerda que debo comentarle lo del muchacho. Esta tarde, mientras me paseaba por el aula, me acerqué casualmente a la ventana. Llovía y quise cerrar la ventana para frenar la humedad; la repisa interna ya se está desmoronando. Si no hubiera estado tan cerca de la ventana, de hecho con la nariz casi pegada al cristal, dudo de que lo hubiera visto, pero ahí estaba: un muchacho sentado de cuclillas en el arriate, desherbando. Vestía un pantalón de hombre cortado a la altura del tobillo y sujeto con tirantes. Un sombrero de ala ancha le ensombrecía el rostro y eso me impidió calcular su edad, aunque debe de tener unos once o doce años. Sé que es una práctica común en las zonas rurales que los niños realicen faenas agrícolas, aunque pensaba que se dedicaban sobre todo al trabajo de granja, y valoro las ventajas de que aprendan su oficio en edad temprana, pero no me gusta ver a los niños fuera del colegio en horas de clase. Plantearé el asunto a John y me aseguraré de que comprenda que el niño debe pasar las horas de clase en el colegio.

Pero volviendo a mi objetivo: en lo que a la violencia de Adeline con su hermana se refiere, quizá a ella le sorprendería saberlo, pero he visto otros casos. Los celos y la ira entre hermanos es un fenómeno habitual y entre gemelos las rivalidades tienden a acentuarse. Con el tiempo seré capaz de reducir la agresividad, pero entretanto tendré que vigilar constantemente a Adeline para evitar que haga daño a su hermana y eso ralentizará otra clase de avances, lo cual es una lástima. Todavía no comprendo por qué Emmeline permite que su hermana le pegue (y le tire del pelo y la persiga blandiendo las pinzas de la chimenea con brasas candentes). Dobla a su hermana en tamaño y podría defenderse con más brío. Tal vez sea porque no quiere hacerle daño; es un alma bondadosa.

Mi impresión de Adeline durante los primeros días fue que se trataba de una niña que seguramente nunca llegaría a llevar una vida independiente y normal como su hermana, pero que podría ser conducida hasta un estado de equilibrio y estabilidad, cuyos ataques de furia podrían ser contenidos mediante la imposición de una rutina estricta. No esperaba conseguir que llegara a comprender. En su caso preveía una tarea más ardua que con su hermana, si bien esperaba mucho menos agradecimiento, pues parecería menor a los ojos del mundo.

No obstante, después de haber percibido indicios de una inteligencia oscura y oculta, me he visto obligada a modificar mi primera impresión. Esta mañana Adeline ha entrado en el aula arrastrando los pies pero sin mostrar excesiva reticencia, y una vez sentada ha descansado la cabeza en el brazo, como la he visto hacer otras veces. He empezado la clase. Tan solo consistía en la narración de una historia, una adaptación que con este fin había hecho de los primeros capítulos de Jane Eyre, *una historia que gusta mucho a las niñas. Yo estaba concentrada en Emmeline, animándola a seguir la historia dándole toda la teatralidad posible. Ponía una voz para la heroína, otra para la tía e incluso otra para el primo, y acompañaba la narración con gestos y expresiones que ilustraban las emociones de los personajes. Emmeline no apartaba los ojos de mí y yo estaba satisfecha con mi efecto.*

Por el rabillo del ojo he divisado algún movimiento. Adeline ha vuelto la cabeza hacia mí. Aunque esta ha seguido descansando sobre el brazo, y se diría que los ojos seguían cerrados, he tenido la clara impresión de que me estaba escuchando. Aunque el cambio de postura haya sido intrascendente (que no lo es; hasta ese momento Adeline siempre me había dado la espalda), sí ha cambiado su manera de estar. Normalmente se desploma sobre la mesa cuando duerme, inmersa en un estado de inconsciencia animal, pero hoy todo su cuerpo parecía estar alerta; había tensión en los hombros, como si estuviera escuchando la historia.

pero al mismo tiempo quisiera dar la impresión de que dormía profundamente.

Yo no quería que se diera cuenta de que lo había notado, de modo que he seguido actuando como si estuviera leyendo solo para Emmeline. He mantenido la expresividad en la cara y la dramatización en la voz, pero al mismo tiempo he puesto un ojo en Adeline. Y la muchacha no solo ha estado escuchando; he advertido un temblor en sus párpados. Yo había creído que tenía los ojos cerrados, pero me había equivocado. ¡Adeline me estaba mirando a través de las pestañas!

Se trata de un adelanto sumamente interesante, un avance que preveo será el broche de mi proyecto aquí.

❦

Entonces sucedió algo del todo inesperado. La cara del médico se transformó. Sí, se transformó delante de mis propios ojos. Fue uno de esos momentos en que el rostro adquiere de súbito un aspecto diferente, en que los rasgos, todavía reconocibles, sufren una mutación vertiginosa y se muestran bajo una luz nueva. Me gustaría saber qué hay en la mente humana que hace que las caras de las personas que conocemos cambien y bailen de ese modo. He descartado los efectos ópticos, los fenómenos relacionados con la luz y todo eso, y he llegado a la conclusión de que la explicación se halla en la psicología del espectador. Sea como fuere, la repentina mutación y reorganización de sus rasgos faciales hizo que me quedara mirándolo fijamente unos instantes, lo cual debió de antojársele extraño. Cuando sus rasgos dejaron de dar saltos percibí algo raro también en su expresión, algo que no pude, que no puedo, descifrar. No me gusta lo que no puedo descifrar.

Después de mirarnos unos segundos, los dos igual de incómodos, él se marchó bruscamente.

❦

Preferiría que la señora Dunne no me cambiara los libros de sitio. ¿Cuántas veces tendré que decirle que no he terminado con un libro hasta que he acabado de leerlo? Y si tiene que cambiarlo de sitio, ¿por qué no lo devuelve a la biblioteca, el lugar de donde salió? ¿Qué sentido tiene dejarlo en la escalera?

❧

He tenido una conversación curiosa con John, el jardinero.

Es un hombre muy trabajador, ahora que está reparando sus figuras está más animado, y por lo general su presencia es útil en la casa. Bebe té y charla en la cocina con la señora Dunne; a veces los encuentro hablando en voz baja, lo que me hace pensar que ella no está tan sorda como quiere hacer creer. Si no fuera por su avanzada edad, pensaría que ella y John tienen algún tipo de relación amorosa, pero como eso queda descartado, no logro explicarme cuál es su secreto. Muy a mi pesar, porque ella y yo estamos de acuerdo en la mayoría de las cosas, creo que aprueba mi presencia en la casa —aunque poco importaría si no lo hiciera—, planteé el asunto a la señora Dunne, y me dijo que solo hablaban de asuntos domésticos, de los pollos que había que matar, de las patatas que había que desenterrar y demás. «¿Por qué hablan tan bajo?», insistí, y me dijo que no hablaban bajo, al menos no especialmente. «Pero usted no me oye cuando le hablo bajo», dije, y me contestó que las voces nuevas se le hacen más difíciles que las voces a las que ya está acostumbrada, y que si entiende a John cuando habla bajo es porque conoce su voz desde hace muchos años, y la mía apenas desde hace un par de meses.

Había olvidado el asunto de las voces bajas en la cocina, hasta este nuevo y extraño encuentro con John. Hace unos días estaba dando un paseo por el jardín justo antes de la comida cuando vi de nuevo al niño que estaba desherbando el arriate debajo de la ventana del aula. Miré mi reloj y, una vez más, era en horario escolar. El niño no me vio porque los árboles me tapaban. Me quedé un rato observándolo. No estaba trabajando, sino despatarrado en la hierba, concentrado en algo que había en ella, justo debajo de su nariz. Llevaba puesto el mismo sombrero flexible. Caminé hacia él con la intención de preguntarle su nombre y hablarle de la importancia de la educación, pero en cuanto me vio se levantó de un salto, se llevó una mano a la cabeza para sujetarse el sombrero y echó a correr a una velocidad increíble. Su sobresalto era prueba suficiente de su culpabilidad. El niño sabía perfectamente que debía estar en el colegio. Mientras corría creí ver que llevaba un libro en la mano.

Fui a ver a John y le dije lo que pensaba. Le dije que no permitiría que ningún niño trabajara para él en horas de colegio, que era un error malograr su educación por los pocos peniques que ganaba y que si sus padres no estaban de acuerdo, iría a verlos en persona. Le dije que si hacían falta más manos para trabajar el jardín hablaría con el señor Angelfield y emplearíamos a otro hombre. Ya había planteado esa posibilidad, la de contratar más personal tanto para el jardín como para la casa, pero John y la señora Dunne se habían mostrado tan contrarios a la idea que decidí que sería mejor esperar a estar más familiarizada con el funcionamiento de la casa.

John se limitó a menear la cabeza, negando estar al corriente de la existencia de ese niño. Cuando le recalqué que lo había visto con mis propios ojos, dijo que debía de ser cualquier niño del pueblo merodeando, que sucedía de vez en cuando, que él no era el responsable de todos los niños del pueblo que hacían novillos y aparecían en el jardín. Le dije entonces que había visto al niño en otra ocasión, el día de mi llegada, y que en esa ocasión era evidente que estaba trabajando. John se limitó a apretar los labios y repetir que no había visto a ningún niño, que todo el que quisiera desherbar su jardín sería bienvenido, pero que no había ningún niño.

Enfadada, cosa de la que no me arrepiento, le dije que le contaría el asunto a la maestra del colegio y que hablaría directamente con los padres y solucionaría el problema con ellos. John se limitó a agitar la mano, como diciendo que no era asunto suyo y que hiciera lo que quisiera (y desde luego que lo haré). Estoy segura de que conoce a ese niño y me escandaliza su negativa a ayudarme en mi deber para con él. No es propio de John poner dificultades, pero supongo que él mismo entró como aprendiz de jardinero siendo un niño y considera que eso no le perjudicó. En las zonas rurales tales actitudes tardan en desaparecer.

Estaba absorta en el diario. Los obstáculos a la legibilidad me obligaban a leer despacio, detenerme ante los escollos, servirme de toda mi experiencia, conocimientos e imaginación para dar cuerpo a las palabras fantasma, pero esas dificultades no conseguían frenarme, sino todo lo contrario. Los márgenes difuminados, las ilegibilidades, las palabras emborronadas parecían llenas de vida, rebosantes de significado.

Mientras leía ensimismada, en otra parte de mi mente se estaba fraguando una decisión. Cuando el tren entró en la estación donde debía apearme para mi transbordo advertí que la decisión ya me había tomado a mí; por lo visto, mi destino ya no era mi casa. Era Angelfield.

En el tren regional a Banbury había tantos pasajeros que regresaban para las fiestas navideñas que no pude sentarme, y nunca leo de pie. Con cada bandazo del tren, con cada empellón y tropezón de mis compañeros de viaje, sentía el rectángulo del diario de Hester clavado en mi pecho. Solo había leído la mitad. El resto podía esperar.

«¿Qué fue de ti, Hester? —pensé—. ¿Adónde demonios fuiste?»

Demoler el pasado

Las ventanas me mostraron una cocina vacía, y cuando rodeé la casa y llamé a la puerta principal no apareció nadie.

¿Podría haberse marchado? Mucha gente viaja en esa época del año, pero van a ver a sus familias, de modo que Aurelius, que no tenía familiares, se habría quedado. Con retraso, caí en la cuenta del motivo de su ausencia: probablemente estaría repartiendo tartas para las fiestas navideñas. ¿Dónde si no podía estar el responsable de un catering la víspera de Navidad? Decidí volver más tarde. Metí en el buzón la tarjeta que había comprado en una tienda próxima a la estación y eché a andar por el bosque en dirección a la casa de Angelfield.

Hacía frío; la temperatura había bajado lo suficiente para que nevara. El suelo estaba escarchado y el cielo aparecía peligrosamente blanco. Avivé el paso. Con la cara envuelta por la bufanda hasta la altura de la nariz, enseguida entré en calor.

Al llegar al claro me detuve. A lo lejos, en el solar, vislumbré una actividad desacostumbrada. Fruncí el entrecejo. ¿Qué estaba ocurriendo? Llevaba la cámara colgada del cuello, debajo del abrigo; el frío se coló al desabrocharme los botones. Contemplé la escena a través del objetivo. Había un coche de policía en la entrada. Los vehículos y las máquinas estaban parados y los obreros estaban concentrados en un grupo. Parecía haber dejado de trabajar hacía un buen rato, pues estaban frotándose las manos y pateando el suelo con los pies para calentarlos. Tenían el casco en el suelo o colgando del codo sujeto por la correa. Un hombre pasó un paquete de cigarrillos. De vez en cuando alguno hacía un comentario aislado, pero no estaban conversando. Traté de leer la expresión de sus caras. ¿Aburrimiento? ¿Preocupación? ¿Curiosidad? Estaban de cara al bosque y a mi objetivo, pero de vez en cuando alguien echaba una ojeada por encima del hombro hacia el escenario que tenían a su espalda.

Detrás del grupo habían levantado una carpa blanca que cubría una parte del solar. La casa había desaparecido, pero por la ubicación de la cochera, el camino de grava y la iglesia, deduje que era el lugar donde había estado situada la biblioteca. Junto a la carpa, uno de los obreros y un hombre que supuse era el capataz estaban charlando con otros dos individuos. Uno vestía traje y abrigo; el otro, un uniforme de policía. En esos momentos estaba hablando el capataz, apresuradamente, negando y asintiendo con la cabeza, pero cuando el hombre del abrigo formuló una pregunta, se dirigió al obrero, y cuando este contestó, los otros tres le observaron con atención.

El obrero no parecía notar el frío. Hablaba con frases cortas; durante sus largas y frecuentes pausas los demás no decían nada, solo le miraban pacientemente y con atención. En un momento dado señaló con un dedo la máquina e imitó el movimiento de la dentada mandíbula mordiendo el suelo. Después se encogió de hombros, frunció el entrecejo y se pasó la mano por los ojos, como si quisiera borrar la imagen que acababa de rememorar.

En un costado de la carpa se abrió una portezuela. Un quinto hombre salió y se unió al grupo. Tras intercambiar unas palabras con semblante grave, el capataz se acercó al grupo de obreros y habló con ellos. Los hombres asintieron y, como si lo que acabaran de oír fuera exactamente lo que estaban esperando, procedieron a recoger los cascos y termos que descansaban a sus pies y se dirigieron a los coches aparcados junto a las verjas de la casa del guarda. El policía uniformado se colocó frente a la entrada de la carpa, de espaldas a la portezuela, y el otro condujo al obrero y su capataz hacia el coche de policía.

Bajé lentamente la cámara, pero seguí contemplando la carpa. Conocía ese lugar; yo misma había estado allí. Recordaba la desolación de la biblioteca profanada; los estantes caídos, las vigas estrelladas contra el suelo, mi estremecimiento al tropezar con la madera quemada y partida.

En esa habitación había habido un cuerpo, sepultado bajo páginas abrasadas, con una estantería como féretro. Una tumba oculta y protegida durante medio siglo por las vigas desplomadas.

No pude evitar la ocurrencia. Yo había estado buscando a alguien y al parecer acababan de encontrarlo. La simetría era irresistible. ¿Cómo no relacionar una cosa con otra? Pero Hester se había marchado hacía un año. ¿Qué razones habría tenido para regresar? Entonces me asaltó una idea, cuya simplicidad me indujo a pensar que podía ser cierta.

¿Y si Hester nunca se había marchado?

Cuando alcancé la linde del bosque vi a los dos niños rubios bajando desconsoladamente por el camino. Caminaban dando bandazos y traspiés; la tierra estaba cubierta de surcos negros abiertos por los pesados vehículos de los obreros y no iban mirando por dónde pisaban. Caminaban mirando por encima de sus hombros, hacia el lugar de donde venían.

Fue la niña la que, tropezando y a punto de caer, volvió la cabeza y me vio primero. Se detuvo. Cuando su hermano me vio, se dirigió a mí con aire de suficiencia.

—No puede acercarse. Lo ha dicho el policía.

—Entiendo.

—Han puesto una carpa —añadió tímidamente la niña.

—La he visto —le dije.

Bajo el arco de las verjas de la casa del guarda apareció la madre. Jadeaba ligeramente.

—¿Estáis bien? Vi el coche de la policía en The Street. —Luego, dirigiéndose a mí—: ¿Qué ocurre?

La niña contestó en mi lugar.

—Los policías han puesto una carpa. No podemos acercarnos. Dicen que tenemos que irnos a casa.

La mujer rubia levantó la vista hacia el solar y al ver la carpa arrugó la frente.

—¿No es eso lo que hacen cuando...? —No terminó la pregunta delante de los niños, pero yo sabía qué quería decir.

—Creo que eso es lo que ha ocurrido —dije. Percibí su deseo de atraer hacia sí a sus hijos, para tranquilizarse, pero se limitó a ajustar la bufanda del niño y apartarle a su hija el pelo de los ojos.

—En marcha —dijo—. Hace demasiado frío para estar a la intemperie. Vamos a casa a tomar un chocolate caliente.

Los niños atravesaron las verjas y echaron a correr por The Street. Una cuerda invisible los mantenía unidos, les permitía rodearse mutuamente o salir despedidos en cualquier dirección sabiendo que el otro estaría ahí, en el otro extremo de la cuerda.

Su madre se detuvo a mi lado.

—Me parece que a usted tampoco le iría mal un chocolate caliente. Está blanca como un fantasma.

Echamos a andar detrás de los niños.

—Me llamo Margaret —dije—. Soy amiga de Aurelius Love.

Ella sonrió.

—Soy Karen. Cuido de los ciervos.

—Lo sé. Aurelius me lo dijo.

La niña fue a abalanzarse sobre su hermano y este se desvió hacia la carretera para esquivarla.

—¡Thomas Ambrose Proctor! —gritó mi compañera—. ¡Vuelve a la acera!

Al oír el nombre di un respingo.

—¿Cómo ha llamado a su hijo?

La madre del niño me miró con curiosidad.

—Lo digo porque... un hombre llamado Proctor trabajó hace años aquí.

—Era mi padre, Ambrose Proctor.

Tuve que detenerme para poder pensar con claridad.

—¿Ambrose Proctor, el muchacho que trabajaba con John-the-dig, era su padre?

—¿John-the-dig? ¿Se refiere a John Digence? Sí, fue el hombre que le consiguió el trabajo a mi padre. Pero eso fue mucho antes de que yo viniera a este mundo. Mi padre tenía más de cincuenta años cuando yo nací.

Lentamente reanudé mis pasos.

—Si no le importa, acepto la invitación a un chocolate caliente. Tengo algo que enseñarle.

Retiré lo que me había servido de marcapáginas en el diario de Hester. Karen sonrió en cuanto sus ojos se posaron en la foto; el rostro serio de su hijo, lleno de orgullo bajo la visera del casco, con los hombros rígidos y la espalda recta.

—Recuerdo el día que llegó a casa y dijo que se había puesto un casco amarillo. Le encantará tener la foto.

—Su patrona, la señorita March, ¿ha visto alguna vez a Tom?

—¿Que si ha visto a Tom? ¡Claro que no! En realidad hay dos señoritas March. Tengo entendido que una de ellas es un poco retrasada, de modo que es la otra la que dirige la finca. Aunque lleva una vida bastante recluida; no ha vuelto a Angelfield desde el incendio. Ni siquiera yo la he visto. El poco contacto que tenemos con ellas siempre es a través de sus abogados.

Karen estaba ante el fogón, esperando a que la leche se calentara. Por la pequeña ventana que tenía a sus espaldas se divisaba el jardín y, más allá, los prados por los que Adeline y Emmeline habían arrastrado el cochecito de Merrily con el bebé dentro. Contadísimos paisajes podían haber cambiado tan poco.

Debía tener cuidado de no revelar demasiado. Karen parecía desconocer que su señorita March de Angelfield era también la señorita Winter, cuyos libros había visto en la librería del vestíbulo al entrar.

—El caso es que trabajo para la familia Angelfield —expliqué—. Estoy escribiendo sobre la infancia de las señoritas March, y cuando le enseñé a su patrona algunas fotos de la casa, tuve la impresión de que reconocía a su hijo.

—No puede ser. A menos que…

Karen examinó de nuevo la fotografía y llamó a su hijo, que estaba en la habitación contigua.

—¿Tom? Tom, trae la foto de la repisa de la chimenea, ¿quieres? La del marco de plata.

Tom entró en la cocina con un marco y seguido de su hermana.

—Mira —le dijo Karen—, esta señora tiene una fotografía tuya.

El pequeño esbozó una sonrisa de felicidad al verse en la foto.

—¿Puedo quedármela?

—Sí —dije.

—Enséñale a Margaret la fotografía de tu abuelo.

Tom rodeó la mesa y me tendió tímidamente la foto enmarcada.

Era una fotografía antigua de un hombre muy joven, apenas un muchacho, de unos dieciocho años, tal vez menos. Estaba de pie junto a un banco, con unos tejos podados en el fondo. Reconocí el lugar al instante: el jardín de las figuras. El muchacho se había quitado la gorra, la sostenía en la mano, e imaginé el movimiento que había hecho, retirándose la gorra con una mano y secándose la frente con el antebrazo de la otra. Tenía la cabeza ligeramente echada hacia atrás, tratando de no dejarse deslumbrar por el sol. Llevaba la camisa arremangada por encima de los codos y el botón superior abierto, pero tenía la raya de los pantalones perfectamente planchada y se había limpiado sus pesadas botas para la foto.

—¿Su padre estaba trabajando en la casa Angelfield cuando se produjo el incendio?

Karen dejó las tazas de chocolate sobre la mesa y los niños se sentaron a beber.

—Creo que entonces ya se había alistado. Estuvo ausente de Angelfield mucho tiempo, casi quince años.

Miré detenidamente la cara del muchacho a través del grano vetusto de la foto, sorprendida por la semejanza que guardaba con su nieto. Parecía agradable.

—Mi padre apenas hablaba de su infancia ni de su juventud. Era un hombre reservado. Pero hay cosas que me habría gustado saber, como por ejemplo por qué se casó tan tarde. Tenía casi cincuenta años cuando se casó con mi madre. No puedo evitar pensar que hubo algo en su pasado… un desengaño amoroso, quizá. Pero esas preguntas no se te ocurren cuando eres una niña, y cuando me hice mayor… —Se encogió tristemente de hombros—. Fue un padre adorable. Paciente. Amable. Siempre dispuesto a ayudarme en lo que fuera. Y, sin embargo, ahora que soy adulta, a veces tengo la sensación de que no le conocía.

Había otro detalle en la foto que me llamó la atención.

—¿Qué es esto? —pregunté.

Se inclinó para verlo.

—Un zurrón para echar las piezas, sobre todo faisanes. La despliegas sobre el suelo, los tiendes encima y los envuelves con la tela. No sé qué hace en esta foto. Mi padre nunca fue guardabosques, de eso estoy segura.

—Llevaba a las gemelas un conejo o un faisán cuando se lo pedían —le dije, y Karen pareció alegrarse de recuperar ese fragmento de la vida de su padre.

Pensé en Aurelius y su herencia. La bolsa en la que había sido transportado era un zurrón de caza. Cómo no iba a tener una pluma dentro. Servía para transportar faisanes. También pensé en el pedazo de papel. «Esto del principio parece una A —recordé que había dicho Aurelius cuando sostuvo el borrón azul frente a la ventana—. Y esto, hacia el final, una S.» Yo no había conseguido verlo, pero a lo mejor él sí lo podía ver perfectamente. ¿Y si el nombre que aparecía en el pedazo de papel no era el suyo, sino el de su padre? Ambrose.

Desde la casa de Karen tomé un taxi hasta el despacho del abogado en Banbury. Conocía la dirección por el carteo que habíamos mantenido por cuestiones relativas a Hester; volvía a ser Hester quien me conducía a él.

La recepcionista no quiso molestar al señor Lomax cuando se enteró de que no tenía cita con él.

—Hoy es Nochebuena, ¿sabe?

Aun así, insistí.

—Dígale que soy Margaret Lea y que vengo por el asunto de la casa de Angelfield y la señorita March.

Con una actitud que dejaba claro que eso no cambiaría nada, la recepcionista entró en el despacho; cuando salió fue para decirme, un poco a regañadientes, que podía pasar.

El señor Lomax hijo ya no era ningún joven. Tendría más o menos la edad que tenía el señor Lomax padre cuando las gemelas se personaron en su despacho solicitando dinero para el entierro de

John-the-dig. Me estrechó la mano. Su extraño brillo en la mirada y su sonrisita en los labios me hicieron comprender que, desde su punto de vista, éramos cómplices. Durante años él había sido la única persona que conocía la otra identidad de su clienta, la señorita March; había heredado el secreto de su padre junto con el escritorio de cerezo, los archivadores y los cuadros de la pared. Después de décadas de silencio, por fin aparecía otra persona con quien compartir ese secreto.

—Me alegro de conocerla, señorita Lea. ¿Qué puedo hacer por usted?

—Vengo del solar de Angelfield. La policía está allí. Han encontrado un cadáver.

—Oh. ¡Santo Dios!

—¿Cree que la policía querrá hablar con la señorita Winter?

En cuanto mencioné aquel nombre, los ojos del abogado viajaron discretamente hacia la puerta para comprobar que nadie podía oírnos.

—Es posible que quieran hablar con la dueña de la finca por cumplir con su rutina de trabajo.

—Eso pensé —dije, y proseguí apresuradamente—. El caso es que la señorita Winter no solo está enferma… Supongo que eso lo sabe.

Asintió.

—Sino que su hermana se está muriendo.

Asintió con gravedad y no me interrumpió.

—Dada la fragilidad de la señorita Winter y el estado de salud de su hermana, sería preferible que le dieran la noticia del hallazgo con mucho tacto. No debería enterarse por boca de un extraño y no debería estar sola en el momento en que se lo comuniquen.

—¿Qué propone?

—Podría regresar a Yorkshire hoy mismo. Si logro llegar a la estación en menos de una hora, podré estar allí esta noche. Imagino que la policía tendrá que hablar primero con usted para poder ponerse en contacto con la señorita Winter.

—Así es, pero podría retrasarlo unas horas, hasta que usted haya llegado a Yorkshire. También puedo acompañarla a la estación, si así lo desea.

En ese momento sonó el teléfono. Intercambiamos una mirada de preocupación mientras descolgaba el auricular.

—¿Huesos? Entiendo… Es la dueña de la finca, sí… Una persona mayor y delicada de salud… Una hermana, muy enferma… cuyo fallecimiento probablemente sea inminente… Sería preferible… Dadas las circunstancias… Casualmente conozco a alguien que tiene intención de ir allí esta misma noche… De total confianza… Exacto… Sin duda… Por supuesto.

Anotó algo en un bloc y lo arrastró hacia mí por la superficie de la mesa. Un nombre y un número de teléfono.

—El agente quiere que le telefonee cuando llegue a Yorkshire para informarle de cómo se encuentra la señora. Si está en condiciones, hablará con ella entonces; si no, dice que puede esperar. Por lo visto los restos no son recientes. Pero ¿a qué hora sale su tren? Deberíamos ponernos en marcha.

Al verme absorta en mis pensamientos, el ya madurito señor Lomax condujo en silencio. No obstante, se hubiera dicho que algo le estaba carcomiendo por dentro, y al doblar por la calle de la estación, no pudo contenerse más.

—El cuento número trece… —dijo—. Supongo que no…

—Ojalá lo supiera —le dije—. Lo siento.

Su cara reflejó una gran decepción.

Cuando la estación apareció ante nosotros, fui yo quien le hizo una pregunta.

—¿Conoce por casualidad a Aurelius Love?

—¡El hombre del servicio de catering! Claro que lo conozco. ¡Es un genio culinario!

—¿Cuánto hace que se conocen?

Respondió sin detenerse a pensar.

—De hecho fuimos al colegio juntos… —Y a media frase un extraño temblor se apoderó de su voz, como si acabara de caer en la cuenta de hacia dónde iban mis pesquisas, así que mi siguiente pregunta no le sorprendió.

—¿Cuándo descubrió que la señorita March era la señorita Winter? ¿Fue cuando tomó las riendas del despacho de su padre?

Tragó saliva.

—No. —Parpadeó—. Lo descubrí antes. Yo todavía estaba en el colegio. La señorita Winter apareció un día en casa para ver a mi padre. Había más intimidad que en el despacho. Tenían un asunto que resolver y, sin entrar ahora en detalles confidenciales, en el transcurso de su conversación dejó manifiestamente claro que la señorita March y la señorita Winter eran la misma persona. Ha de saber que no estaba escuchando a escondidas, por lo menos no de forma deliberada. Cuando ellos entraron yo ya me encontraba debajo de la mesa del comedor. El caso es que había un mantel que cubría la mesa convirtiéndola en una especie de tienda. Y como no quise abochornar a mi padre saliendo de repente, me quedé donde estaba.

¿Qué me había dicho la señorita Winter al respecto? «No puede haber secretos en una casa donde hay niños.»

Nos habíamos detenido delante de la estación. El señor Lomax hijo me miró acongojado.

—Se lo conté a Aurelius. El día en que me explicó que lo habían encontrado la noche del incendio. Le dije que la señorita Adeline Angelfield y la señorita Vida Winter eran la misma persona. Lo siento.

—No se preocupe. Ahora ya no importa. Solo sentía curiosidad.

—¿Sabe la señorita Winter que le conté a Aurelius quién es ella?

Pensé en la carta que la señorita Winter me había enviado al principio, y en Aurelius con su traje marrón, buscando la historia de sus orígenes.

—Si lo adivinó, fue hace muchas décadas. Si lo sabe, no creo que le importe.

La sombra desapareció de su frente.

—Gracias por acompañarme.

Y eché a correr hacia el tren.

Diario de Hester II

Desde la estación telefoneé a la librería. Mi padre no pudo ocultar su decepción cuando le dije que no iría a casa.

—Tu madre lo lamentará —dijo.

—¿En serio?

—Naturalmente que sí.

—Tengo que volver. Quizá ya haya dado con Hester.

—¿Dónde?

—Han hallado unos huesos en Angelfield.

—¿Huesos?

—Un obrero los descubrió hoy cuando estaba excavando en la biblioteca.

—Señor.

—Se pondrán en contacto con la señorita Winter para interrogarla. Y su hermana se está muriendo; no puedo dejarla sola, me necesita.

—Lo entiendo. —Su voz era grave.

—No se lo digas a mamá —le advertí—, pero la señorita Winter y su hermana son gemelas.

Guardó silencio; luego simplemente dijo:

—Cuídate mucho, Margaret.

Un cuarto de hora más tarde ya estaba instalada en mi asiento junto a la ventanilla sacando el diario de Hester de mi bolsillo.

Me gustaría saber mucho más sobre óptica. Estaba sentada con la señora Dunne en el salón, preparando el menú de la semana, cuando advertí un leve movimiento en el espejo. «¡Emmeline!», exclamé irritada porque no debería estar dentro de casa, sino en el jardín, recibiendo su dosis diaria de ejercicio y aire fresco. Me había confundido, por supuesto, porque solo tuve que mirar por la ventana para ver que Emmeline estaba en el jardín, con su hermana, jugando pacíficamente por una vez. Lo que había visto —lo que había alcanzado a ver con fugacidad, para ser exactos— debió de ser un rayo de sol entrando por la ventana y reflejándose en el espejo.

Pensándolo bien, lo que me condujo a dicho error no fue solo el peculiar funcionamiento de las leyes de la óptica, sino la psicología del ojo, pues acostumbrada como estoy a ver a las gemelas deambulando por lugares de la casa donde no espero encontrarlas y a horas en que las creo en otro lugar, he acabado por adquirir el hábito de interpretar cada movimiento que veo por el rabillo de mi ojo como una prueba de su presencia. Por tanto, un rayo de sol reflejado en un espejo se muestra de forma sumamente convincente para la mente como una muchacha con un vestido blanco. A fin de evitar errores de esa índole uno debería aprender a verlo todo sin ideas preconcebidas, a abandonar los razonamientos que acostumbra hacer. Ya de partida, esa actitud es muy positiva. ¡La frescura de la mente! ¡La respuesta virginal ante el mundo! Tal actitud es tan importante que la ciencia depende de esa capacidad de dar un nuevo enfoque a aquello que el hombre llevaba siglos creyendo que comprendía. Sin embargo, en la vida cotidiana no podemos ajustarnos a esos principios. Quién sabe el tiempo que necesitaríamos si tuviéramos que examinar situaciones que ya hemos experimentado desde un nuevo enfoque cada minuto del día. No. Por más que a veces nos desvíe del camino y haga que confundamos un rayo de luz con una muchacha vestida de blanco, pese a ser imágenes absolutamente diferentes, para libe-

rarnos de lo mundano es preciso que deleguemos gran parte de nuestra interpretación del mundo a esas áreas inferiores de la mente que manejan lo supuesto, lo presumible y lo probable.

La mente de la señora Dunne a veces se pierde en divagaciones. Me temo que apenas asimiló nada de nuestra conversación sobre los menús y que mañana no nos quedará más remedio que repasarlos.

✺

Tengo un pequeño plan relacionado con el médico y mis actividades aquí.

Le he hablado extensamente sobre mi creencia de que Adeline muestra un tipo de trastorno mental con el que nunca antes me he encontrado y sobre el que no he leído nada. Le mencioné los trabajos que he estado leyendo sobre los problemas de desarrollo de los gemelos y advertí su gesto de aprobación. Creo que ahora ya conoce mis capacidades y mi talento. No tenía noticia de uno de los libros que le comenté, lo que me permitió hacerle un resumen de los argumentos y las pruebas que reúne la obra. Seguidamente le señalé algunas contradicciones importantes que había encontrado e insinué que, si fuera mi libro, habría modificado las conclusiones y recomendaciones.

El médico sonrió al final de mi discurso y comentó con ligereza: «Quizá debería escribir su propio libro», dándome así la oportunidad que llevaba algún tiempo buscando.

Le señalé que el caso perfecto para preparar un libro de esa índole estaba aquí mismo, en la casa de Angelfield; que podría dedicar unas horas cada día a anotar mis observaciones. Le expliqué a grandes rasgos algunos ensayos y experimentos que podrían llevarse a cabo para poner a prueba mi hipótesis. Y dejé caer el valor que esa obra podría tener para la medicina. Después me lamenté de que, pese a toda mi experiencia, mis títulos oficiales no son lo bastante importantes para tentar a un edi-

tor, y finalmente confesé que, como mujer, no estaba del todo segura de poder enfrentarme a un proyecto tan ambicioso. Seguro que un hombre, un hombre inteligente e ingenioso, sensible y preparado, con acceso a mi experiencia y al estudio de mi caso, podría realizar un trabajo mucho mejor.

❦

De ese modo sembré en su mente la semilla de una idea. Y el resultado ha sido exactamente el que esperaba: trabajaremos juntos.

❦

Sospecho que la señora Dunne no está bien. Cierro puertas y ella las abre. Corro cortinas y ella las descorre. ¡Y mis libros siguen cambiando de lugar! Ella trata de eludir la responsabilidad de sus acciones sosteniendo que en la casa hay fantasmas.

Casualmente, su mención de los fantasmas se ha producido el mismo día que el libro que estaba leyendo ha desaparecido y ha sido reemplazado por una novela corta de Henry James. Dudo mucho de que haya sido la señora Dunne. Apenas sabe leer y no es dada a las bromas. Sin duda ha sido una de las niñas. Lo interesante de esta anécdota es que una sorprendente coincidencia ha hecho que la broma haya resultado más ingeniosa de lo que ellas podrían imaginar, pues el libro es una historia más bien ridícula sobre una institutriz y dos niños que ven fantasmas. Me temo que en esa historia el señor James pone al descubierto el alcance de su ignorancia. Sabe muy poco de niños y nada de institutrices.

❦

Ya está. El experimento ha comenzado.

La separación fue tan dolorosa que si no estuviera convencida de sus futuros beneficios, me habría tachado de cruel por imponerla. Emmeline llora desconsoladamente. ¿Cómo le estará yendo a Adeline? Es a ella a quien la experiencia de una vida independiente más debería modificar. Mañana lo sabré, cuando tengamos nuestra primera reunión.

⁓⫶⁓

Todo mi tiempo se me va investigando, pero he conseguido hacer otra cosa útil. Hoy he estado hablando con la maestra del colegio delante de la oficina de correos. Le dije que había hablado con John sobre el niño que hace novillos y que viniera a verme si el niño volvía a faltar sin un buen motivo. Ella dice que en época de cosecha apenas asiste la mitad de alumnos, pues los niños ayudan a recolectar patatas a sus padres en los campos, pero ahora no es época de cosecha y el niño se está dedicando a desherbar los parterres, le dije. Me preguntó qué niño era y me sentí una estúpida por no poder decírselo. Su característico sombrero no ayuda a su identificación, pues los niños no llevan sombrero en el aula. Podría preguntárselo a John, pero dudo que me facilite más información que la última vez.

⁓⫶⁓

Últimamente no escribo mucho en mi diario. Cuando termino por la noche de escribir los informes que preparo a diario sobre la evolución de Emmeline, me siento demasiado cansada para mantener al día la relación de mis actividades. Me he propuesto dejar constancia de estos días y semanas, pues el trabajo de investigación que estoy llevando a cabo con el médico es sumamente importante, pero en años venideros, cuando ya no esté en esta casa, quizá desee mirar atrás y recordar mi día a día.

Tal vez mis esfuerzos con el médico me abran alguna puerta para seguir trabajando en este campo, ya que encuentro el trabajo científico e intelectual más apasionante y más gratificante que todas las demás actividades que he emprendido en mi vida. Esta mañana, por ejemplo, el doctor Maudsley y yo mantuvimos una estimulante conversación sobre el uso que hace Emmeline de los pronombres. Emmeline se muestra cada vez más inclinada a hablarme y su capacidad para comunicarse mejora cada día. No obstante, un aspecto de su habla que se resiste al cambio es el uso persistente de la primera persona del plural. «Fuimos al bosque», dice ella, y yo siempre la corrijo: «Fui al bosque». Como un lorito, ella repite «Fui» después de mí, pero justo en la frase siguiente, insiste en el plural con «Vimos un gatito en el jardín» o alguna frase semejante.

Al médico y a mí nos intriga mucho este rasgo suyo tan singular. ¿Se trata sencillamente la traducción de una peculiaridad de su lenguaje de gemelas al inglés, un hábito que se corregirá por sí solo con el tiempo? ¿O la condición de gemela está tan arraigada en Emmeline que incluso en el lenguaje se resiste a tener una identidad diferente de la de su hermana? Le hablé al doctor de los amigos imaginarios que tantos niños trastornados inventan y exploramos las posibles implicaciones. ¿Y si la dependencia de la niña con respecto a su gemela es tan grande que la separación la lleva a buscar consuelo mediante la invención de otra gemela, una compañera ficticia? No llegamos a una conclusión satisfactoria, pero nos separamos con la satisfacción de haber localizado otra futura área de estudio: la lingüística.

⧖

Con Emmeline, el trabajo de investigación y las tareas domésticas que requieren mi atención me resulta imposible dormir las horas necesarias, y pese a mis reservas de energía, que mantengo mediante el ejercicio y una dieta saludable, advierto los síntomas de la falta de sueño: me irrito yo sola cuando coloco algo en un lugar y olvido dónde lo he dejado; cuando abro mi libro por la noche, el marcapáginas indica que la noche anterior debí de pasar las páginas a ciegas, pues no guardo recuerdo ninguno de los acontecimientos de esa página o la anterior. Esos pequeños fastidios y mi cansancio permanente son el precio que tengo que pagar por el lujo de trabajar estrechamente con el médico en nuestro proyecto.

En fin, no es acerca de eso de lo que quiero escribir. Mi intención es escribir sobre nuestro trabajo; no sobre nuestros hallazgos, que aparecen exhaustivamente documentados en nuestros artículos, sino sobre el funcionamiento de nuestras mentes, la facilidad con que el médico y yo nos compenetramos, la forma en que nuestro entendimiento instantáneo hace que casi podamos prescindir de las palabras. Si, por ejemplo, estamos concentrados en establecer los cambios en el patrón de sueño de nuestros respectivos sujetos y el médico desea llamar mi atención hacia un aspecto concreto, no necesita decírmelo, pues yo siento su mirada, siento cómo me llama su mente, y levanto la cabeza de mi trabajo, preparada para que me señale justo eso que desea señalarme.

Los escépticos podrían considerarlo mera coincidencia, o sospechar que mi imaginación convierte una anécdota casual en un suceso habitual, pero he podido comprobar que cuando dos personas trabajan estrechamente en un proyecto conjunto —dos personas inteligentes, quiero decir— se crea entre ellas un vínculo de comunicación que puede favorecer su trabajo. Mientras están enfrascados en una labor conjunta son sensibles y conscientes de los más mínimos movimientos del otro y, por consiguiente, pueden interpretarlos, y sin ver siquiera el menor de los movimientos. Esa capacidad mutua no supone una distracción; es más, sucede todo lo contrario, favorece la tarea, pues se acelera la velocidad de nuestro entendimiento. Añadiré un ejemplo sencillo, nimio en sí mismo pero representativo de muchos otros. Esta mañana estaba concentrada en las anotaciones del médico sobre Adeline, tratando de vislumbrar un patrón de conducta en la niña. Cuando fui a alcan-

zar un lápiz para escribir unas observaciones en el margen, sentí que la mano del médico rozaba la mía y me pasaba el lápiz que necesitaba. Levanté la vista para darle las gracias, pero él estaba enfrascado en sus papeles, totalmente ajeno a lo que acababa de suceder. Así trabajamos juntos: mentes y manos siempre compenetradas, siempre adelantándose a las necesidades y los pensamientos del otro. Y cuando estamos separados, que es la mayor parte del día, estamos siempre pensando en pequeños detalles relacionados con el proyecto o en observaciones sobre aspectos generales de la vida y la ciencia, lo que demuestra lo válidos que somos para esta empresa conjunta.

Pero tengo sueño, así que aunque podría extenderme en las alegrías que me reporta ser coautora de un trabajo de investigación, ya es hora de que me acueste.

Hace casi una semana que no escribo, pero no expondré aquí las excusas habituales: mi diario desapareció.

Hablé de ello con Emmeline —amable y con severidad, con promesas de chocolate y amenazas de castigo (y sí, mis métodos han fracasado, pero francamente, la pérdida de un diario duele en lo más íntimo)—, aunque sigue negándolo todo. Sus negativas son coherentes y muestran muchos signos de buena fe. Otra persona que no estuviera al tanto de las circunstancias la habría creído. Conociéndola como la conozco, hasta a mí me sorprendió el hurto, y me cuesta encontrarle una explicación dentro de su evolución general. No sabe leer y no le interesan las ideas o las vidas interiores ajenas, salvo en la medida en que le afecten directamente. ¿Para qué querría mi diario? Parece ser que el brillo de la cerradura la tentó. Su pasión por las cosas brillantes no ha disminuido; tampoco intento atenuarla, pues es una pasión por lo general inofensiva; pero estoy decepcionada con ella.

Si me guiara únicamente por sus negativas y su carácter, llegaría a la conclusión de que es inocente. La cuestión es que no pudo robarlo nadie más.

¿John? ¿La señora Dunne? Incluso suponiendo que los sirvientes hubieran deseado robarme el diario —una hipótesis que no contemplo ni un segundo—, recuerdo bien que ambos estaban trabajando en otro lugar de la casa cuando este desapareció. Ante la posibilidad de que podría estar equivocada, dirigí la conversación hacia sus actividades: John me confirmó que la señora Dunne pasó toda la mañana en la cocina («Armando mucho barullo», me dijo) y ella me confirmó que John estaba en la cochera reparando ese «viejo trasto ruidoso». No puede haber sido ninguno de ellos.

Y así, tras eliminar al resto de sospechosos, me veo obligada a creer que fue Emmeline.

Sin embargo, me sigue asaltando la duda. Recuerdo su cara como si la estuviera viendo ahora —tan inocente, tan afligida por la acusación— y me veo obligada a preguntarme si existe algún otro factor en juego que no he tenido en cuenta. Cuando contemplo el asunto desde ese ángulo, siento un profundo desasosiego: de repente me asalta el presentimiento de que ninguno de mis planes está destinado a llegar a buen puerto. ¡Desde que llegué a esta casa he tenido algo en contra! ¡Algo que aspira a que fracasen todos los proyectos que emprendo y quiere que termine sintiéndome frustrada! He repasado una y otra vez cada una de mis reflexiones, examinado detenidamente mi razonamiento lógico; aunque no consigo encontrar ningún defecto, me asalta la duda... ¿Qué será ese impedimento que no logro ver?

Al leer este último párrafo me asombra la inusitada falta de confianza que desprenden mis palabras. El cansancio debe de hacerme pensar así. Una mente fatigada tiende a tomar derroteros infructuosos; no hay nada que una buena noche de sueño no pueda reparar.

Además, el asunto se ha solucionado, pues aquí estoy, escribiendo en el diario desaparecido. Encerré a Emmeline en su habitación durante cuatro horas, al día siguiente fueron seis y ella sabía que al otro serían ocho. El segundo día, al rato de haber bajado después de abrirle la puerta, encontré mi diario en la mesa del aula. Emmeline debió de bajar con mucho sigilo para ponerlo allí, porque no la vi pasar frente a la puerta de la biblioteca camino del aula, a pesar de que la dejé abierta deliberadamente. En cualquier caso, el diario ya me ha sido devuelto. En consecuencia, no hay lugar para la duda.

Estoy agotada y, sin embargo, no puedo dormir. Oigo pasos por la noche, pero cuando me acerco a la puerta y me asomo al pasillo, no veo a nadie.

Confieso que me inquietaba —que todavía me inquieta— pensar que este pequeño libro estuvo en otras manos aunque solo fue durante dos días. Imaginar a otra persona leyendo mis palabras me molesta muchísimo. No puedo evitar pensar en las interpretaciones que otra persona podría hacer de algunas cosas que he escrito, pues cuando escribo solo para mí —y lo que escribo es totalmente cierto—, soy menos cuidadosa en mi forma de expresarme, y al escribir tan deprisa puede que a veces me exprese de una manera que podría ser malinterpretada. Recordando algunas cosas que he escrito (el suceso del doctor y el lápiz, tan insignificante que ni merecía la pena mencionarlo), sé que un extraño podría darle una interpretación muy distinta de la que yo pretendía, de manera que me pregunto si debería arrancar esas hojas y destruirlas, pero no quiero hacerlo, pues son las hojas que más deseo conservar, para leerlas en un futuro, cuando sea mayor y esté en otro lugar, y reme-

more la felicidad que me producía mi trabajo y el reto de nuestro gran proyecto.

¿Por qué no puede una amistad basada en un experimento científico ser fuente de alegría? Que reporte alegría no le resta cientificidad, ¿verdad?

Pero quizá la solución sea dejar de escribir, pues cuando escribo, incluso ahora mientras estoy escribiendo esta frase, esta palabra, soy consciente de la presencia de un lector fantasma que se inclina sobre mi hombro y contempla mi pluma, que tergiversa mis palabras y distorsiona mi significado, haciéndome sentir incómoda incluso en la intimidad de mis propios pensamientos.

Resulta muy enervante exponerse una misma bajo un luz desconocida, aunque se trate de una luz decididamente falsa.

No volveré a escribir.

Desenlaces

El fantasma en el cuento

Con aire pensativo levanté la vista de la última hoja del diario de Hester. Durante la lectura varias cosas habían llamado mi atención, y ya que lo había terminado disponía de tiempo para considerarlas metódicamente.

Oh, pensé.

Oh.

Y después: ¡eureka!

¿Cómo describir mi hallazgo? Comenzó como un vago «y si…», una conjetura disparatada, una ocurrencia inverosímil. En fin… aunque no fuera imposible ¡era absurdo! Para empezar…

Me disponía a poner en orden los sensatos argumentos en contra cuando me detuve en seco; pues mi mente, adelantándose a sí misma en un trascendental acto de premonición, ya se había rendido a esta versión revisada de los hechos. En un solo instante, un instante de vertiginoso y calidoscópico deslumbramiento, la historia que la señorita Winter me había contado se deshizo y rehízo, idéntica en cada acontecimiento, idéntica en cada detalle, pero completa y profundamente diferente. Como esas imágenes que muestran a una joven novia cuando se sostiene la hoja de una manera y a una vieja bruja cuando se sostiene de otra. Como las láminas de puntos que ocultan teteras o caras de payasos o la catedral de Ruán cuando uno ya sabe observarlas. La verdad había estado siempre ahí, pero yo no la había visto hasta entonces.

Durante toda una hora estuve cavilando. De elemento en elemento, considerando los diferentes puntos de vista por separado, repasé cuanto sabía; todo lo que me habían contado y lo que yo había averiguado. Sí, pensé. Y sí, otra vez. Eso y eso, y eso también. Mi nuevo hallazgo reavivó la historia. La historia empezó a respirar. Y mientras respiraba, empezó a enmendarse. Los bordes mellados se alisaron. Las lagunas se llenaron. Las partes ausentes se regeneraron. Los enigmas se resolvieron y los misterios dejaron de serlo.

Finalmente, después de todos los chismorreos y tramas cruzadas, después de todas las cortinas de humo y los espejos trucados y de tanto farol marcado por una u otra parte, por fin sabía.

Sabía qué vio Hester el día que creyó haber visto un fantasma.

Sabía quién era el niño del jardín.

Sabía quién atacó a la señora Maudsley con un violín.

Sabía quién mató a John-the-dig.

Sabía a quién buscaba Emmeline bajo tierra.

Las piezas empezaron a encajar. Emmeline hablando sola tras una puerta cerrada cuando su hermana estaba en la casa del médico. *Jane Eyre*, el libro que aparece y reaparece en la historia como un hilo plateado en un tapiz. Comprendí los misterios del marcapáginas errante de Hester, la aparición de *La vuelta de tuerca* y la desaparición de su diario. Comprendí la extraña decisión de John-the-dig de enseñar a la niña que había profanado su jardín a cuidar de él.

Comprendí a la niña en la neblina, y cómo y por qué salió a la luz. Comprendí cómo una niña como Adeline pudo desvanecerse y ser sustituida por la señorita Winter.

«Voy a contarle una historia sobre dos gemelas», me había dicho la señorita Winter la primera noche en la biblioteca, cuando me disponía a marcharme. Palabras que, con su inesperado eco en mi propia historia, me unieron irresistiblemente a la suya.

«Érase una vez dos bebés...»

Salvo que ahora sabía algo más.

La señorita Winter me había colocado en la dirección correcta esa primera noche, pero yo no había sabido escuchar.

—¿Cree en los fantasmas, señorita Lea? —me había preguntado—. Voy a contarle una historia de fantasmas.

Y yo había contestado:

—En otra ocasión.

Pero ella me había contado una historia de fantasmas.

Érase una vez dos bebés...

O más exactamente: érase una vez tres bebés.

Érase una vez una casa. La casa tenía un fantasma.

El fantasma era, como suele ocurrir con los fantasmas, casi invisible, mas no era invisible del todo. El cierre de puertas que alguien había dejado abiertas y la abertura de puertas que alguien había dejado cerradas. El movimiento fugaz en un espejo que te hacía levantar la vista. La leve corriente de aire detrás de una cortina cuando no había ninguna ventana abierta. Un pequeño fantasma era el responsable del inesperado traslado de libros de una habitación a otra y del misterioso desplazamiento de marcapáginas de una a otra página. Su mano cogió un diario de un lugar y lo escondió en otro, y más tarde lo devolvió a su sitio. Y si al doblar por un pasillo te asaltaba la extraña idea de que habías estado a punto de ver la suela de un zapato desapareciendo por la esquina del fondo, el fantasma no debía de andar lejos. Y si de pronto notabas en la nuca esa sensación de que alguien te está observando y al levantar la vista encontrabas la estancia vacía, no había duda de que el pequeño fantasma se había escondido en algún lugar de ese vacío.

Quienes tenían ojos para ver podían adivinar su presencia de muchas maneras. Sin embargo, nadie la veía y digo «la» porque era mujer.

Rondaba con sigilo. De puntillas, descalza, nunca hacía ruido; en cambio, ella reconocía las pisadas de todos los habitantes de la casa, sabía qué tablas crujían y qué puertas chirriaban. Conocía cada recodo oscuro de la casa, cada recoveco y cada ranura. Dominaba todos los huecos que había detrás de los armarios y entre las estanterías, todos los traseros de los sofás y los bajos de las sillas. La casa, para ella, tenía cientos de escondites y sabía cómo moverse entre ellos sin ser vista.

Isabelle y Charlie nunca la vieron. Como vivían en otro mundo fuera de la lógica, más allá de la razón, no podía desconcertarles lo inexplicable. Para ellos las pérdidas y las roturas, el extravío de objetos formaban parte de su universo. Una sombra que cruzaba por una alfombra donde no debería haber ninguna sombra no les hacía detenerse y reflexionar, pues tales misterios se les antojaban como una prolongación natural de las sombras que habitaban en sus mentes y corazones. El fantasma era el movimiento secundario, el misterio oculto en el fondo de sus mentes, la sombra pegada permanentemente, sin saberlo ellos, a sus vidas. Como un ratón, el fantasma buscaba restos de comida en su despensa, se calentaba con los rescoldos de sus chimeneas cuando se retiraban a dormir, desaparecía en los recovecos de su deterioro en cuanto aparecía alguien.

Ella era el secreto de la casa.

Y como todos los secretos, tenía sus guardianes.

Pese a su delicada vista, el ama de llaves veía perfectamente al fantasma. Por fortuna; sin su colaboración jamás habría habido suficientes sobras en la despensa, suficientes migas de la hogaza del desayuno para alimentarla; se caería en un error si se creyera que el fantasma era uno de esos espectros incorpóreos, etéreos. No. Ese fantasma tenía estómago, así que había que llenarlo cuando estaba vacío.

Ella, no obstante, se ganaba su sustento, pues además de comer también trabajaba. Y eso podía ser así porque la otra persona que tenía la habilidad de ver fantasmas era el jardinero, quien agradecía sobremanera contar con otro par de manos. El trabajo del fantasma, que vestía un sombrero de ala ancha y unos pantalones viejos de John recortados a la altura de los tobillos y sostenidos con tirantes, era fructífero. Las patatas crecían hermosas bajo sus cuidados, los arbustos producían enormes racimos de bayas que ella buscaba bajo las hojas. No solo tenía una mano mágica para la fruta y las hortalizas. Las rosas florecían tan bellas como nunca. Con el tiempo advirtió el deseo oculto de los bojs y los tejos de convertirse en figuras geométricas. Siguiendo sus instrucciones, las hojas y las ramas formaron esquinas y ángulos, curvas y líneas de una rectitud matemática.

En el jardín y la cocina ella no necesitaba esconderse. El ama de llaves y el jardinero eran sus protectores, sus defensores. Le enseñaron las costumbres de la casa y a mantenerse a salvo en su interior. La alimentaban bien. Velaban por su seguridad. Cuando apareció una extraña y se instaló en la casa, con una vista más afilada que la mayoría y el deseo de desterrar sombras y cerrar puertas con llave, se inquietaron por ella.

Y, por encima de todo, la querían.

Pero ¿de dónde había salido? ¿Cuál era su historia? Pues los fantasmas nunca aparecen porque sí. Solo van a los lugares donde saben que estarán a gusto; y ella se encontraba muy a gusto en esa casa, a gusto con esa familia. Pese a no tener nombre, pese a no ser nadie, el jardinero y el ama de llaves sabían quién era. Su pelo cobrizo y sus ojos verde esmeralda revelaban su origen.

Pues ahí radica lo más curioso de toda esta historia. El fantasma guardaba un parecido asombroso con las gemelas que ya habitaban en la casa. ¿Cómo si no habría podido vivir tanto tiempo en ella sin que nadie lo sospechara? Tres niñas con una cascada de pelo cobrizo sobre la espalda. Tres niñas con impresionantes ojos verde esmeralda. ¿No parece extraño el parecido que las gemelas guardaban con el fantasma?

«Cuando nací —me había dicho la señorita Winter— yo no era más que un argumento secundario.» Y de ese modo comenzó la historia en la que Isabelle asistió a una merienda al aire libre, conoció a Roland y con el tiempo huyó de casa para casarse con él, escapando a la pasión oscura y nada fraternal que sentía su hermano. Charlie, abandonado por su hermana, enfurecido, salió a descargar su rabia, su pasión y sus celos sobre otras mujeres. Las hijas de condes y tenderos, de banqueros y deshollinadores; cualquiera le valía. Con o sin su consentimiento, se abalanzaba sobre ellas en su desesperación por olvidar.

Isabelle dio a luz a sus gemelas en un hospital londinense. Esas dos niñas no se parecían en nada al marido de Isabelle. Pelo cobrizo como el de su tío; ojos verdes como los de su tío.

He aquí la trama secundaria: también por aquel entonces, en algún granero o en el dormitorio oscuro de una pequeña vivienda campestre, otra mujer dio a luz. Cabe presumir que no era la hija de un conde, ni de un banquero. Los ricos tiene medios para resolver esos problemas. Probablemente fuera una mujer anónima, normalucha y sin fuerzas. Su bebé también fue una niña. Pelo cobrizo; ojos verde esmeralda.

Hija de la rabia. Hija de la violación. Hija de Charlie.

Érase una vez una casa llamada Angelfield.

Érase una vez dos gemelas.

Érase una vez una prima que llegó a Angelfield. O una hermanastra...

Sentada en el tren, con el diario de Hester cerrado sobre el regazo, la simpatía que estaba empezando a sentir por la señorita Winter se vino abajo cuando otro bebé ilegítimo se coló en mis pensamientos. Aurelius. Y de la simpatía pasé a la indignación. ¿Por qué lo habían separado de su madre? ¿Por qué lo habían abandonado? ¿Por qué habían dejado que se las apañara solo en este mundo sin conocer su propia historia?

Pensé también en la carpa blanca y en los restos que ocultaba; ya sabía que no eran de Hester.

Todo se reducía a la noche del incendio. Un incendio premeditado, un asesinato, el abandono de un bebé.

Cuando el tren llegó a Harrogate y bajé al andén, me sorprendió encontrar una capa de nieve que me llegó hasta el tobillo, pues aunque me había pasado la última hora mirando por la ventanilla, no me había fijado en el paisaje.

Cuando se me encendió la luz, creí haberlo entendido todo.

Cuando comprendí que en Angelfield no había dos niñas sino tres, creí tener la clave de toda la historia en mis manos.

Pero cuando terminé de cavilar comprendí que hasta que no supiera qué había sucedido la noche del incendio, nada se resolvería.

Huesos

Era Nochebuena, era tarde, nevaba con fuerza. El primer taxista y el segundo se negaron a alejarse de la ciudad en una noche así, pero al tercero, de semblante indiferente, debió de conmoverle el ardor de mi petición, porque se encogió de hombros y me dejó subir.

—Intentaremos llegar allí —me advirtió con aspereza.

Salimos de la ciudad y la nieve seguía cayendo, amontonándose meticulosamente, copo a copo, en cada centímetro de suelo, en cada superficie de seto, en cada rama. Después de dejar atrás el último pueblo y la última granja, nos rodeó un paisaje blanco donde la carretera se confundía en algunos lugares con los campos de alrededor. Me encogí en mi asiento, esperando que en cualquier momento el conductor desistiera y diera la vuelta. Únicamente mis explícitas indicaciones le convencieron de que avanzábamos por una carretera. Bajé del coche para abrir la primera verja y llegamos al segundo obstáculo, la verja principal de la casa.

—Espero que no tenga problemas para volver —dije.

—¿Yo? No se preocupe por mí —repuso con otro encogimiento de hombros.

Tal como esperaba, la verja estaba cerrada con llave. Como no quería que el taxista pensara que era una ladrona o algo parecido, fingí buscar las llaves en mi bolso mientras él daba la vuelta. Cuando se hubo alejado un buen tramo me aferré a los barrotes de la verja, subí al borde y salté.

La puerta de la cocina no estaba cerrada. Me quité las botas, me sacudí la nieve del abrigo y lo colgué. Crucé la cocina y me dirigí a los aposentos de Emmeline, donde sabía que se encontraría la señorita Winter. Cargada de acusaciones, rebosante de preguntas, seguía alimentando mi rabia; rabia por Aurelius y por la mujer cuyos huesos habían permanecido enterrados durante sesenta años bajo los escombros calcinados de la biblioteca de Angelfield. Pese a mi tormenta interna, fui avanzando con sigilo; la moqueta absorbía la furia de mis pisadas.

En lugar de llamar, abrí la puerta de un empujón y entré.

Las cortinas todavía estaban corridas. La señorita Winter estaba sentada junto a la cama de Emmeline, en silencio. Sobresaltada por mi irrupción, me miró. Tenía un extraordinario brillo en los ojos.

—¡Huesos! —le susurré—. ¡Han encontrado huesos en Angelfield!

Yo era todo ojos, todo oídos, esperando con impaciencia que ella lo reconociera. Con una palabra, una expresión o un gesto, no importaba. Ella reaccionaría y yo sabría interpretarla.

No obstante, algo en la habitación intentaba distraerme de mi escrutinio.

—¿Huesos? —dijo la señorita Winter. Estaba blanca como el papel y había un océano en sus ojos lo bastante vasto para ahogar toda mi furia. Oh —añadió.

Oh. Qué caudal de vibraciones puede contener una sola sílaba. Miedo. Desesperación. Tristeza y resignación. Alivio, alivio oscuro, desconsolado. Y dolor, un dolor antiguo y profundo.

Y fue entonces cuando esa fastidiosa distracción se apoderó de mi mente con tal urgencia que no cupo nada más. ¿Qué era ese algo? Algo que no tenía nada que ver con mi drama de los huesos. Algo que ya estaba allí antes de mi intrusión. Después de un segundo de desconcierto, todos los detalles insignificantes que había percibido sin advertirlo se unieron. El ambiente de la habitación. Las cortinas corridas. La transparencia acuosa en los ojos de la señorita Winter. La sensación de que el núcleo de acero que siempre había constituido su esencia la hubiera abandonado.

Mi atención se redujo entonces a un solo detalle: ¿dónde estaba el lento vaivén de la respiración de Emmeline? No podía oírlo.

—¡No! Se ha...

Caí de rodillas junto a la cama.

—Sí —dijo en voz baja la señorita Winter—. Se ha ido. Hace unos minutos.

Contemplé el rostro vacío de Emmeline. No había cambiado nada: sus cicatrices todavía eran furiosamente rojas, sus labios aún tenían la misma mueca sesgada y sus ojos todavía eran verdes. Toqué su mano contrahecha y noté el calor de su piel. ¿Realmente se había ido? ¿Absoluta e irrevocablemente? Parecía imposible. No podía ser que nos hubiera dejado por completo. Por fuerza tenía que quedar algo de ella allí para consolarnos. ¿No existía un hechizo, un talismán, una palabra mágica que pudiera devolvérnosla? ¿No había nada que yo pudiera decir que llegara a ella?

El calor de su mano me hizo creer que podría oírme. El calor de su mano hizo que todas las palabras se concentraran en mi pecho, atropellándose unas a otras en su impaciencia por volar hasta el oído de Emmeline.

—Encuentra a mi hermana, Emmeline. Por favor, encuéntrala. Dile que la estoy esperando. Dile... —Mi garganta era demasiado estrecha para todas las palabras que chocaban entre sí y emergían quebradas, asfixiadas— ¡Dile que la echo de menos! ¡Dile que me siento sola! —Las palabras abandonaban mis labios con ímpetu, con apremio. Volaban fervorosamente por el espacio que nos separaba, persiguiendo a Emmeline—. ¡Dile que no puedo esperar más! ¡Dile que venga!

Pero ya era tarde. La pared medianera se había levantado. Invisible. Irrevocable. Implacable.

Mis palabras se estrellaron como pájaros contra un cristal.

—Oh, mi pobre niña. —Sentí la mano de la señorita Winter en mi hombro, y mientras lloraba sobre los cadáveres de mis palabras rotas, su mano permaneció ahí, con su peso liviano.

Finalmente me enjugué las lágrimas. Solo quedaban algunas palabras, vibrando sueltas sin sus viejas compañeras.

—Era mi gemela —dije—. Estaba aquí. Mire.

Tiré del jersey remetido en mi falda y acerqué el torso a la luz.

Mi cicatriz; mi media luna, de un rosa plateado y pálido, de un nácar translúcido. La línea divisoria.

—Ella estaba aquí. Estábamos unidas y nos separaron. Y ella murió. No pudo vivir sin mí.

Sentí el revoloteo de los dedos de la señorita Winter siguiendo la media luna sobre mi piel y luego la tierna compasión de sus ojos.

—El caso es… —Las palabras finales, las palabras definitivas, después de esto no necesitaría decir nada más, nunca más— que creo que yo no puedo vivir sin ella.

—Criatura. —La señorita Winter me miró manteniéndome suspendida en la compasión de sus ojos verdes.

No pensaba en nada. La superficie de mi mente estaba totalmente quieta, pero debajo había conmoción y revuelo. Sentía el fuerte oleaje en sus profundidades. Durante años los restos de un naufragio, un barco oxidado con su cargamento de huesos, habían descansado en el fondo. Y en ese momento el barco comenzaba a moverse. Yo había perturbado su calma, y el barco creaba una turbulencia que levantaba nubes de arena del lecho marino, motas de polvo que giraban desenfrenadamente en las oscuras y revueltas aguas.

Durante todo ese rato la señorita Winter me sostuvo en su larga y verde mirada.

Luego, lentamente, muy lentamente, la arena se asentó de nuevo y el agua recuperó su quietud, lentamente, muy lentamente. Y los huesos se reasentaron en la oxidada bodega.

—En una ocasión me pidió que le contara mi historia —dije.

—Y me dijo que usted no tenía historia.

—Ahora ya sabe que sí.

—Nunca lo dudé. —Esbozó una sonrisa apesadumbrada—. Cuando la invité a venir creí que ya conocía su historia. Había leído su ensayo sobre los hermanos Landier; era excelente. Sabía mucho de hermanos. Pensé que sus conocimientos procedían de su interior. Y cuanto más analizaba su ensayo, más convencida estaba de que tenía una hermana gemela, así que la elegí para que fuera mi biógrafa, porque si después de tantos años contando mentiras sentía la tentación de mentirle, usted me descubriría.

—Y la he descubierto.

Asintió con calma, con tristeza, sin el menor asombro.

—Ya iba siendo hora. ¿Qué ha descubierto?

—Lo que usted me dijo. Solo una trama secundaria, esas fueron sus palabras. Me contó la historia de Isabelle y las gemelas y yo no le presté atención. La trama secundaria era Charlie y sus actos violentos. Usted dirigía constantemente mi atención hacia *Jane Eyre*. El libro sobre la intrusa de la familia; la prima huérfana de madre. No sé quién es su madre ni cómo llegó sola a Angelfield.

La señorita Winter negó con la cabeza con pesar.

—Las personas que podrían responder a esas preguntas están muertas, Margaret.

—¿No puede recordarlo?

—Soy un ser humano, Margaret. Y como todos los seres humanos, no recuerdo mi nacimiento. Cuando nos hacemos conscientes de nosotros mismos ya somos niños y para nosotros nuestro adveni- miento es algo que tuvo lugar hace una eternidad, en el principio de los tiempos. Vivimos como las personas que llegan tarde al teatro: de- bemos ponernos al día como mejor podamos, adivinar el comienzo deduciéndolo de los acontecimientos posteriores. ¿Cuántas veces ha- bré retrocedido hasta la frontera de la memoria y escudriñado la os- curidad del otro lado? Pero no son solo recuerdos lo que ronda por esa frontera. En ese reino habita toda clase de fantasmagorías. Las pesadillas de un niño que está solo. Cuentos de los que se apropia su mente hambrienta de una historia. Las fantasías de una niña imagina- tiva que ansía explicarse lo inexplicable. Sea cual sea la historia que yo haya podido descubrir en el confín del olvido, no me engaño di- ciéndome que esa es la verdadera.

—Todos los niños mitifican su nacimiento.

—Exacto. De lo único de lo que puedo estar segura es de lo que John-the-dig me contó.

—¿Y qué le contó?

—Que aparecí como un hierbajo entre dos fresas.

Y me contó la historia.

Alguien estaba comiéndose las fresas. No eran los pájaros, porque ellos picoteaban y dejaban las frutas tocadas. Y tampoco las gemelas, porque ellas pisoteaban las plantas y dejaban huellas por todo el par- terre. No, algún ladrón de pies ligeros estaba cogiendo una fresa aquí y otra allá. Con cuidado, sin dejar huella. Cualquier otro jardinero no lo habría notado. Ese mismo día John reparó en un charco de agua debajo del grifo del jardín. El grifo estaba goteando. Le dio una vuel- ta, con fuerza. Se rascó la cabeza y siguió trabajando, pero en actitud vigilante.

Al día siguiente vio una silueta entre las fresas. Un pequeño espantajo que no debía de llegarle ni a la rodilla, con un sombrero demasiado grande que le tapaba la cara. Echó a correr cuando vio a John. A la mañana siguiente, no obstante, estaba tan decidido a conseguir las fresas que John tuvo que gritar y agitar los brazos para ahuyentarlo. Después se dijo que aquello no tenía nombre. ¿Quién en el pueblo tenía un criatura tan pequeña y desnutrida? ¿Quién de por allí permitiría a su hijo robar fruta en jardines ajenos? No sabía que responderse.

Y alguien había andado en el cobertizo. Él no había dejado los viejos periódicos en ese estado, ¿o sí? Y estaba seguro de haber ordenado esos cajones.

Así que por primera vez puso el candado antes de irse a casa.

Cuando pasó ante el grifo del jardín advirtió que volvía a gotear. Le dio media vuelta, sin pensarlo siquiera. Luego, volcando todo su peso, le dio otro cuarto de vuelta; eso bastaría.

Despertó en mitad de la noche, con la mente inquieta por razones que no lograba explicarse. ¿Dónde dormirías —se descubrió preguntándose— si no pudieras entrar en el cobertizo y hacerte una cama con un cajón y unos periódicos? ¿Y de dónde sacarías agua si el grifo estuviera tan apretado que no pudieras abrirlo? Reprendiéndose por sus insensateces de medianoche, abrió la ventana para comprobar la temperatura. Aunque hacía frío para esa época del año, ya habían pasado las heladas. ¿Y con cuánta intensidad sentirías el frío si tuvieras hambre? ¿Y cuánto temerías la oscuridad de la noche si fueras un niño?

Negó con la cabeza y cerró la ventana. Nadie sería capaz de abandonar a un niño en su jardín; naturalmente que no. Pero antes de las cinco ya estaba en pie. Emprendió su paseo por el jardín muy temprano, fue examinando las hortalizas y el jardín de las figuras, fue planificando el trabajo del día. Se pasó toda la mañana con los ojos bien abiertos, buscando un sombrero flexible en los fresales, pero no vio nada.

—¿Qué te ocurre? —le preguntó el ama cuando coincidieron en la cocina, mientras él bebía su té en silencio.

—Nada —dijo.

Apuró la taza y regresó al jardín. Inspeccionó los arbustos de bayas con la mirada ansiosa.

Nada.

A mediodía comió medio sándwich, pero descubrió que no tenía apetito y dejó la otra mitad sobre una maceta invertida, junto al grifo del jardín. Burlándose de sí mismo, colocó al lado una galleta. Giró el grifo; le costó abrirlo incluso a él. Dejó que el agua cayera ruidosamente en una regadera de cinc, la vació en el arriate más próximo y volvió a llenarla. El fuerte chapoteo resonó en todo el huerto. Se cuidó de no mirar a su alrededor.

Acto seguido se alejó unos metros, se arrodilló en la hierba, de espaldas al grifo, y se puso a frotar viejos tiestos. Era una tarea importante, una tarea obligada, pues si no limpiabas los tiestos debidamente antes de volver a plantar en ellos podían propagarse enfermedades.

A su espalda, el chirrido del grifo.

No se volvió de inmediato. Terminó de frotar el tiesto que tenía en las manos, frota que te frota.

Entonces fue raudo. Se levantó, corrió hasta el grifo más veloz que un zorro.

Pero no había necesidad de tanta prisa.

El niño, asustado, intentó huir pero dio un traspiés. Se levantó, renqueó unos pasos más y tropezó de nuevo. John lo agarró, lo levantó del suelo —no pesaba más que un gato—, le dio la vuelta para verle la cara y el sombrero se le cayó.

El pobre muchachito era un saco de huesos; estaba famélico. Tenía los ojos postillosos, el pelo cubierto de tierra negra y apestaba.

Tenía dos círculos candentes por mejillas. John le puso una mano en la frente; estaba ardiendo. En el cobertizo le examinó los pies. Descalzos, tumefactos, infestados de costras, con pus asomando por la mugre. Tenía una espina o algo parecido clavada muy hondo. El niño temblaba. Fiebre, dolor, hambre, miedo. Si hubiera encontrado un animal en ese estado, pensó John, cogería su escopeta y lo sacrificaría para que dejara de sufrir.

Lo encerró en el cobertizo y fue a buscar al ama. El ama acudió. Acercó su vista de miope, olisqueó y retrocedió.

—No, no sé de quién es. Puede que si lo lavamos un poco…

—¿Te refieres a meterlo en la tina de agua?

—¡Eso, en la tina! Iré a la cocina a llenarla.

Despegaron del niño sus apestosos harapos.

—Al fuego —dijo el ama, y los arrojó al jardín.

La roña se le había pegado hasta la mismísima piel. El niño estaba encostrado. El agua de la primera tina enseguida se tiñó de negro. A fin de poder vaciarla y llenarla de nuevo, tuvieron que sacar al niño, que se quedó tambaleando sobre el pie sano, desnudo y goteando, surcado de vetas de agua marrón, todo costillas y codos.

John y el ama miraron al niño, se miraron y volvieron a mirarlo.

—John, puede que esté mal de la vista, pero dime, ¿estás viendo lo mismo que yo?

—Ajá.

—Conque un mocito. ¡Pero si es una señorita!

Hirvieron agua y más agua, le restregaron la piel y el cabello con jabón, le arrancaron la porquería que tenía entre las uñas con un cepillo. Una vez que estuvo limpia, esterilizaron unas pinzas, le arrancaron la espina del pie —la pequeña hizo una mueca de dolor pero no gritó— y le vendaron la herida. Le frotaron suavemente la costra que tenía alrededor de los ojos con aceite de ricino. Le untaron loción de calamina en las picaduras de pulga, vaselina en los labios secos y agrietados. Le deshicieron los enredos que tenía en su larga mata de pelo. Le colocaron toallitas frías sobre la frente y las mejillas candentes. Por último la envolvieron en una toalla limpia y la sentaron a la mesa de la cocina, donde el ama le metió cucharadas de sopa en la boca y John le peló una manzana.

En un momento se zampó la sopa y las rodajas de manzana. El ama cortó una rebanada de pan y la untó con mantequilla. La niña la devoró.

John y el ama la miraban de hito en hito. Los ojos, liberados de las costras, eran dos astillas verde esmeralda. El cabello, a medida que se secaba, iba adquiriendo un brillante tono rojizo. Sobre el famélico rostro, los pómulos descollaban anchos y angulosos.

—¿Estás pensando lo mismo que yo? —dijo John.

—Sí.

—¿Se lo diremos a él?

—No.

—Pero pertenece a este lugar.

—Sí.

Reflexionaron unos instantes.

—¿Avisamos a un médico?

Los círculos rosados en la cara de la pequeña ya no estaban tan encendidos. El ama le puso una mano en la frente. Todavía caliente, pero menos.

—Veamos cómo pasa la noche. Avisaremos al médico por la mañana.

—Si no hay más remedio.

—Sí, si no hay más remedio.

❦

—Ya lo habían decidido —dijo la señorita Winter—. Me quedé.

—¿Cómo se llamaba?

—El ama intentó llamarme Mary, pero no durante mucho tiempo. John me llamaba Sombra porque me pegaba a él como una sombra. Me enseñó a leer en el cobertizo, sirviéndose de catálogos de semillas, pero no tardé en descubrir la biblioteca. Emmeline no me llamaba de ninguna manera. No necesitaba hacerlo, porque yo siempre estaba allí. Solo necesitas nombres para los ausentes.

Reflexioné un momento. La niña-fantasma, sin madre, sin nombre. La niña cuya existencia misma era un secreto. Era imposible no sentir compasión. Y sin embargo…

—¿Qué me dice de Aurelius? ¡Usted sabía qué significaba crecer sin una madre! ¿Por qué lo abandonaron? Los huesos que encontraron en Angelfield… Imagino que fue Adeline quien mató a John-the-dig, pero ¿qué le sucedió después? Dígame, ¿qué ocurrió la noche del incendio?

Estábamos hablando en la oscuridad y no podía ver la expresión de la señorita Winter, pero un escalofrío pareció recorrerla cuando se volvió hacia la figura yacente en la cama.

—Cúbrale la cara con la sábana, ¿quiere? Le hablaré del bebé, le hablaré del incendio, pero primero, ¿le importaría avisar a Judith? Todavía no lo sabe. Tendrá que llamar al doctor Clifton. Hay muchas cosas por hacer.

Cuando Judith entró, dedicó sus primeros cuidados a los vivos. Reparó en la palidez de la señorita Winter e insistió en acostarla y ocuparse de su medicación antes que hacer cualquier otra cosa. Juntas arrastramos la silla de ruedas hasta sus aposentos. Judith le ayudó a ponerse el camisón; yo preparé una bolsa de agua caliente y abrí la cama.

—Voy a llamar al doctor Clifton —dijo Judith—. ¿Le importa quedarse entretanto con la señorita Winter?

Al rato reapareció en la puerta del dormitorio y me hizo señas para que saliera.

—No he podido hablar con él —me susurró—. Es el teléfono; el temporal de nieve ha cortado la línea.

Estábamos incomunicadas.

Recordé el pedazo de papel con el teléfono del agente de policía que guardaba en el bolso y sentí un gran alivio.

Acordamos que me quedaría con la señorita Winter para que Judith pudiera ir al cuarto de Emmeline y hacer todo lo que tuviera que hacerse. Me sustituiría más tarde, cuando a la señorita Winter le tocara de nuevo la medicación.

Sería una larga noche.

El bebé

En la estrecha cama de la señorita Winter su cuerpo se distinguía por una levísima elevación y descenso de la colcha. Inspiraba con cautela, como si estuviera esperando que en cualquier momento le tendieran una emboscada. La luz de la lámpara buscaba su esqueleto; se posaba en su pálido pómulo e iluminaba el arco blanco de la ceja, hundiendo el ojo en una profunda sombra.

En el respaldo de mi silla descansaba un chal de seda dorada. Lo eché sobre la pantalla a fin de que difuminara la luz, la hiciera más cálida, redujera la brutalidad con que caía sobre el rostro de la señorita Winter.

Aguardé en silencio, observé en silencio, y cuando ella habló apenas pude oír su susurro.

—¿La verdad? Déjeme ver…

Sus palabras abandonaron sus labios y quedaron suspendidas en el aire, temblando, hasta que finalmente encontraron el camino y emprendieron su viaje.

❧

Yo no era amable con Ambrose. Podría haberlo sido. En otro mundo quizá lo podría haber sido. No me habría resultado tan difícil: era alto y fuerte y su pelo parecía de oro bajo el sol. Yo sabía que le gustaba y él no me era indiferente, pero endurecí mi corazón. Estaba atada a Emmeline.

—¿No soy bastante bueno para ti? —me preguntó un día, así, sin más.

Fingí no haberle oído, pero insistió.

—¡Si no soy bastante bueno para ti dímelo a la cara!

—¡No sabes leer y no sabes escribir! —exclamé.

Sonrió. Cogió mi lápiz de la repisa de la ventana de la cocina y se puso a garabatear letras en un trozo de papel. Era lento. Su caligrafía era desigual, pero legible. Ambrose. Había escrito su nombre. Levantó el papel y me lo enseñó.

Se lo arrebaté de las manos, hice una pelota con él y la tiré al suelo.

Ambrose dejó de venir a la cocina para tomar su taza de té. Yo bebía mi té en la silla del ama; echaba de menos mi cigarrillo, y aguzaba el oído, esperando oír sus pasos o el tintineo de su pala. Cuando llegaba con la caza me entregaba el zurrón sin decir una palabra, mirando hacia otro lado, con el rostro pétreo. Se había rendido. Más tarde, mientras limpiaba la cocina, tropecé con el trozo de papel donde había escrito su nombre. Avergonzada, metí el papel en su zurrón detrás de la puerta de la cocina, para no verlo.

¿Cuándo me di cuenta de que Emmeline estaba embarazada? Unos meses después de que el muchacho dejara de frecuentar la cocina para tomarse su taza de té. Lo supe antes que ella; no podía esperarse de Emmeline que reparara en los cambios de su cuerpo o se percatara de las consecuencias. La sometí a un duro interrogatorio sobre Ambrose. Era difícil hacerle comprender el significado de mis preguntas o el motivo de mi enfado.

—«Estaba tan triste» era cuanto decía. «Estuviste muy antipática con él.» —Hablaba con suma dulzura, llena de compasión por el muchacho, suavizando su reproche hacia mí.

Me dieron ganas de zarandearla.

—¿No sabes que vas a tener un bebé?

Durante un instante mostró cierto asombro, pero enseguida recuperó la calma. Al parecer nada podía perturbar su serenidad.

Despedí a Ambrose. Le pagué toda la semana y lo eché. No le miré a la cara mientras le hablaba. No le di explicaciones. Él no hizo preguntas.

—Será mejor que te vayas ya —le dije, pero ese no era su estilo.

Ambrose terminó la hilera que estaba plantando, limpió minuciosamente las herramientas, como John le había enseñado, y las devolvió al cobertizo, donde lo dejó todo limpio y ordenado. Luego llamó a la puerta de la cocina.

—¿Qué harás para conseguir algo de carne? ¿Sabes por lo menos cómo se mata una gallina?

Negué con la cabeza.

—Vamos.

Apuntó con la cabeza hacia el corral y le seguí.

—No te lo pienses —me indicó—. Ha de ser limpio y rápido. Sin dudar.

Se abalanzó sobre una de las aves de plumas cobrizas que picoteaban a nuestros pies y sujetó el cuerpo con firmeza. Simuló el gesto de partirle el cuello.

—¿Lo ves?

Asentí con la cabeza.

—Prueba tú.

Soltó el ave, que revoloteó hasta el suelo, donde su redonda espalda se mezcló rápidamente con las de sus vecinas.

—¿Ahora?

—¿Qué comerás si no esta noche?

Las gallinas picoteaban las semillas con el sol reflejado en sus plumas. Fui a por una, pero se me escurrió de los dedos. Lo mismo me pasó con la segunda. Cuando me abalancé torpemente sobre la tercera, conseguí retenerla. La gallina chillaba e intentaba agitar las alas, desesperada por escapar; me pregunté cómo había conseguido el muchacho sostener la suya con tanta facilidad. Mientras luchaba por mantenerla sujeta bajo el brazo y rodearle el cuello con las manos, notaba la mirada severa del muchacho sobre mí.

—Limpio y rápido —me recordó. Dudaba de mí, lo supe por el tono de su voz.

Iba a matar esa gallina. Estaba decidida a matar esa gallina. Así que la agarré del cuello y apreté. Pero las manos solo me obedecieron a medias. De la garganta de la gallina emergió un grito ahogado y por un momento titubeé. Con un giro muscular y un fuerte aleteo, la gallina se me escurrió de debajo del brazo. Si todavía la tenía agarrada del cuello era solo porque el pánico me tenía paralizada. Batiendo las alas, sacudiendo frenéticamente las garras, casi consiguió liberarse.

Rápido, resuelto, el muchacho me arrebató la gallina y la mató con un solo movimiento.

Me tendió el cuerpo; me obligué a aceptarlo. Caliente, pesado, quieto.

El sol brilló en su pelo cuando levantó la vista hacia mí. Su mirada fue peor que las garras, peor que el batir de alas. Peor que el cuerpo fláccido que sostenía en mis manos.

Sin decir una palabra, se dio la vuelta y se marchó.

¿Para qué hubiera querido yo al muchacho? No podía entregarle mi corazón. Mi corazón pertenecía y siempre había pertenecido a otra persona.

Yo amaba a Emmeline.

Y creo que Emmeline también me amaba. Pero amaba más a Adeline.

Es doloroso amar a una gemela. Cuando Adeline estaba, el corazón de Emmeline se sentía completo. No me necesitaba, y yo quedaba fuera, me convertía en algo superfluo, un desecho, una mera observadora de las gemelas y su relación de gemelas.

Únicamente cuando Adeline se marchaba a deambular sola se abría un espacio en el corazón de Emmeline para otra persona. Entonces su tristeza era mi dicha. Poco a poco la sacaba de su soledad ofreciéndole hilos de plata o baratijas brillantes, hasta que casi olvidaba que la habían dejado sola y se entregaba a la amistad y la compañía que yo podía brindarle. Jugábamos a cartas delante de la chimenea, cantábamos y charlábamos. Juntas éramos felices.

Hasta que Adeline regresaba. Enfurecida de frío y hambre, irrumpía violentamente en la casa y en ese momento nuestro mundo tocaba a su fin y yo volvía a quedar excluida.

No era justo. Aunque Adeline le pegaba y le tiraba del pelo, Emmeline la amaba. Aunque Adeline la dejaba sola, Emmeline la amaba. Nada de lo que Adeline hiciera podía cambiarlo, porque el amor de Emmeline era incondicional. ¿Y yo? Tenía el pelo cobrizo, como Adeline. Tenía los ojos verdes, como Adeline. Cuando Adeline no estaba dejaba que todos me confundieran con ella, pero nunca conseguía engañar a Emmeline. Su corazón sabía la verdad.

Emmeline tuvo el bebé en enero.

Nadie se enteró. Durante su embarazo se había vuelto perezosa; para ella no era ningún sacrificio ceñirse a los confines de la casa. No le importaba no salir; bostezando recorría la biblioteca, la cocina, el dormitorio. Nadie reparaba en su reclusión, y era lógico. La única persona que nos visitaba era el señor Lomax, y siempre venía los mismos días y a las mismas horas. Quitarla de en medio cuando el hombre llamaba a la puerta era pan comido.

Apenas nos relacionábamos con otras personas. Nosotros mismos nos abastecíamos de carne y hortalizas. No superé mi aprensión a matar gallinas, pero aprendí a hacerlo. En cuanto a otros alimentos, yo misma iba a la granja en persona para recoger queso y leche, y cuando la tienda enviaba a un muchacho en bicicleta con nuestro pedido una vez por semana, salía a recibirlo al camino y yo cargaba la cesta hasta casa. Me dije que sería conveniente que alguien viera de vez en cuando a la otra gemela. Un día en que Adeline parecía tranquila le di una moneda y la envié a recibir al muchacho. «Hoy me ha tocado la otra —imaginé que diría al regresar a la tienda—, la rara.» Me pregunté qué pensaría el médico si el comentario del muchacho llegara a sus oídos, pero se enteró en un momento en que ya no me servía Adeline. El embarazo de Emmeline le estaba afectando de una forma curiosa: por primera vez en su vida Adeline tenía hambre. De ser un saco de huesos descarnado pasó a desarrollar curvas recias y pechos turgentes. En ocasiones —en la penumbra, desde ciertos ángulos— durante un instante ni siquiera yo podía diferenciarlas. Por esa razón algún que otro miércoles por la mañana me hice pasar por Adeline. Me alborotaba el pelo, me ensuciaba las uñas, adoptaba una expresión tensa y agitada y bajaba por el camino de grava para recibir al muchacho de la bicicleta. En cuanto veía la velocidad de mis pasos, se daba cuenta de que era la otra y yo notaba que sus dedos se cerraban nerviosos alrededor del manillar. Disimulando que me miraba, el muchacho me tendía la cesta, se guardaba la propina en el bolsillo y se alegraba de irse. A la semana siguiente, cuando le recibía representando mi propio papel, su sonrisa abierta manifestaba un gran alivio.

Ocultar el embarazo no resultó difícil, pero los meses de espera fueron, para mí, meses de angustia. Era consciente de los peligros que podía entrañar el alumbramiento. La madre de Isabelle no había sobrevivido a su segundo parto, y apenas lograba quitármelo de la cabeza unas cuantas horas. No quería ni pensar en la posibilidad de que Emmeline sufriera, de que su vida corriera peligro. Por otro lado, el médico no se había comportado como un amigo y no lo quería por casa. Después de haber examinado a Isabelle, se la había llevado. No podía permitir que hiciera lo mismo con Emmeline. Había separado a Emmeline y Adeline. No podía permitir que hiciera lo mismo con Emmeline y conmigo. Además, la visita del médico implicaría inevitables complicaciones. Y aunque finalmente se había convencido —pese a no entenderlo— de que la niña en la neblina había atravesado el caparazón de la muda e inerte Adeline que había pasado varios meses en su casa, si llegaba a darse cuenta de que en la casa Angelfield había tres muchachas, no tardaría en atar cabos. Para una sola visita, para el parto propiamente dicho, podía encerrar a Adeline en el viejo cuarto de los niños, pero en cuanto se supiera que en la casa había un bebé, no pararíamos de recibir visitas. Sería imposible mantener nuestro secreto.

Yo era consciente de mi frágil situación. Sabía que pertenecía a esa casa, sabía que ese era mi lugar. No tenía más hogar que Angelfield, ni más amor que Emmeline, ni más vida que mi vida allí, pero me daba cuenta de lo endeble que podría parecer mi reivindicación. ¿Qué amigos tenía? Difícilmente podía esperar que el médico hablara en mi nombre, y aunque el señor Lomax me trataba con amabilidad, en cuanto supiera que me había hecho pasar por Adeline, su actitud, inevitablemente, cambiaría. El cariño que Emmeline y yo nos teníamos no serviría para nada.

Emmeline, ignorante y tranquila, dejaba que sus días de confinamiento transcurrieran con placidez. Yo, por mi parte, vivía torturada por la indecisión. ¿Cómo mantener a Emmeline a salvo? ¿Cómo mantenerme a mí misma a salvo? Cada día posponía la decisión para el día siguiente. Durante los primeros meses tuve la certeza de que con el tiempo se resolvería esa situación. ¿Acaso no había salvado ya toda clase de dificultades? Sin duda, también esa situación tendría arreglo; pero a medida que se acercaba el día del parto el problema se hacía más acuciante y no me sentía más preparada para tomar una decisión. Durante el transcurso de un minuto pasaba de coger mi abrigo para ir a casa del médico y contárselo todo a decirme que así revelaría mi existencia y que revelar mi existencia solo podía conducir a mi destierro. Mañana, me decía, mientras devolvía el abrigo al perchero. Mañana pensaré en algo.

Y mañana ya fue muy tarde.

Me despertó un grito. ¡Emmeline!

No era Emmeline quien gritaba. Emmeline estaba resoplando y jadeando, gruñendo y sudando como una bestia, con los ojos fuera de las órbitas y enseñando los dientes, pero no gritaba. Tragándose su dolor lo transformaba en fuerza dentro de ella. El grito que me había despertado y los gritos que seguían retumbando en toda la casa no eran suyos, sino de Adeline, y no cesaron hasta el amanecer, cuando Emmeline trajo al mundo a un varón.

Era el siete de enero.

Emmeline se durmió con una sonrisa en los labios.

Bañé al bebé, que abrió los ojos de par en par, sorprendido por el contacto con el agua caliente.

Salió el sol.

El momento para las decisiones ya había pasado, no había decidido nada, pero ahí estábamos, superado el desastre, sanas y salvas.

Mi vida podía continuar.

Incendio

La señorita Winter pareció intuir la llegada de Judith, porque cuando el ama de llaves asomó la cabeza por la puerta, nos encontró calladas. Me llevó una taza de chocolate en una bandeja, pero también se ofreció a relevarme si deseaba dormir. Negué con la cabeza.

—Estoy bien, gracias.

La señorita Winter también negó con la cabeza cuando Judith le recordó que ya podía tomar más pastillas de las blancas si las necesitaba.

Cuando Judith se marchó, la señorita Winter cerró nuevamente los ojos.

—¿Cómo está el lobo? —pregunté.

—Tranquilo en un rincón —dijo—. ¿Y por qué no iba a estar tan tranquilo? Está seguro de su victoria. No le importa esperar. Sabe que no voy a montar ningún escándalo. Hemos llegado a un acuerdo.

—¿Qué acuerdo?

—Él dejará que yo acabe mi historia y después yo dejaré que él acabe conmigo.

La señorita Winter me contó la historia del incendio mientras el lobo llevaba la cuenta atrás de las palabras.

Antes de su llegada, yo no me había detenido a pensar demasiado en el bebé. Como es lógico, había meditado sobre los aspectos prácticos de esconder a un bebé en la casa y había trazado un plan para su futuro. Si conseguíamos mantenerlo oculto durante un tiempo, daría a conocer su existencia más adelante. Aunque levantara rumores, podríamos presentarlo como el hijo huérfano de un familiar lejano, y por mucho que los vecinos llegaran a preguntarse sobre su parentesco exacto, nada podrían hacer para obligarnos a desvelar la verdad. Mientras trazaba esos planes solo había considerado al bebé un problema por resolver. No había tenido en cuenta que era sangre de mi sangre. No había esperado quererle.

Era hijo de Emmeline, lo cual ya era razón suficiente para quererlo. Era de Ambrose. En eso prefería no pensar. Pero también era mío. Me maravillaban su piel perlada, sus labios rosados y carnosos, los tímidos movimientos de sus manitas. La intensidad de mi deseo de protegerle me sobrecogía; quería protegerlo por Emmeline, protegerlo por él mismo, protegerlos a los dos por mí. Cuando los veía juntos, no podía apartar mis ojos de ellos. Eran tan bellos. Mi único deseo era mantenerlos a salvo. Y no tardé en comprender que necesitaban un guardián que velara por su seguridad.

Adeline estaba celosa del bebé. Más celosa de lo que lo había estado de Hester, más celosa de lo que lo estaba de mí. Era lógico; aunque Emmeline se había encariñado con Hester y a mí me quería, ninguno de esos dos afectos habían podido rivalizar con su amor por Adeline. Pero el bebé, ah, el bebé era otra cosa. El bebé lo usurpó todo.

La intensidad del odio de Adeline no debería haberme sorprendido. Sabía lo terrible que podía ser su ira, había presenciado el alcance de su violencia. Pero el día en que comprendí por primera vez hasta dónde era capaz de llegar, casi no pude creerlo. Ese día pasé frente al dormitorio de Emmeline y abrí la puerta con sigilo para comprobar si todavía dormía. Encontré a Adeline en la habitación, inclinada sobre la cuna, junto a la cama de Emmeline, y algo en su postura me alarmó. Al oír mis pasos se sobresaltó, se dio la vuelta y salió precipitadamente de la habitación. En las manos llevaba un cojín.

Guiada por el instinto, corrí hasta la cuna. El pequeño dormía profundamente, con la mano hecha un ovillo junto a la oreja, respirando con su aliento ligero y delicado.

¡Lo había salvado!

Hasta que ella volviera a intentarlo.

Empecé a espiar a Adeline. El tiempo que había vivido como fantasma volvió a serme útil para poder espiarla escondida detrás de cortinas y tejos. Actuaba sin orden ni concierto; dentro o fuera de casa, sin reparar en la hora o el clima, se enfrascaba en actividades reiterativas y carentes de sentido. Obedecía dictados que escapaban a mi entendimiento. Poco a poco, no obstante, una actividad suya en concreto atrajo mi atención. Una, dos, tres veces al día, Adeline entraba en la cochera y en cada ocasión salía con una lata de gasolina en la mano. Dejaba la lata en el salón, en la biblioteca o en el jardín. Después parecía perder interés por las latas. Ella sabía lo que estaba haciendo, pero de una forma vaga, olvidadiza. Cuando ella no miraba, yo las devolvía a su lugar. ¿Qué pensaba de las latas que desaparecían? Quizá que tenían vida propia, que podían desplazarse a su antojo. O tal vez confundía el recuerdo de haberlas movido con sueños o planes todavía pendientes de ejecución. Sea como fuere, no parecía extrañarle que no estuvieran donde las había dejado. Y pese a la rebeldía de las latas, ella seguía sacándolas de la cochera y escondiéndolas en diferentes rincones de la casa.

Yo me pasaba la mitad del día devolviendo latas de gasolina a la cochera, pero un día en que no quise dejar solos a Emmeline y el bebé mientras dormían, dejé una en la biblioteca, fuera de la vista, detrás de los libros, en uno de los estantes superiores. Y entonces pensé que quizá ese sería el mejor lugar, pues al devolver las latas siempre a la cochera solo conseguía que aquel juego continuara, como un tiovivo. Si las retiraba por completo del circuito, quizá pudiera ponerle fin.

Espiar a Adeline me dejaba exhausta, pero ¡ella nunca se cansaba! Con una pequeña cabezada tenía cuerda para rato. Podía estar levantada y dando vueltas por la casa a cualquier hora de la noche. Y a mí empezaba a vencerme el sueño. Una noche Emmeline se fue a la cama temprano. El niño estaba en la cuna. Se había pasado el día llorando, aquejado de un cólico, pero en aquel momento estaba mejor y dormía profundamente.

Cerré las cortinas.

Era hora de ir a ver qué hacía Adeline. Estaba harta de estar siempre en vela. Vigilaba a Emmeline y a su hijo cuando dormían, vigilaba a Adeline cuando estaban despiertos, así que yo apenas dormía. Qué paz reinaba en la habitación. La respiración de Emmeline me sosegaba, me relajaba, y también los suaves soplos del bebé a su lado. Recuerdo que me quedé oyendo sus respiraciones, su armonía, pensando en lo tranquilas que eran, pensando en cómo describirlas —mi principal entretenimiento consistía en buscar palabras para las cosas que veía y oía—, y pensé que tendría que describir la forma en que su respiración parecía penetrar en mí, apoderarse de mi aliento, como si los tres fuéramos parte de una misma cosa: Emmeline, nuestro bebé y yo, los tres una misma respiración. Esa idea se apoderó de mí y me hundí con ellos en el sueño.

Algo me despertó. Como un gato, me puse en guardia antes incluso de abrir los ojos. No me moví, mantuve la respiración controlada y observé a Adeline a través de las pestañas.

Se inclinó sobre la cuna, levantó al bebé y salió de la habitación. Pude gritar para detenerla, pero no lo hice. Si hubiera gritado, Adeline habría postergado su plan, mientras que si la dejaba seguir con él, podría descubrir sus intenciones y pararle los pies de una vez por todas. El bebé se retorció en sus brazos. Estaba empezando a despertarse. No le gustaba estar en unos brazos que no fueran los de Emmeline, ni siquiera una gemela puede engañar a un bebé.

La seguí hasta la biblioteca y me asomé a la puerta; Adeline la había dejado entornada. El bebé estaba sobre la mesa, junto a la ordenada pila de libros que yo nunca devolvía a sus estantes por la frecuencia con que los releía. Divisé movimiento entre los pliegues de la manta. Oí sus suaves lloriqueos; ya estaba despierto.

Arrodillada ante la chimenea estaba Adeline. Cogió carbón del cubo, leños del cesto que había junto al hogar y los colocó de cualquier manera en la chimenea. Adeline no sabía preparar un fuego como es debido. Yo había aprendido del ama la disposición correcta del papel, las astillas, el carbón y los leños. Los preparativos de Adeline eran disparatados y el fuego nunca prendía.

Poco a poco comprendí cuáles eran sus intenciones.

No lo conseguiría. Apenas había un resto de calor en las cenizas, insuficiente para encender el carbón o los leños, y yo nunca dejaba astillas ni cerillas a mano. Aquella disposición suya era tan absurda que no podía prosperar, estaba segura de que no. Aun así, me sentía intranquila. Con su ansia bastaba para hacer fuego. Adeline solo tenía que mirar algo para que echara chispas. La magia incendiaria que poseía era tan fuerte que podía prender fuego al agua si lo deseaba con suficiente intensidad.

Horrorizada, vi cómo colocaba al bebé, todavía envuelto en la manta, sobre el carbón.

Después miró a su alrededor. ¿Qué estaba buscando?

Cuando se dirigió a la puerta y la abrió, retrocedí de un salto y me oculté entre las sombras. No me había visto. Buscaba otra cosa. Dobló por el pasillo que se extendía por debajo de la escalera y desapareció.

Corrí hasta la chimenea y rescaté al bebé de la pira. Envolví un cojín cilíndrico que había en el diván con la manta y lo coloqué sobre el carbón, pero no tuve tiempo para huir. Oí pasos en las losetas de piedra y el sonido de una lata de gasolina arañando el suelo. La puerta se abrió justo en el instante en que yo retrocedía hacia uno de los vanos de la biblioteca.

Chist, supliqué en silencio, no llores ahora, y estreché al bebé contra mi cuerpo para que no extrañara el calor de la manta.

De vuelta en la chimenea, con la cabeza ladeada, Adeline se quedó mirando el fuego. ¿Qué ocurría? ¿Había notado el cambio? Pero no. Volvió a mirar a su alrededor. ¿Qué estaba buscando?

El bebé se revolvió, sacudió los brazos, agitó las piernas, tensó la columna con ese movimiento que suele anunciar el llanto. Lo reacomodé, apreté su cabeza contra mi hombro, noté su respiración en mi cuello. No llores. Por favor, no llores.

Se tranquilizó y seguí observando.

Mis libros. Sobre la mesa. Aquellos libros por delante de los cuales no podía pasar sin abrirlos al azar por el simple placer de leer unas pocas palabras, de darles un saludo rápido. Qué incongruencia verlos en sus manos. ¿Adeline con un libro? Demasiado extraño. Cuando abrió uno, pensé durante un largo y extraño instante que iba a leer…

Arrancó páginas y páginas a puñados. Las esparció por toda la mesa; algunas cayeron al suelo. Cuando terminó, cogió manojos enteros e hizo bolas con ellos. ¡Deprisa! ¡Como un torbellino! Mis pequeños volúmenes, de repente una montaña de papel. ¡Pensar que un libro podía contener tanto papel! Quise gritar, pero ¿qué? Todas esas palabras, esas hermosas palabras, arrancadas y arrugadas, y yo, oculta en las sombras, enmudecida.

Reunió una brazada y la volcó sobre la manta. Tres veces la vi ir y venir entre la mesa y la chimenea con los brazos llenos de páginas, hasta que la chimenea rebosó de libros destripados. *Jane Eyre, Cumbres borrascosas, La dama de blanco...* Decenas de bolas de papel resbalaban de la pira, algunas rodaban hasta la alfombra, uniéndose a las que se le habían caído por el camino.

Una se detuvo a mis pies. Con sumo sigilo, me agaché para recogerla.

¡Oh! Indignada al ver el papel arrugado; palabras descontroladas, sin sentido, volando en todas direcciones. Se me rompió el corazón.

La rabia me inundó, me transportó como un objeto naufragado incapaz de ver o respirar, bramó como un océano en mi cabeza. Quise aullar, salir de mi escondite como una demente y abalanzarme sobre ella, pero tenía en mis brazos el tesoro de Emmeline, de modo que temblando, sollozando en silencio, me limité a contemplar cómo su hermana profanaba mi tesoro.

Finalmente se dio por satisfecha con su pira, pero era absurda la miraras por donde la miraras. «Está todo al revés —habría dicho el ama—, nunca prenderá, el papel tiene que ir debajo.» No obstante, aunque Adeline hubiera preparado un fuego como es debido, tampoco habría importado. No podía encenderlo: no tenía cerillas. Y aunque las hubiera tenido, no habría logrado su objetivo, porque el niño, su víctima, estaba en mis brazos. Y he aquí la mayor locura de todas: si yo no hubiera estado allí para detenerla, si no hubiera rescatado al bebé... ¿Cómo podría haber creído Adeline que quemando al hijo de Emmeline la recuperaría como hermana?

Era el fuego de una loca.

El bebé se agitó en mis brazos y abrió la boca para llorar. ¿Qué podía hacer? A espaldas de Adeline, retrocedí con sigilo y huí a la cocina.

Tenía que esconder al bebé en un lugar seguro antes de ocuparme de Adeline. Mi mente trabajaba frenéticamente, pasando de un plan a otro. A Emmeline ya no le quedará ni una pizca de amor para su hermana cuando se entere de lo que ha intentado hacer. Ya solo seremos ella y yo. Contaremos a la policía que Adeline mató a John-the-dig y se la llevarán. ¡No! Le diremos a Adeline que si no se marcha de Angelfield hablaremos con la policía… ¡No! ¡Ya lo tengo! ¡Nosotras nos iremos de Angelfield! ¡Sí! Emmeline y yo nos iremos con el bebé y empezaremos una nueva vida, sin Adeline, sin Angelfield, pero juntas.

De repente todo parece tan sencillo que me sorprende que no se me haya ocurrido antes.

De un gancho de la puerta de la cocina cuelga el zurrón de Ambrose. Desabrocho la hebilla y envuelvo al bebé entre sus pliegues. Con el futuro brillando con tanta intensidad que se me antoja más real que el presente, guardo también la página de *Jane Eyre* en el zurrón, para protegerla, y una cuchara que descansa sobre la mesa de la cocina. La necesitaremos en nuestro viaje hacia una nueva vida.

Y ahora, ¿adónde? A un lugar cercano a la casa, donde el bebé esté a salvo, donde pueda estar abrigado los pocos minutos que tarde en regresar a la casa, coger a Emmeline y convencerla de que me siga…

La cochera no; Adeline suele ir allí. La iglesia. Adeline nunca entra en la iglesia.

Echo a correr por el camino, cruzo la entrada del cementerio y entro en la iglesia. En las primeras filas hay cojines tapizados para arrodillarse a rezar. Hago una cama con ellos y coloco encima al bebé dentro del zurrón de lona.

Y ahora, a casa.

Estoy a punto de llegar cuando mi futuro se rompe hecho añicos. Fragmentos de cristal volando por los aires, una ventana reventada, luego otra, y una luz viva, siniestra, a sus anchas por la biblioteca. El marco vacío de la ventana me muestra un fuego líquido lloviendo sobre la estancia, latas de gasolina estallando con el calor. Y dos siluetas.

¡Emmeline!

Corro. El olor del fuego invade mis fosas nasales en el vestíbulo, aunque el suelo y las paredes están frías porque el fuego todavía no ha llegado ahí, pero cuando alcanzo la puerta de la biblioteca me detengo: las llamas se persiguen por las cortinas, las estanterías escupen fuego, la chimenea es un infierno. En el centro de la habitación, las gemelas. En medido del calor y el fragor del fuego, me quedo paralizada, atónita. Porque Emmeline, la dócil y pasiva Emmeline, está devolviendo todos los golpes, todas las patadas, todos los mordiscos que ha recibido. Hasta entonces nunca había tomado represalias contra su hermana, pero ahora golpea, patea, muerde. Por su hijo.

Y a su alrededor, sobre sus cabezas, una explosión de luz tras otra a medida que las latas de gasolina explotan y llueve fuego sobre la estancia.

Abro la boca para gritar a Emmeline que el bebé está a salvo, pero el calor que inhalo me ahoga.

Salto por encima del fuego, lo rodeo, esquivo las llamas que me caen de arriba, me sacudo el fuego con las manos, aporreo las llamas que crecen en mis ropas. Cuando llego hasta las hermanas no puedo verlas, pero alargo los brazos a ciegas a través del humo. Cuando las toco se sobresaltan y se separan en el acto. En un momento dado veo a Emmeline, la veo con claridad, y ella me ve a mí. Agarro con fuerza su mano y la arrastro a través de las llamas, a través del fuego, hasta la puerta. Cuando cae en la cuenta de lo que estoy haciendo —alejándola del fuego, llevándola a un lugar seguro—, me frena. Tiro de ella.

—El bebé está a salvo. —Mis palabras emergen roncas pero son lo bastante claras.

¿Por qué no me entiende?

Lo intento de nuevo.

—El bebé. He salvado al bebé.

Tiene que haberme oído. Inexplicablemente, Emmeline se resiste al tirón de mi mano y logra soltarse. ¿Adónde ha ido? Solo veo negrura.

Me interno a trompicones en las llamas, choco contra su cuerpo, la agarro y tiro de ella.

Pero ella se resiste a acompañarme, irrumpe de nuevo en la biblioteca.

¿Por qué?

Está ligada a su hermana.

Está ligada.

Ciega y con los pulmones ardiéndome, la sigo.

Yo romperé ese vínculo.

Con los ojos cerrados contra el calor y los brazos extendidos, me sumerjo en la biblioteca, buscándola. Cuando mis manos la encuentran entre el humo, no la dejo escapar. No dejaré que muera. Voy a salvarla. Y aunque se resiste, tiro ferozmente de ella y la saco de la habitación.

La puerta es de roble. Es una puerta pesada. No arde con facilidad. La cierro y corro el pasador.

A mi lado, Emmeline se adelanta con intención de abrirla. La fuerza que la impulsa hacia esa habitación es más fuerte que el fuego.

La llave que descansa en la cerradura, que no había sido usada desde que se fue Hester, arde. Me quema la palma de la mano cuando la giro. Hasta entonces no había sentido ningún dolor, pero la llave me abrasa la palma de la mano y huelo a carne quemada. Emmeline alarga una mano para agarrar la llave y abrir. Al sentir el metal ardiendo tarda un poco en reaccionar y entonces le aparto la mano.

Un fuerte grito me perfora la cabeza. ¿Un grito humano? ¿El fragor del fuego? No sé si viene de dentro o de fuera de la biblioteca. Tras un arranque gutural gana fuerza, alcanza su punto álgido de estridencia, y cuando creo que está al final de su aliento, persiste, increíblemente bajo, increíblemente largo, un sonido inagotable que inunda el mundo, lo envuelve y lo contiene.

Entonces calla y ya solo se oye el rugido del fuego.

Ya estamos fuera. Llueve. La hierba está empapada. Nos derrumbamos, rodamos por la hierba mojada para humedecer nuestras ropas y cabellos inflamados, notamos el agua fría en nuestra piel chamuscada. Descansamos boca arriba, con la espalda pegada a la tierra. Abro la boca y bebo la lluvia que cae sobre mi cara. Me refresca los ojos y por fin vuelvo a ver. Nunca ha existido un cielo igual, de un añil intenso y atravesado por raudos nubarrones negros como la pizarra, la lluvia cayendo como cuchillas de plata, y de vez en cuando un penacho, un rocío naranja intenso, un manantial de fuego, que sale volando de la casa. Un relámpago parte el cielo en dos, una vez, y otra, y otra.

El bebé. Debo decírselo a Emmeline. Se alegrará al saber que he salvado a su bebé. Eso arreglará las cosas.

Me vuelvo hacia ella y abro la boca para hablar. Su cara…

Su pobre cara, su preciosa cara, está negra y roja, toda humo, sangre y fuego.

Su ojos, su verde mirada, arrasados, perdidos, ajenos.

Miro su cara y no puedo encontrar en ella a mi amada.

—¿Emmeline? —susurro—. ¿Emmeline?

No contesta.

Siento morir mi corazón. ¿Qué he hecho? ¿He…? ¿Es posible que…?

No soporto saberlo.

No soporto no saberlo.

—¿Adeline? —Mi voz es apenas un susurro.

Pero ella —esta persona, este alguien, esta o la otra, esta que podría ser o no ser, esta preciosidad, este monstruo, esta que no sé quién es— no contesta.

Se acerca gente. Corriendo por el camino de grava, voces apremiantes gritando en la noche.

Me pongo de cuclillas y me alejo. Mantengo el cuerpo bajo. Me escondo. Llegan hasta la muchacha en la hierba y cuando me aseguro de que la han visto, les dejo con ella. En la iglesia me cuelgo del hombro el zurrón, aprieto al bebé contra mi costado y salgo.

En el bosque reina la calma. La lluvia, ralentizada por el dosel de hojas, cae suavemente sobre la maleza. El niño gimotea, luego se duerme. Mis pies me llevan a una casita situada en la otra linde del bosque. Conozco la casa; la he visto muchas veces en mis años de fantasma. Una mujer vive allí, sola. Cuando desde la ventana la veía tejer o preparar pasteles, siempre pensaba que parecía una buena mujer, y cuando leo acerca de abuelas y hadas madrinas bondadosas, les pongo su cara.

Le entregaré al bebé. Me asomo a la ventana, como he hecho tantas otras veces, la veo en su lugar de siempre junto al fuego, tejiendo. Pensativa y tranquila. Está deshaciendo los puntos que ha tejido, tirando de ellos uno por uno. Tiene las agujas al lado, sobre la mesa. En el porche hay un lugar seco. Dejó ahí al bebé y espero detrás de un árbol.

Abre la puerta. Levanta al pequeño. Al ver la expresión de su cara sé que estará seguro con ella. La mujer alza la vista y mira a su alrededor, en mi dirección, como si hubiera visto algo. ¿He movido las hojas desvelando así mi presencia? Se me pasa por la cabeza salir de mi escondite. Seguro que la mujer me ayuda. Dudo, y el viento cambia de dirección. Huelo el fuego al mismo tiempo que ella. Se vuelve, dirige la vista al cielo, suelta un grito ahogado al ver el humo que se eleva por encima de la casa de Angelfield. Y el desconcierto se dibuja en su cara. Se acerca el bebé a la nariz y olisquea. Por el contacto con mi ropa, huele a fuego. Tras un último vistazo al humo entra con determinación en su casa y cierra la puerta.

Estoy sola.

Sin nombre.

Sin hogar.

Sin familia.

No soy nada.

No tengo adónde ir.

No tengo a nadie.

Me miro la palma abrasada, pero no puedo sentir dolor.

¿Qué soy? ¿Estoy siquiera viva?

Podría ir a cualquier lugar, pero regreso a Angelfield. Es el único lugar que conozco.

Emergiendo de los árboles, me acerco a la casa. Un coche de bomberos. Aldeanos con cubos, algo apartados, aturdidos y con la cara tiznada, viendo cómo los profesionales lidian con las llamas. Mujeres contemplando hipnotizadas el humo que se eleva hacia el cielo negro. Una ambulancia. El doctor Maudsley arrodillado sobre una silueta en la hierba.

Nadie me ve.

En la linde del campo donde se desarrolla toda esa actividad me detengo, invisible. Quizá sea cierto que no soy nada. Quizá nadie pueda verme. Quizá perecí en el incendio y todavía no me he dado cuenta. Quizá, por fin, soy lo que siempre he sido: un fantasma.

Una de las mujeres se vuelve hacia mí.

—Mirad —grita, señalándome—. ¡Está ahí!

Y todos se vuelven. Me clavan sus miradas. Una de las mujeres corre a avisar a los hombres. Los hombres apartan los ojos del fuego y me miran también.

—¡Gracias a Dios! —exclama alguien.

Abro la boca para decir... no sé el qué. Pero no digo nada. Me quedo quieta, haciendo muecas con la boca, sin voz, sin palabras.

—No intentes hablar. —El doctor Maudsley está ahora a mi lado. Tengo la mirada fija en la muchacha que yace en la hierba.

—Sobrevivirá —dice el médico.

Miro la casa.

Las llamas. Mis libros. No creo que pueda soportarlo. Recuerdo la página de *Jane Eyre*, la pelota de palabras que salvé de la pira. La he dejado con el bebé.

Empiezo a sollozar.

—Está bajo el efecto del trauma —le dice el médico a una de las mujeres—. Manténgala abrigada y quédese con ella mientras metemos a su hermana en la ambulancia.

Un mujer se me acerca chasqueando la lengua con preocupación. Se quita el abrigo y me envuelve en él, con ternura, como si estuviera vistiendo a un bebé, y murmura:

—No te preocupes, te pondrás bien, tu hermana se pondrá bien. Oh, mi pobre chiquilla.

Levantan a la muchacha de la hierba y la trasladan a la camilla de la ambulancia. Luego me ayudan a subir. Me sientan frente a ella. Y nos llevan al hospital.

Ella tiene la mirada perdida. Los ojos abiertos y vacíos. Tras un primer instante desvío los ojos. El hombre de la ambulancia se inclina sobre ella, se asegura de que respira y se vuelve hacia mí.

—¿Qué me dices de esa mano?

Aunque mi mente no haya advertido el dolor, mi cuerpo desvela mi secreto: estoy apretando con mi mano izquierda la derecha.

El hombre me toma la mano y dejo que me estire los dedos. Tengo la marca profunda de una quemadura en la palma. La llave.

—Cicatrizará —me dice—. No te preocupes. ¿Quién eres tú, Adeline o Emmeline?

Señala a la otra muchacha.

—¿Ella es Emmeline?

No puedo responder, no puedo sentirme, no puedo moverme.

—No te preocupes —dice—. Todo a su tiempo.

Renuncia a intentar hacerse entender. Masculla para sí:

—Pero tenemos que llamarte de alguna manera. Adeline, Emme-line, Emmeline, Adeline. Mitad y mitad, ¿no es cierto? Se pasará todo cuando te lavemos.

El hospital. Abren las puertas de la ambulancia. Ruido y bullicio. Voces hablando deprisa. Trasladan la camilla a una cama con ruedas y empujan a gran velocidad. Una silla de ruedas. Unas manos en mi hombro, «Siéntate, cariño». La silla avanza. Una voz a mi espalda: «No te preocupes, criatura. Cuidaremos de ti y de tu hermana. Ya estás a salvo, Adeline».

❧

La señorita Winter dormía.

Observé la suave flojedad de su boca entreabierta, el mechón de pelo rebelde sobre la sien. Mientras dormía me pareció muy, muy vieja y muy, muy joven. Con cada respiración las sábanas subían y bajaban sobre sus hombros huesudos, y con cada descenso las cintas del borde de la manta le rozaban el rostro. No parecía notarlo, pero de todos modos me incliné para doblarla y devolver el rizo de pelo blanco a su lugar.

No se movió. ¿Dormía realmente, me pregunté, o había entrado ya en un estado de inconsciencia?

No sé cuánto tiempo estuve contemplándola. Había un reloj, pero el movimiento de sus manecillas significaban tan poco como un mapa de la superficie marina. Las olas del tiempo me lamían mientras mantenía los ojos cerrados pero despiertos, como una madre atenta a la respiración de su hijo.

No sé muy bien qué decir sobre lo que ocurrió entonces. ¿Es po-

sible que alucinara a causa del cansancio? ¿Me quedé dormida y so-
ñé? ¿O es cierto que la señorita Winter habló una última vez?

«Le daré el mensaje a su hermana.»

Abrí los ojos de golpe, pero ella los tenía cerrados. Parecía tan
profundamente dormida como antes.

No vi venir al lobo. No lo oí. Solo hubo esto: poco antes del alba
tomé conciencia del silencio reinante, y me di cuenta de que la única
respiración que se oía en la habitación era la mía.

Inicios

Nieve

La señorita Winter falleció y la nieve siguió cayendo.

Cuando Judith llegó pasó un rato conmigo ante la ventana, contemplando la luz fantasmagórica del cielo nocturno. Más tarde, cuando una alteración en la luz nos indicó que ya era de día, me mandó a la cama.

Desperté al atardecer.

La nieve que había cortado la línea telefónica alcanzaba los alféizares de las ventanas y trepaba por las puertas. Nos separaba del resto del mundo con tanta eficacia como la llave de una celda. La señorita Winter se había fugado; también la mujer a la que Judith llamaba Emmeline y que yo evitaba nombrar había logrado huir. El resto de nosotros, Judith, Maurice y yo, seguíamos atrapados.

El gato estaba inquieto. La nieve lo enervaba; no le gustaba esa alteración en el aspecto de su universo. Saltaba de una ventana a otra buscando su mundo perdido y nos maullaba con apremio a Judith, a Maurice y a mí, como si restablecerlo estuviera en nuestras manos. En comparación con aquel encierro forzado, la pérdida de sus dueñas era un hecho nimio que, si reparó en él, no lo perturbó en absoluto.

La nieve nos había sumergido en un lapso de tiempo paralelo y cada uno de nosotros encontró su propia forma de sobrellevarlo. Judith, imperturbable, hizo sopa de verduras, limpió el interior de los armarios de la cocina y cuando se le acabaron las tareas, se hizo la manicura y se preparó una mascarilla facial. Maurice, irritado por el confinamiento y la inactividad, hacía interminables solitarios, pero cuando tuvo que beber el té solo por falta de leche, Judith se prestó a jugar al rummy con él para distraerlo de su amargura.

En cuanto a mí, pasé dos días redactando mis últimas notas y, cuando terminé, me extrañó que no me apeteciera leer. Ni siquiera Sherlock Holmes conseguía encontrarme en ese paisaje atrapado en la nieve. Sola en mi habitación, pasé una hora examinando mi melancolía, tratando de poner nombre a lo que pensaba que era un nuevo elemento en ella. Entonces me di cuenta de que echaba de menos a la señorita Winter. Deseosa de compañía humana, bajé a la cocina. Maurice se alegró de poder jugar a cartas conmigo aun cuando yo solo conociera juegos de niños. Luego, mientras las uñas de Judith se secaban, preparé chocolate caliente y té sin leche, y después dejé que Judith me limara y pintara las uñas.

De ese modo los tres y el gato pasamos los días, encerrados con nuestros muertos y con la sensación de que el viejo año se estiraba indefinidamente.

Al quinto día me dejé invadir por una inmensa tristeza.

Yo había fregado los platos y Maurice los había secado mientras Judith hacía un solitario en la mesa. A todos nos apetecía un cambio. Y cuando terminé de recoger, renuncié a su compañía y me retiré al salón. La ventana daba a la parte del jardín resguardada del viento. Ahí la nieve estaba más baja. Abrí la ventana, salí al paisaje blanco y caminé por la nieve. Todo el dolor que durante años había mantenido a raya sirviéndome de libros y estanterías me asaltó de repente. En un banco resguardado por un seto de tejos altos me abandoné a una tristeza vasta y profunda como la nieve, tan inmaculada como esta. Lloré por la señorita Winter, por su fantasma, por Adeline y Emmeline. Por mi hermana, mi madre y mi padre. Y sobre todo, y lo más terrible, lloré por mí. Mi dolor era el dolor del bebé recién separado de su otra mitad; de la niña sorprendida por el contenido de una vieja lata al descubrir el significado, un significado repentino, espeluznante, de unos documentos; y el de una mujer adulta llorando en un banco, envuelta en la luz y el silencio de la nieve.

Cuando salí de mi ensimismamiento el doctor Clifton estaba a mi lado. Me rodeó con un brazo.

—Lo sé —dijo—. Lo sé.

Por supuesto, él no sabía nada. O no con exactitud. Y, sin embargo, eso fue lo que dijo y a mí me reconfortó oírlo. Porque sabía a qué se refería. Todos tenemos nuestras aflicciones, y si bien el perfil, el peso y el tamaño del dolor son diferentes para cada persona, el color del dolor es el mismo para todos.

—Lo sé —dijo, porque era humano y por tanto, en cierto modo, algo sabía.

Me llevó adentro, para que entrara en calor.

—Dios Santo —dijo Judith—. ¿Le traigo un chocolate caliente?

—A ser posible con un chorrito de coñac —dijo el doctor Clifton.

Maurice me acercó una silla y se dispuso a avivar el fuego.

Bebí el chocolate a sorbos lentos. Había leche: el médico la había traído cuando llegó con el granjero en el tractor.

Judith me arrebujó con un chal y se puso a pelar patatas para la cena. De vez en cuando ella, Maurice o el médico comentaban cualquier cosa —lo que podríamos cenar, si la capa de nieve era o no más fina, cuánto tardarían en restablecer la línea telefónica— y de esta manera reactivaron el laborioso proceso de volver a poner en marcha la vida después de la parálisis que la muerte nos había provocado.

Poco a poco los comentarios se fueron enlazando y derivaron en una conversación.

Escuché sus voces, y al rato, me sumé a ellas.

Feliz cumpleaños

Fui a casa.

A la librería.

—La señorita Winter ha muerto —le dije a mi padre.

—¿Y tú? ¿Cómo estás tú? —preguntó.

—Viva.

Sonrió.

—Háblame de mamá —le pedí—. ¿Por qué es como es?

Y me lo contó:

—Estaba muy enferma cuando os dio a luz. No pudo veros antes de que se os llevaran. Nunca vio a tu hermana. Tu madre estuvo a punto de morir. Cuando volvió en sí, ya os habían operado y tu hermana…

—Mi hermana había muerto.

—Sí. Era imposible saber qué sería de ti. Yo iba de su cabecera a la tuya… Temí perderos a las tres. Recé a todos los dioses de los que había oído hablar para que os salvaran. Y atendieron a mis oraciones, en parte. Tú sobreviviste. Tu madre en realidad nunca volvió.

Había otra cosa que necesitaba saber.

—¿Por qué no me dijisteis que tenía una hermana gemela?

Me miró con el rostro devastado. Tragó saliva y cuando habló, tenía la voz ronca.

—La historia de tu nacimiento es triste. Tu madre pensó que era demasiado dura para que una niña cargara con ella. Yo habría cargado con ella por ti, Margaret, si hubiera podido. Habría hecho cualquier cosa por ahorrártela.

Nos quedamos callados. Pensé en todas las demás preguntas que habría formulado, pero ya no necesitaba hacerlo.

Busqué la mano de mi padre al mismo tiempo que él buscó la mía.

En tres días asistí a tres entierros.

Al primero acudió una multitud llorosa por la pérdida de la señorita Winter. La nación lamentaba la muerte de su narradora favorita y miles de lectores acudieron a presentar sus respetos. Me marché en cuanto tuve la oportunidad de hacerlo, pues yo ya me había despedido de ella.

El segundo fue un entierro discreto. Tan solo estábamos Judith, Maurice, el médico y yo para presentar nuestros respetos a la mujer a la que se refirieron durante todo el oficio como Emmeline. Después nos despedimos y cada uno se fue por su lado.

El tercero fue aún más solitario. En un crematorio de Banbury solo yo estuve presente cuando un clérigo de rostro desabrido supervisó el traspaso a las manos de Dios de una colección de huesos sin identificar. A las manos de Dios, aunque fui yo quien recogió la urna más tarde «en nombre de la familia Angelfield».

Había campanillas de invierno en Angelfield. Al menos los primeros brotes, abriéndose paso en el suelo helado y mostrando sus puntas verdes y frescas por encima de la nieve.

Al levantarme oí un ruido. Aurelius llegaba a la entrada del cementerio. La nieve cubría sus hombros y llevaba un ramo de flores.

—¡Aurelius! —¿Como podía su rostro haberse vuelto tan triste, tan pálido?—. Has cambiado —dije.

—Me he dejado la piel en una búsqueda inútil. —El azul de sus ojos siempre afables había adquirido el tono descolorido del cielo de enero; eran tan transparentes que pude ver su decepcionado corazón—. Toda mi vida he querido encontrar a mi familia. Quería saber quién era yo. Y últimamente me había hecho ilusiones. Creía que existía alguna posibilidad, pero me temo que estaba equivocado.

Caminamos entre las tumbas por el sendero herboso, sacudimos la nieve del banco y nos sentamos antes de que volviera a cubrirse. Aurelius hurgó en su bolsillo y sacó dos trozos de bizcocho. Me alargó uno distraídamente e hincó los dientes en el suyo.

—¿Eso es todo lo que tienes para mí? —me preguntó mirando la urna—. ¿Eso es todo lo que queda de mi historia?

Le tendí la urna.

—Es ligera, ¿verdad? Ligera como el aire. Y sin embargo…

Se llevó la mano al corazón; buscó un gesto para mostrar cuánto le pesaba, pero al no encontrarlo, dejó la urna a un lado y dio otro mordisco a su bizcocho.

Cuando hubo digerido el último bocado, habló y se puso en pie:

—Si era mi madre, ¿por qué no estaba con ella? ¿Por qué no perecí con ella en este lugar? ¿Por qué me dejó en casa de la señora Love y regresó luego aquí, a una casa incendiada? ¿Por qué? No tiene sentido.

Le seguí mientras abandonaba el camino principal y se adentraba en el laberinto de estrechos arriates dispuestos entre las sepulturas. Se detuvo frente a una tumba que yo ya había visto y dejó sobre ella las flores. La lápida era sencilla.

Jane Mary Love
Siempre recordada

Pobre Aurelius. Estaba agotado. Cuando me cogí de su brazo apenas pareció notarlo, pero luego se volvió para mirarme de frente.

—Tal vez sea mejor no tener un historia a tener una que cambia constantemente. Me he pasado la vida persiguiendo mi historia sin llegar nunca a darle alcance; corriendo tras ella sin darme cuenta de que tenía a la señora Love. Ella me quería, ¿sabes?

—Nunca lo he dudado. —Había sido una buena madre. Mejor de lo que lo habría sido cualquiera de las gemelas—. Tal vez sea mejor no conocer la historia de uno —sugerí.

Desvió la mirada de la lápida y contempló el cielo blanquecino.

—¿Realmente eso crees?

—No.

—Entonces, ¿por qué lo dices?

Retiré el brazo y metí mis ateridas manos en las mangas de mi abrigo.

—Es lo que diría mi madre. Cree que una historia ingrávida es preferible a una historia demasiado pesada.

—Entonces la mía es una historia pesada.

No respondí, y cuando el silencio se alargó, no le conté su historia, sino la mía.

—Yo tenía una hermana —comencé—. Una hermana gemela.

Se volvió para mirarme. Sus hombros se alzaban anchos y sólidos contra el cielo. Aurelius escuchó serio la historia que vertí sobre él.

—Nacimos unidas. Por aquí… —Y deslicé una mano por mi costado izquierdo—. No podía vivir sin mí. Ella necesitaba que mi corazón latiera para poder vivir, pero yo no podía vivir con ella. Me estaba chupando la fuerza. Nos separaron y ella murió.

Mi otra mano se unió a la primera y apreté fuerte mi cicatriz.

—Mi madre nunca me lo dijo. Creyó que sería mejor para mí no saberlo.

—Una historia ingrávida.

—Sí.

—Pero lo sabes.

Apreté más fuerte.

—Lo descubrí por casualidad.

—Lo siento —dijo.

Tomó mis manos en la suya, envolviéndolas con su enorme puño. Luego me atrajo con su otro brazo. A través de las capas de ropa sentí la ternura de su barriga y un ruido ajetreado resonó en mi oído. Son los latidos de su corazón, pensé. Un corazón humano. A mi lado. De modo que esto es lo que se siente. Escuché.

Luego nos separamos.

—¿Y es mejor saber? —me preguntó.

—No sé qué decirte, pero en cuanto sabes, ya no puedes dar marcha atrás.

—Y tú conoces mi historia.

—Sí.

—Mi verdadera historia.

—Sí.

Apenas titubeó, simplemente respiró hondo y pareció agrandarse un poco más.

—En ese caso, harás bien en contármela —dijo.

Se la conté. Y mientras lo hacía anduvimos paseando; cuando terminé de contársela habíamos llegado al lugar donde las campanillas de invierno descollaban sobre el blanco de la nieve.

Con la urna en las manos, Aurelius titubeó.

—Me temo que estamos infringiendo las normas.

Yo también lo creía así.

—¿Qué podemos hacer?

—Las normas no son válidas para este caso, ¿verdad?

—Nada sería más adecuado.

—Entonces, adelante.

Con el cuchillo del pastel cavamos un hoyo en la tierra congelada que cubría el féretro de la mujer que yo conocía como Emmeline. Aurelius volcó las cenizas en el hoyo y volvimos a taparlo con tierra. Aurelius la apretó con todo el peso de su cuerpo y encima colocamos las flores para ocultar nuestra obra.

—Se igualará cuando se derrita la nieve —dijo, y se sacudió la nieve de las perneras del pantalón.

—Aurelius, debo contarte algo más sobre tu historia.

Lo llevé a otra zona del cementerio.

—Ahora ya sabes quién es tu madre, pero también tenías un padre. —Le señalé la lápida de Ambrose—. La A y la S en el trozo de papel que me enseñaste correspondían a su nombre. Y el zurrón también era suyo. Lo utilizaba para echar dentro las aves que cazaba. Así se explica que hubiera una pluma.

Callé. Aurelius tenía que asimilar demasiada información. Cuando después de un largo rato asintió, continué.

—Era un buen hombre. Te pareces mucho a él.

Aurelius tenía la mirada atónita, aturdida. Más información. Más pérdida.

—Está muerto.

—Eso no es todo —proseguí en voz baja.

Se volvió lentamente hacia mí y en sus ojos leí el miedo a que la historia de su abandono no tuviera fin.

Le tomé una mano y sonreí.

—Después de que tu nacieras, Ambrose se casó. Tuvo otro hijo.

Aurelius tardó unos instantes en comprender lo que eso implicaba, pero después un espasmo de entusiasmo reavivó su cuerpo.

—Eso significa que tengo… Y que ella… él… ella…

—¡Sí! ¡Una hermana!

Una enorme sonrisa se dibujó en su cara.

Proseguí.

—Y ella tuvo a su vez dos hijos. ¡Un niño y una niña!

—¡Una sobrina! ¡Y un sobrino!

Tomé sus manos en las mías para que dejaran de temblar.

—Una familia, Aurelius. Tu familia. Ya los conoces, te están esperando.

Apenas podía seguirle cuando cruzamos la entrada del cementerio y caminamos por la avenida hasta la casa blanca del guarda. Aurelius no miró atrás ni un sola vez. Solo al llegar a la casa del guarda nos detuvimos; fui yo quien le hizo parar.

—¡Aurelius! Casi se me olvida darte esto.

Cogió el sobre blanco y lo abrió, distraído por la alegría.

Sacó la tarjeta y me miró.

—¿Qué? ¿En serio?

—Sí, en serio.

—¿Hoy?

—¡Hoy! —Algo me poseyó en ese momento. Hice algo que no había hecho antes en mi vida y que no esperaba llegar a hacer jamás. Abrí la boca y grité a voz en cuello—: ¡FELIZ CUMPLEAÑOS!

Probablemente había perdido la cabeza. Sentí vergüenza, pero a Aurelius no le importó. Él estaba totalmente inmóvil, con los brazos caídos, los ojos cerrados y la cara apuntando al cielo. Toda la felicidad del mundo estaba cayendo sobre él junto a la nieve.

En el jardín de Karen la nieve mostraba las huellas de juegos y carreras, huellas pequeñas y otras aún más pequeñas persiguiéndose en amplios círculos. No podíamos ver a los niños, pero al acercarnos oímos sus voces saliendo del nicho abierto en el tejo.

—Representemos Blancanieves.

—Es una historia de niñas.

—¿Qué historia quieres representar?

—Una historia sobre cohetes.

—Yo no quiero ser un cohete. Seamos barcos.

—Ayer ya fuimos barcos.

Al oír el pestillo de la verja sacaron la cabeza del árbol. Con las capuchas ocultándoles el pelo eran difíciles de distinguir.

—¡Es el señor de los pasteles!

Karen salió de la casa y se acercó por el césped.

—¿Queréis saber quién es? —preguntó a los niños mientras sonreía tímidamente a Aurelius—. Es vuestro tío.

Aurelius miró a Karen, después a los niños y de nuevo a Karen. Sus ojos apenas le alcanzaban para abarcar todo lo que deseaba. Se había quedado sin palabras, pero Karen le tendió una mano vacilante y él se la estrechó.

—Todo esto es un poco… —comenzó.

—Lo sé —coincidió ella—. Pero nos acostumbraremos, ¿verdad?

Él asintió.

Los niños contemplaban con curiosidad aquella escena de los mayores.

—¿Qué vais a representar? —preguntó Karen para distraerlos.

—No lo sabemos —dijo la niña.

—No nos ponemos de acuerdo —añadió su hermano.

—¿Conoces alguna historia? —le preguntó Emma a Aurelius.

—Solo una —dijo.

—¿Solo una? —La niña le miró sorprendida—. ¿Salen ranas?

—No.

—¿Dinosaurios?

—No.

—¿Pasadizos secretos?

—No.

Los niños se miraron. Estaba claro que no sería una buena historia.

—Nosotros conocemos un montón de historias —dijo Tom.

—Un montón —le secundó su hermana con ojos soñadores—. De princesas, ranas, castillos encantados, hadas madrinas…

—Orugas, conejos, elefantes…

—Toda clase de animales.

—Sí.

Guardaron silencio, absortos en su recreación de incontables mundos diferentes.

Aurelius los miraba como si fueran un milagro.

Finalmente regresaron al mundo real.

—Millones de historias —dijo el muchacho.

—¿Quieres que te cuente una historia? —preguntó la niña.

Pensé que quizá Aurelius ya había tenido suficientes historias aquel día, pero asintió con la cabeza.

Emma recogió un objeto imaginario y lo colocó en la palma de su mano derecha. Con la izquierda hizo ver que abría la tapa de un libro. Levantó la vista para asegurarse de que sus compañeros la atendían. Entonces devolvió la mirada al libro que sostenía en la mano y comenzó.

—Érase una vez…

Karen, Tom y Aurelius: tres pares de ojos concentrados en Emma y su narración. Seguro que les iría bien juntos.

Con sigilo, retrocedí hasta la verja y me alejé por la calle.

El cuento número trece

No publicaré la biografía de Vida Winter. Quizá el mundo se muera por conocer su historia, pero no me corresponde a mí contarla. Adeline y Emmeline, el incendio y el fantasma, son historias que ahora pertenecen a Aurelius. Y también las tumbas del cementerio y el cumpleaños que ahora podrá celebrar como desee. La verdad ya es lo bastante pesada sin la carga adicional del escrutinio del mundo sobre sus hombros. Si los dejan tranquilos, él y Karen podrán pasar página, empezar de nuevo.

Pero el tiempo pasa. Un día Aurelius ya no estará y un día también Karen abandonará este mundo. Sus hijos, Tom y Emma, se encuentran más lejos de los acontecimientos que he narrado aquí que su tío. Con la ayuda de su madre han empezado a forjar sus propias historias; historias fuertes, sólidas y verdaderas. Llegará un día en que Isabelle y Charlie, Adeline y Emmeline, el ama, John-the-dig y la niña sin nombre pertenezcan a un pasado tan remoto que sus viejos huesos ya no tendrán poder para provocar miedo ni dolor. No serán más que una vieja historia incapaz de dañar a nadie. Y cuando llegue ese día —entonces también yo seré vieja— entregaré este documento a Tom y Emma. Para que lo lean y, si quieren, lo publiquen.

Confío en que ellos sí lo publiquen, pues el espíritu de la niña fantasma me perseguirá hasta entonces. Rondará por mis pensamientos, habitará en mis sueños, mi memoria será su único lugar de recreo. Como vida póstuma no es mucho, pero no caerá en el olvido. Con ello bastará hasta el día que Tom y Emma publiquen este manuscrito y la niña fantasma pueda existir con mayor plenitud después de muerta de lo que pudo en vida.

Así pues, la historia de la niña fantasma tardará muchos años en ser publicada, en caso de que lo sea. Sin embargo, eso no significa que yo no tenga nada que dar al mundo en estos momentos para satisfacer su curiosidad con respecto a Vida Winter. Porque sí hay algo. Al finalizar mi última reunión con el señor Lomax, ya me disponía a marcharme cuando el hombre me detuvo. «Solo una cosa más.» Abrió su escritorio y sacó un sobre.

Llevaba ese sobre conmigo cuando me marché sigilosamente del jardín de Karen y me encaminé de nuevo hacia las verjas de entrada de la casa del guarda. El terreno para el nuevo hotel había sido allanado y cuando intenté recordar la vieja casa, en mi memoria solo encontré fotografías. Entonces recordé que la casa siempre había dado la impresión de estar mirando en la dirección equivocada. Eso iba a cambiar. El nuevo edificio estaría mejor orientado. Miraría directamente a quien se acercara a él.

Me desvié del camino de grava para cruzar el césped nevado en dirección al coto de caza y el bosque. La nieve se amontonaba en las negras ramas y caía a mi paso en suaves tiras. Finalmente llegué al claro situado en lo alto de la loma. Desde allí se puede contemplar todo el panorama. La iglesia con su cementerio, las coronas de flores radiantes sobre la nieve. Las verjas de la casa del guarda, blancas como la tiza contra el cielo azul. La cochera, despojada de su mortaja de espinos. Solo la casa había desaparecido, y lo había hecho por completo. Los obreros de casco amarillo habían reducido el pasado a una página en blanco. Había llegado el momento clave. Ya no podía considerarse un edificio en demolición. Al día siguiente, quizá ese mismo día, los obreros regresarían y se convertiría en un solar en construcción. Demolido el pasado, había llegado el momento de empezar a construir el futuro.

Saqué el sobre de mi bolso. Había estado esperando el momento adecuado, el lugar adecuado.

Las letras del sobre eran extrañamente deformes. Los irregulares trazos se desvanecían en la nada o dejaban una profunda marca en el papel. Aquella caligrafía no era fluida; daba la impresión de que cada letra había sido escrita por separado, con gran esfuerzo, acometida como una nueva y colosal empresa. Era la caligrafía de un niño o de un anciano. Iba dirigida a la señorita Margaret Lea.

Levanté la solapa del sobre; saqué el contenido y me senté en un árbol caído porque nunca leo de pie.

Querida Margaret:

Aquí tiene el relato del que le hablé.

He intentado terminarlo, pero veo que ya no puedo. Por tanto, tendrá que bastar esta historia por la que el mundo ha armado tanto alboroto. Es una cosa endeble: apenas nada. Haga con ella lo que quiera.

En cuanto al título, me viene a la mente *El hijo de Cenicienta*, pero conozco lo suficiente a mis lectores para saber que independientemente de como decida titularlo, siempre será conocido por un solo título, que por supuesto no será el mío.

No había firma ni nombre.

Pero había una historia.

Era una versión de la historia de Cenicienta que no había leído antes. Lacónica, dura y rabiosa. Las palabras de la señorita Winter eran astillas de cristal brillantes y letales.

Así comenzaba la historia

Imagina esto. Un muchacho y una muchacha; él rico, ella pobre. Casi siempre es la muchacha la que no tiene dinero y así ocurre en la historia que estoy contando. No hizo falta que hubiera un baile. Un paseo por el bosque bastó para que ellos dos se cruzaran en sus respectivos caminos. Hubo una vez un hada madrina, pero el resto de ocasiones no apareció. Esta historia trata de una de esas ocasiones. La calabaza de nuestra muchacha es solo una calabaza, y la muchacha se arrastra hasta su casa después de medianoche con sangre en las enaguas, violada. Al día siguiente no habrá un lacayo en la puerta con zapatillas de piel de topo. Ella lo sabe. No es tonta. Pero está embarazada.

La historia cuenta entonces que Cenicienta da a luz a una niña, la cría en la pobreza y la miseria y transcurridos unos años la deja en el jardín de la casa de su violador. La historia termina bruscamente.

A medio camino de un sendero de un jardín en el que no ha estado antes, hambrienta y muerta de frío, la niña de repente se da cuenta de que está sola. Detrás de ella está la puerta del jardín que lleva al bosque. Está entornada. ¿Sigue su madre ahí, detrás de la puerta? Delante de ella hay un cobertizo que, para su mente infantil, tiene el aspecto de una casita. Un lugar donde podría refugiarse. Quién sabe, puede que dentro hasta haya algo de comer.

¿La puerta del jardín o la casita?

¿Puerta o casa?

La niña duda.

Duda…

Y ahí termina la historia.

¿El primer recuerdo de la señorita Winter? ¿O simplemente una historia? ¿La historia inventada por una niña imaginativa para llenar la laguna que había dejado la ausencia de su madre?

El cuento número trece. La última, la célebre, la historia inacabada.

Leí la historia y lloré.

Poco a poco mis pensamientos se desviaron de la señorita Winter hacia mí. Quizá no fuera perfecta, pero por lo menos tenía una madre. ¿Era demasiado tarde para hacer algo por nosotras? Pero eso era otra historia.

Guardé el sobre en mi bolso, me levanté y me sacudí la capa de polvo de los pantalones antes de echar a andar hacia la carretera.

Me contrataron para escribir la historia de la señorita Winter y he cumplido con mi obligación. Así ya he satisfecho las condiciones de mi contrato. Entregaré una copia de este documento al señor Lomax, que la guardará en la cámara acorazada de un banco y se encargará de enviarme una sustanciosa suma de dinero. Al parecer, ni siquiera tiene que comprobar que las páginas que yo le entregue no están en blanco.

—Ella confiaba en usted —me dijo.

Efectivamente, confiaba en mí. El propósito que formalizó en el contrato que nunca leí ni firmé es inequívoco. Quería contarme la historia antes de morir, quería que yo dejara constancia de ella. Lo que yo hiciera después con la historia era asunto mío. Le he explicado al abogado mis intenciones con respecto a Tom y Emma, y hemos fijado un día para reunirnos y formalizar mis deseos en un testamento, por si las moscas. Y ahí debería terminar todo.

Sin embargo, siento que me queda algo pendiente. No sé quién ni cuántas personas leerán finalmente mi trabajo, pero por pocas que sean, por mucho tiempo que deba transcurrir, me siento responsable ante ellas. Y aunque he contado cuanto hay que saber sobre Adeline, Emmeline y la niña fantasma, comprendo que para algunas personas no bastará. Sé lo que supone terminar un libro y encontrarte un día o una semana más tarde preguntándote qué le ocurrió al carnicero o quién se quedó con los diamantes o si la viuda se reconcilió con su sobrina. Puedo imaginarme a algunos lectores preguntándose qué fue de Judith y Maurice, si alguien conservó aquel espléndido jardín, quién acabó viviendo en la casa de Vida Winter.

Así pues, si ya os lo estáis preguntando, dejad que os lo cuente. La casa no fue puesta en venta y Judith y Maurice siguieron viviendo allí. La señorita Winter había dispuesto en su testamento que el jardín y la casa se convirtieran en una especie de museo literario. El verdadero valor, naturalmente, está en el jardín («una gema insólita», según una revista de horticultura), pero la señorita Winter era consciente de que sería su reputación como escritora y no sus aptitudes como jardinera lo que atraería a la multitud. Así pues, habrá visitas guiadas a las habitaciones, un salón de té y una librería. Los autocares que llevan a los turistas al Museo Brontë podrán visitar después el «Jardín secreto de Vida Winter». Judith seguirá como ama de llaves y Maurice como jardinero jefe. La primera tarea de ambos, antes de poner en marcha la transformación, consistirá en vaciar las habitaciones de Emmeline. No habrá nada que ver en ellas, así que los turistas no se acercarán hasta allí.

Y ahora Hester. Creo que esto os sorprenderá; por lo menos a mí me sorprendió. Recibí una carta de Emmanuel Drake. Lo cierto es que me había olvidado por completo de él. Lenta y metódicamente, había continuado investigando y, por increíble que parezca, al final dio con ella. «Fue la conexión italiana lo que me despistó —explicaba en su carta— pues en realidad su institutriz se había marchado en la otra dirección, ¡a América!» Hester trabajó durante un año como ayudante de un neurólogo universitario y al cabo de un tiempo, adivina quién se reunió con ella. ¡El doctor Maudsley! Su esposa había muerto (de algo tan poco sospechoso como una gripe, lo comprobé), y unos días después del entierro ya se había embarcado. Era amor. Ambos han fallecido ya, pero disfrutaron de una larga y feliz vida juntos. Tuvieron cuatro hijos. Uno de ellos me ha escrito y le he enviado el original del diario de su madre para que lo conserve. Dudo que logre comprender más de una palabra de cada diez; si me pide alguna aclaración, le contaré que su madre conoció a su padre en Inglaterra, cuando él estaba casado aún con su primera mujer, pero si no me la pide, no le diré nada. En su carta incluía una lista de las publicaciones conjuntas de sus padres. Investigaron y escribieron docenas de artículos muy bien considerados (ninguno sobre gemelos; creo que supieron que había llegado el momento de decir basta) y los publicaron conjuntamente: Dr. E. y Sra. H. J. Maudsley.

¿H. J.? Hester tenía un segundo nombre: Josephine.

¿Qué más desearíais saber? ¿Quién se hizo cargo del gato? Sombra vive conmigo en la librería. Se sienta en los estantes, en los espacios entre libros, y cuando los clientes topan con él les devuelve la mirada con apacible ecuanimidad. De vez en cuando se sienta en la ventana, pero no por mucho tiempo. Le abruman la calle, los vehículos, los transeúntes y los edificios de enfrente. Le he enseñado el atajo hasta el río por el callejón, pero se niega a salir.

—¿Qué esperas? —dice mi padre—. Un río no le sirve a un gato de Yorkshire. Está buscando los páramos.

Creo que tiene razón. Expectante, Sombra salta a la ventana, contempla la calle y luego me clava una larga mirada de decepción.

No me gusta pensar que echa de menos su casa.

El doctor Clifton apareció un día en la librería de mi padre. Estaba de visita en la ciudad, dijo, y al recordar que mi padre tenía una librería pensó que valdría la pena visitarla, aunque le quedara un poco lejos, para ver si tenía un volumen de medicina del siglo XVIII en el que estaba interesado. Por casualidad lo teníamos, y el doctor Clifton y mi padre conversaron amigablemente sobre aquel libro hasta la hora de cerrar. Como compensación por habernos retenido hasta tan tarde, nos invitó a cenar. Fue una velada muy agradable y como todavía pasaría una noche más en la ciudad, mi padre le invitó a cenar al día siguiente con la familia. En la cocina mi madre me dijo que era «un hombre muy agradable, Margaret, muy agradable». Aquella sería su última tarde. Fuimos a dar un paseo por el río, pero esa vez él y yo solos, porque papá estaba demasiado ocupado escribiendo cartas para poder acompañarnos. Le conté la historia del fantasma de Angelfield. Él escuchó atentamente y cuando terminé, continuamos con nuestro paseo, despacio y en silencio.

—Recuerdo haber visto esa caja de los tesoros —dijo al rato—. ¿Cómo consiguió escapar al incendio?

Me detuve en seco, presa del pasmo.

—¿Sabe? Nunca se me ocurrió preguntárselo.

—Entonces ya nunca lo sabrá.

Me tomó del brazo y seguimos caminando.

En fin, volviendo al tema, o sea a Sombra y su añoranza, cuando el doctor Clifton visitó la librería de mi padre y reparó en la tristeza del gato, propuso acogerlo en su casa. No me cabe duda de que a Sombra le encantaría volver a Yorkshire, pero la oferta, por amable que sea, me ha sumido en un estado de dolorosa confusión, pues no estoy segura de que pueda soportar separarme de él. Sombra, estoy segura, soportaría mi ausencia con la misma calma con que aceptó la desaparición de la señorita Winter, pues es un gato; pero yo, que soy un ser humano, me he encariñado con él y preferiría, si es posible, tenerlo a mi lado.

En una carta revelé una parte de esos pensamientos al doctor Clifton; él contestó que a lo mejor los dos, Sombra y yo, podríamos ir a su casa de vacaciones. Nos invita a pasar un mes, en primavera. Cualquier cosa, dice, puede suceder en un mes, y cree que cuando haya tocado a su fin es posible que hayamos encontrado una solución satisfactoria para todos a mi dilema. No puedo evitar pensar que Sombra acabará teniendo su final feliz.

Y eso es todo.

Epílogo

O casi todo. Una piensa que algo ha terminado y de repente se da cuenta de que no.

Tuve una visita.

Sombra fue el primero en advertirlo. Yo estaba tarareando con la maleta abierta sobre la cama, guardando la ropa para irnos de vacaciones. Sombra entraba y salía de ella, jugando con la idea de hacerse un nido entre mis calcetines y rebecas, cuando de repente se detuvo y miró hacia la puerta que tenía a mi espalda.

No llegó como un ángel dorado, ni como el espectro de la muerte envuelto en un manto. Era como yo: una mujer más bien alta, delgada y morena, en la que no te fijarías si te cruzaras con ella por la calle.

Había cien, mil cosas que quería preguntarle, pero estaba tan emocionada que no podía ni pronunciar su nombre. Se acercó, me rodeó con sus brazos y me estrechó contra su costado.

—Moira —conseguí susurrar—, estaba empezando a creer que no eras real.

Pero era real. Su mejilla contra la mía, su brazo sobre mis hombros, mi mano en su cintura. Unimos nuestras cicatrices y todas mis preguntas se desvanecieron al sentir su sangre correr con mi sangre, su corazón latir con mi corazón. Fue un momento de gloria, pleno y sereno; supe que recordaba ese sentimiento. Había estado encerrado dentro de mí, atrapado, y ella había aparecido para liberarlo. Este circuito dichoso; esta unidad que en otros tiempos fue normal y hoy es, ahora que la había recuperado, un milagro.

Ella había aparecido y estábamos juntas.

Comprendía que me había visitado para despedirse, que la próxima vez que nos viéramos sería yo quien fuera a su encuentro. Pero ese encuentro queda lejos. No hay prisa. Ella puede esperar y yo también.

Sentí la caricia de sus dedos en mi cara cuando le enjugué las lágrimas. Luego, jubilosos, nuestros dedos se encontraron y entrelazaron. Con su aliento en mi mejilla, su cara en mi pelo, hundí la nariz en la curva de su cuello y aspiré su dulzor.

¡Cuánta dicha!

No importaba que no pudiera quedarse. Había aparecido. Había aparecido.

No estoy segura de cómo ni cuándo se fue. Simplemente me di cuenta de que ya no estaba. Me senté en la cama, tranquila, feliz. Experimenté la curiosa sensación de mi sangre cambiando de rumbo, de mi corazón reajustando sus latidos solo para mí. Al tocar mi cicatriz mi hermana la había devuelto a la vida; y después, poco a poco, se fue enfriando hasta que dejé de sentirla diferente del resto de mi cuerpo.

Ella había aparecido y se había marchado. No volvería a verla a este lado de la tumba. Mi vida era ahora mi vida.

En la maleta, Sombra dormía. Acerqué una mano para acariciarle. Abrió un ojo verde, e impasible me miró un instante y volvió a cerrarlo.

Agradecimientos

Gracias a Jo Anson, Gaia Banks, Martyn Bedford, Emily Bestler, Paula Catley, Ross y Colin Catley, Jim Crace, Penny Dolan, Marianne Downie, Mandy Franklin, Anna y Nathan Franklin, Vivien Green, Douglas Gurr, Jenny Jacobs, Caroline le Marechal, Pauline y Jeffrey Setterfield, Christina Shingler, Janet y Bill Whittall, John Wilkes y Jane Wood.

Y gracias, en especial, a Owen Staley, que ha sido un amigo para este libro desde el principio, y a Peter Whittall, a quien *El cuento número trece* debe su título y mucho más.

Índice

DESENLACES